ଭିନ୍ନ ଦିଗ୍‌ବଳୟ

ଭିନ୍ନ ଦିଗ୍‌ବଳୟ

ସ୍ୱରୂପା ପ୍ରିୟଦର୍ଶିନୀ ସାମନ୍ତ

BLACK EAGLE BOOKS
2022

BLACK EAGLE BOOKS

USA address:
7464 Wisdom Lane
Dublin, OH 43016

India address:
E/312, Trident Galaxy, Kalinga Nagar,
Bhubaneswar-751003, Odisha, India

E-mail: info@blackeaglebooks.org
Website: www.blackeaglebooks.org

First International Edition Published by
BLACK EAGLE BOOKS, 2022

VINNA DIGBALAYA
by **Swarupa Priyadarshini Samanta**

Cover & Interior Design: Ezy's Publication

ISBN- 978-1-64560-248-4 (Paperback)

Printed in the United States of America

ଉତ୍ସର୍ଗ

ଯିଏ ମତେ ପ୍ରତ୍ୟେକ କ୍ଷେତ୍ରରେ ପ୍ରେରଣା ଦିଅନ୍ତି,
ମୋ ସ୍ୱାମୀ **ଶୀତାଂଶୁ ଶେଖର ସାମନ୍ତଙ୍କ** ହାତରେ...

ସୂଚିପତ୍ର

ଆବର୍ତ୍ତ

ସହରର ସବୁଠୁଁ ଅଧିକ ଜନଗହଳି ସମୁଦ୍ର କୂଳର, କେଇ ଫର୍ଲଙ୍ଗ ଉତ୍ତରକୁ ଆଗେଇ ଗଲେ ଯେଉଁ ନିର୍ଜନ ବାଲିଚର ଅଞ୍ଚଳ, ସେଇଠି ଏକ ବେଞ୍ଚରେ ଅତି ଗମ୍ଭୀର ଭାବରେ ବସିଥିଲେ ଅବସରପ୍ରାପ୍ତ ଜିଲ୍ଲାପାଳ ଏବଂ ସମ୍ପ୍ରତି ତୁଚ୍ଛା ସମୟ କଟାଇବା ଉଦ୍ଦେଶ୍ୟରେ ଜଣେ ବନ୍ଧୁଙ୍କ ଫାର୍ମରେ ବିନା ବେତନରେ ଚାକିରୀ କରୁଥିବା ସୁଜିତ ବନ୍ଦୋପାଧ୍ୟାୟ। ଅନ୍ୟମନସ୍କ ଭାବେ, ହୁଏତ ସେ ଭାବୁଥିଲେ ସମୁଦ୍ର କେତେ ରହସ୍ୟମୟ ! ଯଦିଓ ତାଙ୍କ ଆଖପାଖରେ ରହସ୍ୟମୟ ଲୋକଙ୍କର ଆଦୌ ଅଭାବ ନଥିଲା। ଏଇ ଯେମିତି ଅଫିସରେ ତାଙ୍କ ନିକଟ ଚଉକିରେ ବସୁଥିବା ସହକର୍ମିଣୀ ମିସେସ୍ ସିନହା।

ମିସେସ୍ ସିନହା କାନ୍ଧ ବ୍ୟାଗରୁ ଟିଫିନ୍ ବକ୍ସକୁ ଅତି ସନ୍ତର୍ପଣରେ କାଢି, ଏପଟ ସେପଟ କରି ଏମିତି ଅସ୍ୱାଭାବିକ ଠାଣିରେ ପରଖନ୍ତି, ସତେଅବା ସେଇଟା ଟିଫିନ୍ ବକ୍ସ ନୁହଁ ଗୋଟାଏ ଟାଇମ ବମ। ଆଉ ସେ ଆତଙ୍କିତ ହୋଇ, ହିସାବ କରୁଚନ୍ତି ବିସ୍ଫୋରଣ ପାଇଁ ଆଉ କେତେ ସମୟ ବାକି ଅଛି। ମିସେସ ସିନହାଙ୍କ ପରି ଆଉ ଜଣେ ଲୋକ ହେଉଚି ଅଫିସ ର ପିଅନ ଅନାମ। କୌଣସି କାରଣ ନଥାଇ, ମଝିରେ ମଝିରେ ପ୍ୟାଣ୍ଟ ପକେଟରେ ହାତ ପୁରାଇ ବାବୁ ଏମିତି ଅଣ୍ଡାଳନ୍ତି, ସତେଅବା ତା' ପକେଟରେ ବହୁ ଦୁର୍ମୂଲ୍ୟ ସମ୍ପତ୍ତି ଗୁଡ଼ାଏ ଭର୍ତ୍ତି ହେଇଛି। ଏବଂ ସେଗୁଡ଼ିକୁ ସୁରକ୍ଷା ଦେଇ ଦେଇ ସେ ନୟାନ୍ତ ହୋଇ ପଡ଼ିଲାଣି। ଏକୁ ଆରକେ ବଳି !

ଅବଶ୍ୟ ତାଙ୍କ ଜୀବନ ବି ଏବେ କିଛି କମ୍ ରହସ୍ୟମୟ ନୁହେଁ। ଆଜିକାଲି ସେ କୁଆଡ଼େ ଯାଉଚନ୍ତି, କ'ଣ କରୁଚନ୍ତି ସବୁ ଯେମିତି ରହସ୍ୟ ଉପନ୍ୟାସ ଭଳି କୁହେଳିକାମୟ। ବର୍ତ୍ତମାନର କୌଣସି ଖବର ସେ ରଖୁନାହାଁନ୍ତି। ନିଜ ଇଚ୍ଛା ଅନୁଯାୟୀ କିଛି କରୁନାହାଁନ୍ତି। ସେ କେବଳ ଏକ ଅଦୃଶ୍ୟ ଲୋକର ଆଦେଶ ପାଳନ କରୁଛନ୍ତି। କିନ୍ତୁ କିଏ ସେ ଆଦେଶକାରୀ ସେ ତା' ବି ଜାଣନ୍ତି ନାହିଁ। ତାଙ୍କ ବିଚାରରେ, ତାଙ୍କ

ନିରୀହ ହୃଦୟଟି ହେଉଚି ଏ ଦୁନିଆଁର ସବୁଠୁଁ ବେଶୀ ରହସ୍ୟମୟ ସ୍ଥାନ। ଯେଉଁଠି କେତେ କଥା ଖୁନ୍ଦାଖୁନ୍ଦି କରି ସେ ଦବାଇ ରଖିଚନ୍ତି, ତା'ର ହିସାବ ସେ କେବେ ରଖିବାକୁ ଚାହିଁନାହାଁନ୍ତି। ତାଙ୍କୁ ଦେଖିଲେ କେହି କ'ଣ ଜାଣି ପାରିବ ଯେ ତାଙ୍କ ମସ୍ତିଷ୍କ ଭିତରେ ଏକ ଭୟଙ୍କର ଝଡ଼ ରୀତିମତ ଚାଲିଚି। ବା ତାଙ୍କ ହୃଦୟ କେତେ ପ୍ରକାରର ଯନ୍ତ୍ରଣାକୁ ପ୍ରତି କ୍ଷଣରେ ନିରବରେ ସମାଧି ଦେଉଚି। ସେ ଭାବିବା ବନ୍ଦକଲେ। ନୀରୋଳାରେ ବସି, ଏଣୁ ତେଣୁ ଗୁଡ଼ାଏ ଭାବିବା ଆଜିକାଲି ତାଙ୍କର ଏକ ଅଭ୍ୟାସରେ ପରିଣତ ହେଲାଣି।

ଆକାଶରେ ପୌଷ ରାତିର ଜହ୍ନ। ଜହ୍ନ ଆଲୁଅରେ ସମୁଦ୍ରର ଢେଉଗୁଡ଼ିକ ଏକ ଚିତ୍ର ଭଳି ମନେ ହେଉଛି। ଅଦୂରରେ ଥିବା ଷ୍ଟ୍ରିଟ ଲାଇଟ ଅନେକବେଳୁ ଜଳି ଉଠିଲାଣି। ସେ ବସିଥିବା ସ୍ଥାନଟି ଛାଇ ଛାଇକା ଆଲୁଅରେ ଏକ ଭିନ୍ନ ଦୁନିଆଁ ଭଳି ଲାଗୁଥାଏ। ଘରକୁ ଫେରିବା ଉଦ୍ଦେଶ୍ୟରେ ସେ ଠିଆହେଲେ, କିନ୍ତୁ କ'ଣ ଭାବି ପୁଣି ବସି ପଡ଼ିଲେ।

ଗତ ସପ୍ତାହରେ, ଜଣେ ବନ୍ଧୁ ଜୋରକରି ତାଙ୍କୁ ସହରର ଜଣାଶୁଣା ଜେଣ୍ଟଲମ୍ୟାନ୍ କ୍ଲବକୁ ନେଇ ଯାଇଥିଲେ। କହିଥିଲେ, "ଏକୁଟିଆ ଘରେ ବସି ବୋର୍ ହେବା ଅପେକ୍ଷା କ୍ଲବ ଯିବା ଶତେଗୁଣ ଭଲ। ପ୍ରକୃତରେ କ୍ଲବରେ ଅଛି ଜୀବନ ରସ। ଥରେ ଚାଲ ବୁଝିପାରିବ। ସବୁ କ୍ଲେଶ ତମେ ଭୁଲିଯିବ।"

ସେ ମଧ୍ୟ ଶୁଣିଥିଲେ ସହରର ଅଧିକାଂଶ ବିତ୍ତଶାଳୀ ବୟସ୍କଙ୍କ ଆଡ୍ଡାସ୍ଥଳୀ ହେଉଛି ଜେଣ୍ଟଲମ୍ୟାନ କ୍ଲବ। ବୟସ୍କମାନେ ଯେ ଅବସର ସମୟ କଟାଇବା ନିମନ୍ତେ ଗପସପ କରିବା ଆଶାରେ କ୍ଲବ ଯାଉଥିବେ ଏଥିରେ ତାଙ୍କର ସନ୍ଦେହ ନଥିଲା। କିନ୍ତୁ କ୍ଲବରେ ପହଞ୍ଚିବାପରେ ସେ ବୁଝିଥିଲେ ତାଙ୍କର କ୍ଲବ ଉପରେ ବିଶେଷ ଜ୍ଞାନ ନାହିଁ। କ୍ଲବ ଭିତରର ପରିବେଶ ଥିଲା ତାଙ୍କ କଳ୍ପନାର ଠିକ୍ ଓଲଟା। ଅତଏବ ଅଳ୍ପ ସମୟ ମଧ୍ୟରେ, ଲାଉଡ୍ ମ୍ୟୁଜିକ୍ ର ଶବ୍ଦ ଏବଂ ଆଖିକୁ କଷ୍ଟ ହେଲାଭଳି ଝକମକ ଆଲୁଅରେ ସେ ବ୍ୟସ୍ତ ହୋଇ ପଡ଼ିଥିଲେ।

ତାଙ୍କ ଅବସ୍ଥା ଦେଖି, ଆଖିନଚାଇ ବନ୍ଧୁ କହିଥିଲେ, "ଓ ହୋ! ତମେ ଏଡ଼େ ବେରସିକ ବୋଲି ମୋର ଆଦୌ ଧାରଣା ନଥିଲା। ମଜା ନବା ଶିଖିନା।"

କ୍ଷଣଟିଏ ପରେ ବନ୍ଧୁ ଜଣକ ତାଙ୍କୁ ଏକୁଟିଆ କରି, ସହଜ ଭାବରେ ଜଣେ ଅର୍ଦ୍ଧନଗ୍ନ ଯୁବତୀଙ୍କୁ ଅନୁସରଣ କରିଥିଲେ। କ୍ଲବର ମଝିରେ ଏକ ଘୂର୍ଣ୍ଣୟମାନ ପେଣ୍ଡାଲ ଉପରେ, ଅପେକ୍ଷାକୃତ କମ୍ ପୋଷାକ ପିନ୍ଧି ଯୁବତୀଟିଏ ବିଭିନ୍ନ ଅଙ୍ଗଭଙ୍ଗୀରେ ନାଚୁଥାଏ। ନୀଳ ଆଲୋକରେ ସେ ଦେଖିଲେ ଠିକ୍ ପେଣ୍ଡାଲ ପାଖରେ କେହିଜଣେ ବସିଛନ୍ତି। ହୁଏତ ଅନ୍ୟ ମାନଙ୍କ ପରି ଡ଼ିଆଁକୁଦା କରି ନାଚିବାକୁ ସେ ଥିଲେ ଅକ୍ଷମ।

ଅତଏବ ତାଙ୍କର ସମସ୍ତ ଉତ୍ସାହ ଭଦ୍ରଲୋକ ଜଣକ ନାଚ ଦେଖିବାରେ ହିଁ ପୁଞ୍ଜୀଭୂତ କରିଛନ୍ତି। କୌତୁହଳର ଶିକାର ହୋଇ ସେ ପେଣ୍ଡାଲ ନିକଟକୁ ଚାଲିଗଲେ। ହଠାତ୍ ଯୁବତୀ ଜଣକ ନାଚିବା ବନ୍ଦକରି ଲତାଟିଏ ଭଳି, ବସିଥିବା ଭଦ୍ରଲୋକଙ୍କ ଦେହରେ ଗୁଡ଼େଇ ହେଇଗଲେ। ତାଙ୍କ ନଜର ଯୁବତୀଙ୍କ ଦ୍ୱାରା କବଳିତ ଭଦ୍ରଲୋକଙ୍କ ଉପରକୁ ଚାଲିଗଲା। ସେ ଚମକି ପଡ଼ିଲେ। ଭଦ୍ରଲୋକ ଜଣକ ହେଉଛନ୍ତି ତାଙ୍କ ପଡ଼ୋଶୀ ମଦନବାବୁ। ଯିଏ ଚାକିରୀରୁ ଅବସର ନେବା ପରେ ବୈଷ୍ଣବ ଦୀକ୍ଷା ନେଇଛନ୍ତି। ଦେଖାହେଲେ ହାଲୋ ବା ନମସ୍କାର ପରିବର୍ତ୍ତେ, ହରେକୃଷ୍ଣ କୁହନ୍ତି। ଦିନର ଅଧିକାଂଶ ସମୟ ଠାକୁର ପୂଜାରେ କଟାନ୍ତି। ଆଉ ସର୍ବଦା ମାଳା ଜପୁଥାନ୍ତି।

"ମଦନବାବୁ ଆପଣ......!" ମ୍ରିୟମାଣ ହୋଇ ସେ କହି ପକାଇଲେ।

ମଦନବାବୁ ଯୁବତୀଙ୍କ ସହ ଏକାତ୍ମ ହେଲା ଭଳି ମନେ ହେଉଥିଲେ। ତାଙ୍କ ସ୍ୱରରେ ଚିହିଁକି ଉଠି, ସଙ୍କୋଚ କରିବା ପରିବର୍ତ୍ତେ ବିରକ୍ତିରେ କହିଲେ, "ଅଭଦ୍ର! ସାମାନ୍ୟ ଶିଷ୍ଟାଚାର ଶିଖିନା। ତେବେ ସଭ୍ୟଲୋକ ହାଉଯାଉ ହେଉଥିବା ଜିଲ୍ଲାଗୁଡ଼ିକୁ କେମିତି ସମାଳୁଥିଲ?" ବୁଝି ହେଉନଥିବା ପପ୍ ମ୍ୟୁଜିକ୍ ର ଶବ୍ଦ, ତାଙ୍କ ସ୍ୱରକୁ ଆହୁରି ରୁକ୍ଷ କରିଦେଇଥିଲା।

ହତାଶ ହୋଇ ସେ କ୍ଲବରୁ ବାହାରି ଆସି, କ୍ଲବ ନା' ଟିକୁ ଆଉ ଥରେ ପଢ଼ିଥିଲେ। ରଙ୍ଗୀନ ଆଲୁଅରେ ଲେଖା ହୋଇଛି ଜେଣ୍ଟଲମ୍ୟାନ କ୍ଲବ। ତାଙ୍କର ମନେଅଛି, ସେଦିନ ଘରକୁ ଫେରି ଅନେକ ରାତି ଯାଏଁ ସେ ଦୁଇ ତିନୋଟି ଅଭିଧାନ ସାହାଯ୍ୟରେ ଜେଣ୍ଟଲମ୍ୟାନ୍ ଶବ୍ଦର ଅର୍ଥ ବିଶ୍ଳେଷଣ କରିଥିଲେ।

ହଠାତ୍, ପବନରେ ଭାସିଆସିଲା ଏକ ଅନ୍ତରଙ୍ଗ କଣ୍ଠସ୍ୱର।" ଏକୁଟିଆ ବସି କ'ଣ ଭାବୁଛ?"

ସେ ବୁଲି ଚାହିଁଲେ। ପାଖରେ ଠିଆ ହୋଇଛନ୍ତି, କଲେଜ ବେଳର ବନ୍ଧୁ ସୁଶାନ୍ତ।

"ଆରେ ସୁଶାନ୍ତ! ତମେ ଏ ସମୟରେ ଏଠି? ହଉ ଆସ ଆସ। ଆବେଗଭରା ସ୍ୱରରେ ସୁଜିତ ଡ଼ାକିଲେ।

"ନା' ଏମିତି ବୁଲି ବାହାରିଥିଲି। ଘରେ ଆଉ କେତେ ବସିବି? ଏ ସ୍ଥାନଟି ଭାରି ସୁନ୍ଦର ହେଇଚି। ନୁହେଁ!" ସୁଶାନ୍ତବାବୁ ଚତୁର୍ଦ୍ଦିଗରେ ନଜର ବୁଲାଇଲେ।

"ଦେଖୁଛ ସୁଶାନ୍ତ! କେଡ଼େ ଅସ୍ୱାଭାବିକ ପାଗ। ଶୀତ ଋତୁ ଅଥଚ ଥଣ୍ଡା ନାହିଁ। ନହେଲେ ଏ ସମୟରେ କ'ଣ ସମୁଦ୍ର କୂଳରେ ବସି ହୁଅନ୍ତା? ଆଉ ଛିଡ଼ାହେଲ କାହିଁକି? ବସ।" ସେ ବେଞ୍ଚର ଗୋଟିଏ କୋଣକୁ ଘୁଞ୍ଚିଗଲେ।

ସୁଶାନ୍ତବାବୁ ମୁଣ୍ଡ ହଲାଇ ହଁ କହିବା ଅବସରରେ, ତାଙ୍କ ପାଖରେ ବସିଲେ।

"ଅନେକଦିନ ପରେ ଦେଖାହେଲା। ତମକୁ ଏମିତି ସମୁଦ୍ର କୂଳରେ ଭେଟିବି ବୋଲି ଆଦୌ ଆଶା କରିନଥିଲି। କେମିତି ଅଛ ?" ସୁଶାନ୍ତବାବୁ ପଚାରିଲେ।

"ସୁଶାନ୍ତ ! ତମେ ବିଶ୍ୱାସ କରିବ କି ନାହିଁ ଜାଣିନି, କିନ୍ତୁ କାହିଁକି କେଜାଣି ସହରର କୋଳାହଳରେ ଏଣିକି ମୋ ଶ୍ୱାସରୁଦ୍ଧ ହେଉଛି। ମନ ଚାହୁଁଚି କୌଣସି ନିଭୃତ ସ୍ଥାନରେ ଯାଇ ଲୁଚନ୍ତି। ଯେଉଁଠି ସାମାନ୍ୟ ଶବ୍ଦ ବା କୌଣସି ଅସ୍ୱାଭାବିକ ଘଟଣା ଘଟୁ ନଥିବ। ଅଥଚ ଦିନ ଥିଲା ଗାଁ'ର ନିରବତା ମତେ ଖାଇ ଗୋଡ଼ାଉଥିଲା। ଯେଉଁ ସୁବିଧା ସୁଯୋଗ ପାଇବା ନିଶାରେ ଦିନେ ଗାଁ' ଛାଡ଼ିଥିଲି, ସେସବୁ ଏବେ ବଡ଼ ବିରକ୍ତ ଲାଗୁଛି। କେବଳ ଏଇ ସମୁଦ୍ର କୂଳକୁ ଆସିଲେ ଭଲ ଲାଗୁଛି।" କିଛି କ୍ଷଣ ରହି, କ'ଣ ଭାବି ପୁଣି କହିଲେ, "ଅନେକ ଥର ଭାବିଲିଣି ସବୁ ଛାଡ଼ି ହିମାଳୟ ପଳେଇବି।" ସେ ଦୀର୍ଘଶ୍ୱାସ ନେଲେ।

"ହିମାଳୟ ପଳେଇବ ! ସଂସାର ତ୍ୟାଗକରି ବୈରାଗୀ ହେବା କ'ଣ ଏଡ଼େ ସହଜ କଥା।" ଅଳ୍ପ ହସି ସୁଶାନ୍ତବାବୁ କହିଲେ।

ନିର୍ଲିପ୍ତ ସ୍ୱରରେ ସୁଜିତ କହିଲେ, "ଠିକ୍ କହିଲ। ସଂସାର ତ୍ୟାଗକରିବା କଷ୍ଟ। କିନ୍ତୁ ମୋର ବା ସଂସାର କାହିଁ? ପତ୍ନୀ ତ ବହୁ ଆଗରୁ ସ୍ୱର୍ଗବାସୀ। ଆଉ ପିଲାମାନେ ନିଜ ଧନ୍ଦାରେ। ଏତେ ବଡ଼ ବଙ୍ଗଳାଟାରେ ମୁଁ ଏକା। କି ଦୁର୍ଭାଗ୍ୟ ! ଭାବିପାରୁଚ !"

"ଜନ୍ମସ୍ଥାନଠାରୁ ବଳି ଆତ୍ମୀୟ ଆଉ କିଛି ନାହିଁ। ଅତଏବ ଥରେ ଗାଁ' ଆଡ଼େ ବୁଲି ଆସ। ଭଲ ଲାଗିବ।" ସୁଶାନ୍ତବାବୁ ବୁଝାଇଲେ।

"କୁଆଡ଼େ ଯିବି ! ଆଉ କ'ଣ ଗାଁ' ସହ ସମ୍ପର୍କ ଅଛି ? ବାପା ମନାକରିବା ସତ୍ତ୍ୱେ ପୈତୃକ ଘରବାଡ଼ି ବିକ୍ରିକରି, ସହରରେ ଘର କିଣିଲି। ସେତେବେଳେ କ'ଣ ଜାଣିଥିଲି ଏସବୁ ଦିନେ ତୁଚ୍ଛ ମନେହେବ। ଗାଁ' ଘର ବିକିଲାବେଳେ ବାପା କେତେ ମନଦୁଃଖ କରିଥିଲେ !" ସେ ଅନ୍ୟମନସ୍କ ହେଲେ।

"ବୁଝିଲି ! ତମେ ନିଃସଙ୍ଗତା ରୋଗରେ ପୀଡ଼ିତ। କେବଳ ତମେ ନୁହଁ, ସମଗ୍ର ସମାଜ ବର୍ତ୍ତମାନ ଏ ରୋଗରେ ପୀଡ଼ିତ। ଏସବୁ ଆଜିକାଲି ଖୁବ୍ ସାଧାରଣ କଥା। ଅତଏବ ସେପାଇଁ ଏତେ ବ୍ୟସ୍ତ ହେବା ଉଚିତ୍ ନୁହେଁ।" ସୁଶାନ୍ତବାବୁ ସାନ୍ତ୍ୱନାଦେଲେ।

ଅସ୍ୱାଭାବିକ ସ୍ୱରରେ ସୁଜିତ୍ କହିଲେ, "ନା' ନା' ସାଧାରଣ କଥା କେମିତି ! ଯେଉଁମାନଙ୍କର ବିବେକବୋଧ ନାହିଁ ସେମାନେ ହିଁ ନିଜ ପାଇଁ ଏଭଳି ପରିସ୍ଥିତି ସୃଷ୍ଟି କରୁଛନ୍ତି ବା ନିଃସଙ୍ଗତା ସମସ୍ୟାର ଶୀକାର ହେଉଛନ୍ତି। ଜାଣିଛ ! କେବେ କେବେ ଲାଗୁଚି ଏ ରଣଭାରରେ ମୁଁ ପେଶି ହେଇଯିବି !" ସୁଜିତ କ୍ଷୋଭ ପ୍ରକାଶକଲେ।

"ଋଣଭାର! ତମେ ପୁଣି ଋଣଗ୍ରସ୍ତ! କ'ଣ କହୁଚ!" ସୁଶାନ୍ତବାବୁ ନିଜ କାନକୁ ଅବିଶ୍ୱାସ କଲେ।

"ନୁହେଁ ତ ଆଉ କ'ଣ! ବାପାଙ୍କୁ ଖୁସିଦେବା ପରିବର୍ତ୍ତେ ଯଦି ଦୁଃଖଦେଲି, କର୍ତ୍ତବ୍ୟରେ ଯଦି ଖିଲାପ କଲି ତେବେ ପିତୃଋଣ ଶୁଝି ପାରିଲି କି?"

"ତମେ ତୁଚ୍ଛାଟାରେ ବାଉଳା ହେଉଛ। ପିତୃଋଣ କ'ଣ କେହି କେବେ ଶୁଝିପାରେ?" ସୁଶାନ୍ତବାବୁ କଡ଼ା ସ୍ୱରରେ କହିଲେ।

"ଠିକ୍! କିନ୍ତୁ ଜଣେ କର୍ତ୍ତବ୍ୟ ତ କରିପାରେ। ମୁଁ ତ ସେତକ ବି କରିନାହିଁ।" ସୁଜିତ କୋହ ଚାପିଲେ।

"ମନେହୁଏ ତମେ ଅସୁସ୍ଥ। ଆଉ ଏ ଥଣ୍ଡା ହାୱାରେ ନବସି ଘରକୁ ଯାଅ। ଆରାମ କରିବ।" ସୁଶାନ୍ତବାବୁ ସାମାନ୍ୟ ଚଢ଼ା ଗଳାରେ ତାଗିଦ୍ କଲେ।

"ଥରେ କହିଲି ପରା, ଘରେ ମତେ ଭଲ ଲାଗୁନି। ଏକୁଟିଆ ଘରେ ବସି କ'ଣ କରିବି?"

"ଏକୁଟିଆ କାହିଁକି? ପୁଅବୋହୂ ଅଛନ୍ତି ପରା!"ସହାନୁଭୂତି ଭରା ସ୍ୱରରେ ସୁଶାନ୍ତବାବୁ ପଚାରିଲେ।

"ଗତମାସ ବର୍ଷଟିଏ ପାଇଁ ସେମାନେ ବ୍ରାଜିଲ ଗଲେ। କିନ୍ତୁ ସେମାନେ କ'ଣ ଆଉ ଫେରିବେ?" ଖୁବ୍ ଜୋର ଶବ୍ଦକରି, ଆକାଶ ଛାତିକୁ ଚିରି ଉଡ଼ାଜାହାଜଟିଏ ତାଙ୍କ ମୁଣ୍ଡ ଉପରଦେଇ ଚାଲିଗଲା। ସୁଜିତ ଉପରକୁ ଚାହିଁଲେ।

"ବର୍ଷଟିଏ ପାଇଁ ଯାଇଛନ୍ତି ପରା। ଫେରିବେନି କାହିଁକି?"

"ମୁଁ କ'ଣ ଫେରିଛି?" ଶେଷ ଆଡ଼କୁ ତାଙ୍କ ସ୍ୱର ଶୁଭିଲା କାନ୍ଦକାନ୍ଦ।

"ତମର ମନେଅଛି ସେ କବିତା। କୋଇଲିଲୋ! କେଶବ ଯେ ମଥୁରାକୁ ଗଲା ....। କାହା ବୋଲେ ଗଲା ସେ ଯେ ବାହୁଡ଼ି ନୋହିଲା। ତମେ ପରା କବିତା ପଢ଼ିବାକୁ ଭଲପାଅ! ପଢ଼ିନା! କବି କ'ଣ ତୁଚ୍ଛାରେ ଏମିତି ଲେଖିଛନ୍ତି। କିଛି ତ ମର୍ମ ଅଛି କବିଙ୍କ ଉକ୍ତିରେ। ସରଳ ଭାଷାରେ ବୁଝିଲେ, ଏ ପଂକ୍ତିର ଅର୍ଥ ହେଉଛି, ଯିଏ ଥରେ ଯାଏ, ସେ ଆଉ କେବେ ଫେରେନା ବା ଫେରିବାକୁ ଇଚ୍ଛାକରେନା। ଏହା ସତ୍ୟ। ଆମକୁ ଏସବୁ ମାନି ନେବାକୁ ହେବ। ତମେ ଯଦି ମୋ ସହ ଏକମତ ନୁହଁ ତେବେ ଗୋଟାଏ ଉଦାହରଣ ଦିଅ ତ ଯିଏ ଫେରିଥିବ।"

"ତମେ କେବେଠୁଁ କବିତା ପଢ଼ିବା ଆରମ୍ଭ କଲଣି ସୁଜିତ? ପଢ଼ିଲ ତ ପଢ଼ିଲ, ପୁଣି ନିଜ ଜୀବନକୁ କବିତା ସହ ଯୋଡୁଛ! ତମେ ପରା କୁହ କବିତାର ବାସ୍ତବ ଜୀବନ ସହିତ କୌଣସି ସମ୍ପର୍କ ନାହିଁ। ଜୀବନ ହେଉଛି ବିଭିନ୍ନ ପ୍ରୟୋଗର

ସମାହାର। ଏହାର ଆରମ୍ଭ ବା ଶେଷ ନାହିଁ। ଭିନ୍ନ ଭିନ୍ନ ପର୍ଯ୍ୟାୟଦେଇ ଜୀବନ ଗତିକରେ। ଯିଏ ଯେତେ ନିଷ୍ଠାପର, ତା' ଜୀବନ ସେତେ ସରସ। ବାସ୍ତବତା ହେଉଛି ଜୀବନ। କିନ୍ତୁ କବିତା ହେଉଛି ତୁଚ୍ଛା ଭାବନା। ଓନଲି ଇମୋସନ। ଏଇ ଆରମ୍ଭ ତ କ୍ଷଣକରେ ଶେଷ। ଇମୋସନ କ'ଣ କେବେ ଚିରସ୍ଥାୟୀ ହୁଏ ? କେବଳ ବୋକାମାନେ ହିଁ କବିତା ଭିତରେ ବଞ୍ଚି ଜୀବନ ନଷ୍ଟ କରନ୍ତି। ଆଉ ଏବେ ପୁଣି ......।"

"ହା ହା ହା ......! ବୁଝିପାରୁନା ! ଆଇରନି ! ଜୀବନ ସାରା ଯେଉଁଟାକୁ ଗୁରୁତ୍ୱ ଦେଇନଥିବ, ସମୟ ଚକ୍ରରେ ଆଗକୁ ଯାଇ ସେଇଟାକୁ ହିଁ ଜାବୁଡ଼ି ଧରିବାକୁ ପଡ଼ିବ। ଏବେ ମୋର ଅଧିକାଂଶ ସମୟ କେବଳ ପଢ଼ାପଢ଼ିରେ ହିଁ କଟୁଚି। ନହେଲେ ଦିନର ଚବିଶ ଘଣ୍ଟା ମୋ ଉପରେ ଖୁବ୍ ଭାରି ପଡ଼ନ୍ତା। କେତେ ଆଉ ଆଳ ଦେଖାଇ ବାହାରେ ବୁଲିବି। ଯାହା ବି ହେଲେ ଘରକୁ ତ ଯିବାକୁ ହେବ। ନିଜ ଘରର ପରିବେଶ ବର୍ତ୍ତମାନ ମୋ ପାଇଁ ବଡ଼ ଦୁର୍ବିସହ ହେଉଛି। ଅତଏବ ପଢ଼ାପଢ଼ି ଛଡ଼ା ଆଉ ଉପାୟ ବି କ'ଣ ଅଛି ? ତେବେ ପରିସ୍ଥିତି ବଦଳିଛି କି ମୁଁ ବଦଳିଛି ଜାଣେନା। ଏବେ ପଢ଼ିବାକୁ ମତେ ଭଲ ଲାଗୁଚି। କେବେ କେବେ ତ ଲାଗୁଚି ସ୍ରଷ୍ଟା ଯେମିତି ମୋରି କଥାଗୁଡ଼ାକ ହିଁ ଲେଖି ପକାଇଚି।" ବିହ୍ୱଳହୋଇ ସୁଜିତ ଦୁଇ ହାତରେ ମୁହଁକୁ ପୋଛିପକାଇଲେ।

"ତମେ ବେଶୀ ଭାବ ପ୍ରବଣ ହୋଇପଡୁଚ। ତମେ ଭଲ ଭାବେ ଜାଣ, ସୁଖ, ଦୁଃଖ, ଯନ୍ତ୍ରଣା ଏସବୁ ହେଉଛି ଜୀବନର ଅଂଶ ବିଶେଷ। ଦୁଃଖ ନରହିଲେ ସୁଖର ମହତ୍ତ୍ୱ ଆଉ କ'ଣ ରହିବ କହିଲ। ତା' ଛଡ଼ା ଜୀବନର ପ୍ରତିକ୍ଷଣ ହେଉଛି ବିଶେଷ। ଅତଏବ ଦୃଷ୍ଟିକୋଣ ବଦଳାଇ ଦେଲେ, ସବୁ ଭଲ ଲାଗିବ। ତମେ ପଛକଥା ଭୁଲିଯାଇ, ବର୍ତ୍ତମାନକୁ ଉପଭୋଗ କର।" ସୁଶାନ୍ତବାବୁ ତାଙ୍କ କାନ୍ଧରେ ହାତ ରଖିଲେ।

"ବର୍ତ୍ତମାନ ହିଁ ଅସହ୍ୟ ହେଉଛି। କ'ଣ କରିବି ? ତମ ପାଖରେ କିଛି ଉପାୟ ଅଛି ?" ସୁଜିତ ମ୍ରିୟମାଣ ଦେଖାଗଲେ।

"ସୁଜିତ୍ ! ତମେ ଭୁଲିଯାଉଛ ଯେ ଏକଦା ତମେ ଥିଲ ଜିଲ୍ଲାପାଳ। ଅନେକ ମହତ୍ତ୍ୱପୂର୍ଣ୍ଣ ପଦକ୍ଷେପ ତମେ ନେଇଛ। ଅନେକ ଜିଲ୍ଲା ତମ ସ୍ପର୍ଶରେ ସମୃଦ୍ଧ ହୋଇଛି। ଅଥଚ ଏ ସାମାନ୍ୟ ପରିସ୍ଥିତିରେ ବିଚଳିତ ହୋଇ ମତେ ଉପାୟ ମାଗୁଛ ? ତମେ ସିନା ଅବସର ନେଇଛ, କିନ୍ତୁ ମୁଁ ନିଶ୍ଚିତ ଯେ ତମେ ଆଜି ବି ଦକ୍ଷତାର ସହ ପରିସ୍ଥିତିକୁ ସାମ୍ନା କରିପାରିବ।"

ଗର୍ଜନକରି ଢେ଼ଉଗୁଡ଼ିକ କୂଳରେ ପିଟିହୋଇ, ପୁଣି ଶାନ୍ତହୋଇ ଫେରିଯାଉଥାନ୍ତି। ଏକାଗ୍ର ଚିତ୍ତରେ ସୁଜିତ୍ ଚାହିଁଥାନ୍ତି ସମୁଦ୍ରକୁ। ସତେଅବା ଆଜି ପ୍ରଥମ ଥର ସେ ସମୁଦ୍ର ଦେଖୁଛନ୍ତି।

ହଠାତ୍ ଗମ୍ଭୀର ସ୍ୱରରେ ସୁଜିତ୍ କହିଲେ, "ମୁଁ ପଢ଼ିଛି, ସମୁଦ୍ର କୂଳ ଯେତେ ଶବ୍ଦମୟ ବା ଅଶାନ୍ତ, ଗଭୀର ସମୁଦ୍ର କିନ୍ତୁ ଠିକ୍ ତା'ର ବିପରୀତ। ମାନେ ସେତିକି ଶାନ୍ତ ଏବଂ ନୀରବ। ଏ କଥା କ'ଣ ଠିକ୍।"

"ସତରେ ତମେ ପିଲାଙ୍କ ଭଳି ହଉଛ। ହଉ ଛାଡ଼, ଦେଖ ଚା' ବାଲାଟିଏ ଏଆଡ଼େ ଆସୁଛି। ଚାଲ ଚା' ପିଇବା।"

ସମୁଦ୍ର ଉପରେ ଦୃଷ୍ଟି ରଖି, ସୁଜିତ୍ କହିଲେ, "ତମେ ଯାଅ। ଚା' ପ୍ରତି ମୋର ଆଉ ସ୍ପୃହା ନାହିଁ। କେବଳ ଚା' କାହିଁକି କୌଣସି ଥିରେ ମୋର ଆଉ ସ୍ପୃହା ନାହିଁ।"

"ହଉ ତମେ ବସିଥାଅ, ମୁଁ ଦୁଇ କପ୍ ଚା' ନେଇଆସୁଛି।"

ଚା' ନେଇ ଆସିଲା ବେଳକୁ ସୁଶାନ୍ତବାବୁ ଦେଖିଲେ, ସୁଜିତ ସଳଖହୋଇ ବସିଛନ୍ତି। ଲକ୍ଷ୍ୟ ସମୁଦ୍ର ଉପରେ। ସତେଅବା କିଛି ଖୋଜୁଛନ୍ତି।

"ବାସ୍ତବିକ ସମୁଦ୍ରର ଏକ ବିଶେଷ ଆକର୍ଷଣ ଅଛି।" ସମ୍ମୋହିତ ସ୍ୱରରେ କହିଲେ ସୁଜିତ।

ସୁଶାନ୍ତବାବୁ ସଂଶୟରେ କହିଲେ, "ଅନେକ ବେଳୁ ଆମେ ଏଠି ବସିଛନ୍ତି। ଚାଲ ଏଥର ଘରକୁ ଯିବା।"

"ମୁଁ ବି ସେଇଆ କହୁଥିଲି, ଯିବା!"ସହଜ ଭଙ୍ଗୀରେ କହିଲେ ସୁଜିତ।

ସୁଶାନ୍ତବାବୁ ଆଉ କିଛି କହିବା ଆଗରୁ, ସୁଜିତ ଦ୍ରୁତ ଗତିରେ ସମୁଦ୍ର ଆଡେ ଆଗେଇଲେ।

ସୁଶାନ୍ତବାବୁ ଚିତ୍କାର କଲେ, "ସୁଜିତ ! ସୁଜିତ !"

ସମୁଦ୍ର ଗର୍ଜନରେ ତାଙ୍କ ଚିତ୍କାର ମଳିନ ପଡ଼ିଗଲା।

ସର୍କସର ତାଲିମପ୍ରାପ୍ତ ପଶୁଙ୍କ ଭଳି, ଏକ ନିର୍ଦ୍ଦିଷ୍ଟ ବ୍ୟବଧାନରେ ଶୃଙ୍ଖଳିତ ଭାବେ ମାଡ଼ିଆସି କୂଳରେ ପିଟିହୋଇ ଢ଼େଉଗୁଡ଼ିକ ନିଜର ଗନ୍ତବ୍ୟ ପଥ ବଦଳଉଥାନ୍ତି। ମାତ୍ର ଦୁଇଗଜ ବ୍ୟବଧାନ ସୁଜିତ ଏବଂ ଏକ ବିଶାଳ ଢ଼େଉ ଭିତରେ। ସୁଶାନ୍ତବାବୁ ତାଙ୍କୁ ଝିଙ୍କିଦେଲେ। "ସୁଜିତ ଏ କ'ଣ ହେଉଛି ?"

ଚମକି ପଡ଼ି ସୁଜିତ କହିଲେ, "ଏତେ ରାତି ହେଲାଣି ଆମେ ଘରକୁ ଫେରିବାନି କି !"

କିଛି ଉତ୍ତର ନଫେରାଇ, ଫେରିବା ଉଦ୍ଦେଶ୍ୟରେ ସୁଶାନ୍ତବାବୁ, ସମୁଦ୍ର ବାଲିରେ ଚାଲିବା ଆରମ୍ଭ କଲେ। ଅବୋଧ ଶିଶୁଟିଏ ଭଳି ନିରବରେ ସୁଜିତ ତାଙ୍କୁ ଅନୁସରଣ କଲେ।

ଆଳାପ

ଦୀର୍ଘ ବାରବର୍ଷ ପରେ, ଗାଁ'ରେ ଚହଳ ପଡ଼ିଗଲା। ପରିକ୍ଷୀତ ଫେରିଚି। ନିତୁ ବେଫିକର ହୋଇ ଦାଣ୍ଡକୁ ବାହାରି ଆସିଲା। ପଞ୍ଚାଏ ଲଙ୍ଗଳା ଓ ଅଧା ଲଙ୍ଗଳା ଛୁଆଙ୍କ ମେଳରେ ପରିକ୍ଷୀତ ଚାଲିଥାଏ। ଅଧା ଗାଁ' ତା' ପଛରେ ଚାଲିଥାଏ। ତାକୁ ଚିହ୍ନି ହେଉନଥିଲା। ସହର ହାୱାରେ ସେ ଯଥେଷ୍ଟ ମୋଟା ହେଇ ଯାଇଥିଲା। ପିନ୍ଧିଥିଲା ସହରୀ ପୋଷାକ, ଯେଉଁଟା ତାକୁ ବେଶ୍ ମାନୁଥିଲା। ସେ ସହରୀ ବାବୁ ଭଳି ଦିଶୁଥିଲା। କିନ୍ତୁ ମୁହଁଟା ଶେତା ପଡ଼ି ଯାଇଥାଏ। ହୁଏତ ଗ୍ଲାନିରେ। ନିତୁ ବାହା ହୋଇଥିବା ଗାଉଁଲି ପରିକ୍ଷୀତ ଓ ଏବେର ସହର ଫେରନ୍ତା ପରିକ୍ଷୀତ ଭିତରେ ଅନେକ ଫରକ୍ ବାରି ହେଉଥିଲା।

ସମୁଦ୍ର ବାଲିରେ ଧୀରସ୍ଥିର ହୋଇ ବସି, ସମୁଦ୍ର ସହିତ ନିମଗ୍ନ ହୋଇ ସ୍ୱପ୍ନ ଦେଖିଲା ଭଳି ନିତୁ ପରିକ୍ଷୀତକୁ ଚାହିଁଲା। ପରିକ୍ଷୀତ ନିତୁକୁ ଚାହିଁ ହସିଲା। ସେ ହସରେ କିନ୍ତୁ ଚମକ ନଥିଲା। ଖୁବ୍ ମ୍ଳାନ ସେ ହସ। ଅକାଳରେ ପୁତ୍ର ହରେଇଥିବା ମା'ର ଶୋକ ପରି।

ନିତୁର ଗମ୍ଭୀର ମୁହଁ ଏବଂ ଅବାକ୍ ଚାହାଣୀ ପରିକ୍ଷୀତର ସେ ମ୍ଳାନ ହସକୁ କ୍ଷଣକରେ ପୋଛି ପକାଇଲା।

କପାଳ ପଢ଼ି ଭବିଷ୍ୟ କହୁଥିବା ସୁରକକା ନିତୁକୁ ଚାହିଁ କହିଲେ, "ମୁଁ କହୁନଥିଲି ପରିକ୍ଷୀତ ନିଶ୍ଚୟ ଫେରିବ। ତୋ ରାଶି ଭାରି ଟାଣ। ତାକୁ ଫେରେଇ ଆଣିବ। ମୋ କଥା ସତ ହେଲା ନା ନାହିଁ? ଅସୁବିଧାରେ ପଡ଼ି ଯାଇଥିଲା ବୋଲି ଡେ଼ରି ହେଲା। ସେ ମାୟା କାଟିବା କ'ଣ ଏଡ଼େ ସହଜ କଥା।"

"ହଁ ବା ପୁରୁଷ ପୁଅର ପୁଣି ଚରିତ୍ର ଗୋଟେ କ'ଣ? ଚରିତ୍ର ଶବ୍ଦଟା କେବଳ ସ୍ତ୍ରୀ ଲୋକମାନଙ୍କୁ ହିଁ ଖାପେ।" ହେମଖୁଡ଼ି ଉଚ୍ଚ ସ୍ୱରରେ ନିତୁକୁ ଶୁଣେଇଲା ଭଳି କହିଲେ। "ପୁରୁଷ ପୁଅର ଚରିତ୍ର ଖୋଜିଲେ, ସଂସାର ଚାଲିବ? ଏ ଗାଁ'ରେ କେଇଟା

ମାଇକିନା ଅଛନ୍ତି କହନି, ଯା' ସ୍ୱାମୀ ତାଙ୍କ ଛଡ଼ା ଆଉ କଉ ମାଇକିନା ପାଖ ମାଡ଼ିନି ? ପଛ କଥା ଭୁଲିଯା। ଏବେ ସ୍ୱାମୀକି ଘରକୁ ନେ। ତାକୁ ଆଦର ଯତ୍ନ କର। ଯେମିତି ସେ ଆଉ ଆନମନା ନହେବ, ସେ ବ୍ୟବସ୍ଥା କର। ତୁ ସଧବା ଟି ? ତୋର ଇଏ କି ଅଲରା ବେଶ ? ତା'ଛଡ଼ା ସ୍ତ୍ରୀଲୋକ ହେଇ ଏତେ ଅବୁଝା ହେଲେ କ'ଣ ଚଳେ ! ତୁ କ'ଣ ଜାଣିନୁ, ଏ ଗାଁ'ର ଅଧା ମର୍ଦ୍ଦ, ନିଜ କଷ୍ଟ ଅର୍ଜିତ ଧନକୁ, ସଂଜ ହେଲା ମାତ୍ରେ ବେଶ୍ୟାପଡ଼ାରେ ଉଡ଼େଇ ଦେଇ ଆସୁଚନ୍ତି। ଏପଟେ ଦେଖିଲାବେଳକୁ ବାପା, ମା', ସ୍ତ୍ରୀ, ଛୁଆ ଭୋକରେ ସଢୁଥିବେ। ପରିକ୍ଷୀତ ସେ କାମ ତ କରିନି। ଆଉ ଗୋଟେ ବାହାହେଇଥିଲା। କ'ଣ ହେଲା ସେଉଠୁ? ଏମିତି ଅନେକ ପୁରୁଷ ଏ ସଂସାରରେ ଅଛନ୍ତି ଯାହାଙ୍କର ଦୁଇ, ତିନିଟା ଲେଖା ଭାର୍ଯ୍ୟା। ଇଏ କ'ଣ ଆଜିକାଲିର କଥା ହେଇଚି, ଯୁଗ ଯୁଗ ଧରି ପରା ଏସବୁ ଚଳି ଆସୁଚି। ତା'ଛଡ଼ା ଦୁଇଟା ବାହାହେବା କେବେଠାରୁ ପାପ ହେଲାଣି କାହିଁ ମୁଁ ତ ଜାଣିନି। ଇଏ ଗୋଟେ କି ଅଭିଲା କଥା ! ପୁରୁଷ ପୁଅର, ଅସ୍ଥିର ମନ। ଭୁଲ ଭଟକା ହେଇଯାଏ। ସେସବୁ ଧରିଲେ ଚଳିବ ? ଆରେ ତୋ କକା ପରା, ଆର ଗାଁ'ରେ ଆଉ ଗୋଟାଏ ରଖିଥିଲା। ଅବଶ୍ୟ ଲୁଚାଛପାରେ। ମୁଁ ସବୁ ଜାଣି ପୁଣି ଚୁପ୍ ରହିଥିଲି ନା ନାହିଁ ?"

ନିଜ ସପକ୍ଷରେ ଯୁକ୍ତି ଗୁଡ଼ାକ ଶୁଣି ପକାଇ ପରିକ୍ଷୀତ ଆଶ୍ୱସ୍ତିରେ ସାମାନ୍ୟ ହସିଲା।

ନିତୁ ହେମଖୁଡ଼ିଙ୍କୁ ଚାହିଁଲା। ତୀର ଭଳି ତୀକ୍ଷଣ ସେ ଚାହାଣୀ। ସତେଅବା ଶରୀରରେ ଗଳିଯିବ।

ହେମଖୁଡ଼ି ପୁଣି ତାଗିଦ୍ କଲେ। "ଆଲୋ ହୁଣ୍ଡିଟା କି? ଏମିତି ଚାହିଁଚୁ କ'ଣ ? ତତେ କହିଲି ପରା, ଘରକୁ ଯା ଭଲ ଶାଢ଼ି ପିନ୍ଧି, ଜୁଡ଼ା ବାନ୍ଧ। ସିନ୍ଦୂର ପିନ୍ଧ। ନହେଲେ ସ୍ୱାମୀକି କେମିତି ବାନ୍ଧି ରଖିବୁ ?"

ନିତୁର ଜବାବ୍ ଦେବାକୁ ଭାରି ଇଚ୍ଛା ହେଉଥିଲା। ଶାଢ଼ି, ସିନ୍ଦୂର ପିନ୍ଧି ସଜବାଜ ହେଲେ ଯଦି ସ୍ୱାମୀକୁ ବାନ୍ଧି ରଖିହୁଏ, ତେବେ ଏତେଦିନ ଯାଏଁ ମୁଁ ଆଉ କ'ଣ ପିନ୍ଧୁଥିଲି କି ? ପରିକ୍ଷୀତ ସହ ହାତଗଣ୍ଠି ପଡ଼ିବା ଦିନରୁ ତ ଦିନରେ ଦୁଇବେଳା ଚାଖଣ୍ଡେ ଲମ୍ବାର ସୁନ୍ଥା କାଟି ସିନ୍ଦୂର ପିନ୍ଧୁଥିଲି। ରଙ୍ଗ ବେରଙ୍ଗୀ ଛପା ଶାଢ଼ି ଦେହରେ ବେଢ଼ଉଥିଲି। କିନ୍ତୁ କ'ଣ ହେଲା ? ଅଥଚ ସେ ଚୁପ୍ ରହିଲା। ବରଂ ଚୁପ୍ ରହିବାକୁ ଶ୍ରେୟ ମଣିଲା।

ପରିକ୍ଷୀତର ଦ୍ୱିତୀୟ ବିବାହ କଥା ଶୁଣି ଯେଉଁ ସ୍ତ୍ରୀଲୋକ ମାନେ ତାକୁ ଗାଳି ଫଜିତ୍ କରିଥିଲେ, "ଛି ଛି ଅମଣିଷଟାକୁ ନର୍କରେ ବି ଯାଗା ମିଳିବନି। ତା' କପାଳରେ ଅନକୋଟି ଦଶା ଅଛି। ନହେଲେ ନିତୁ ଭଳି ସ୍ତ୍ରୀକୁ ସେ ହୀନିମାନ କରିଥା'ନ୍ତା !"

ସେହିମାନେ ଭାବ ଗଦ୍ ଗଦ୍ ହୋଇ କହୁଥିଲେ, "ଯାହା କୁହ ପଛେ, ପରିକ୍ଷୀତର ବିବେକ ଅଛି। ଫେରିଲା ନା!"

ପୃଥିବୀ ଧ୍ୱଂସ ପାଇଗଲା ପରି ନିତୁକୁ ମନେ ହେଇଥିଲା, ଯେବେ ପରିକ୍ଷୀତ ସହ ଏକା କାରଖାନାରେ କାମ କରୁଥିବା, ପଡ଼ିଶାଘର ଯୋଗେଶ କଲିକତାରୁ ଗାଁ'କୁ ଫେରି, ହାଲ୍ଲା କରିଥିଲା ପରିକ୍ଷୀତ ଗୋଟେ ବିହାରୀ ଝିଅକୁ ବାହାହୋଇ ଅଲଗା ସଂସାର କରିଛି। ଆଉ ସେ ଗାଁ' କୁ ଫେରିବନି। ନିତୁ କିନ୍ତୁ କଥାଟାକୁ ସମ୍ପୂର୍ଣ୍ଣ ଅବିଶ୍ୱାସ କରିଥିଲା। ଯୋଗେଶକୁ ଘରଭଙ୍ଗା କହି ମନେ ମନେ ଅନେକ ଗାଳି ଦେଇଥିଲା।

ଏମିତି ଏତେ ସହଜରେ କେହି କ'ଣ ସମ୍ପର୍କ ତୁଟାଇପାରେ ? ଆଖି ପିଛୁଳାକେ ନିଜ ସ୍ତ୍ରୀକୁ ଭୁଲିଯାଇ ଆଉ ଜଣକୁ ନିଜର କରିପାରେ? ଆଗରୁ ଏମିତି ଖବର ସେ ଅନେକ ଶୁଣିଥିଲେ ମଧ୍ୟ ପରିକ୍ଷୀତ ଏମିତି କରିବ ତା'ର ବିଶ୍ୱାସ ହେଉ ନଥିଲା। ପରିକ୍ଷୀତ ତ ତାକୁ କେତେ ଭଲପାଏ। ଅଥଚ ଧୀରେ ଧୀରେ ମାସ ପରେ ମାସ ବିତିଗଲା ପରେ, ପରିକ୍ଷୀତର ମୌନତା ନିତୁ ବିଶ୍ୱାସକୁ ଦୁର୍ବଳ କରି ପକାଇଲା। ପରେ ସେ ନିଶ୍ଚିତ ହେଇଗଲା ଯେ ବାର ମର୍ଦ୍ଦଙ୍କ ପରି ପରିକ୍ଷୀତର ଚରିତ୍ର ବି ଏକବାର ଦୁର୍ବଳ।

ନୂଆ ନୂଆ ନିତୁ ଲୁଚେଇ ଲୁଚେଇ ଖୁବ୍ କାନ୍ଦିଥିଲା। କିନ୍ତୁ ସେ ଲୁହର ମୂଲ୍ୟ ବା କ'ଣ ? ସେତେବେଳେ ସେ ନିଜକୁ ଏକବାର ଅବଳା, ଦୁର୍ବଳା ଓ ଖୁବ୍ ଅସହାୟ ମନେ କରିଥିଲା। ଦୀର୍ଘଦିନ ଧରି ଘର ଏରୁଣ୍ଡି ବନ୍ଧ ନଡ଼େଇଁ, ଘର କୋଣରେ ବସି କପାଳକୁ ଖୁବ୍ ନିନ୍ଦିଥିଲା। ଦୁଃଖରେ, ଲାଜରେ ଓ ଅପମାନରେ ଲୁଗାକାନିରେ ମୁହଁ ଲୁଚାଇ ସେ ଅନେକଦିନ ପର୍ଯ୍ୟନ୍ତ ଗାଁ' ଦାଣ୍ଡରେ ଯିବା ଆସିବା କରିଥିଲା। ଲୁହ ଭିଜା ଆଖି ଦୁଇଟା ତ'ର ଢ଼େର ଦିନ ଅସ୍ଥିର ହୋଇ କାହାକୁ ଖୋଜିଥିଲା। ଏବେ କିନ୍ତୁ ସବୁ ଦେହସୁହା।

ରାତି ରାତି ଅନିଦ୍ରା ହୋଇ ନିତୁ, ସେ ଅଜଣା, ଅଚିହ୍ନା ବିହାରୀ ଝିଅର ରୂପ କଳ୍ପନା କରିଛି। ମନେମନେ ସେ ଝିଅକୁ କେତେ ଗାଳିଦେଇଚି। ଅନେକ ଦିନ ପର୍ଯ୍ୟନ୍ତ ଦାଣ୍ଡରେ ପୁରୁଷ ପାଟି ଶୁଭିଲେ, ପରିକ୍ଷୀତ ଭାବି ସେ ଦୌଡ଼ି ଯାଇଚି। କିନ୍ତୁ ଧୀରେ ଧୀରେ ଛାତିକୁ ପଥର କରିବା ସେ ଶିଖି ଯାଇଥିଲା। ଛାତି ତଳେ କେମିତି କୋହ ଚାପି ଦାଣ୍ଡରେ ଚାଲିବାକୁ ହୁଏ ସେ ଜାଣି ଯାଇଥିଲା। ବିନା ସ୍ୱାମୀରେ ସଂସାରରେ ରହିବା ଆଦତ ସେ ପକେଇ ଦେଇଥିଲା।

ଅଧିକାନ୍ଥରେ ଟଙ୍ଗା ହେଇଥିବା ଅଇନା ପାଖରେ ଥିବା ସିନ୍ଦୂର ଡ଼ବା ସେମିତି ପଡ଼ିରହି ପରସ୍ତେ ଧୂଳିର ଆବରଣ ପିନ୍ଧି ସାରିଥିଲା। ମୁଣ୍ଡରେ ତେଲ ନବାଜି, ତା' ଚୁଟି ଗୁଡ଼ାକ ପରିକ୍ଷୀତର ବ୍ୟବହାର ପରି ରୁକ୍ଷ ହୋଇ ଉଠିଥିଲେ। ଚୁଟିରେ ପାନିଆ

ନପଶି ମୁଣ୍ଡରେ ଜଟା ପଡ଼ି ଆସୁଥିଲା । ଆଗରୁ ଘଣ୍ଟା ଘଣ୍ଟାଧରି ଅଇନା ଦେଖୁଥିଲେ ମଧ୍ୟ ଏବେ ଅଇନା ଦେଖିଲେ ତାକୁ ବିରକ୍ତ ଲାଗୁଥିଲା । କିନ୍ତୁ ଯେତେ ଚେଷ୍ଟା କଲେ ମଧ୍ୟ ହାତରେ ପିନ୍ଧିଥିବା ସୁନେଲି ଜରିଗୁଡ଼ା ନାଲି ଶଙ୍ଖା ଦୁଇପଟର ମୋହ ସେ ଆଦୌ ଛାଡ଼ି ପାରିନଥିଲା । ସତେଅବା ଶଙ୍ଖା ଦୁଇପଟ ତା' ହାତକୁ ଜାବୁଡ଼ି ଧରିଛନ୍ତି ।

ବାହାଘରର ବର୍ଷଟିଏ ପରେ ଦଶହରା ବେଳକୁ ପରିକ୍ଷୀତ ଗାଁ'କୁ ଆସିଥିଲା । ତା' ପାଇଁ ଆଣିଥିଲା ଏ ଶଙ୍ଖା ଦୁଇପଟ । ରାତିରେ ଆଦରକରି ଶଙ୍ଖା ପିନ୍ଧେଇଲା ବେଳେ କଲିକତା କଥା କହି ପରିକ୍ଷୀତ ତାକୁ ଚକିତ କରିଦେଇଥିଲା । ଆଉ ବି କହିଥିଲା, "ଆର ଥରକୁ ଆସିଲେ ତତେ ସାଙ୍ଗରେ କଲିକତା ନେଇଯିବି । ଆମେ ସୁଖର ସଂସାର ଗଢ଼ିବା । ରବିବାର ଦିନ ମୋର ଛୁଟି । ସେଦିନ ଆମେ ବୁଲିବାକୁ ଯିବା । ଭିକ୍ଟୋରିଆ, ଦକ୍ଷିଣେଶ୍ୱର, କାଳୀଘାଟ, ଚିଡ଼ିଆଖାନା ଆହୁରି ଅନେକ ଜାଗା । ଗାଁ' ସ୍ତ୍ରୀ ଲୋକଙ୍କ ଭଳି ଶାଢ଼ି ଗୁଡ଼େଇ ନହେଇ ତୁ କୁଞ୍ଚ ପକେଇ, କାନି ଛାଡ଼ି ଶାଢ଼ି ପିନ୍ଧିବୁ । ଶାଢ଼ି ସହିତ ମେଳ ଖୁଆଇ ହାତକଟା ବ୍ଲାଉଜ ପିନ୍ଧିବୁ । ଓଠରେ ନାଲି, ଗୋଲାପୀ ଲିପ୍ ଷ୍ଟିକ ମାରିବୁ । ଆଉ ପାଦରେ ଉଚ୍ଚା ଗୋଇଠିର ଜୋତା ପିନ୍ଧି ଦୁନିଆଁ ସହ ତାଳ ମିଶାଇ ଚାଲିବୁ । ଆମ ଛୁଆ ସହରରେ ଜନ୍ମ ହେବ । ଇଂରାଜୀ ସ୍କୁଲରେ ପଢ଼ିବ । ସହରୀ ଛୁଆଙ୍କ ପରି ଟିଭିରେ କାର୍ଟୁନ ଦେଖିବ । ବଙ୍ଗଳା, ହିନ୍ଦୀ, ଇଂରାଜୀ କହିବ । ତୁ ସହରୀ ମା' ହେବୁ । ସକାଳେ ବଜାର କରିବାକୁ ଯିବୁ । ଦ୍ୱିପହରେ ଗାଁ' ସ୍ତ୍ରୀଲୋକଙ୍କ ଭଳି ନଶୋଇ ତୁ ଟିଭିରେ ହିନ୍ଦୀ, ବଙ୍ଗଳା ସିରିଏଲ ଦେଖିବୁ । ସହରୀ ସ୍ତ୍ରୀ ଲୋକଙ୍କ ସହିତ ସାଙ୍ଗହବୁ । ତାଙ୍କ ସହ ଗପ କରିବୁ । ଏ ଗାଁ'ରେ କ'ଣ ଅଛି । କଲିକତାରେ ଜୀବନ ଦେଖିବୁ । "

ପରିକ୍ଷୀତର ଅଧା କଥା, ମଫସଲରେ ବଢିଥିବା ନିତୁପାଇଁ ଦୁର୍ବୋଧ ଥିଲା । ତଥାପି ସ୍ୱାମୀ କଥାରେ ମସଗୁଲ୍ ହେଇ ନିତୁ ସ୍ୱପ୍ନ ରାଇଜରେ ଚକ୍କର ମାରି ହାଲିଆ ହେଇ ପଡ଼ିଥିଲା । ଅଧ ରାତି ବେଳକୁ ପରିକ୍ଷୀତ ଯେତେବେଳେ ହାଲକା ନିଦରେ ଶୋଇଥିଲା, ତାକୁ ହଲେଇ ଦେଇ ନିତୁ ଲାଜ କରି କହିଥିଲା, "ମୁଁ କଲିକତା ଯିବା କଥାରେ ବାପା, ବୋଉ କ'ଣ ରାଜିହେବେ ?"

ଅଧା ନିଦରେ, ପରିକ୍ଷୀତ ତାକୁ ନିଜ ପାଖକୁ ଟାଣିନେଇ କହିଥିଲା, "ତତେ ଛାଡ଼ି ଏକୁଟିଆ ସେଠି ମୁଁ କ'ଣ ରହି ପାରିବି ?" ପରିକ୍ଷୀତ କଥାକୁ ସ୍ୱପ୍ନରେ ପରିଣତ କରି, ସାରା ରାତି ନିତୁ ଅନିଦ୍ରା ରହିଥିଲା । ତା'ପରେ ପରିକ୍ଷୀତ ଆଉ ଫେରିନି ।

ଶାଶୁ ତା' ଦୁଃଖ ଅନୁଭବ କରୁଥିଲେ ମଧ୍ୟ, ନିତୁକୁ ଗାଳିଦେଇ ନିଜ ମନକୁ ବୁଝଉଥିଲେ । "ହତଭାଗୀଟା ସ୍ୱାମୀକୁ ନିଜର କରିବା ଶିଖିନି । କି ଲାଭ ସେ ନିଆଁଲଗା ରୂପ ରଖି ।"

ଶଶୁର କହୁଥିଲେ, "ମୋ ବୋହୂଟା ବୋକୀ।" ଏଇ କଥା ପଦକରେ ସେ କାନ୍ଦି କାନ୍ଦି ଅଥୟ ହେଉଥିଲା।

କିନ୍ତୁ ନିତୁ ଜୀବନରେ କଳା ବାଦଲ ଘୋଟି ଯାଇଥିଲା, ଯେତେବେଳେ ଶାଶୁ, ଶଶୁର ଦୁହେଁ ଛଅମାସ ଭିତରେ ପୁଅ ନଫେରିବା ଦୁଃଖ ସହି ନପାରି ଆଗପଛ ହୋଇ ଚାଲି ଯାଇଥିଲେ। ଶାଶୁ, ଶଶୁର ମଲା ବେଳକୁ ନିତୁ ଯୋଗେଶ ହାତରେ ପରିକ୍ଷୀତ ପାଖକୁ ଖବର ପଠେଇଥିଲା। ହେଲେ ପରିକ୍ଷୀତ ଆସିନଥିଲା। ସେବେଠାରୁ ନିତୁ ଏକା।

ସେ ସମୟରେ ଭାଇ ଆସି ବହୁତ ବୁଝେଇଥିଲା। "ଆଉ ଏଠି କ'ଣ ଅଛି ଯେ ତୁ ପଡ଼ି ରହିଚୁ। ମୋ ସାଙ୍ଗରେ ଚାଲ। ଏଠି ଏକୁଟିଆ ଟା ହଇରାଣ ହବୁ।"

ନିତୁ ମନା କରିଥିଲା। ନା'ନା' ମୋ କଥା ମୁଁ ବୁଝି ପାରିବି। ମୁଁ କ'ଣ ଲତା ହେଇଚି ଯେ ମତେ ବୃକ୍ଷର ସାହାର ଆବଶ୍ୟକ। ବା ବିନା ସାହାରାରେ ମୁଁ ମରିଯିବି। ତୋର ବ୍ୟସ୍ତ ହେବା ଦରକାର ନାହିଁ। ଭାଇ ଫେରି ଯାଇଥିଲା। ପ୍ରକୃତରେ ନିତୁ ଏକା ରହିବାକୁ ପଣ କରିଥିଲା। ଅଜାଣତରେ ପୁରୁଷଙ୍କ ନିମନ୍ତେ ତା' ମନରେ ଏକ ପ୍ରକାର ବିଦ୍ୱେଷ ଭାବ ସୃଷ୍ଟି ହେଇ ଯାଇଥିଲା।

ମୃତ୍ୟୁଶଯ୍ୟାରେ ଶଶୁର ତାକୁ ଅନୁନୟ ହୋଇ କହିଥିଲେ, "ମା'ରେ ତୋ ଜୀବନ ମୁଁ ନଷ୍ଟ କରିଦେଲି। ତୋ ଭଳି ମୋତିକୁ, ଏ କୁଳାଙ୍ଗାର ହାତରେ ଛନ୍ଦିଲି। ମତେ କ୍ଷମା କରିଦେବୁ। ମୁଁ କ'ଣ ଜାଣିଥିଲି, ହତଭାଗାଟା ପର ଘର ପଶା ହେବବୋଲି। କ'ଣ କରିବି ? ତୋ ଯନ୍ତ୍ରଣା ମୁଁ ଆଉ ଦେଖି ପାରିବିନି। ଏ ଘରଡ଼ିଅ ଆଜିଠୁଁ ତୋର। ନିଜ କଥା ନିଜେ ବୁଝିବୁ। ସେ ଅଲକ୍ଷଣାକୁ ଭୁଲିଯିବୁ। ଯଦି ପାରିବୁ ଆଉଥରେ ସଂସାର କରିବୁ। ସ୍ୱର୍ଗରେ ଥାଇ ଆମେ ଦୁହେଁ ଖୁସିହବୁ।"

ଦୃଢ଼ଚିତ୍ତରେ ନିତୁ ସେତେବେଳେ କଥାଗୁଡ଼ାକ ପିଇଯାଇଥିଲା। କିନ୍ତୁ ଦ୍ୱିତୀୟ ବିବାହ କଥା ସେ କେବେ ମନକୁ ଆଣିନି। ପ୍ରଥମକୁ ଭୁଲିଲେ ସିନା ଦ୍ୱିତୀୟ ବିବାହ କଥା ସେ ଚିନ୍ତା କରନ୍ତା। ତା' ଦ୍ୱାରା ସେତକ ହେଉନଥିଲା।

ପରିକ୍ଷୀତ ନ ଫେରିବାର ଛ' ମାସ ପରେ, ଗାଁ' ପାଖରେ ଥିବା ଏକ ଜନମଙ୍ଗଳ ସଂସ୍ଥାରେ ସେ କାମ ପାଇଥିଲା। ସହରରୁ ଆସି କିଛି ଲୋକ ସଂସ୍ଥାଟି ଖୋଲିଥିଲେ। ସଂସ୍ଥାଟି ନିରାଶ୍ରୟ ଲୋକଙ୍କୁ କାମ ଯୋଗାଏ। ଦିନେ ଦରମା ଦେଲାବେଳେ ସଂସ୍ଥାର ମ୍ୟାନେଜର, ଆଖିରେ ଦୟାଭାବ ରଖି ପଚାରିଥିଲେ, "ନିତୁ ତୋ ବୟସ କେତେ ? "

"ବାଇଶି।" ବଡ଼ ଅମାୟିକ ଉତ୍ତର ଦେଇଥିଲା ସେ।

ମ୍ୟାନେଜର ଚେୟାର ରୁ ଉଠିପଡ଼ି କହିଥିଲେ, "ମାତ୍ର ବାଇଶି ବର୍ଷ ଆଉ ତୁ ଏକା ରହୁଚୁ! ତୋ ସ୍ୱାମୀ?"

"କଲିକତାରେ! ଆଉ ଜଣକୁ ବାହାହୋଇ ତା'ପାଖରେ ରହୁଚି।"

ମ୍ୟାନେଜର ତାକୁ ତାଟକା ହୋଇ ଚାହିଁଥିଲେ।

ନିତୁ ଦୀର୍ଘନିଶ୍ୱାସ ନେଲା।

ଆଉ ଥରେ ନିତୁକୁ ଏକୁଟିଆ ଦେଖି, ମ୍ୟାନେଜର ଆଖିରେ ଅଶ୍ଳୀଳତା ଭରି ତାକୁ କହିଥିଲେ, "ସେ ତ ଆଉ ଗୋଟାଏ ବାହାହେଇ ସିଆଡ଼େ ରହୁଛି। ତୁ ଏଠି କାହାକୁ ଅନେଇ ବସିଚୁ। ସେ କ'ଣ ଆଉ ଫେରିବ? ମୋ କଥା ମାନି ତୁ ଆଉଥରେ ବାହା ହେଇପଡ଼। ଏ ବୟସରେ କେହି କ'ଣ ଏକୁଟିଆ ରହେ?"

ନିତୁ ରୋକ୍ ଠୋକ ଜବାବ ଦେଇଥିଲା, "ବାବୁ! ମୁଁ ପରିକ୍ଷୀତ ନୁହେଁ।"

ମ୍ୟାନେଜର ସେବେଠାରୁ ତା' ପାଖ ମାଡ଼ନ୍ତିନି। ନିତୁ କାମକରି ମୁହଁରେ ଗାମ୍ଭୀର୍ଯ୍ୟ ରଖି ଘରକୁ ଫେରେ।

ମଝିରେ ମଝିରେ ଯୋଗେଶ ଠାରୁ ପରିକ୍ଷୀତ ଖବର ମିଳେ। ତା' ଛୋଟପୁଅ ଛଅମାସର ହେଲାଣି। ଦେଖିବାକୁ ପୁରା ପରିକ୍ଷୀତ ପରି ହେଇଚି। ତା' ବଡ଼ପୁଅ ଇଂରାଜୀ ସ୍କୁଲ ଯାଉଚି। ସେ ଗୋଟେ ରଙ୍ଗୀନ ଟିଭି କିଣିଚି। ତା' ସ୍ତ୍ରୀ କି ସୁନ୍ଦର ହିନ୍ଦୀ କହେ। ପରିକ୍ଷୀତ କେତେ ଖୁସିରେ ଅଛି। ବା ପୂର୍ବରୁ ଦେହର ହାଡ଼ ଦିଶୁଥିବା ପରିକ୍ଷୀତ ଦେହରେ କେମିତି ଚର୍ବି ଲାଗିଗଲାଣି ଏମିତି। ଏ ଖବର ଗୁଡ଼ାକ କିନ୍ତୁ ନିତୁକୁ ମାଘ ମାସ ବିଛଣା ପରି ଥଣ୍ଡା ଜଣାପଡ଼େ। ପରିକ୍ଷୀତର କୌଣସି ଖବର ଆଉ ନିତୁ ମନକୁ ଆନ୍ଦୋଳିତ କରେନା। କିମ୍ବା ପରିକ୍ଷୀତ ନା ଶୁଣି ନିତୁ ଆଉ ଅନ୍ୟମନସ୍କ ହୁଏନା।

ଗାଁ' ପୋଖରୀ ତୁଠରେ, ସ୍ତ୍ରୀ ଲୋକମାନେ ବସି ଏଣୁତେଣୁ ଗପି ଦେହ ଘଷିଲା ବେଳେ, ସେ ତରବରରେ ଅଣ୍ଟେ ପାଣିରେ ପଶି ବୁଡ଼ଟେ ପକାଇ ଉଠିଆସେ। ସମସ୍ତେ ତାକୁ ଦେଖି ଠରାଠରି ହୁଅନ୍ତି। ସେ ଆଡ଼ ନଜର କରେ। କେବେ କେବେ ତା'ର ମନ ହୁଏ, ଆଉ ଚାରିହାତ ପୋଖରୀ ଭିତରକୁ ପଶିଯାଇ ପାଣିରେ ବୁଡ଼ି ଅଣନିଶ୍ୱାସୀ ହୋଇ ମରିଯାଆନ୍ତା। କିନ୍ତୁ ଅଣ୍ଟେ ପାଣିରୁ ଟିକେ ପାଦ ଖସିଲେ, ତାକୁ ଡ଼ରମାଡ଼େ। ସବୁ ଭୁଲିଯାଇ ସେ କୂଳ ଖୋଜେ।

ସାବିତ୍ରୀ ବ୍ରତରେ ଫେରିବାଲା ଠାରୁ ସାହି ପଡ଼ିଶାର ସ୍ତ୍ରୀଲୋକ ଶାଢ଼ି, ସିନ୍ଦୂର, ଅଳତା, ଚୁଡ଼ି କିଣିଲା ବେଳେ ତା' ମୁହଁ କାନ୍ଦୁରା ଦିଶେ। ମେଘ ଉତୁରା ଆକାଶ ପରି ତା' ମୁହଁ ଓଲିପଡ଼େ।

ଅନେକ ଥର ଶାଶୁ କହନ୍ତି, ସାବିତ୍ରୀ ମଲା ସ୍ୱାମୀର ଜୀବନ ଫେରେଇ

ଆଣିଲା ଆଉ ତୁ ମୋ ପୁଅକୁ ଏଇ ଡ଼ାକେ ବାଟ କଲିକତାରୁ ଫେରେଇ ଆଣି ପାରୁନୁ। ଶାଶୁ କଥାରେ ଭାସିଯାଇ, ଦୁଇଆଖିରେ ସ୍ୱପ୍ନ ଭରି, ନିଜକୁ ସାବିତ୍ରୀ ଭାବି କେତେ ବ୍ରତ କରିଛି। ଶିବରାତ୍ରୀରେ ନିର୍ଜଳା ଓପାସ ରହି ଗାଁ ମହାଦେବଙ୍କ ଉପରେ ଶହେ ଆଠ ଗରା ପାଣି ଢ଼ାଳିଚି। ରାତି ଉଜାଗର ରହି ଦୀପ ଜାଳିଚି। ଅଥଚ ସବୁ ବିଫଳ। ଏବେ କୌଣସି ଓଷାରେ ଗାଁ ସ୍ତ୍ରୀଲୋକ ଓପାସ କଲାବେଳେ ସେ ପେଟପୁରା ଖାଇ କାମକୁ ବାହାରି ଯାଏ। ଓଷାବାର ବା ସଜବାଜରେ ତା'ର ଆଉ ବିଶ୍ୱାସ ନାହିଁ କି ମନ ବି ନାହିଁ। ସେ ସବୁ ଭୁଲିବାକୁ ଆପ୍ରାଣ ଚେଷ୍ଟା କରୁଥିଲା। କିନ୍ତୁ ହାତର ଶଙ୍ଖା ଦୁଇପଟରେ ପୃଥିବୀ ସାରାର ମାୟା ତାକୁ ଘାରେ। କାମରୁ ଫେରି ଧୁଆଧୁଇ ହେଲାବେଳେ, ଶଙ୍ଖାରେ ପାଣିମାରି ମନଦେଇ ସେ ସଫା କରେ। ସେଥିରେ ପରିକ୍ଷୀତର ମୁହଁ ଦେଖିପାରିଲା ଭଳି ଘଣ୍ଟା ଘଣ୍ଟା ଧରି ସେ ଶଙ୍ଖାକୁ ଅନେଇ ରହେ।

କେବେ କେବେ ତା'ର ମନ ହୁଏ, ଶଙ୍ଖା ଦୁଇପଟ ହାତରୁ ଖୋଲି ଫିଙ୍ଗି ଦିଅନ୍ତା। ଗାଁ' ମଝିରେ, ସମସ୍ତଙ୍କୁ ଶୁଣାଇ ଉଚ୍ଚ ସ୍ୱରରେ କୁହନ୍ତା, "ହଁ ମ ଯା'। ଦେଖିଚି ତୋ ଭଳି ମର୍ଦ୍ଦ। କି ସୋହାଗରେ ମତେ ପୋତିଥିଲୁ ଯେ ତୋ ପାଇଁ ମୁଁ ଝୁରି ମରିବି। ଯାହାକୁ ଇଚ୍ଛା ତାକୁ ଧରି ପଡ଼ିରହ। ଗୋଟେ କାହିଁକି ଦଶଟା ମାଇପ ରଖ। ମୋର ଯାଏ ଆସ ନାହିଁ।" କିନ୍ତୁ କହି ପାରେନା। ଶଙ୍ଖା ଖୋଲି ଫିଙ୍ଗି ପାରେନା। କି ପରିକ୍ଷୀତକୁ ଭୁଲି ପାରେନା। ଅପ୍ରତ୍ୟାଶିତ ଝଡ଼ ଗାଁ' ଗଣ୍ଡା ଛାରଖାର କଲା ଭଳି ପରିକ୍ଷୀତର ସ୍ମୃତି ତା' ମନକୁ ଛିନ୍ନଭିନ୍ନ କରି ପକାଏ। ତା'ର ସମସ୍ତ ଆତ୍ମବିଶ୍ୱାସକୁ ଗୋଇଠା ମାରେ।

ଶୋକାତୁର ସ୍ୱରରେ ପରିକ୍ଷୀତ କହିଲା, "ନିତୁ! ମୁଁ ଜାଣେ ମୁଁ ଭୁଲ୍ କରିଛି। ତୋ ପ୍ରତି ଖୁବ୍ ଅନ୍ୟାୟ କରିଛି। ତୋ ମନରେ କଷ୍ଟ ଦେଇଚି। ତତେ ହତାଦାର କରିଚି। କିନ୍ତୁ ମତେ କ୍ଷମା କରିଦେ। ଏବେ ସବୁଦିନ ପାଇଁ ମୁଁ ତୋ ପାଖକୁ ପଳେଇ ଆସିଛି। କୋଉ ପରିସ୍ଥିତିରେ ପଡ଼ି ମୁଁ ଏତେ ବଡ଼ ପାପ କଲି ଜାଣେନା। ତୁ ମିଛ ଭାବିପାରୁ, କିନ୍ତୁ ସତକଥା ହେଲା ଯେ, ସେ କୁହୁକିନୀ ପରା ମତେ ଫସେଇଦେଲା। ନିଜ ଅଜାଣତରେ କେତେବେଳେ ମୁଁ ସେ ମାୟାବିନୀ ପାଲରେ ପଡ଼ିଗଲି ଜାଣିନି। ପଡ଼ାଲୋକ କହୁଥିଲେ ସେ କୁଆଡ଼େ ଗୁଣି ଗାରେଡ଼ି କରେ। ବଶୀକରଣ ମନ୍ତ୍ର ଜାଣେ। ପରେ ଜାଣିଲି ସେ ମୋ ଉପରେ ମନ୍ତୁରା ପାଣି ପକାଇଥିଲା। ନହେଲେ ତୁ କ'ଣ ମତେ ଚିହ୍ନିନୁ? ମୁଁ ତତେ କେତେ ଭଲପାଏ। ତତେ ଛାଡ଼ି ଆଉ କାହାକୁ ବାହାହେବା କଥା ମୁଁ କ'ଣ କେବେ ଭାବି ପାରିବି? ସବୁ ସେଇ ମନ୍ତୁରା ପାଣିର କାମ। ମୁଁ ଆଉ କ'ଣ କରିଥା'ନ୍ତି। ଗୁଣି ଗାରେଡ଼ି ଆଗରେ ମୋର ବା ଚାରା କ'ଣ। ହଉ ଛାଡ଼

ସେକଥା। ତୁ ଏବେ ସେସବୁ କଥା ଭୁଲିଯାଇ, ମତେ ଥରେ ପ୍ରାୟଶ୍ଚିତ କରିବାକୁ ସୁଯୋଗ ଦେ। ଅଜାଣତରେ ହେଉ ପଛେ, ଯାହା ହେଲେବି ଭୁଲ ତ କରିଚି ନା। ତୁ ଯାହା କହିବୁ ମୁଁ କରିବି। ଯଉ ଦଣ୍ଡ ଦବୁ ମାନିବି। କିନ୍ତୁ ମୁଁ ପଣ କରିଚି ବାକି ଜୀବନ ତୋ ସହିତ ହିଁ କାଟିବି। ସତ କହୁଚି ତତେ ଛାଡ଼ି ଆଉ କୁଆଡ଼େ ଯିବାର ପ୍ରଶ୍ନ ନାହିଁ।"

ପରିକ୍ଷୀତ ସ୍ୱର ତା' କାନକୁ ଅଚିହ୍ନା ଶୁଭିଲା। ସେ ଚମକି ଉଠିଲା। ବାରୁଦ ଗଦାରେ ଦିଆସିଲି ମାରିଦେଲା ପରି, ନିତୁର ପଛକଥା ସବୁ ମନେ ପଡ଼ିଗଲା।

"ଆଉ ତମ ଚାକିରୀ?" ବିନା ପ୍ରତିକ୍ରିୟାରେ ପଚାରିଲା ନିତୁ।

"ସେ କାରଖାନା ପରା ଗତମାସ ବନ୍ଦ ହେଇଗଲା। ଆଉ କି ଚାକିରୀ?" ପରିକ୍ଷୀତ ସାଙ୍ଗରେ ଚାକିରୀ ହରାଇଥିବା, ପଡ଼ିଶାଘର ଯୋଗେଶ ଉତ୍ତର ଦେଲା।

"ଆଉ ସେ ଝିଅ?" ନିତୁ ଶାଣିତ ସ୍ୱରରେ ପଚାରିଲା।

ପରିକ୍ଷୀତ ମୁଣ୍ଡ ତଳକୁ କଲା। ଯୋଗେଶ କହିଲା, "ସେ କ'ଣ ଆଉ କଲିକତାରେ ଅଛି। ଚାକିରୀ ଗଲାପରେ ସେ ପରା ପରିଆ ଭାଇକି ଛାଡ଼ି, ପିଲା ଦିଇଟାଙ୍କୁ ନେଇ, ଆଉ ଜଣକ ସହ ବିହାର ପଳେଇଲା।"

ଲୁହ ଟଳମଳ ଆଖିରେ ନିତୁ ସମସ୍ତଙ୍କୁ ଚାହିଁଲା। ତା' ଦାଣ୍ଡରେ ଗାଁ' ମୁରବୀଙ୍କ ଭିଡ଼। କେହି ଜଣେ କହୁଥିବାର ନିତୁ କାନରେ ପଡ଼ିଲା, "ଯାହା କହୁଚ କୁହ କିନ୍ତୁ ନିତୁ ଭାଗ୍ୟ ଖଣ୍ଡେ ପାଇଚି! ଏତେ ଦିନ ପରେ ହେଉ ପଛେ ତା' ସ୍ୱାମୀ ଫେରିଚି। ତଳ ସାହି ଝୁନି ଦଉଡ଼ି ଦେଇ ମଲା ପଛେ ତା' ସ୍ୱାମୀ କ'ଣ ଫେରିଲା?"

ନିତୁ ଡ଼ାହାଣ ହାତକୁ, ଦୁଇ ହାତରେ ଧରି ଆତୁର ସ୍ୱରରେ ପରିକ୍ଷୀତ କହିଲା, "ସେ ଚରିତ୍ରହୀନା, ଅଲାଜୁକୀ ମୋ ବିଶ୍ୱାସକୁ ସିନା ଭାଙ୍ଗିଦେଇ ପଳେଇଲା କିନ୍ତୁ ମୁଁ ଜାଣେ ତୁ ମୋ ପାଇଁ ଅପେକ୍ଷା କରିଥିବୁ।"

ଏତେ ଦିନ ମୁହଁ ଲୁଚେଇ କାନ୍ଦୁଥିବା ନିତୁ ଆଖିରୁ ସର୍ବ ସମ୍ମୁଖରେ ଲୁହ ଦୁଇ ଧାର ଗଡ଼ିଗଲା। ଆଗରୁ ସ୍ଥିର କଲାଭଳି, ଶଙ୍ଖା ଦୁଇପଟ କାଢି ସେ ତଳେ ଫିଙ୍ଗି ଦେଲା। ମର୍ମାହତ ପରିକ୍ଷୀତ କ'ଣ କହି ଆସୁଥିଲା। ନଶୁଣିଲା ଭଳି ନିତୁ ଘର ଭିତରକୁ ଯାଇ କବାଟ ବନ୍ଦ କରିବା ଆଗରୁ କୋହମିଶା ସ୍ୱରରେ କହିଲା, "ତମେ ଭୁଲ୍ ଭାବିଚ। ମୁଁ ତମକୁ କେବେଠୁଁ ଭୁଲି ଯାଇଚି।"

■

ମୋକ୍ଷ

କାଉଚ୍ ଉପରେ ଅଜଗର ଭଳି ପଡ଼ିଥିବା ସ୍ୱାମୀଙ୍କ ଆଡ଼େ ଚାହିଁ, ମିସେସ୍ ଚୌଧୁରୀ ଆବର୍ଜନା ଦେଖିଲା ଭଳି ମୁହଁକରି, ଅନ୍ୟଦିଗକୁ ମୁହଁ ଫେରାଇନେଲେ। ସେ ଯେ କେବେ ଏଭଳି ଏକ ବ୍ୟକ୍ତିକୁ ବିବାହ କରିବେ, ଆଦୌ ମନକୁ ଆଣିନଥିଲେ। ଏଇ ଯେମିତି ସେ ମନକୁ ଆଣିନଥିଲେ, ଭବିଷ୍ୟତରେ ଅପରାହ୍ନଗୁଡ଼ିକ କେବଳ ବାଲକୋନୀରେ ବସି, ପଡ଼ୋଶୀଙ୍କ ପୋଷା ଚଢ଼େଇଗୁଡ଼ିକୁ ପର୍ଯ୍ୟବେକ୍ଷଣକରି କଟାଇବେ ବୋଲି। ପିଲାଦିନେ ଚଢ଼େଇ ଦେଖିବାକୁ ସେ ଭଲ ପାଉଥିଲେ। ମା' ତାଙ୍କୁ ଚଢ଼େଇ ଦେଖାଇ ଖୁଆଉଥିଲେ। କିନ୍ତୁ ପଞ୍ଜୁରୀ ଭିତରେ ଆବଦ୍ଧ ଚଢ଼େଇ ଦେଖିଲେ ସେ ଭାରି କଷ୍ଟ ପାଆନ୍ତି। ମୁକ୍ତ ଭାବେ ଆକାଶରେ ଉଡୁଥିବା ପକ୍ଷୀ ବା ଗଛରେ ବସିଥିବା ପକ୍ଷୀ ଦେଖିଲେ ସେ ଶିହରିତ ହୁଅନ୍ତି। ଏବେ କିନ୍ତୁ ପଡ଼ୋଶୀଙ୍କ ପଞ୍ଜୁରୀ ଆବଦ୍ଧ ଚଢ଼େଇମାନଙ୍କୁ ଦେଖିବାକୁ ସେ ଏକରକମ ବାଧ୍ୟ। ବହୁଥର ତାଙ୍କ ମନକୁ ଆସିଛି, ପଡ଼ୋଶୀ ନଥିଲା ବେଳେ, ସେ ଯାଇ ପଞ୍ଜୁରୀ ଖୋଲି ଦିଅନ୍ତେ ଆଉ ପକ୍ଷୀମାନେ ଆନନ୍ଦରେ ଡ଼େଣା ଝାଡ଼ି ଉଡ଼ିଯାଆନ୍ତେ। ଅଥଚ ଏ କାମଟା ଯେ ସମ୍ପୂର୍ଣ୍ଣ ଅସମ୍ଭବ ସେ ଜାଣନ୍ତି।

ଅନେକଥର ସେ ଭାବିଲେଣି ଲୋକଟାକୁ ଛାଡ଼ପତ୍ର ଦେବେ। ତିନିଥର କାଗଜ ବି ପ୍ରସ୍ତୁତ କରାଇଛନ୍ତି। କିନ୍ତୁ ଏକ ପ୍ରକାର ଅହେତୁକ ବିତୃଷ୍ଣାରେ ସେ ଓହରି ଯାଇଛନ୍ତି। ଏଭଳି ଲୋକକୁ ଛାଡ଼ପତ୍ର ଦେବାରେ ମଧ୍ୟ କୌଣସି ରୋମାଞ୍ଚ ନାହିଁ।

ଗ୍ରାଜୁଏଟ ହବାର କେତେମାସ ପରେ, ଚୌଧୁରୀ ଆଣ୍ଡ ସନ୍ ର ମାଲିକ ପୁଞ୍ଜିପତି ମିଷ୍ଟର ୱିଲସନଙ୍କ ସହ ତାଙ୍କର ବିବାହ ହୋଇଥିଲା। ପ୍ରକୃତ ନାମ ସେ ଜାଣନ୍ତି ନାହିଁ। ୱିଲସନ ନାମରେ ସେ ଜଣାଶୁଣା। ବିବାହ ପରେ ମିସେସ୍ ୱିଲସନ ପରିବର୍ତ୍ତେ ମିସେସ୍ ଚୌଧୁରୀ ହେବାକୁ ସେ ପସନ୍ଦ କରିଥିଲେ।

ଯଦିଓ ସେ ଆହୁରି ପଢିବାକୁ ଚାହୁଁଥିଲେ, ତାଙ୍କ ବାପା କିନ୍ତୁ ଆଦୌ ରାଜି ହୋଇନଥିଲେ। ବାପାଙ୍କ ପାଖରେ ପାଠର ମୂଲ୍ୟ ସବୁବେଳେ କମ୍। ତାଙ୍କପାଇଁ ଟଙ୍କା ହେଉଚି ସବୁକିଛି। ଅତଏବ ମିଷ୍ଟର ୱିଲସନଙ୍କ ଭଳି ବିତ୍ତଶାଳୀଙ୍କୁ କୌଶଳରେ ନିଜ ସୁବିଧା ନିମନ୍ତେ ଜ୍ୱାଇଁ ବନାଇବାର ଲୋଭ ସେ ଆଦୌ ସମ୍ଭାଳି ପାରିନଥିଲେ।

ବିବାହ ପୂର୍ବରୁ, ବାପାଙ୍କର ଏକ ନୂଆ ବ୍ୟବସାୟରେ ମିଷ୍ଟର ୱିଲସନ ଅର୍ଥ ସାହାଯ୍ୟ କରିବାକୁ ପ୍ରତିଶୃତି ଦେଇଥିଲେ। ଅର୍ଥ ଆଉ କେବେ ଫେରାଇବାକୁ ପଡ଼ିବ ନାହିଁ ବୋଲି, ସେ ବିନା ଦ୍ୱିଧାରେ ମିଷ୍ଟର ୱିଲସନଙ୍କୁ ଜ୍ୱାଇଁ କରିବାକୁ ପ୍ରସ୍ତାବ ଦେଇଥିଲେ। ଥରୁଟିଏ ମଧ୍ୟ ମିଷ୍ଟର ୱିଲସନଙ୍କ ବିଷୟରେ ଯାଞ୍ଚ କରିବାକୁ ସେ ଜରୁରୀ ଭାବିନଥିଲେ। ବା ଝିଅର ମତାମତ ନେବାକୁ ଉଚିତ୍ ମନେ କରିନଥିଲେ। ସବୁଦିନେ ବାପା ଏମିତି। ନିଜ ଛଡ଼ା ଅନ୍ୟ କାହାରି ସ୍ୱାଧୀନତା ସେ ଭଲପାଆନ୍ତି ନାହିଁ।

ଏମିତି ଦେଖିବାକୁ ଗଲେ ବାପା ଏବଂ ତାଙ୍କ ସ୍ୱାମୀଙ୍କ ମଧ୍ୟରେ ବିଶେଷ ପ୍ରଭେଦ ନାହିଁ। ସ୍ୱଭାବ ଅନୁଯାୟୀ ଦୁହେଁ ପ୍ରାୟତଃ ସମାନ। ଦୁହିଁଙ୍କ ନିମନ୍ତେ ଟଙ୍କା ହିଁ ସର୍ବସ୍ୱ।

ଅନେକ ଦିନ ପର୍ଯ୍ୟନ୍ତ ସେ ବୁଝିପାରିନଥିଲେ, କିଏ କାହାକୁ ଠକୁଛି ? କିନ୍ତୁ ଯେଉଁଦିନ ବ୍ୟବସାୟ ସମ୍ବନ୍ଧୀୟ କୌଣସି ଏକ ମିଟିଂରେ ଯୋଗଦେବାକୁ ସ୍ୱାମୀଙ୍କ ଅଫିସକୁ ଯାଇ ବାପା ଆଉ ଫେରିଲେନି, ସେଦିନ ସେ ନିଶ୍ଚିତ ହେଲେ ଯେ ମିଷ୍ଟର ୱିଲସନ ବାପାଙ୍କୁ ମାତ୍ ଦେଇଛନ୍ତି। ଯଦିଓ ବାପା ଏମିତି ଭେଟି ପାଇଁ ସମ୍ପୂର୍ଣ୍ଣ ଉପଯୁକ୍ତ ଥିଲେ। ତଥାପି ସେହିଦିନଠାରୁ ସ୍ୱାମୀଙ୍କ ଉପରେ ନଜର ପଡ଼ିଲେ ସେ ଶଙ୍କିଯାନ୍ତି। ତାଙ୍କର ମନେହୁଏ, ସେ ବାହାହୋଇଥିବା ଲୋକ ଜଣକ ହେଉଚନ୍ତି ଜଙ୍ଗଲି କୁକୁର କାୟୋଟି ପ୍ରଜାତିର।

ତାଙ୍କ ବାପା ଥିଲେ ସହରର ଜଣେ ବିଖ୍ୟାତ ଲକ୍ଷପତି। ଅଥଚ ସେ ନିରୁଦ୍ଦିଷ୍ଟ ହେବା ପରେ ଜଣାପଡ଼ିଲା, କାହିଁ କେଉଁ କାଳରୁ ତାଙ୍କର ସମସ୍ତ ସମ୍ପତ୍ତି ମିଷ୍ଟର ୱିଲସନଙ୍କ ନାମରେ ହୋଇ ସାରିଛି।

ସ୍ୱାମୀଙ୍କ ପାଖରେ ତାଙ୍କ କଥାର କୌଣସି ମୂଲ୍ୟ ନାହିଁ, ସେକଥା ସେ ଭଲଭାବେ ଜାଣନ୍ତି। ଅତଏବ ନିହାତି ଆବଶ୍ୟକ ନଥିଲେ, ସେ ନିରବ ରହିବାକୁ ପସନ୍ଦ କରନ୍ତି। କିନ୍ତୁ ବାପାଙ୍କ ମୃତ୍ୟୁ ପରେ, କେବେ କେବେ ସ୍ୱାମୀଙ୍କ ସହ ମୁହାଁମୁହିଁ ହେଇଗଲେ, ସେ ନିରବ ରହିବା ସତ୍ତ୍ୱେ, ସ୍ୱତଃସ୍ଫୂର୍ତ୍ତ ଭାବେ ତାଙ୍କ ମୁହଁର ଭାବ ବଦଳିଯାଏ।

ସେଥିରେ ଆଦୌ ବିଚଳିତ ନହୋଇ, ବଡ଼ ଦମ୍ଭର ସହିତ ମିଷ୍ଟର ୱିଲସନ

କୁହନ୍ତି, "ତମ ବାପା ଠିକ୍ ମୋ ପ୍ରକୃତିର। ମୁଁ ଲକ୍ଷଚ୍ୟୁତ ହୋଇଥିଲେ, ମୋ ଅବସ୍ଥା ତାଙ୍କ ପରି ହୋଇଥାନ୍ତା। ଅତଏବ ମୁଁ ନିଜକୁ ହିଁ ରକ୍ଷାକରିଛି। ଆଶାକରେ ଆତ୍ମରକ୍ଷା ଶବ୍ଦର ଅର୍ଥ ତମେ ବେଶ୍ ବୁଝୁଥିବ। ତା'ଛଡ଼ା ସମ୍ପତ୍ତି ମାମଲାରେ ମୁଁ ଖୁବ୍ ସେନସିଟିଭ। ବିନା ଫାଇଦାରେ ମୁଁ କାହା ସହ ସମ୍ପର୍କ ରଖିବାକୁ ଭଲପାଏନା। ତମେ ହୁଏତ ଜାଣିନା ଲାଭ ନଥିଲେ ମୋ ନିଜ ବାପାଙ୍କ ସହିତ ବି କଥାବାର୍ତ୍ତା ହେବାକୁ ମୁଁ ପସନ୍ଦ କରେନା। ଆଉ ତମ ବାପା ତ ଥିଲେ ମୋର ଶଶୁର। କିନ୍ତୁ ତମେ ମତେ ଡ଼ରିବା ଦରକାର ନାହିଁ। ତମ ସହ ମୋର କୌଣସି ପଇସାର ଲେଣଦେଣ ନାହିଁ। ଅତଏବ ତମେ ସମ୍ପୂର୍ଣ୍ଣ ବିପଦମୁକ୍ତ। ତା'ଛଡ଼ା ଆମ ସମ୍ପର୍କ ତ ପ୍ରେମର। ନୁହେଁ! ମୁଁ ତମକୁ ଭଲପାଏ କି ନାହିଁ? ତମର ଧାରଣା କ'ଣ? ପ୍ରକୃତରେ ମୁଁ କେବଳ ଧନ ସମ୍ପତ୍ତିକୁ ଭଲପାଏ। ମଣିଷକୁ ଭଲପାଇବା ମୁଁ ଶିଖିନି।"

ମିସେସ୍ ଚୌଧୁରୀ ମର୍ମାହତ ହୋଇ ପଡ଼ନ୍ତି। ତାଙ୍କ ଅବସ୍ଥାକୁ ଉପଭୋଗକରିବା ଅବସରରେ, ମିଷ୍ଟର ୱିଲସନ ହସନ୍ତି ଏକ ବିକଟାଳ ହସ।

ମିସେସ୍ ଚୌଧୁରୀ କାନରେ ହାତ ଦେଲେ। ଲୋକଟାର ହସ ମଧ୍ୟ ବଡ଼ ବୀଭତ୍ସ।

ଗତକାଲିର ନିଶା ଛାଡ଼ିନି। ମିଷ୍ଟର ୱିଲସନ ସେମିତି କାଉଚ୍ ଉପରେ ପଡ଼ିଛନ୍ତି। ମୁହଁରୁ ଏକ ପ୍ରକାର ଅଦ୍ଭୁତ ଶବ୍ଦ ବାହାରୁଛି। ଅଧିକାଂଶ ସମୟ ନିଶାରେ ରହି ମଧ୍ୟ ଲୋକଟା ଏତେ ଚାଲାକି କେମିତି କରିପାରେ?

ମିସେସ୍ ଚୌଧୁରୀ ବସିଥିବା ରକିଂ ଚେୟାରର ଗତି ଦ୍ରୁତକଲେ। ତାଙ୍କ ସାମ୍ନାରେ ଏକ ବୃହତକାୟ ଦର୍ପଣ। କ୍ଷଣିକ ପାଇଁ ତାଙ୍କର ମନେହେଲା ଖାଲି ଚେୟାରଟି ହଲୁଚି। ସେ ଉଭେଇ ଯାଇଚନ୍ତି। ଉଭାନ ହେବାର ବିଦ୍ୟା କ'ଣ ତାଙ୍କୁ ଜଣା? ସେ ଭ୍ରୂକୁଞ୍ଚନ କଲେ। ତେବେ ଏ ବିଦ୍ୟାର ପ୍ରୟୋଗ ସେ ଆଗରୁ କରିନାହାନ୍ତି କାହିଁକି? ଅତ୍ୟନ୍ତପକ୍ଷେ ଏ କଳାପାଣି ସଜାରୁ ତ ସେ କେବେଠାରୁ ମୁକ୍ତ ହୋଇପାରିଥା'ନ୍ତେ। ସନ୍ଦେହରେ ସେ ପୁଣି ଦର୍ପଣକୁ ଚାହିଁଲେ। ଚେୟାର ତ ସେ ପରିଷ୍କାର ଦେଖିପାରୁଛନ୍ତି। ଅଥଚ ସେ ନାହାଁନ୍ତି। ସେ ଦର୍ପଣ ନିକଟକୁ ଉଠିଗଲେ। ଦର୍ପଣ କାଚରେ ହାତ ମାରିଲେ। ଏଥର ସେ ନିଜକୁ ଦେଖି ପାରିଲେ। ଦର୍ପଣ ଆଗରେ ସେ ନିଜକୁ ପରଖିଲେ। ସାମ୍ନାର ବାଳ କେତୋଟି ଧଳା ହୋଇ ଯାଇଛି। ହଠାତ୍ ତାଙ୍କ ନିଶ୍ୱାସ ପ୍ରଖର ହୋଇଉଠିଲା। ଧଇଁସଇଁ ହୋଇ ଧଳା ବାଳଗୁଡ଼ିକ ସେ ଉପାଡ଼ିବାରେ ଲାଗିଲେ।

ଇତି ମଧ୍ୟରେ, ଘରକୁ ନୂଆ ଆସିଥିବା ତାଲିମ୍ ପ୍ରାପ୍ତ ନେପାଳୀ ପରିଚାରିକା ଜଣକ, ତାଙ୍କ ସାମ୍ନାରେ ଗ୍ରୀନ୍ ଟି ରଖିଲା। ଏ ପରିଚାରିକାଟିକୁ, ସ୍ୱାମୀ ତାଙ୍କୁ ନୂଆ

ଉପହାର ଦେଇଚନ୍ତି । ପୂର୍ବରୁ କାମ କରୁଥିବା ସାଧାରଣ ପରିଚାରିକାକୁ ହଟାଇଦେଇ, ସ୍ୱାମୀ ନିର୍ଦ୍ଦିଷ୍ଟ ପରିଚାରିକାକୁ ନିଯୁକ୍ତ କରିଛନ୍ତି । ଖାସ୍ ତାଙ୍କ ଦେଖା ରଖା ନିମନ୍ତେ । ସେ କିନ୍ତୁ ବୁଝି ନାହାଁନ୍ତି, ମଣିଷର ମନକୁ ବୀଭତ୍ସ ଭାବରେ କ୍ଷତବିକ୍ଷତ କରିସାରିବା ପରେ, ଖାସ୍ ଦେଖା ରଖାର କୌଣସି ମୂଲ୍ୟ ନଥାଏ ।

ଗ୍ରୀନ୍ ଟିରୁ ବାମ୍ପ ଉଠୁଥାଏ । ଦୁଇ ହାତରେ ସେ କପ୍ ଟିକୁ ଉଠାଇନେଲେ । କିଛି ନୂଆ ଆବିଷ୍କାର କରିବା ଭଙ୍ଗୀରେ ଗରମ ଚା' ଭର୍ତ୍ତି କପ୍ କୁ ଅନୁଧ୍ୟାନ କଲେ । ତାଙ୍କର ମନେହେଲା, ପରିଚାରିକାଟି ଯଥେଷ୍ଟ ରଙ୍ଗ ଭରି ପାରିନାହିଁ ଗ୍ରୀନ୍ ଟିରେ । ଯେମିତି ତାଙ୍କ ଜୀବନରେ ସରସତା ଉଣା ଅଛି, ଠିକ୍ ସେମିତି ଚା'ରେ ସବୁଜ ରଙ୍ଗ କମ୍ ଅଛି । ଏଣେ ତେଣେ ଖୋଜାଖୋଜି କରି ପ୍ରସାଧାନ ବାକ୍ସରୁ ସବୁଜ ରଙ୍ଗର ଗୁଣ୍ଡ ନେଇ ସେ କପ୍ ରେ ପକାଇ ଗୋଳାଇଲେ । ସଙ୍ଗେ ସଙ୍ଗେ ଗ୍ରୀନ ଟିର ରଙ୍ଗ ବଦଳି ଗଲା । ମନଲୋଭା ଦୃଶ୍ୟ ଦେଖିଲା ପରି, ସେ କପ୍ ଆଡ଼େ ଚାହିଁ ରହିଲେ ।

ଗ୍ରୀନ୍ ଟି କୁଆଡ଼େ ଖୁବ୍ ସ୍ୱାସ୍ଥ୍ୟକର । ଆଣ୍ଟି ଅକ୍ସିଡାଣ୍ଟରେ ଭରପୂର । ତେଣୁ ତାକୁ ପିଇବା ଦ୍ୱାରା ଶରୀର ଫୁର୍ତ୍ତି ରହେ । ସ୍ନାୟୁଗୁଡ଼ିକ ଆରାମ ପାଆନ୍ତି । ତାଙ୍କୁ ଗ୍ରୀନ୍ ଟି ପିଇବାକୁ ଡ଼ାକ୍ତର କହିଛନ୍ତି । କିନ୍ତୁ ଆଦୌ ଗ୍ରୀନ୍ ଟି ନପିଇ ଏବଂ ସର୍ବଦା ମଦ ପିଇ ମଧ୍ୟ ମିଷ୍ଟର ଓ୍ୱିଲସନ ତ ବେଶ୍ ସୁସ୍ଥ ଅଛନ୍ତି । ବିବାହ ପରେ ସ୍ୱାମୀଙ୍କ କାର୍ଯକଳାପରେ ଅତିଷ୍ଠହୋଇ, ଅନେକ ଥର ନିଜକୁ ସେ ସାନ୍ତ୍ୱନା ଦେଇଥିଲେ ଯେ, ଯେମିତି ଜୀବନ ଶୈଳୀ ଲୋକଟା ଅନୁସରଣ କରୁଛି, ଅତିଶୀଘ୍ର ତା'ର ବୃକକ ଦୁଇଟି ନଷ୍ଟ ହୋଇଯିବ । ନହେଲେ ହୃଦଘାତ ବି ହୋଇପାରେ । କିନ୍ତୁ କୋଡ଼ିଏ ବର୍ଷ ବିତି ଗଲାଣି, ଏମିତି କୌଣସି ରୋଗର ଲକ୍ଷଣ ସ୍ୱାମୀଙ୍କ ପାଖରେ ଦେଖା ଦେଇନି । ଅଥଚ ସେ ବହୁବାର ଆପାତକାଳୀନ ସ୍ଥିତିରେ ହସପିଟାଲରେ ଭର୍ତ୍ତି ହୋଇଛନ୍ତି । କେବେ ଷ୍ଟ୍ରେସ୍ ତ କେବେ ଡ଼ିପ୍ରେସନର ଶୀକାର ହୋଇ ।

ମିସେସ୍ ଚୌଧୁରୀ ଦର୍ପଣରେ ମୁହଁ ଦେଖିଲେ । ଆଖି ତଳ କଳା ପଡ଼ି ଯାଇଚି । ସେ ଚିହିଁକି ଗଲେ । ତଡ଼ିତ୍ ବେଗରେ ପ୍ରସାଧାନ ବାକ୍ସରୁ ରଙ୍ଗ କାଢି ଆଖିତଳେ ମଳିଲେ । ବିଦେଶୀ ପ୍ରସାଧାନରେ ସାଙ୍ଗେ ସାଙ୍ଗେ ଆଖି ତଳର କଳା କ୍ଷଣିକରେ ଲୁଚିଗଲା । ଧୀରେ ଧୀରେ ଗୋଟିଏ ପରେ ଗୋଟିଏ ପ୍ରସାଧାନ ସାମଗ୍ରୀ ସେ ଲଗାଇବାରେ ଲାଗିଲେ । ଓଠ, ଗାଲ, ଆଖି ....! ସାଙ୍ଗେ ସାଙ୍ଗେ ତାଙ୍କ ରୂପ ବଦଳିଗଲା । ସେ ବିମୁଗ୍ଧ ହୋଇ ଦର୍ପଣରେ ନିଜକୁ ଦେଖିବାରେ ଲାଗିଲେ । ତାଙ୍କୁ ଏବେ ବୟସ କେତେ ....? ଷୋହଳ......, ପଚିଶ......, ଚାଳିଶ! ବା ତା'ଠୁଁ ଅଧିକ ......!

ହଠାତ୍ ରିମାଇଣ୍ଡର ବାଜି ଉଠିଲା । ତାଙ୍କର ଔଷଧ ଖାଇବା ସମୟ ହୋଇଗଲା । ସେ ରିଷ୍ଟୱାଚକୁ ଚାହିଁଲେ । ଅପରାହ୍ନ ଚାରିଟା । ପରିଚାରିକା ଔଷଧ ଧରି ଅନେକ ବେଳୁ ଠିଆ ହେଲାଣି । ସେ ଦର୍ପଣ ସାମ୍ନାରୁ ଉଠିଆସି, ରକିଂ ଚେୟାରରେ ବସିପଡ଼ି, ଝୁଲିବାକୁ ଲାଗିଲେ ।

"ମୋର କ'ଣ ହେଇଚି କି ? ମୁଁ ଅସୁସ୍ଥ ବୋଲି ମୋର ମନେ ହୁଏନା । ତେବେ ଔଷଧ କାହିଁକି ଖାଇବି ?" ଗମ୍ଭୀର ସ୍ୱରରେ ସେ ପଚାରିଲେ ।

"ମାମ୍ ଆପଣ ପରା ଡ଼ିପ୍ରେସନ ରୋଗୀ । ଅତଏବ ଡ଼ାକ୍ତର କହିଛନ୍ତି ଏ ଔଷଧ ଆପଣଙ୍କୁ ସମୟ ଅନୁଯାୟୀ ଖାଇବାକୁ ହେବ । ନଚେତ୍ ଆପଣ କଷ୍ଟ ପାଇବେ ।" ଶାନ୍ତ ସ୍ୱରରେ ପରିଚାରିକା ବୁଝାଇଲା ।

ମିସେସ୍ ଚୌଧୁରୀ କ୍ଷୀଣ ସ୍ୱରରେ କହିଲେ, "କଷ୍ଟ ପାଇବି ... . ! ତେବେ ଏବେ କ'ଣ ପାଉଛି ?"

"ସେ ବନ୍ଦୀ ନୁହଁନ୍ତି । ଅଥଚ ମୁକ୍ତ ନୁହଁନ୍ତି ।" ସେ ଅନ୍ୟମନସ୍କ ହେଲେ ।

'ଆପଣ ଔଷଧ ଖାଆନ୍ତୁ । ଭଲ ଲାଗିବ ।' ପରିଚାରିକା ତାଙ୍କ ହାତରେ ଔଷଧ ଦେଇ ପାଣି ଗ୍ଲାସ ବଢ଼ାଇଲା ।

ଏମିତି ଏକ ରୋଗ ଅଛି ବୋଲି ସେ ତ ଜାଣି ନାହାଁନ୍ତି । ପରିଚାରିକା ମିଛ କହୁନି ତ ! କ'ଣ ମାନେ ଅଛି ଏଇଟି ବିଷ ନୁହେଁ ଔଷଧ ! ତାଙ୍କ ପାଖରେ ତ କୌଣସି ପ୍ରମାଣ ନାହିଁ ।

ସେ ପରିଚାରିକା ମୁହଁକୁ ଚାହିଁଲେ । ସରଳ ଜଣାପଡୁଛି କିନ୍ତୁ ମିଷ୍ଟର ୱିଲସନ ବି ତ ସରଳ ଜଣାପଡ଼ନ୍ତି । ତେବେ .... ! ତାଙ୍କ ହୃଦସ୍ପନ୍ଦନ ବଢ଼ିଗଲା । ଔଷଧ ଖାଇବେ ନା ନାହିଁ । ସାମାନ୍ୟ ଇତସ୍ତତଃ ହୋଇ ସେ ଔଷଧ ଖାଇଲେ । ପରିଚାରିକା ଚାଲିଗଲା । ପୂର୍ବପରି ସେ ରକିଂ ଚେୟାରରେ ଝୁଲିବାକୁ ଲାଗିଲେ । ଆଖି ଦୁଇଟି ଭାରି ଲାଗୁଛି । ରାତିରେ ବି ସେ ଶାନ୍ତିରେ ଶୋଇପାରୁନାହାଁନ୍ତି । ନିଦ ଔଷଧ ଖାଇଲେ ଅବଶ୍ୟ ସେ ଶୋଇପଡ଼ନ୍ତି । ଗତକାଲି ଔଷଧ ନଖାଇ, ରାସ୍ତାରେ ବୁଲୁଥିବା କୁକୁରକୁ ସେ ଦେଇଥିଲେ । ମଧ୍ୟରାତିରେ ଘରେ ନଶୋଇ ବାହାରେ ବୁଲୁଥିଲା । ଏବଂ କିଛି ଖୋଜିଲା ପରି ବାରମ୍ବାର ଭୁକୁଥିଲା । ବିଚରା ..... ! ବୋଧେ ଔଷଧ ଖୋଜୁଥିଲା ।

ହଠାତ୍ ନୀରବତାକୁ ଭେଦକରି କିଛି ଶବ୍ଦ ତାଙ୍କୁ ବ୍ୟସ୍ତ କଲା । ସେ କାନ ଡ଼େରିଲେ । କୁକୁର ଭୋକିବାର ଶବ୍ଦ । ସେଇ କୁକୁର କି ! ପୁଣି ଔଷଧ ପାଇଁ ଆସିଛି କି ! ଲୋଭୀ ! ଏବେ ପରା ଅପରାହ୍ନ । ରାତି ହେଉ ଦେବି ।

ସେ ବୈଠକ ଘର ଝରକାରୁ ବାହାରକୁ ଅନାଇଲେ । କୁକୁରଟି ଅନବରତ

ଭୁକି ଚାଲିଚି। ସେ ଅପେକ୍ଷାକୃତ ଭାରି ଗଳାରେ କହିଲେ ଚୁପ୍ .... ଚୁପ୍। ଯା'.... ଯା'... ପଳା। ଅଥଚ କୌଣସି ପରିବର୍ତ୍ତନ ହେଲାନି। ଧୀରେ ଧୀରେ ସେ ବିରକ୍ତ ହେଲେ। ଆଉ ଅପେକ୍ଷା ନକରି, ଏକ ପାତ୍ରରେ କିଛି ପାନୀୟ ଧରି ସେ ବାହାରକୁ ଆସିଲେ। ଆଦରରେ କୁକୁରକୁ ପାଖକୁ ଡ଼ାକି ପିଇବାକୁ ଦେଲେ। କିଛି ସମୟପରେ କୁକୁରଟି ପିଉଥିବା ପାତ୍ର ଉପରେ ଢଳି ପଡ଼ିଲା।

"ମୋ ସ୍ୱାମୀଙ୍କ ଭଳି ଜନ୍ତୁକୁ ଯିଏ କାବୁ କରିପାରୁଛି, ତା' ପାଖରେ ତୁ କିଏ ? ସାମାନ୍ୟ ବିଶ୍ୱସ୍ତ ପ୍ରାଣୀ ?" ହତାଶ କଣ୍ଠରେ ମିସେସ୍ ଚୌଧୁରୀ ସ୍ୱଗତୋକ୍ତି କଲେ।

ଥରେ କୁକୁରଟିକୁ ଆଉଁସିଦେଇ, ସହଜ ଭାବରେ ଭିତରକୁ ଆସି ୱାଇନ୍ ବୋତଲଟିକୁ ସେ ରିସାଇକେଲ ବ୍ୟାଗ୍ ରେ ରଖିଲେ। ଏବେ ଚତୁର୍ଦ୍ଦିଗ ପୂର୍ବପରି ନୀରବ। କେବଳ ମଝିରେ ମଝିରେ, ମିଷ୍ଟର ୱିଲସନଙ୍କ ଘୁଙ୍ଗୁଡ଼ି ଶୁଭୁଛି।

ସେ ପୁଣି ରକିଂ ଚେୟାରରେ ବସି ଝୁଲିବାକୁ ଲାଗିଲେ। ଏମିତି ଝୁଲୁଥିବା ଅବସ୍ଥାରେ ଭାବିବାକୁ ସେ ଭଲ ପାଆନ୍ତି। ସେ ହେଉଛନ୍ତି ମନସ୍ତତ୍ୱ ବିଜ୍ଞାନର ଛାତ୍ରୀ। ପଢ଼ିଲା ସମୟରେ ଅନେକ ଛୋଟ ଛୋଟ ପ୍ରୟୋଗ ସେ ବହୁବାର କରିଛନ୍ତି। ଥରେ ବାପାଙ୍କୁ ସେ ଦୁଇଦିନ ବଶୀଭୁତ କରି ରଖିଥିଲେ। ଆଜ୍ଞାଧୀନ ଛାତ୍ର ଭଳି ବାପା ତାଙ୍କ କଥା ମାନିଥିଲେ। ସେ ଦୁଇଦିନ ଭୁଲିବାର ନୁହେଁ। ତାଙ୍କର ଭାରି ଇଚ୍ଛାଥିଲା, ସେ ମନୋବିଜ୍ଞାନୀ ହେବେ। ଅନେକ ଜଟିଳ କେଶ୍ ଉପରେ ପରୀକ୍ଷା ନିରୀକ୍ଷା କରିବେ। କିନ୍ତୁ ...! ସେ ଦୀର୍ଘଶ୍ୱାସ ନେଲେ।

ଅନେକ ଥର ମିଷ୍ଟର ୱିଲସନଙ୍କୁ ସେ ଷ୍ଟଡ଼ି କରିବାକୁ ଚେଷ୍ଟା କରିଛନ୍ତି। ଅଥଚ ସଫଳ ହୋଇନାହାନ୍ତି। ଲୋକଟାର ହାବଭାବ, କାର୍ଯ୍ୟକଳାପ ସମ୍ପୂର୍ଣ ଭିନ୍ନ। କେବେ ମନେହୁଏ ଖୁବ୍ ଚତୁର ତ ପୁଣି କେବେ ମନେହୁଏ ସମ୍ପୂର୍ଣ୍ଣ ବିକୃତ ମସ୍ତିଷ୍କ। ମଣିଷ ସ୍ୱଭାବର ତ ଆଦୌ ମନେ ହୁଏନା। କେବେ କେବେ ତାଙ୍କର ଅନୁଭବ ହୁଏ, ସେ ଗୋଟାଏ ଛୋଟ ଅଥଚ ଦୁର୍ଦ୍ଧାନ୍ତ ରାକ୍ଷସ ସହିତ ରହୁଚନ୍ତି, ଯିଏ କେବଳ ମଣିଷ ବା ଜନ୍ତୁ ଜାନୁଆର ମାରି ଖାଇବା ଭୁଲି ଯାଇଚି। କିନ୍ତୁ ଅନ୍ୟ ପ୍ରବୃତ୍ତି ଗୁଡ଼ିକ ବେଶ୍ ଉପଭୋଗ କରୁଚି।

ମିଷ୍ଟର ୱିଲସନ କଡ଼ ଲେଉଟାଇଲେ। ତାଙ୍କ ଘୁଙ୍ଗୁଡ଼ି କିଛି ସମୟ ପାଇଁ ବନ୍ଦହେଲା। ପୁଣି ଥରେ ସ୍ୱାମୀଙ୍କ ଆଡ଼େ ଚାହିଁ, ସେ ମୁହଁ ଫେରାଇନେଲେ। ତାଙ୍କର ଇଚ୍ଛାହେଲା, କୌଣସି ଯାଦୁ ଦ୍ୱାରା ସେ ତାଙ୍କୁ ଘୁଷୁରୀ ବନାଇ ଦିଅନ୍ତେ କି !

ସଂଧ୍ୟାହେଲେ ମିଷ୍ଟର ୱିଲସନ ଉଠିବେ। ଆଉ ଘରୁ ବାହାରି ଯିବେ।

କିଛିଦିନ ହେବ ଏଇୟା ଚାଲିଛି। ପତ୍ନୀ ଥିବା ବା ନଥିବାର କୌଣସି ପ୍ରଭାବ ତାଙ୍କ ଉପରେ ପଡ଼େନା। କେବେ କେବେ ମିସେସ୍ ଚୌଧୁରୀଙ୍କର ମନେହୁଏ, ଘରେ ଥିବା ୱାଇନ ବୋତଲର ମୂଲ୍ୟ ତାଙ୍କଠାରୁ ଢ଼େର ଅଧିକ।

ଘୁଙ୍ଗୁଡ଼ି ଶବ୍ଦ ଆଉ ଶୁଭୁନି। ମିସେସ୍ ଚୌଧୁରୀ କାଉଚ୍ ନିକଟକୁ ଉଠିଗଲେ। ଲେଦର କାଉଚ୍ ଉପରେ ହଲଚଲ ହେଉନଥିବା ଏକ ପୃଥୁଳକାୟ ଶରୀର। ସେ ନାକପୁଡ଼ା ପାଖରେ ଆଙ୍ଗୁଳି ରଖିଲେ ନିଶ୍ୱାସ ଚାଲୁଛି ନା ବନ୍ଦ ହେଇଗଲାଣି। ଧେତ୍ ଖୁବ୍ ପ୍ରଖର ନିଶ୍ୱାସ। ସତେଅବା ନିଶ୍ୱାସ ନୁହେଁ ଅଗ୍ନିର ଲେଲିହାନ ଶିଖା। ସାବଧାନ ନହେଲେ କ୍ଷଣିକରେ ସବୁ ଛାରଖାର ହୋଇଯିବ। ସେ ଦୂରେଇଗଲେ। ଏତେ ଉତ୍ତପ୍ତ ନିଶ୍ୱାସ କ'ଣ ମଣିଷର ହୋଇପାରେ ! ତେବେ .... ! କାଉଚ ଉପରେ ଶୋଇଥିବା ପ୍ରାଣୀଟି କ'ଣ ମଣିଷରୂପୀ ଜାନୁଆର୍। ସନ୍ଦେହରେ ସେ ନିରିଖେଇ ଦେଖିଲେ। ମନେହେଲା ଅଜଗରଟିଏ ନିଜର ଖାଦ୍ୟ ଗିଳିସାରି, ବିଶ୍ରାମ କରୁଛି। ଓଃ ..... ! ତେବେ ଏବେ ପାଇଁ ବିପଦ ନାହିଁ। ସେ ବଞ୍ଚିଗଲେ। ଏବେ ସିନା ବଞ୍ଚିଗଲେ କିନ୍ତୁ ଖାଦ୍ୟ ହଜମ ହେଲାପରେ ତ ପୁଣି ଖାଦ୍ୟ ଲୋଡ଼ାହେବ। ସେତେବେଳେ ଅଜଗରଟି ନିଶ୍ଚେ ତାଙ୍କୁ ହିଁ ଖାଇବ। ସେ ଇତସ୍ତତଃ ହେଲେ। ଦୌଡ଼ି ପଳେଇବେ ! କିନ୍ତୁ କୁଆଡ଼େ ଯିବେ ? ଏ ସ୍ଥାନ ବା ସ୍ୱାମୀଙ୍କୁ ଛାଡ଼ି କୁଆଡ଼େ ପଳେଇଯିବାର ବିକଳ୍ପ କ'ଣ ତାଙ୍କ ପାଖରେ କେବେ ଥିଲା ! ସେ ଦୀର୍ଘଶ୍ୱାସ ନେଲେ। ନା' ନା' ଏବେ ତ ସେ ଶୋଇଛି। ତେଣୁ ଭୟ ନାହିଁ। କିନ୍ତୁ ଉଠିଲେ ? ତାଙ୍କ ହୃଦସ୍ପନ୍ଦନ ବଢ଼ିଗଲା। ନା' ଯେମିତି ହେଉପଛେ, ନିଜକୁ ରକ୍ଷା କରିବାକୁ ହେବ। ଜାଣି ଜାଣି କେହି କ'ଣ ଏମିତି ପ୍ରାଣବଳି ଦିଏ। ହଠାତ୍ ମିଷ୍ଟର ୱିଲସନ କଡ଼ ଲେଉଟାଇଲେ। ଆଉ ବିଳମ୍ବ ନକରି, ପାଖରେ ଥିବା ତୁଳାଭର୍ତ୍ତି ମୁଲାୟମ କୁସନ ଦ୍ୱାରା ମିସେସ୍ ଚୌଧୁରୀ ସ୍ୱାମୀଙ୍କ ମୁହଁକୁ ଚାପି ଧରିଲେ। ମିଷ୍ଟର ୱିଲସନ ଛାଟିପିଟି ହେବା ସାଙ୍ଗକୁ ଗଁ ଗଁ ଶବ୍ଦ କରିବାକୁ ଲାଗିଲେ। ସେ ଆହୁରି ବଳ ପ୍ରୟୋଗ କଲେ। ଧୀରେ ଧୀରେ ମିଷ୍ଟର ୱିଲସନ ଜଡ଼ ପାଲଟିଗଲେ। ମିସେସ୍ ଚୌଧୁରୀ ଦୀର୍ଘଶ୍ୱାସ ନେଲେ। ଶରୀରରୁ ତାଙ୍କର ଗମ୍ ଗମ୍ ଝାଳ ବୋହିବା ଆରମ୍ଭ କରିଥିଲା। କ୍ଳାନ୍ତିରେ ସେ ରକିଂ ଚେୟାର ଉପରେ ବସିପଡ଼ିଲେ।

ଅଦୂରରୁ ଘଣ୍ଟ ଧ୍ୱନି ଶୁଭିଲା। ସେ ଅଣ୍ଟା ସଳଖେଇ ବସିଲେ। ଘରସାରା ଅନ୍ଧାର। ସେ ବତୀ ଜଳେଇଲେ। କାଉଚ୍ ଉପରେ ବଡ଼ ଅସଂଯତ ଅବସ୍ଥାରେ ମିଷ୍ଟର ୱିଲସନ ପଡ଼ିଛନ୍ତି। ବାଁ ହାତଟା କହୁଣୀ ପାଖରୁ ଭାଙ୍ଗିହୋଇ ଛାତି ଉପରେ ରହିଛି। ସତେ ଯେମିତି ସେ ହୃଦୟର ସ୍ପନ୍ଦନ ପରଖୁଛନ୍ତି। ଡ଼ାହାଣ ହାତଟି ତଳକୁ ଝୁଲିପଡ଼ି

ଚଟାଣକୁ ଛୁଉଁଚି । ବାଁ ପଟ ଗୋଡ଼ଟି ଅସ୍ୱାଭାବିକ ଭାବେ ମୋଡ଼ିହେଇ କାଉଚ ଉପରେ ସାମାନ୍ୟ ଟେକିହୋଇ ରହିଚି । ଡ଼ାହାଣ ଗୋଡ଼ଟା ଆଣ୍ଠୁ ପାଖରୁ ଭଙ୍ଗାହୋଇ ବାଁ ଗୋଡ଼ ତଳେ ରହିଚି । ମିସେସ୍ ଚୌଧୁରୀ ପୁଣିଥରେ ଘୃଣାରେ ମୁହଁ ଫେରାଇ ନେଲାବେଳେ, ସହଜ ସ୍ୱରରେ କହିଲେ, "ଲୋକଟା କେତେ ଶୋଉଛି ....!"

■

କଳ୍ପନା

ସାମାନ୍ୟ ଇତସ୍ତତଃ ହେଲେ ମଧ୍ୟ ଉପସ୍ଥିତ ବୁଦ୍ଧି ନ ହରାଇ ମାତ୍ର ପଚିଶ ମିନିଟ୍ ଭିତରେ, ପରିବାରର ସଦସ୍ୟମାନେ ଉମାକାନ୍ତବାବୁଙ୍କୁ ଡ଼ାକ୍ତରଖାନା ଆଣିବାକୁ ସକ୍ଷମ ହୋଇଥିଲେ। ଦୈବାତ ସେଦିନ କୌଣସି କାରଣରୁ ଦୁଇଜଣ ବିଖ୍ୟାତ ଡ଼ାକ୍ତର, ଡ଼ାକ୍ତରଖାନାରେ ମହଜୁଦ ଥିଲେ। ଅତଏବ ଅପେକ୍ଷା କରିବାରେ ବେଶୀ ସମୟ ବ୍ୟୟ ନହୋଇ ତୁରନ୍ତ ଚିକିତ୍ସା ଆରମ୍ଭ ହୋଇଥିଲା। ଭୟଭୀତ ହୋଇପଡ଼ିଥିବା ପରିବାର ଲୋକଙ୍କର ଆଉ କିଛି କରିବାର ନଥିଲା। ସୁତରାଂ ଭାରାକ୍ରାନ୍ତ ମନନେଇ ସେମାନେ ଆ.ଇ.ସିୟୁ ସାମ୍ନାରେ ଅପେକ୍ଷାକଲେ।

ତା'ଛଡ଼ା ଥରେ ଡ଼ାକ୍ତରଖାନାରେ ପହଁଞ୍ଚିଗଲେ, ସାଧାରଣ ମଣିଷ ହାତରେ ତ କିଛି ନଥାଏ। ତେଣିକି ଡ଼ାକ୍ତରଙ୍କ ଚେଷ୍ଟା ଏବଂ ଭଗବାନଙ୍କ ଇଚ୍ଛା। ଗମ୍ଭୀର ପରସ୍ଥିତିକୁ, ଡ଼ାକ୍ତରଖାନା ବାରଣ୍ଡା କାନ୍ଥରେ ଟଙ୍ଗା ହୋଇଥିବା ଘଣ୍ଟାର ଶବ୍ଦ ଆହୁରି ଭାରି କରିଦେଲା। ସମସ୍ତଙ୍କ ନଜର ଯନ୍ତ୍ରବତ୍ ଘଣ୍ଟା ଉପରକୁ ଚାଲିଗଲା। ରାତି ଦୁଇଟା।

ହଠାତ୍ ଏମିତି କାହିଁକି ହେଲା ସମସ୍ତେ ଭାବୁଥିଲେ। ଉମାକାନ୍ତବାବୁଙ୍କ ଭଳି ସୁସ୍ଥ ସବଳ ଲୋକ ଯେ କେଇ ମିନିଟ୍ ଭିତରେ ଏମିତି ନିସ୍ତେଜ ହୋଇଯିବେ ଏକଥା ପରିବାରର ସଦସ୍ୟମାନେ ଆଦୌ ବିଶ୍ୱାସ କରିପାରୁନଥିଲେ। ଅତଏବ କେହି ଆଶା କରିନଥିବା, ଏ ଅବିଶ୍ୱସନୀୟ ଘଟଣାଟି ସମସ୍ତଙ୍କୁ ବ୍ୟଥିତ କରି ପକାଇଥିଲା।

ତିନିମାସ ତଳେ, ପରିବାରର ଅନ୍ୟ ସମସ୍ତଙ୍କ ସହିତ ଉମାକାନ୍ତବାବୁଙ୍କର ମଧ୍ୟ ଶରୀରର ସମ୍ପୂର୍ଣ୍ଣ ପରୀକ୍ଷା ହୋଇଥିଲା। ଅନ୍ୟମାନଙ୍କର ଛୋଟ ମୋଟ ସ୍ୱାସ୍ଥ୍ୟ ସମସ୍ୟା ଥିଲାବେଳେ, ତାଙ୍କର କିନ୍ତୁ ସବୁ ନର୍ମାଲ ଥିଲା। ବୟସ ଅନୁଯାୟୀ ସେମିତି କୌଣସି ଅସୁବିଧା ତାଙ୍କର ନଥିଲା। ଡ଼ାକ୍ତର ରିପୋର୍ଟ ଦେଖି ତାଙ୍କୁ ଅନେକ ପ୍ରଶଂସା କରିଥିଲେ। ବିଶେଷ କରି ତାଙ୍କ ସୁସ୍ଥ ହୃଦୟର। କେବଳ ସପ୍ଲିମେଣ୍ଟ ହିସାବରେ

ସାମାନ୍ୟ କେତୋଟି ଭିଟାମିନ୍ ଟାବଲେଟ ଲେଖିଦେଇ ଡ଼ାକ୍ତର ତାଙ୍କୁ କହିଥିଲେ, "ସମସ୍ତେ ଯଦି ଆପଣଙ୍କ ଭଳି ଜୀବନ ଶୈଳୀ ଆପଣେଇବେ ତେବେ ଶେଷରେ ମତେ କ୍ଲିନିକ ବନ୍ଦ କରିବାକୁ ପଡ଼ିବ।"

ଉମାକାନ୍ତବାବୁ ଖୁସିରେ ଗଦଗଦ ହୋଇ, ପତ୍ନୀଙ୍କୁ ଚାହିଁ କହିଥିଲେ, "ଦେଖିଲ ତ ମୋ ରିପୋର୍ଟ। ଶୁଣିଲ ତ! ଡ଼ାକ୍ତର କ'ଣ କହିଲେ? ତମେ ତୁଚ୍ଛାଟାରେ ମୋ ପାଇଁ ଭୟ କରୁଥିଲ। କିନ୍ତୁ ତମେ ମୋ ଠାରୁ ସାତ ବର୍ଷ ଛୋଟହେବା ସତ୍ତ୍ୱେ ଗୁଡ଼ାଏ ରୋଗ ଧରି ବସିଛ। ଏବେ ମୋ କଥା ମାନି ତମ ଜୀବନ ଶୈଳୀ ବଦଳାଇ ଦିଅ। ମତେ ଅନୁସରଣ କର।"

"ତେବେ .... . !ସୁସ୍ଥ ହୃଦୟଟି ଏମିତି ହଠାତ୍ ଅସୁସ୍ଥ ହୋଇପଡ଼ିଲା କାହିଁକି !" ଉମାକାନ୍ତବାବୁଙ୍କ ପତ୍ନୀ ଆଭାଦେବୀ ଡ଼ାକ୍ତରଖାନା ବାରଣ୍ଡାରେ ଥିବା ଚେୟାରରେ ବସିପଡ଼ିଲେ। ଆତୁରତାରେ ତାଙ୍କ ଆଖି ବୁଜି ହୋଇଗଲା।

ଉମାକାନ୍ତବାବୁଙ୍କର ବହୁ ଦିନର ଇଚ୍ଛା ଥିଲା, ନିଜ ମନ ପସନ୍ଦ ସ୍ଥାନରେ ଘରଟିଏ କରିବେ। ଯାହାର ମାଲିକ ହେବେ ସେ ନିଜେ। ନିଜର ଘର ଖଣ୍ଡେ ପାଇଁ ତାଙ୍କର ଦୁର୍ବଳତା ପିଲାବେଳରୁ। ତାଙ୍କ ଜେଜବାପଙ୍କର ଥିଲେ ସାତଭାଇ। ଏବଂ ବାପା ହେଉଚନ୍ତି ଚାରିଭାଇ। ଅତଏବ ଗାଁ'ର ପୈତୃକ ଘରଟି ହେଉଚି ଶତଧା ବିଭକ୍ତ। ପାଖାପାଖି ଶହେବର୍ଷ ପୁରୁଣା ଘର ବିଭାଜନରେ, ଜେଜବାପାଙ୍କ ଭାଗରେ ପଡ଼ିଥିଲା ମୋଟେ ପାଞ୍ଚବଖରା ଛଣ ଛପର ମାଟିଘର ଏବଂ ଗୋଟେ ଲମ୍ବା ବାରଣ୍ଡା। ପରେ ସେତକ ଭାଗହୋଇ, ବାପାଙ୍କ ଭାଗରେ ପଡ଼ିଥିଲା, ମୂଷା ଖୋଳି ପକାଇଥିବା ଗୋଟେ ବଖରା ଘର ସାଙ୍ଗକୁ ଖଣ୍ଡେ ଛୋଟ ବର୍ଗାକୃତି ବାରଣ୍ଡା। ବାରଣ୍ଡାରେ ରୋଷେଇ ହୁଏ। ଆଉ ଘର ଭିତରେ, ଶୋଇବା ବସିବା ଠୁଁ ଆରମ୍ଭକରି ପଢ଼ିବା ଖାଇବା ପର୍ଯ୍ୟନ୍ତ ସବୁ କାମ ତୁଲାଇବାକୁ ହୁଏ। ବର୍ଷରେ ଥରେ ପୁରୁଣା ଛଣ ବାହାରକରି, ନୂଆ ଛଣରେ ଘର ଛପର କରାଯାଏ। ସେ ଦୁଇ, ତିନିଦିନ କି ବିଭୀଷିକାମୟ ମନେହୁଏ ସେକଥା ବର୍ଣ୍ଣନା କରିବା କଷ୍ଟ। ଯାହା ଯେମିତି ହେଇ ଅନ୍ୟ ଋତୁ ଗୁଡ଼ିକ ତ କଟିଯାଏ। କିନ୍ତୁ ବର୍ଷା ଋତୁରେ ଅବସ୍ଥା ଏକଦମ ଅସମ୍ଭାଳ। ଏମିତିରେ ତ ବର୍ଷସାରା ଘର ଭିତରର ମୂଷା ଗାତ ଲିପିଲିପି ବୋଉ ନୟାନ୍ତ ହେଇଥାଏ। ତା'ପରେ ବର୍ଷାଦିନ। ବର୍ଷାଦିନେ ଘର ଭିତରକୁ ସାପ, ବେଙ୍ଗଙ୍କର ଅବାଧ ପ୍ରବେଶ। କାହାରି ସାଧ ନଥାଏ ବେଙ୍ଗର ପ୍ରବେଶ ଘର ଭିତରକୁ ନିରୋଧ କରିପାରିବ। ବାସ୍ ବେଙ୍ଗ ପଛେ ପଛେ ସାପ ଚାଲିଲେ ତାକୁ ଗିଳିବାକୁ। ତା'ସାଙ୍ଗକୁ ବର୍ଷା ଛାଟି ବାରଣ୍ଡା ପୁରା କାଦୁଅ ହେଇଯାଏ। ଏଣେ ଘର ଭିତର ସନ୍ତସନ୍ତିଆ। ସେଭଳି ପରିସ୍ଥିତିରେ ତାଙ୍କ ପିଲାବେଳ କି କଷ୍ଟରେ କଟିଛି କେବଳ ସେ ଜାଣନ୍ତି।

ଜେଜବାପା ବା ବାପାଙ୍କର କୌଣସି ଦିନ ପଇସାର ଅଭାବ ନଥିଲା। ଖଣ୍ଡମଣ୍ଡଳରେ ତାଙ୍କ ପରିବାର ଥିଲା ଖୁବ୍ ସ୍ୱଚ୍ଛଳ। ଅନେକ ଜମିଜମା ସାଙ୍ଗକୁ, ପୋଖରୀ, ଆମ୍ବତୋଟା, ବାଉଁଶବାଡ଼ିର ମାଲିକ ଥିଲେ ତାଙ୍କ ପୂର୍ବ ପୁରୁଷ। ଅତଏବ ଅନାୟସରେ ଅନ୍ୟ କଉଠି ଜାଗା ଖଣ୍ଡେ କିଣି ଘରଟିଏ କରି ହେଇଥାନ୍ତା। କିଛି ନହେଲେ ନିଜ ଭାଗ ଜମିରେ ବି ନୂଆଘର ତୋଳା ଯାଇ ପାରିଥା'ନ୍ତା। ବା ପୁରୁଣା ମାଟିଘର ଭାଙ୍ଗି, ସେ ସ୍ଥାନରେ ନୂଆ ପକ୍କାଘର ମଧ୍ୟ ତୋଳା ଯାଇପାରିଥାନ୍ତା। ଅଥଚ ପୁରୁଣା ଘର ଭାଙ୍ଗିବା ସପକ୍ଷରେ ଜେଜବାପା ନଥିଲେ। କାଳେ କିଏ ତାଙ୍କୁ ନପଚାରି ପୁରୁଣା ଘର ଭାଙ୍ଗି ପକାଇ ନୂଆଘର ତୋଳିଦେବ, ସେଥିପାଇଁ ମଝିରେ ମଝିରେ ବିନା କାରଣରେ କଡ଼ା ସ୍ୱରରେ ସେ କୁହନ୍ତି, "ଖବରଦାର ମୋ ବାପା ବୁନିଆଦର ଘର ଭାଙ୍ଗିବା କଥା ଯଦି କେହି ଭାବିଥିବ। ପୁରୁଣା ଘର ଭାଙ୍ଗି, ତା' ଜାଗାରେ ନୂଆଘର ତୋଳିବା ଆମ ବୁନିଆଦରେ ନାହିଁ। ମୋ ଜେଜ କହୁଥିଲେ ଆମ ଘର ଭଳି ଘର ଏ ଖଣ୍ଡମଣ୍ଡଳରେ ବିରଳ।"

ଅନେକଥର ସେ ଭାବିଛନ୍ତି କହିବେ, "ଜେଜ ! ଠିକ୍ କଥା ଯେ। ଠାକୁର ଜେଜ ଯେତେବେଳେ ଏ କଥା କହୁଥିଲେ ସେତେବେଳେ ଏହା ବିଶାଳ ଖଞ୍ଜାଘର ଥିଲା। ଏବେ କ'ଣ ଅଛି ? ଆମେ ସିନା ଏ ଶତାବ୍ଦୀର ସ୍ମୃତିକୁ ଘର ବୋଲି କହୁଛନ୍ତି, ନଚେତ୍ ଅନ୍ୟମାନେ ଭୂତକୋଠି ବୋଲି ଭାବୁଥିବେ।" କିନ୍ତୁ ସେ କେବେ କିଛି କହି ପାରିନାହାନ୍ତି। ଜେଜବାପାଙ୍କ ବୁନିଆଦ ପ୍ରେମରେ ସେ ଯେତେ କାବା ହୁଅନ୍ତି, ସେତେ ହତାଶ ମଧ୍ୟ ହୁଅନ୍ତି। କେବଳ ଜେଜବାପା ନୁହଁନ୍ତି, ବାପାବୋଉ ବି ସେ ସ୍ଥାନ ଛାଡ଼ିବାକୁ ଥିଲେ ନାରାଜ। ସେ ଅଧାଭଙ୍ଗା ପୁରୁଣା ମାଟିଘର, ଯାହା ପୁଣି ଭାଗ ବଣ୍ଟରାରେ ପାରାଭାଡ଼ି ଭଳି ଲାଗୁଥିଲା, କି ଦୁର୍ବାର ଆକର୍ଷଣ ଥିଲା ସେଥିରେ ଭଗବାନ ଜାଣନ୍ତି।

ଅନେକଥର ସେ ବାପାଙ୍କ ସହ ଜିଗର କରିଚନ୍ତି, ପଇସା ଥାଇ କି ଲାଭ ଯଦି ଆମେ ଏମିତି କଷ୍ଟରେ ଜାକିଜୁକି ହେଇ ଚଳିବା ? ଅଥଚ ବାପାଙ୍କର ସ୍ପଷ୍ଟୋକ୍ତି। ମୋର ଆଉ ଗୋଟାଏ ଘର ଦରକାର ନାହିଁ। ଏ ଘର ମୋ ପାଇଁ ଯଥେଷ୍ଟ। ତୁ ଚାକିରୀ କଲେ ତୋ ହିସାବରେ ଘର କରିବୁ।

ହାଇସ୍କୁଲ ସରିବା ପର୍ଯ୍ୟନ୍ତ, ନିଜ ବୁନିଆଦି ଘରେ ସେ ଅଣନିଶ୍ୱାସୀ ହୋଇ କେବଳ ହନ୍ତସନ୍ତ ହୋଇଥିଲେ। ସେତେବେଳର ମୂଷାମାନଙ୍କ ଉପଦ୍ରବ ସେ ଆଜି ପର୍ଯ୍ୟନ୍ତ ଭୁଲି ପାରି ନାହାଁନ୍ତି। ମ୍ୟାଟ୍ରିକ ପରୀକ୍ଷା ଆଉ ମାସଟିଏ ଥାଏ। ବହୁ ପରିଶ୍ରମ କରି, ରାତିସାରା ଉଜାଗର ରହି ସେ ଇଂରାଜୀ ନୋଟ୍ ପ୍ରସ୍ତୁତ କରିଥା'ନ୍ତି। ଦୁଇଦିନ ପରେ ଦେଖନ୍ତି ନୋଟ୍ ସ୍ଥାନରେ ଅଛି ପୁଳାଏ ଟୁକୁଡ଼ା କାଗଜ। ସେଦିନ ସେ କେତେ

କାନ୍ଦିଥିଲେ ତାଙ୍କର ଆଜି ବି ମନେଅଛି। ଆଉ ଯେଉଁ ରାତିରେ, କକାଙ୍କ ପୁଅକୁ ଶୋଇଥିବା ଅବସ୍ଥାରେ ସାପ କାମୁଡ଼ି ଦେଇଥିଲା। ଓଃ! ସେଭଳି ପରିସ୍ଥିତି ସେ ଜୀବନରେ ଆଉ କେବେ ସମ୍ମୁଖୀନ ହେଇନାହାଁନ୍ତି। ଇସ୍ କି ଭୟଙ୍କର ଅନୁଭୂତି। ଭାଗ୍ୟ ଭଲ କକାଙ୍କ ପୁଅକୁ ଉପଯୁକ୍ତ ଫାଷ୍ଟେଡ୍ ଦେଇ ଡ଼ାକ୍ତରଖାନା ନିଆ ଯାଇଥିଲା। ଅତଏବ ଡ଼ାକ୍ତରଙ୍କ ଚିକିତ୍ସାରେ ସେ ଅଳ୍ପ ଦିନରେ ଭଲ ମଧ୍ୟ ହୋଇଯାଇଥିଲା। ସେତେବେଳେ ସେ ଦଶମ ଶ୍ରେଣୀରେ ପଢୁଥିଲେ। ପରୀକ୍ଷା ସକାଶେ ସେ ରାତିରେ ପଢୁଥା'ନ୍ତି। ହଠାତ୍ ପାଖଘରୁ କକାଙ୍କ ପୁଅ ଚିତ୍କାର କଲା, କ'ଣ ଟେ କାମୁଡ଼ିଦେଲା ? ଡ଼େରି ନକରି ସେ ଯାଇ କ୍ଷତ ଦେଖିଥିଲେ। ଏବଂ ଅନ୍ଦାଜ କରିଥିଲେ ସାପ କାମୁଡ଼ିଚି। ସଙ୍ଗେସଙ୍ଗେ ଗାମୁଛାଟେ ଆଣି କ୍ଷତର ଚାଖଣ୍ଡେ ଉପରକୁ ସେ ଭିଡ଼ିକି ବାନ୍ଧି ଦେଇଥିଲେ। ପରେ ପରେ ଘରର ଅନ୍ୟ ସଦସ୍ୟମାନେ ଉଠି ପଡ଼ି, କାନ୍ଦ ବୋବାଳି ଆରମ୍ଭ କରିଦେଇଥିଲେ। କକା ପାଖ ଗାଁ'ରୁ ଓଝା ଡ଼କାଇବାର ବ୍ୟବସ୍ଥା କରୁଥିଲେ। କାହା କଥା ନଶୁଣି, କକାଙ୍କ ପୁଅକୁ ଡ଼ାକ୍ତରଖାନା ନେବାର ବ୍ୟବସ୍ଥା ସେ କରିଥିଲେ। ତାଙ୍କ ଉପସ୍ଥିତ ବୁଦ୍ଧି ଯୋଗୁଁ କକାଙ୍କ ପୁଅ ବଞ୍ଚି ଯାଇଥିଲା। ସେହିଦିନ ଠାରୁ ପରିବାର ଲୋକଙ୍କ ଛାତିରେ ଛନକା ପଶିଥିଲା। ଏ ଘଟଣା ପରେ ଜେଜବାପା ବି ଆଉ ବଂଶ ବୁନିଆଦର ଦ୍ୱାହି ବିଶେଷ ଦେଉ ନଥିଲେ। ଯଦିଓ ସାପ କାମୁଡ଼ା କେଶ୍ ଗାଁ'ରେ ବର୍ଷକୁ ଦୁଇ ତିନିଟା ବାହାରୁଥିଲା, କିନ୍ତୁ ତାଙ୍କ ଘରୁ ଗୋଟାଏ ବାହାରିବା ଥୟ। ଏମିତି ଡ଼ରି ଡ଼ରି ମଣିଷ ଆଉ କେତେଦିନ ବୁନିଆଦକୁ ଜାବୁଡ଼ି ଧରିଥା'ନ୍ତା। ଅତଏବ ତାଙ୍କ ଭଳି ପରିବାରର ଅନ୍ୟମାନେ ମଧ୍ୟ ପ୍ରତିବାଦ କରିବା ଆରମ୍ଭ କରିଥିଲେ।

କଲେଜରେ ପଢ଼ିବା ସମୟରେ ସେ ରହୁଥିଲେ ହଷ୍ଟେଲରେ। ଏବଂ ଚାକିରୀକରିବା ପରେ ସରକାରୀ କ୍ୱାଟରରେ। ଅଥଚ କୌଣସି ପରିସ୍ଥିତିରେ ମଧ୍ୟ ନିଜର ଘର ଖଣ୍ଡେ ପାଇଁ ସେ କେବେ ସ୍ୱପ୍ନ ଦେଖିବା ବନ୍ଦ କରିନାହାଁନ୍ତି।

ଚାକିରୀ କରିବା ପରଠାରୁ ସେ ଆଉ କେବେ ଗାଁ'ଘର ମାଟି ମାଡ଼ିନାହାଁନ୍ତି। ଗାଁ' ରେ ଆଉ ଘର ବି କଉଠି ଥିଲା ? ଏକ ପରିତ୍ୟକ୍ତ ପରିବାରର ଜୀର୍ଣ୍ଣଶୀର୍ଣ୍ଣ ଅସ୍ତିତ୍ୱ ଭଳି, ଘର ସ୍ଥାନରେ, ଘରର ଅଧାଭଙ୍ଗା ଢ଼ାଞ୍ଚାଟିଏ ଖାଲି ଠିଆ ହୋଇଥିଲା। କ୍ୱାଟର ମିଳିବା ପରେ ସେ ବାପା ବୋଉଙ୍କୁ ବି ପାଖକୁ ନେଇ ଆସିଥିଲେ।

ଏବେ ପରିବାରର ଅନ୍ୟ ସଦସ୍ୟମାନେ ମଧ୍ୟ ଧୀରେ ଧୀରେ ଗାଁ'ଘର ଛାଡ଼ି ନିଜ ସାଧ୍ୟ ମତେ ଅନ୍ୟ ସ୍ଥାନରେ ଘରକଲେଣି। ଗାଁ'ଘର ଏବେ ଇତିହାସ।

ଯା ଭିତରେ ଅନେକ କିଛି ବଦଳିଛି। ଅଥଚ ବଦଳିନି ତାଙ୍କର ସ୍ୱପ୍ନ। ବାପାବୋଉ ବାକି ଜୀବନ ସରକାରୀ କ୍ୱାଟରରେ କଟାଇ, ଅନେକ ଦିନରୁ ଚାଲିଗଲେଣି। ସେ ବି

ଆଉ କେଇଟା ବର୍ଷ ପରେ ଅବସର ନେବେ। କିନ୍ତୁ ଅବସର ପୂର୍ବରୁ ତାଙ୍କର ସ୍ୱପ୍ନ ସେ ପୂରଣ କରିଚନ୍ତି। ଅନେକ ଅର୍ଥ ବ୍ୟୟକରି, ନିକଟରେ ସେ ଏକ ସମୁଦ୍ରମୁହାଁ ଦୁଇମହଲା କୋଠାଘର କିଣିଛନ୍ତି। ଲକ୍ଷ ପଶ୍ଚିମ ଜୀବନ ବିଳାସରେ ଅତିବାହିତ କରିବା। ଅବସର ନେବା ପରେ, ବିଶେଷ ଆରାମ ନିମନ୍ତେ ଏମିତି ସମୁଦ୍ରମୁହାଁ ପେଣ୍ଟ ହାଉସ୍ ହିଁ ଆବଶ୍ୟକ। କୋଠାର ମୁଖ୍ୟଦ୍ୱାର ପୂର୍ବଦିଗରେ, ଅତଏବ ସର୍ବଦା ସକରାତ୍ମକ ଶକ୍ତି ଘରକୁ ପ୍ରବେଶ କରିବ। ଦକ୍ଷିଣପଟରେ ବାଲକୋନୀ। ସୁନ୍ଦର ମଳୟ ସାଙ୍ଗକୁ ସମୁଦ୍ରର ମନଲୋଭା ଦୃଶ୍ୟ ଦେଖିହେବ। ସମ୍ପୂର୍ଣ୍ଣ କୋଠାଟି ବାସ୍ତୁଶାସ୍ତ୍ରକୁ ଧ୍ୟାନରେ ରଖି ତିଆରି ହୋଇଚି। ଉତ୍ତର-ପୂର୍ବ କୋଣରେ ଅଛି ଠାକୁର ଘର। ଦକ୍ଷିଣ-ପଶ୍ଚିମ କୋଣରେ ତାଙ୍କ ନିମନ୍ତେ ଶୋଇବାଘର ଅବସ୍ଥିତ। ମୁଖ୍ୟଦ୍ୱାରର ଠିକ୍ ସାମ୍ନାରେ ବୈଠକଘରର ଉତ୍ତର କୋଣକୁ ଲାଫିଙ୍ଗ ବୁଦ୍ଧଙ୍କର ଦୁଇ ଫୁଟ ଉଚ୍ଚତାର ଏକ ପିତଳ ମୂର୍ତ୍ତି। ବାସ୍ତୁ ଅନୁଯାୟୀ ଏହା ସୁଖ, ସମୃଦ୍ଧି ଓ ଉତ୍ତମ ସ୍ୱାସ୍ଥ୍ୟର କାରଣ ହେବ। ମୁଖ୍ୟଦ୍ୱାରର ପଛପଟ କାନ୍ଥରେ ବିଘ୍ନହର୍ତ୍ତାଙ୍କର ଏକ ମୂର୍ତ୍ତି ଟଙ୍ଗାହୋଇଛି। ତା' ପାଖରେ ସଙ୍କଟ ମୋଚନଙ୍କର ଏକ ମୂର୍ତ୍ତି।

କୋଠାର ପଛ ପଟେ ସହର। ପାହାଡ଼ରୁ ପଥରଟିଏ ଛିଟକି ଆସି ଦୂରରେ ପଡ଼ିଲା ପରି, କୋଠାଟି ସହରଠାରୁ ବିଛିନ୍ନ। ତାହା ହିଁ ଆବଶ୍ୟକ ଥିଲା। କୋଳାହଳ ଠାରୁ ଦୂର ଅଥଚ ଆବଶ୍ୟକତା ପୂରଣକରିବାରେ ଅସୁବିଧା ନାହିଁ। ଯେ କୌଣସି ମୁହୂର୍ତ୍ତରେ ସହର ଯାଇ ଆବଶ୍ୟକତା ମେଣ୍ଟାଇହେବ। କୋଠା ସାମ୍ନାରେ ଦୁଇଟି ଗାଡ଼ି ସର୍ବଦା ଆତଯାତ ନିମନ୍ତେ ତିଆର୍।

ପରିବାର ଲୋକଙ୍କ ସହ, ଅନେକ ବାକ୍ ବିତଣ୍ଡାପରେ, ପାଖାପାଖି ପଚାଶ ନାମ ମଧ୍ୟରୁ କୋଠାର ନାମକରଣ ହୋଇଯାଇଛି "କଳ୍ପନା"। କଳ୍ପନାରେ ଗଢ଼ିଥିବା ଘର ଏବେ ବାସ୍ତବ ରୂପ ନେଇସାରିଛି। ଶୁଭ ସମୟ ଅନୁଯାୟୀ ଆସନ୍ତାକାଲି ଗୃହ ପ୍ରବେଶ ହେବାର ଥିଲା। କିନ୍ତୁ କ୍ଷଣିକ ଭିତରେ ସବୁ ଓଲଟ ପାଲଟ ହେଇଗଲା।

ରାତ୍ରିଭୋଜନ ପରେ, ଗୃହ ପ୍ରବେଶ କାର୍ଯ୍ୟକ୍ରମକୁ ନିମନ୍ତ୍ରିତ ଅତିଥିଙ୍କ ତାଲିକାଟିକୁ ପରୀକ୍ଷା କରିବା ସମୟରେ, ହଠାତ୍ ତାଲିକାଟି ଉମାକାନ୍ତବାବୁଙ୍କ ହାତରୁ ଖସି ପଡ଼ିଥିଲା। ଏବଂ ଏକପ୍ରକାର ଅସ୍ୱାଭାବିକ ଶବ୍ଦକରି, ସେ ଦୁଇ ହାତରେ ଛାତିକୁ ଚାପିଧରି ସୋଫାର ବାମପଟକୁ ଢ଼ଳି ପଡ଼ିଥିଲେ। ସାଙ୍ଗେସାଙ୍ଗେ ହସହସ ମୁହଁ ତାଙ୍କର ବିକୃତ ହୋଇ ଉଠିଥିଲା। ଦୁଇପୁଅ, ବୋହୂ ଏବଂ ପତ୍ନୀଙ୍କ ମନରୁ ସରାଗ ଲିଭିଯାଇଥିଲା। ଅନେକଦିନର ଖୁସି ଓ ଉତ୍ତେଜନା ମଉଳି ଯାଇଥିଲା। ଏଭଳି ପରିସ୍ଥିତିରେ ଗୃହ ପ୍ରବେଶ କଥା ସମସ୍ତେ ଭୁଲିବାକୁ ବାଧହୋଇଥିଲେ। ସମସ୍ତଙ୍କ ଧ୍ୟାନ କେବଳ ଉମାକାନ୍ତବାବୁଙ୍କ ଚିକିତ୍ସା ଉପରେ ହିଁ କେନ୍ଦ୍ରୀଭୂତ ହୋଇଥିଲା।

କେଇଘଣ୍ଟା ପରେ ଡ଼ାକ୍ତର ଜଣାଇଲେ, ରୋଗୀ ଏବେ ବିପଦମୁକ୍ତ। କିନ୍ତୁ ରୋଗୀଙ୍କୁ ଅନୁଧ୍ୟାନରେ ରଖାଯିବ। ବାସ୍ତରି ଘଣ୍ଟା ପୂର୍ବରୁ କିଛି କହିବା ଅସମ୍ଭବ। ଏଣୁ ତେଣୁ ଭାବନାରେ କବଳିତ ହେଉଥିବା ପରିବାରର ସଦସ୍ୟମାନେ ସାମାନ୍ୟ ଆସ୍ୱସ୍ଥ୍ୟ ହେଲେ। ଡ଼ାକ୍ତରଙ୍କ ଉପରେ ଭରସା କରିବା ବ୍ୟତୀତ ସେମାନଙ୍କ ପାଖରେ ଆଉ ଅନ୍ୟ ବିକଳ୍ପ ନଥିଲା।

ପ୍ରାୟ ଛଅ ସପ୍ତାହ ପରେ ଉମାକାନ୍ତବାବୁ ଡ଼ାକ୍ତରଖାନାରୁ ଘରକୁ ଫେରିଲେ। ସେତେବେଳକୁ ପୁଅମାନେ ବିନା ଆଡ଼ମ୍ବରରେ, ଏକ ନୂଆ ତିଥିରେ କଳ୍ପନାର ଗୃହ ପ୍ରବେଶ କରିସାରିଥିଲେ। ଏବଂ ଅତ୍ୟନ୍ତ ଆଧୁନିକ ପ୍ରଣାଳୀରେ ସମଗ୍ର ଘରଟିକୁ ସଜାଇ ଥିଲେ।

ଉମାକାନ୍ତବାବୁଙ୍କୁ ହ୍ୱିଲ୍ ଚେୟାରରେ ବସାଇ, ବଡ଼ପୁଅ ଘରସାରା ବୁଲାଇଲା। ଅଥଚ ତାଙ୍କର କୌଣସି ପ୍ରତିକ୍ରିୟା ନଥିଲା। ଦୁଇପୁଅ ପ୍ରତିଟି ସ୍ଥାନର ସବିଶେଷ ବିବରଣୀ ଦେବାରେ ଆଦୌ ହେଳା କରୁନଥାନ୍ତି। ନିରବ ନିଶ୍ଚଳ ଉମାକାନ୍ତବାବୁ ନିଜ ଅଜ୍ଞାତରେ ସମଗ୍ର ଘର ବୁଲିଆସିଲେ। ଶେଷରେ ବଡ଼ପୁଅ ତାଙ୍କୁ, ତାଙ୍କ ନିମନ୍ତେ ଉଦିଷ୍ଟ କୋଠରୀକୁ ନେଇଗଲା। ତାଙ୍କର ବିଶ୍ରାମ ସମୟ ହୋଇ ଯାଇଥିଲା। ହ୍ୱିଲ ଚେୟାରରୁ ଟେକିନେଇ, ଦୁଇପୁଅ ତାଙ୍କୁ ବିଛଣାରେ ଶୁଆଇଦେଲେ। ନର୍ସ ନାଡ଼ୀ ପରୀକ୍ଷା କରିବା ପରେ ତାଙ୍କୁ ଔଷଧ ଖୁଆଇଲା। ଉମାକାନ୍ତବାବୁ ସେମିତି ବିଛଣାରେ ଶୋଇରହି ଉପରକୁ ଚାହିଁଥାନ୍ତି।

ସ୍ୱାମୀଙ୍କ ଅବସ୍ଥା, ଆଭାଦେବୀଙ୍କୁ ଶୋକରେ ବୁଡ଼ାଇ ରଖିଥିଲା। ସବୁ ଦେଖୁଥିଲେ ମଧ୍ୟ କିଛି କହିବା ବା କରିବାର ଉତ୍ସାହ ସେ ହରାଇଥିଲେ। ସେ କେବଳ ମୂଲ୍ୟାଙ୍କନ କରୁଥିଲେ। ଉମାକାନ୍ତବାବୁଙ୍କ ନିମନ୍ତେ ଉଦିଷ୍ଟ କୋଠରୀରେ, ପୂର୍ବ ଯୋଜନା ଅନୁଯାୟୀ କୌଣସି ଜିନିଷ ନାହିଁ। ବରଂ ଡ଼ାକ୍ତର ବତାଇଥିବା ଆବଶ୍ୟକୀୟ ଯନ୍ତ୍ର ବା ସାମଗ୍ରୀ ଶୋଭା ପାଉଛି। କୋଠରୀଟିକୁ କୌଣସି ପ୍ରାଇଭେଟ ନର୍ସିଂହୋମର କୋଠରୀ କହିଲେ ମଧ୍ୟ ଅତ୍ୟୁକ୍ତି ହେବନାହିଁ। କାହିଁ କଳ୍ପନାର ଆରାମଦାୟକ କୋଠରୀ ଓ କାହିଁ ନର୍ସିଂହୋମର ଭ୍ରମ ସୃଷ୍ଟିକରୁଥିବା କୋଠରୀ।

ହଠାତ୍ ତାଙ୍କର ମନେପଡ଼ିଲା ଛଅମାସ ପୂର୍ବରୁ ଉମାକାନ୍ତବାବୁଙ୍କ ସହ ହୋଇଥିବା ବାର୍ତ୍ତାଳାପ। ଥରେ ଅପରାହ୍ନରେ ଦୁହେଁ ସାଙ୍ଗହୋଇ ଚା’ ପିଇବା ଅବସରରେ, କଥା ପ୍ରସଙ୍ଗରେ ସେ କହିଥିଲେ, ”ଦେଖିବ ଆଭା ! ଆମ ବାର୍ଦ୍ଧକ୍ୟ ଜୀବନ ବଡ଼ ସୁଖମୟ ଏବଂ ଆରାମଦାୟକ ହେବ।”

“ମଣିଷ ଜୀବନର କ’ଣ କିଛି ଠିକଣା ଅଛି। କେତେବେଳେ କ’ଣ ଘଟିବ କିଏ କହିବ ?” ନରମ ସ୍ୱରରେ ଆଭାଦେବୀ କହିଥିଲେ।

ଉନ୍ମାଦ ହସ ହସି ଉମାକାନ୍ତବାବୁ ଜବାବ୍ ଦେଇଥିଲେ, "ଓ ହୋ ତମେ ଅଯଥାରେ ବ୍ୟସ୍ତ ହେଉଚ। ମୋ କଥା ମାନି ଏଭଳି ନକରାତ୍ମକ ଭାବନାକୁ ଆଦୌ ପ୍ରଶୟ ଦିଅନା। ଦେଖିବ କୌଣସି ଅସୁବିଧା ହେବନି। ସମସ୍ତ ସୁବିଧାର ବ୍ୟବସ୍ଥା ମୁଁ କରିଚି।"

"ମୁଁ ନକରାତ୍ମକ କଥା କହୁନି। କିନ୍ତୁ ତମେ କ'ଣ ଜାଣିନ ଏମିତି ଅନେକ ଦୃଷ୍ଟାନ୍ତ ଅଛି, ସମୟ ଏବଂ ପରିସ୍ଥିତି ମଣିଷର ଭାବନା, ଆଶା ବା ଇଚ୍ଛାକୁ ସମ୍ପୂର୍ଣ୍ଣ ବଦଳେଇ ଦେଇଛି। କିଏ ଜାଣେ ବର୍ଷଟିଏ ନ ଯାଉଣୁ ତମେ କହିବ, "ବୁଝିଲ ଆଭା ! ଏ ଘର କରି ବଡ଼ ଭୁଲ ହେଲା। ପ୍ରକୃତରେ ବଞ୍ଚିବା ପାଇଁ ଏତେ ଆଡ଼ମ୍ବର ଅନାବଶ୍ୟକ। ଆମେ କ'ଣ ଏ ଘରେ ରହି ଅଧିକ ଖୁସି ହେଇଚନ୍ତି ବା ସୁଖରେ ଅଛନ୍ତି। ବରଂ ବୟସ ଥିଲାବେଳେ ଏ ଘର କରିଥିଲେ ହୁଏତ ଆମେ ଉପଭୋଗ କରିଥା'ନ୍ତେ। ଅଧିକାଂଶ ଜୀବନ ତ କ୍ୱାଟରରେ କଟିଗଲା। ଏବେ ଆମେ ବାର୍ଦ୍ଧକ୍ୟରେ ଉପନୀତ। ବର୍ତ୍ତମାନ ଏ ଆରାମ ଦାୟକ ଘରଠାରୁ ତମ ସଙ୍ଗ ମତେ ବେଶୀ ସୁଖଦେଉଛି। ଏ ବୟସରେ ଆଉ କ'ଣ ଘରବାଡ଼ି ବା ସୁନା ଗହଣା ପ୍ରତି ରୁଚି ଥାଏ !" ଆଭାଦେବୀ ଅନ୍ୟମନସ୍କ ହେଲେ।

"ତମେ ଠିକ୍ କହୁଛ। ହେଲେ ମୋ ଜୀବନ କାଳ ଭିତରେ, ଘରଟିଏ କରି ନପାରିଥିଲେ ମତେ ଭାରି ଅସମ୍ପୂର୍ଣ୍ଣ ଲାଗିଥା'ନ୍ତା।" ଉମାକାନ୍ତବାବୁ ଗଭୀର ଚିନ୍ତାରେ ବୁଡ଼ିଗଲେ।

ଆଭାଦେବୀ ଦୀର୍ଘଶ୍ୱାସ ନେଲେ। ଜଣାନାହିଁ ଉମାକାନ୍ତବାବୁ ପୁଣି କେବେ କଥା କହିବେ। ବା ଆଦୌ କହିବେନି। ସବୁ ସାଧାରଣ ମନେ ହେଉଥିବା ସତ୍ତ୍ୱେ ହଠାତ୍ କେମିତି ସବୁ ବିଗିଡ଼ିଗଲା। ନୂଆଘରକୁ ନଆସି ଡ଼ାକ୍ତରଖାନା ଯିବାକୁ ହେଲା। ଡ଼ାକ୍ତର କହିଛନ୍ତି ହୃଦଘାତ ଯୋଗୁଁ ସେ ପକ୍ଷାଘାତର ଶିକାର ହୋଇଛନ୍ତି। ସ୍ୱାଭାବିକ ହେବେ କି ନାହିଁ କହିହେବନି।

ଆଭାଦେବୀ ଆଖି ପୋଛିଲେ। ଏତେ ଯୋଜନା କ୍ଷଣିକରେ ପଣ୍ଡ ହେଇଗଲା। ଏବେ ସେ ତାଙ୍କ କଳ୍ପନାର କୋଠାଘରେ ରହିବେ ସତ ଅଥଚ କିଛି ଅନୁଭବ କରିବେନାହିଁ। ସମସ୍ତ ସୁବିଧା ପାଇଲେ ମଧ୍ୟ କିଛି ଉପଭୋଗ କରିବେନାହିଁ। ଯା'ଠୁଁ ଦୁଃଖଦ ଆଉ କ'ଣ ହୋଇପାରେ !

କିନ୍ତୁ ମନୁଷ୍ୟ ସର୍ବଦା ଅନିଶ୍ଚିତତାକୁ ନେଇ କଳ୍ପନା କରେ କାହିଁକି... ?

■

ମରୀଚିକା

ଦୀର୍ଘ ସମୟ ନିଜସହ ବାର୍ତ୍ତାଳାପ କଲାପରେ, ମିସେସ୍ ବାଗଚୀ ଚେୟାର୍‌କୁ ଆଉଜି ପଡ଼ି ଦୀର୍ଘଶ୍ୱାସ ନେଲେ। ନିଶ୍ୱାସର ତୀବ୍ରତାରେ ତାଙ୍କ ନାକପୁଡ଼ା ଫୁଲି ଉଠିଲା। ଅଧିକାଂଶ ସମୟରେ ନିଜ ସହ ଗପିବାକୁ ସେ ଭଲ ପାଆନ୍ତି। କେବେ କେବେ ତ ଦେଶର ସମସ୍ୟାକୁ ନେଇ, ନିଜ ସହିତ ଏମିତି ଯୁକ୍ତି କରନ୍ତି ପଡ଼ୋଶୀଙ୍କର ମନେହୁଏ ଯୁକ୍ତିରେ ନିହାତି ପାଞ୍ଚ, ସାତଜଣ ଲୋକ ଭାଗ ନେଇଛନ୍ତି। ଅବଶ୍ୟ ଏ ଅଭ୍ୟାସ ତାଙ୍କର କିଛି ବର୍ଷ ତଳେ ହିଁ ସୃଷ୍ଟି ହେଇଛି। ନହେଲେ ପିଲାବେଳୁ ସେ ବଡ଼ ଗମ୍ଭୀର ସ୍ୱଭାବର।

ସମ୍ଭବତଃ ବର୍ତ୍ତମାନର ଏ ଅଭ୍ୟାସ ନିମନ୍ତେ, ଯୌବନର ଏକ ଜିଦ୍ କିଛିକାଂଶରେ ଦାୟୀ। ତାଙ୍କୁ ଯେତେବେଳେ ବୟସ କୋଡ଼ିଏ, ସେ ଜିଦ୍ ଧରିଥିଲେ ବିବାହ କରିବେ। ତାହା ପୁଣି ବୟସରେ ତାଙ୍କଠାରୁ ଢ଼େର୍ ବଡ଼ ଜଣେ ବିତ୍ତଶାଳୀଙ୍କୁ। ଅନେକ ବିବାଦ ସତ୍ତ୍ୱେ ବିବାହ ତ ହୋଇ ଯାଇଥିଲା। ଅଥଚ ବୟସର ତାରତମ୍ୟକୁ ସେ ବା କେମିତି କମ୍ କରିପାରିଥାନ୍ତେ ? ସୁତରାଂ ବିବାହ ପରେ, ବୟସର ମାତ୍ରାଧିକ ଫରକ ଯୋଗୁଁ ଦୁଇଜଣଙ୍କର ମାନସିକତା କୌଣସି ଦିନ ମେଳ ଖାଇନଥିଲା। ଯାହା ସେ ପରେ ହୃଦୟଙ୍ଗମ କରିଥିଲେ। ଏବେ କେବେ କେବେ ତାଙ୍କ ମନକୁ ଆସେ, ନିର୍ଦ୍ଦିଷ୍ଟ ଜିଦିଟିକୁ ସେ ପ୍ରଶୟ ଦେଇ ନଥିଲେ ହୁଏତ ତାଙ୍କ ଜୀବନ ନେଇଥାନ୍ତା ଭିନ୍ନ ମୋଡ଼।

ଯଦିଓ କୋଳାହଳ ତାଙ୍କର ବିଶେଷ ପସନ୍ଦ ନୁହେଁ, କିନ୍ତୁ ଏବେ ନୀରବତା ବି ସେ ଆଉ ସହି ପାରୁନାହାଁନ୍ତି। ସେ ଅନୁଭବ କରୁଛନ୍ତି, ତାଙ୍କ ଜୀବନର ସମସ୍ତ ସବୁଜିମା ସତେଅବା କିଏ ଚୋରାଇ ନେଇ ଯାଇଚି। ଆଉ ଛାଡ଼ି ଯାଇଚି କେବଳ ଘୁଳାଏ ହାହାକାର। ନିଜର ରଙ୍ଗହୀନ ଜୀବନକୁ ନେଇ ସେ ଦ୍ୱନ୍ଦରେ ଥିବା ସମୟରେ,

ତାଙ୍କ ବଙ୍ଗଳାର ମନଲୋଭା ରଙ୍ଗୀନ ସାଜସଜ୍ଜା ତାଙ୍କୁ ପ୍ରଚଣ୍ଡ ବିରକ୍ତ କରୁଥିଲା। ଅତଏବ ସେ ଆରାମଦାୟକ ବଙ୍ଗଳା ଛାଡ଼ି, କିଛି ଦିନ ତଳେ ହିଁ ଏ ନୂଆ ଘରକୁ ଆସିଛନ୍ତି। ତିନି କୋଠରୀ ବିଶିଷ୍ଟ ଏକ ଛୋଟଘର। ନିହାତି ଆବଶ୍ୟକ କେତୋଟି ଆସବାବ ପତ୍ର ସହ ସାଜସଜ୍ଜା ବି ଅତି ସାଧାରଣ। ନୀଳ ରଙ୍ଗ ଶାନ୍ତିର ପ୍ରତୀକ। ଅତଅବ ନିଜ ମନ ଏବଂ ମସ୍ତିଷ୍କର ଶାନ୍ତି ନିମନ୍ତେ, ସମ୍ପୂର୍ଣ୍ଣ ଘରଟିକୁ ବିଶେଷ ବରାଦଦେଇ ସେ ନୀଳରଙ୍ଗରେ ସଜାଇଛନ୍ତି। ଘରର ରଙ୍ଗ, ଫର୍ଣ୍ଣିଚର, ପରଦା, ବିଛଣା ଏମିତି କି ପରିଚାରକ ଏବଂ ନର୍ସଙ୍କର ଡ୍ରେସ ସବୁ ନୀଳ। ଏ ବୁଦ୍ଧି ତାଙ୍କର ଜଣେ ବାନ୍ଧବୀ, ଯିଏ କି ବାସ୍ତୁଶାସ୍ତ୍ରରେ ଖୁବ୍ ପାରଙ୍ଗମ ତାଙ୍କୁ ଦେଇଥିଲେ। ଦେଖାଯାଉ ଫଳ କ'ଣ ମିଳୁଚି? ସେ ଦୁହିଁଙ୍କୁ ଛାଡ଼ିଦେଲେ, ଘରେ ଆଉ ତିନିଜଣ ଲୋକ। ଦୁଇଜଣ ପରିଚାରକ ଏବଂ ଜଣେ ନର୍ସ।

ତାଙ୍କ ବିବାହରେ ବାପାଙ୍କର ମତ ନଥିଲା। କେଉଁ ବାପା ବି ଚାହିଁଥା'ନ୍ତା, ନିଜର ଅତ୍ୟନ୍ତ ମେଧାବୀ ଝିଅ ନିଜ କ୍ୟାରିୟର ପ୍ରତି ଧ୍ୟାନ ନଦେଇ, ମାତ୍ର କୋଡ଼ିଏ ବର୍ଷ ବୟସରେ ଜଣେ ମଧ୍ୟ ବୟସ୍କକୁ ବାହାହେଉ ବୋଲି। ଅଥଚ ବିବାହର ନିଶା ବଡ଼ ଭୟଙ୍କର ଭାବେ ତାଙ୍କ ଉପରେ ସବାର ହୋଇଥିଲା। ସେ ବା ଆଉ କ'ଣ କରିଥାନ୍ତେ! ସେଦିନ ଯଦି ସେ ବାପାଙ୍କ କଥା ମାନି ନେଇଥାନ୍ତେ, ତେବେ ତାଙ୍କୁ ବର୍ତ୍ତମାନର ଏ ଅସହ୍ୟ ପରିସ୍ଥିତିକୁ ବିଶ୍ଳେଷଣ କରିବାକୁ ପଡୁନଥାନ୍ତା। ସେ ଦୀର୍ଘଶ୍ୱାସ ନେଲେ।

ଯେଉଁଦିନ ସେ ପ୍ରଥମ ଥର ମିଷ୍ଟର ବାଗ୍ଚୀଙ୍କୁ, ବାପାଙ୍କ ସହ ପରିଚୟ କରାଇଥିଲେ, ତାଙ୍କର ମନେଅଛି, ସ୍ୱଭାବରେ ଅତି ଶାନ୍ତ ଏବଂ କାହାକୁ କେବେ କଡ଼ା କଥା କହିନଥିବା ବାପା ହଠାତ୍ କ୍ରୋଧରେ ଲାଲ୍ ପଡ଼ିଯାଇଥିଲେ। ଏବଂ ହିତାହିତ ଜ୍ଞାନ ଭୁଲି ଗର୍ଜନ କରିଥିଲେ, "ଏତେ ବଡ଼ ସହରଟା ଭିତରେ ଆଉ କେହି ମିଳିଲେନି?"

"ଜଣେ ବିତ୍ତଶାଳୀ, ତମ ଭଳି ଜଣେ ମଧ୍ୟବିତ୍ତର ଜ୍ୱାଇଁ ହେବାକୁ ରାଜି ହୋଇଛନ୍ତି, ଏହା ତମ ପାଇଁ ବେଶ୍ ଗୌରବର ବିଷୟ।" ଉତ୍ତରରେ ତାଙ୍କର ଥିଲା ବେପରୁଆ ଭାବ।

ହାତ ପାହାନ୍ତାରେ ଥିବା ଫୁଲଦାନୀଟିକୁ କଚାଡ଼ି ଦେଇ, ବାପା ଚିତ୍କାର କରିଥିଲେ, "ଘରୁ ବାହାରି ଯା'।"

ବାପାଙ୍କର ସେଭଳି ରୂପ ସେ ଆଗରୁ କେବେ ଦେଖିନଥିଲେ। ଅଥଚ ଆଦୌ ବିଚଳିତ ନହୋଇ ନିର୍ଦ୍ୱନ୍ଦରେ ସେ ଘର ଛାଡ଼ିଦେଇଥିଲେ।

ବିବାହ ପରର କିଛି ବର୍ଷ ଦେଶବିଦେଶରେ ବୁଲାବୁଲି କରି ବେଶ୍ କଟିଯାଇଥିଲା। ଲଣ୍ଡନ, ସିଙ୍ଗାପୁର, ହଙ୍କଂ, ମାଲେସିୟା ବା ମୋରିସସ୍। ମିଷ୍ଟର ବାଗଚୀଙ୍କର ବ୍ୟବସାୟ ପୃଥିବୀର ଅନେକ ଦେଶରେ ବ୍ୟାପିଛି। ଅତଏବ ସେ କେବଳ ଏ ଦେଶରୁ ସେ ଦେଶକୁ ଉଡ଼ି ବୁଲିଥିଲେ। ସେଇ କିଛିବର୍ଷ ସତେଅବା ସେ ସ୍ୱପ୍ନ ଦେଖୁଥିଲେ। କିନ୍ତୁ ହଠାତ୍ ସବୁ ବଦଳିଗଲା। ବିବାହର ମାତ୍ର ଚାରିବର୍ଷ ପରେ ଏକ ଦୁର୍ଘଟଣାରେ ମିଷ୍ଟର ବାଗଚୀ ପକ୍ଷାଘାତର ଶିକାର ହେଲେ। ଦୀର୍ଘ ଆଠବର୍ଷ ହେବ ମିଷ୍ଟର ବାଗଚୀ ବିଛଣାରେ ପଡ଼ି ରହିଛନ୍ତି। ପୂର୍ବ ଅପେକ୍ଷା ଏବେ ଅବସ୍ଥାରେ ସୁଧାର ଆସିଛି। କିନ୍ତୁ ଡ଼ାକ୍ତର କହିଛନ୍ତି, ସମ୍ପୂର୍ଣ୍ଣ ଆରୋଗ୍ୟ ସମ୍ଭବ ନୁହେଁ। ଏବେ ବିଛଣାରେ ପଡ଼ିଥିବା ସ୍ୱାମୀଙ୍କୁ ଦେଖିଲେ, ତାଙ୍କର କ'ଣ ଅନୁଭବ ହେଉଛି, ସେ ଜାଣି ପାରୁନାହାଁନ୍ତି।

ତାଙ୍କର ମନେଅଛି, ସେ ଦୁଇଜଣ ସାଙ୍ଗରେ ଆତଯାତ ହେବା ସମୟରେ ଆଖପାଖର ଲୋକ ତାଙ୍କୁ ବଡ଼ ଅଜବ ଦୃଷ୍ଟିରେ ଦେଖନ୍ତି। ଏବଂ ଅନେକ ସମୟରେ କେହି କେହି ହସ ଚାପୁଥିବାର ଦୃଶ୍ୟ ମଧ୍ୟ ତାଙ୍କ ନଜରରେ ପଡ଼ିଚି। ଅବଶ୍ୟ ସେ ଏସବୁକୁ କୌଣସି ଦିନ ଖାତିର୍ କରି ନାହାଁନ୍ତି। ଅଥଚ ସରଳ ମିଷ୍ଟର ବାଗ୍ଚୀ, ସେଭଳି ପରିସ୍ଥିତିରେ ବଡ଼ ହତମ୍ବବ ଦେଖାଯା'ନ୍ତି।

ବିବାହର କେଇମାସ ପରେ, ତାଙ୍କର ଜଣେ ବାନ୍ଧବୀଙ୍କ ସହ ଭେଟ ହୋଇଥିଲା। ବାନ୍ଧବୀ ଜଣକ ଆଖି ବଡ଼କରି ଏମିତି ଚାହିଁଥିଲା, ସତେଅବା ସାମ୍ନାରେ କଙ୍କାଳ ଦେଖୁଛି। ସେ କଥାଟାକୁ ଆଦୌ ଗରୁତ୍ୱ ନଦେଇଥିଲା ବେଳେ ମିଷ୍ଟର ବାଗ୍ଚୀ ମର୍ମାହତ ହୋଇପଡ଼ିଥିଲେ।

ସେ ପୁଣି ଗପିବା ଆରମ୍ଭ କଲେ। ଦୁଇମାସ ତଳେ ତାଙ୍କର ଜଣେ ବାନ୍ଧବୀଙ୍କ ସହ ଦେଖା ହୋଇଥିଲା। ସେମାନେ ସମବୟସୀ ଅଥଚ ବାନ୍ଧବୀ ଜଣକ ଏଯାଏଁ ବିବାହ କରିନାହାଁନ୍ତି। ତେବେ ସେ ମଧ୍ୟ ବିବାହ କରିପାରିବେ ....! ଅବଶ୍ୟ ସେଇଟା ଦ୍ୱିତୀୟ ବିବାହ ହେବ। ସେଥିରେ କ୍ଷତି କ'ଣ? ମିଷ୍ଟର ବାଗଚୀ ତ ତାଙ୍କୁ ତୃତୀୟ ବିବାହ କରିଛନ୍ତି।

ସେ ସୁନ୍ଦରୀ ଏଥିରେ ସନ୍ଦେହ ନାହିଁ। ଏବେ ମଧ୍ୟ ଅନେକ ପୁରୁଷ ବନ୍ଧୁ ତାଙ୍କ ରୂପର ଖୁବ୍ ପ୍ରଶଂସା କରନ୍ତି। ସ୍ୱାମୀଙ୍କୁ ଚିକିତ୍ସା କରିବାକୁ ଆସୁଥିବା ଫିଜିଓଥେରାପିଷ୍ଟ ଆଲୋକ ବାନାର୍ଜୀ ମଧ୍ୟ ସେଥିରୁ ବାଦ୍ ଯାଇ ନାହାଁନ୍ତି। ଆଲୋକ ତାଙ୍କୁ ଏମିତି ଦୃଷ୍ଟିରେ ଚାହାଁନ୍ତି, ସତେଅବା ସାମ୍ନାରେ ଅପ୍ସରା ଦେଖୁଛନ୍ତି। ତାଙ୍କ ଆସିବା ସମୟ ହେଲେ, ଅନେକ ଦିନରୁ ବ୍ୟବହାର ହୋଇନଥିବା ପ୍ରସାଧାନ ସାମଗ୍ରୀଗୁଡ଼ିକୁ ସେ ମୁହଁରେ ବୋଳୁଛନ୍ତି। ଆଲୋକ ଯେତେବେଳେ ତାଙ୍କୁ ଲୋଭିଲା ଆଖିରେ ଚାହୁଁଚନ୍ତି,

ସେ ବେଶ୍ ଉପଭୋଗ କରୁଚନ୍ତି। ତାଙ୍କର ଅସ୍ତିତ୍ୱ ଅଛି ବୋଲି ଜାଣୁଚନ୍ତି। ନଚେତ୍ କିଛିବର୍ଷ ହେବ ତାଙ୍କର ଆଦୌ ସତ୍ତା ନଥିଲା ଭଳି ସେ ଅନୁଭବ କରୁଥିଲେ।

ଥରେ କଫି କପ୍ ବଢ଼ାଇବା ଅବସରରେ, ଆଲୋକ ବାନାର୍ଜୀଙ୍କୁ ସହଜ ଭାବରେ ସେ ପ୍ରଶ୍ନ କରିଥିଲେ, "ତମ ବୟସ କେତେ ?"

ପ୍ରଶ୍ନ ଶୁଣି ଆଲୋକ ବାନାର୍ଜୀ ଅପ୍ରସ୍ତୁତ ଦେଖାଗଲେ। କେଇ ମୁହୂର୍ତ୍ତ ପରେ ଅଳ୍ପ ହସି କହିଲେ, "ଛବିଶ।"

"ବାହା ହୋଇଛ ?" ସାମାନ୍ୟ ବିହ୍ୱଳ ସ୍ୱରରେ ସେ ପଚାରିଲେ।

ଆଲୋକ ବାନାର୍ଜୀ ଲାଜରେ ମୁହଁ ତଳକୁ କଲେ।

ସେସବୁକୁ ଖାତିର୍ ନକରି, ଗମ୍ଭୀର ସ୍ୱରରେ ଶୂନ୍ୟକୁ ଚାହିଁ ସେ କହିଲେ, "ମତେ ବାହା ହେବ ?"

ଆଲୋକ ବାନାର୍ଜୀ ନିରବ ରହିଲେ।

ହଠାତ୍ ମିସେସ୍ ବାଗଚୀ ଚେୟାରରୁ ଉଠି ଆସି, ତାଙ୍କ ଗୋଡ଼ ପାଖରେ ବସି ପଡ଼ିଲେ। କରୁଣ ଦୃଷ୍ଟିରେ ତାଙ୍କୁ ଚାହିଁ କହିଲେ, "ତମେ ଜାଣ ମୁଁ ସୁନ୍ଦରୀ। କିନ୍ତୁ ତମେ ଜାଣିନ ମୁଁ ଅନେକ ସମ୍ପତ୍ତିର ଉତ୍ତରାଧିକାରିଣୀ। କ'ଣ କହୁଛ ?"

ହଠାତ୍ ଆଲୋକ ବାନାର୍ଜୀ ଭୂତ ଦେଖିଲା ଭଳି, ତାଙ୍କୁ ଠେଲିଦେଇ ପଳାଇଲେ। ସେହିଦିନ ଠାରୁ ସେ ଆଉ ଆସି ନାହାଁନ୍ତି।

"ଛି ....ବ୍ଲଡ଼ି କାୱାର୍ଡ !" ସେ ଭାବିବା ବନ୍ଦକଲେ।

ତାଙ୍କ ନଜର ପଡ଼ିଲା କାନ୍ଥରେ ଟଙ୍ଗା ହୋଇଥିବା ଏକ ଚିତ୍ର ଉପରେ। ଦୂର ଦିଗ୍‌ବଳୟରେ ପକ୍ଷୀମାନେ ଦିନସାରାର କର୍ମ ଶେଷକରି ଘର ଆଡ଼େ ମୁହାଁଇଛନ୍ତି। ଘରର ଆକର୍ଷଣ ବାସ୍ତବିକ ବଡ଼ ଦୁର୍ବାର। ତାଙ୍କର କିନ୍ତୁ ଏବେ ଘର ପ୍ରତି କୌଣସି ଆକର୍ଷଣ ନାହିଁ। ଥୁଣ୍ଟାଗଛ ଭଳି ତାଙ୍କ ଜୀବନ କେବଳ ବସନ୍ତକୁ ଅପେକ୍ଷାକରି ହାଲିଆ ଏବଂ ନିଜ ପ୍ରତି ବିମୁଖ। ସେ ବି ଚାହିଁଥିଲେ ଚିତ୍ରର ବନ୍ଧନ ମୁକ୍ତ ପକ୍ଷୀମାନଙ୍କ ପରି ଉଡିପାରିଥାନ୍ତେ। ଅଥଚ ସାମାନ୍ୟ ଗୋଟେ ଜିଦ୍ ସବୁ ବଦଳାଇ ଦେଲା। ନଚେତ୍ ତାଙ୍କର ଆଜି ନିଜସ୍ୱ ପରିଚୟ ଥାଆନ୍ତା। ତାଙ୍କ ମନ ବିଷଣ୍ଣତାରେ ଭରିଗଲା। ଉଚ୍ଚ ଭଲ୍ୟୁମରେ ରକ୍ ମ୍ୟୁଜିକ୍ ଲଗାଇ, ସେ ଶରୀରକୁ ଆରାମ ଚଉକିରେ ଲୋଟାଇଦେଲେ। କ୍ଷଣଟିଏ ଭିତରେ ଘର ଭିତର ଅଶାନ୍ତ ହୋଇ ଉଠିଲା।

ମିଷ୍ଟର ବାଗଚୀ ବ୍ୟାକୁଳ ନୟନରେ ତାଙ୍କୁ ଚାହିଁଲେ। ଅର୍ଥ ଏ ଶବ୍ଦ ତାଙ୍କର ଖୁବ୍ ଅସହ୍ୟ ହେଉଛି।

ସେ ଆଖି ବନ୍ଦକରି, ଆହତ ସ୍ୱରରେ କହିଲେ, "ତମର ଏ ଅବସ୍ଥା ମୋର

ମଧ୍ୟ ବରଦାସ୍ତ ହେଉନି । ଅଥଚ ମୁଁ କ'ଣ ପ୍ରତିକ୍ରିୟା କରୁଛି ? ତମେ ବି ସେମିତି ପରିସ୍ଥିତିକୁ ସହିବା ଶିଖ । ଏଇ ଦେଖ ମୁଁ କେମିତି ଆଖି ବନ୍ଦ କରି ତମକୁ ସହିଯାଉଛି । ଜାଣ ପରସ୍ପରକୁ ବରଦାସ୍ତ କରିବା ମଧ୍ୟ ଏକ କଳା । ତମେ ଭାବୁଛ କି, ତମ ସକାଶେ ମୁଁ ଦୁଃଖ କରୁଛି । ଆଦୌ ନୁହେଁ ।"

ହଠାତ୍ ଝଡ଼ଭଳି ଚେୟାରରୁ ଉଠିପଡ଼ି ଉନ୍ମାଦଙ୍କ ଭଳି ସେ ନାଚିବାକୁ ଲାଗିଲେ । କେଇ ମିନିଟ୍ ପରେ ହତାଶ ହୋଇପଡ଼ି, ସେ ମ୍ୟୁଜିକ୍ ବକ୍ସକୁ ତଳେ କଚାଡ଼ି ଦେଲେ । ଏବଂ କିଛି ନଘଟିଲା ପରି ଥମ୍ କରି ପୂର୍ବ ସ୍ଥାନରେ ବସି ପଡ଼ିଲେ ।

ଇତି ମଧ୍ୟରେ ନର୍ସ ମିଷ୍ଟର ବାଗଚୀଙ୍କୁ ନିଦ ଔଷଧ ଦେଇ ସାରିଥିଲା । ଅତଏବ ସେ ଶୋଇ ସାରିଥିଲେ ।

ସେ ସ୍ୱାମୀଙ୍କୁ ଚାହିଁଲେ । ଏକ ପ୍ରକାର ଉଦାସ ଭାବ ତାଙ୍କୁ ଆଚ୍ଛନ୍ନ କରି ପକାଇଲା । ତୀବ୍ର ଗତିରେ ନିର୍ଦ୍ଦିଷ୍ଟ କୋଠରୀରୁ ସେ ବାହାରି ଆସିଲେ ।

ଚତୁଃପାର୍ଶ୍ୱରେ ଅସହ୍ୟ ନିରବତା । ସେ ଛଟପଟ ହେଲେ । ଲମ୍ବା ଲମ୍ବା କଦମ ପକାଇ ସେ ତିନି ଚାରିଥର ଏପଟ ସେପଟ ହେଲେ । ହଠାତ୍ ତାଙ୍କର ମନେହେଲା, ସେ ଏକ ଚକ୍ରବ୍ୟୁହ ଭିତରକୁ ପଶି ଯାଇଚନ୍ତି । ଯେଉଁଠୁ ବାହାରିବାର ବିଦ୍ୟା ତାଙ୍କୁ ଅଜଣା । ଏବେ ଖାଲି କଲବଲ ହେବା ଛଡ଼ା ଅନ୍ୟ ବାଟ ନାହିଁ । ଇତସ୍ତତଃ ହୋଇ, ୱାଇନାରୀ ସେକ୍ସନରୁ ୱାଇନ ବୋତଲଟିଏ ଟାଣି ଆଣି ସେ ଗ୍ଲାସରେ ଢ଼ାଳିଲେ ।

ବିବାହର ଦୁଇ ସପ୍ତାହ ପରେ ସେ ଲଣ୍ଡନ ଯାଇଥିଲେ । ଡିନର ଟେବୁଲରେ ଯେତେବେଳେ ଇଂଲିଶ ପରିଚାରିକା ଖାଦ୍ୟ ସହ ୱାଇନ ପରଶିଥିଲା, ସେ ଖୁବ୍ ସଙ୍କୋଚ କରିଥିଲେ । ନିଶା ତାଙ୍କର ପସନ୍ଦ ନୁହେଁ । ହେତୁ ହେବାଠାରୁ ନିଜ ଅସ୍ତିତ୍ୱକୁ ସେ ଖୁବ୍ ଭଲପାଆନ୍ତି । କୌଣସି ପରିସ୍ଥିତିରେ ନିଜକୁ ଭୁଲିଯିବା ସେ ଚାହାଁନ୍ତି ନାହିଁ । ସ୍ୱାମୀ ତାଙ୍କ ମନସ୍ତତ୍ତ୍ୱ ବୁଝି କହିଥିଲେ, ଆଜିଠାରୁ ୱାଇନର ଅଭ୍ୟାସ ପକାଇଦିଅ । କେତେଜଣଙ୍କୁ ମନାକରିବ ! ୱାଇନକୁ ବାଦଦେଇ କ'ଣ ବିଳାସ ହୁଏ ! ତା'ଛଡ଼ା ୱାଇନ, ବିଅର ଏସବୁ ପରା ବେଭେରେଜ୍ ରେ ଗଣା । ଅତଏବ ତମେ ନିର୍ଦ୍ଵନ୍ଦରେ ସେସବୁ ପିଇପାରିବ । କିଛି ଅସୁବିଧା ହେବନି । ଆଖି ବନ୍ଦକରି ସେ ପ୍ରଥମ ଥର ୱାଇନର ସ୍ୱାଦ ଚାଖିଥିଲେ । ପରେ ସ୍ୱାମୀଙ୍କ ଠାରୁ ସେ ଶିଖିଥିଲେ ୱାଇନ ଗ୍ଲାସ କେମିତି ଧରିବାକୁ ହୁଏ । କେମିତି ସ୍ୱାଦ ଚାଖି, ଦଶ ପନ୍ଦର ମିନିଟ୍ ଅନ୍ତରରେ ଗୋଟେ ଗୋଟେ ଢ଼ୋକ ପିଇବାକୁ ହୁଏ । କେଉଁ ୱାଇନ କେଉଁ ଦେଶର ଉତ୍ପାଦାନ । କେଉଁ ୱାଇନର ଚାହିଦା ଅଧିକ । ବା କେଉଁ ୱାଇନ ଶସ୍ତା ବା କେଉଁଟା ଦାମୀ ।

ତା'ପରେ ଧୀରେ ଧୀରେ ବିଭିନ୍ନ ପ୍ରକାରର ନିଶା ସହ ସେ ଅଭ୍ୟସ୍ତ

ହୋଇପଡ଼ିଥିଲେ। ବଡ଼ ବଡ଼ ପୁଞ୍ଜିପତି ମାନଙ୍କ ପାର୍ଟିରେ, ପାନୀୟ ପସନ୍ଦ କରିବାରେ ତାଙ୍କର ଆଉ ଅସୁବିଧା ହେଉନଥିଲା। କ୍ୟାସିନୋ ଭିତରେ ସିଗାରେଟ୍ ଧୂଆଁରେ ସେ ଆଉ ଅଣନିଶ୍ୱାସୀ ହେଉନଥିଲେ।

ତୁଚ୍ଛା ବିଳାସ ନିମନ୍ତେ ପିଇଥିବା ପାନୀୟଟି ଏବେ ତାଙ୍କର ଏକ ଆବଶ୍ୟକତା। ସେ ଏବେ ଅଧିକାଂଶ ସମୟରେ ବୋତଲ ବୋତଲ ୱାଇନ୍ ପିଇ ଦଉଛନ୍ତି। ଚାହୁଁଛନ୍ତି ନିଜ ଗୋପନ ଯନ୍ତ୍ରଣା ସବୁ ଭୁଲି ଯିବାକୁ। କିନ୍ତୁ ତାଙ୍କ ଯନ୍ତ୍ରଣା ଲାଘବ କଲାଭଳି କ୍ଷମତା, ଏ ସାଧାରଣ ୱାଇନ୍ ର କାହିଁ! ଯେଉଁମାନେ କୁହନ୍ତି, ମଦ ନିଶାରେ ଯନ୍ତ୍ରଣା ଭୁଲି ହେଇଯାଏ, ସେମାନେ ସମସ୍ତେ ମିଛୁଆ। ଅଲ୍ ଆର୍ ଲାୟରସ। କାରଣ ଯେତେ ଦାମୀକା ବା କଡ଼ା ୱାଇନ ପିଇଲେ ମଧ୍ୟ କୌଣସି ଲାଭ ନାହିଁ। ସ୍ମୃତି ସବୁ କ୍ରମେ ଝାପ୍ସା ହୋଇ ପୁଣି ତାଜା ହେଉଛନ୍ତି। ସେ ଆଖି ବୁଜିଲେ। ହଠାତ୍ ଏକ ଭୟଙ୍କର ଶବ୍ଦ ତାଙ୍କ ଛାତି ଥରାଇଦେଲା।

ମିଷ୍ଟର ବାଗ୍ଚୀ ତଳେ ପଡ଼ିଯାଇଛନ୍ତି। ପରିଚାରକ ଦ୍ୱୟ ଧରାଧରି କରି ତାଙ୍କୁ ବିଛଣାରେ ଶୁଆଇଦେଲେ।

ଅସହାୟ ସ୍ୱାମୀଙ୍କୁ ଦେଖି ତାଙ୍କର ଦୟା ଆସିଲା। ବିଚରା କେତେ କଷ୍ଟ ପାଉଚନ୍ତି। କ୍ଷଣିକ ପାଇଁ ଇଚ୍ଛାହେଲା, ମିଷ୍ଟର ବାଗ୍ଚୀ ମୁଣ୍ଡତଳେ ରଖୁଥିବା ଧୋବ ଫରଫର ତକିଆଟିକୁ ସେ ତାଙ୍କ ମୁହଁ ଉପରେ ଚାପି ଧରନ୍ତେ। ବିଶେଷ ପରିଶ୍ରମ ମଧ୍ୟ କରିବାକୁ ପଡ଼ନ୍ତାନି। ମୂହୁର୍ତ୍ତ କେଇଟା ଭିତରେ ତାଙ୍କ ସ୍ୱାମୀ ଯନ୍ତ୍ରଣାରୁ ମୁକ୍ତି ପାଇଯା'ନ୍ତେ। କିନ୍ତୁ... !

ଲୋକ ହିସାବରେ ମିଷ୍ଟର ବାଗ୍ଚୀ ଭଲ। ସ୍ୱଭାବରେ ବଡ଼ ନରମ ଏବଂ ଶାନ୍ତିପ୍ରିୟ। ତାଙ୍କୁ ବିବାହ କରିବା ପାଇଁ ସେ ମନା କରିଥିଲେ। ବାରମ୍ବାର ବୟସର ତଫାତ୍ ଦେଖାଇ ଭାବିବାକୁ କହିଥିଲେ। କିନ୍ତୁ ତାଙ୍କର ଏକା ଜିଦ୍ ଥିଲା ସେ ବିବାହ କରିବେ। ମିଷ୍ଟର ବାଗ୍ଚୀଙ୍କ ପ୍ରଥମ ପତ୍ନୀ ନିମୋନିଆରେ ବିବାହର ଦୁଇବର୍ଷ ଭିତରେ ମୃତ୍ୟୁ ବରଣ କରିଥିଲେ। ବଂଶ ରକ୍ଷା ଉଦ୍ଦେଶ୍ୟରେ ସେ ଦ୍ୱିତୀୟ ବିବାହ କରିବାକୁ ବାଧ୍ୟ ହୋଇଥିଲେ। କିନ୍ତୁ ଭାଗ୍ୟର ବିଡ଼ମ୍ବନା। ଦ୍ୱିତୀୟ ପତ୍ନୀ ଶିଶୁ ପୁତ୍ରଟିଏ ଜନ୍ମ ଦେବା ସମୟରେ ହିଁ ଆରପାରିକୁ ଚାଲି ଯାଇଥିଲେ। ଶିଶୁଟି ବି ବିନା ମା'ରେ ଛ'ଦିନ ପରେ ମୃତ୍ୟୁ ବରଣ କରିଥିଲା। ଏ ଘଟଣା ପରେ ସେ ଆଉ ସଂସାର କରିବାକୁ ମନ କରିନଥିଲେ। ସେତେବେଳେ ତାଙ୍କ ବୟସ ଥିଲା ତିରିଶ। ସେବେଠାରୁ ସେ ତାଙ୍କର ସମସ୍ତ ଧ୍ୟାନ ବ୍ୟବସାୟରେ ଲଗାଇଥିଲେ। ଆଜି ତାଙ୍କର ସମ୍ପତ୍ତି ଦେଖିଲେ ଜଣାପଡ଼େ ତାଙ୍କ ଅଧ୍ୟବସାୟ। ଏକ କଫି ସପ୍ ରେ ତାଙ୍କର ପଥମ ଦେଖା ହୋଇଥିଲା ମିଷ୍ଟର ବାଗ୍ଚୀଙ୍କ ସହ। ତିନି, ଚାରୋଟି ସାକ୍ଷାତ ପରେ ବିବାହ। ବିବାହର ନିଷ୍ପତ୍ତି ତାଙ୍କର ଥିଲା ସମ୍ପୂର୍ଣ୍ଣ ଏକ ତରଫା। ମିଷ୍ଟର ବାଗଚୀ ତାଙ୍କୁ

ବିବାହ ନକଲେ, ସେ ଆତ୍ମହତ୍ୟା କରିବେ ବୋଲି ଧମକ ଦେଇଥିଲେ। ତାଙ୍କ ସୌନ୍ଦର୍ଯ୍ୟ ଆଗରେ ମିଷ୍ଟର ବାଗ୍ଚୀଙ୍କ ବୈରାଗ୍ୟ ଅକ୍ଳେଶରେ ହାରି ଯାଇଥିଲା। ସତରେ ସେ ମିଷ୍ଟର ବାଗ୍ଚୀଙ୍କୁ ପ୍ରେମ କରିଥିଲେ ନା' ତାଙ୍କ ସମ୍ପତ୍ତି ପ୍ରତି ଆକୃଷ୍ଟ ହୋଇ ପଡ଼ିଥିଲେ। ମିସେସ୍ ବାଗ୍ଚୀ ଚମକି ପଡ଼ିଲେ।

ମିଷ୍ଟର ବାଗ୍ଚୀଙ୍କ ଭଳି ଲୋକଯେ ଏତେ ଦହଗଞ୍ଜ ହେବେ, ଏକଥା ନଦେଖିଲେ ବିଶ୍ୱାସ କରିହୁଏନା। ଯେମିତି ବିଶ୍ୱାସ କରି ହୁଏନା, କେଇଟା ବର୍ଷ ପୂର୍ବେ ହୀରାଭଳି ଝଟକୁଥିବା ତାଙ୍କର ଉଜ୍ଜ୍ୱଳ ଭବିଷ୍ୟତ ମାତ୍ର କେଇଟା ବର୍ଷ ଭିତରେ ଔଜଲ୍ୟହରାଇ ସମ୍ପୂର୍ଣ୍ଣ ନିଷ୍ପ୍ରଭ ହୋଇଯାଇଚି। ହାୟ......!

ନା' ଏମିତି ପରିସ୍ଥିତିରେ ସେ ଆଉ ବଞ୍ଚିପାରିବେନି। ଏ ବିଡମ୍ବିତ ଦାମ୍ପତ୍ୟ ଜୀବନର ବୋଝ ସେ ବୋହି ପାରିବେନି। ଯେ କୌଣସି ଉପାୟରେ ଏଥିରୁ ସେ ମୁକ୍ତି ଚାହାଁନ୍ତି। ଅଥଚ ଆତ୍ମହତ୍ୟା କରିବାର ସାହସ ତାଙ୍କର ନାହିଁ। ତେବେ କ'ଣ ସେ ନିଜ ନିରୀହ ସ୍ୱାମୀଙ୍କୁ ହତ୍ୟାକରିବାକୁ ଚାହୁଁଛନ୍ତି! ସେ ଭ୍ରୁକୁଞ୍ଚନ କଲେ। ଅବଶ୍ୟ ମିଷ୍ଟର ବାଗଚୀଙ୍କ ପାଇଁ ବଞ୍ଚିବା ବା ମରିବାର ବିଶେଷ ଫରକ ନାହିଁ। ଏବେ ତ ସେ ମୃତ ପ୍ରାୟ। କେବଳ ଯାହା ନିଶ୍ୱାସ ଚାଲିଚି। ସେତକ ବନ୍ଦ ହେଇଗଲେ, ତାଙ୍କ ପାଇଁ ଅନେକ ସୁବିଧା ହୁଅନ୍ତା। ଓଃ! କି ବେଦନାପୂର୍ଣ୍ଣ ମୂହୁର୍ତ୍ତ। ସେ ଆଖି ବୁଜିଲେ। ପୁଣି ଖୋଲିଲେ। ବାଲକୋନୀକୁ ଆସି ବାହାରକୁ ଅନେଇଲେ। ପୁଣି ଭିତରକୁ ଗଲେ। ଅସ୍ଥିର ମନକୁ କେମିତି ଶାନ୍ତ କରାଯାଏ! ହଠାତ୍ ତାଙ୍କର ମନେହେଲା, ସ୍ୱାମୀଙ୍କ ବିଛଣାରେ ପଡ଼ିରହିବା ହିଁ ତାଙ୍କର ବେଶୀ ଅସହ୍ୟ ହେଉଛି। ସେ ସ୍ଥିରକଲେ ସ୍ୱାମୀଙ୍କୁ ହାତ ଧରି ଟାଣି ବିଛଣାରେ ବସାଇଦେବେ। ଆଦୌ ଶୋଇବାକୁ ଦେବେନି।

ତାଙ୍କ ଭାବନାକୁ ସଙ୍ଗେ ସଙ୍ଗେ କାର୍ଯ୍ୟକାରୀ କରିବା ଉଦ୍ଦେଶ୍ୟରେ, ସେ ବିଜୁଳି ବେଗରେ ସ୍ୱାମୀଙ୍କ କୋଠରୀକୁ ପଶିଗଲେ। ତାଙ୍କ ନଜର ପଡ଼ିଲା ଅକର୍ମଣ୍ୟ ସ୍ୱାମୀଙ୍କ ଉପରେ। ମିଷ୍ଟର ବାଗ୍ଚୀ ତାଙ୍କୁ ଚାହିଁଥିଲେ। ଏଭଳି ଅସହାୟ ଚାହାଣୀ ସେ ଆଗରୁ କେବେ ଦେଖିନଥିଲେ। ସେ ସ୍ତମ୍ଭୀଭୂତ ହେଲେ। ହଠାତ୍ ଏକ ଅହେତୁକ ଆକର୍ଷଣରେ ସେ ସ୍ୱାମୀଙ୍କ ପାଖରେ ବସି ପଡ଼ିଲେ। ଆଦରରେ ତାଙ୍କ ମୁଣ୍ଡ ଆଉଁସି ଦେଇ, ବଙ୍କା ହେଇ ଯାଇଥିବା ମୁଣ୍ଡତଳ ତକିଆକୁ ସଜାଡ଼ିଦେଲେ। ଶେତା ପଡ଼ି ଯାଇଥିବା ସ୍ୱାମୀଙ୍କ ମୁହଁ ସାମାନ୍ୟ ସତେଜ ଦିଶିଲା।

ମିସେସ୍ ବାଗଚୀ ପୁଣି ଗପିବା ଆରମ୍ଭକଲେ। ଏବଂ କିଛି ସମୟ ପରେ କ'ଣ ଭାବି, ଆଖିବୁଜି ଭଗବାନଙ୍କ ଉଦ୍ଦେଶ୍ୟରେ ହାତ ଯୋଡ଼ିଲେ।

■

ମୂର୍ଚ୍ଛନା

ରାତି ପାହିବାକୁ ଅନେକ ସମୟ ବାକିଥିଲେ ମଧ୍ଯ ଲିପ୍ସା ଇତସ୍ତତଃ ହୋଇ ବାରମ୍ବାର ପରଦା ଆଡ଼େଇ ବାହାରକୁ ଚାହୁଁଥିଲା। ଯଦିଓ ସେ ଜାଣିଥିଲା ସାତଟା ପୂର୍ବରୁ ସୂର୍ଯ୍ୟ ଉଇଁବା ଅସମ୍ଭବ। ବ୍ୟସ୍ତହୋଇ ଇତି ମଧ୍ୟରେ ତିନି କପ୍ କଫି ସେ ପିଇ ସାରିଥିଲା। ଶେଷଥର ପାଇଁ କଫି କପେ କରି ଆଣି, ସେ କାଉଚ୍ ରେ ବସିପଡ଼ିଲା। ଅନୁଭବ କଲା, ସେ କ୍ଲାନ୍ତ। କିନ୍ତୁ ଏହା ଶାରୀରିକ ବା ମାନସିକ ତାହା ଜାଣିବା ଦୁରୂହ। ନିଜ ଶରୀରରେ ଫୂର୍ତ୍ତି ଭରିଦେବା ଉଦ୍ଦେଶ୍ୟରେ ସେ କଫି କପ୍ ରେ ଓଠ ଲଗାଇଲା। ତା' ଅବସାଦପୂର୍ଣ୍ଣ ମନକୁ କେବଳ କଫି ହିଁ ଆରାମ ଦେଇପାରିବ।

ଗତ କିଛି ବର୍ଷ ଧରି, ଯେଉଁ କୋରିୟର କମ୍ପାନୀରେ ସେ ଚାକିରୀ କରୁଥିଲା, ଦୁଇମାସ ତଳେ ସେଇଟି ହଠାତ୍ ବନ୍ଦ ହୋଇଗଲା। ଚାହୁଁ ଚାହୁଁ ଅନେକ କର୍ମଚାରୀ ବେକାର ହେଇଗଲେ। ତା' ମାଲିକ କୁଆଡ଼େ ଦେବାଳିଆ ହୋଇଯାଇଥିଲା। ଅବଶ୍ୟ ଆମେରିକାରେ ଏମିତି ହିଁ ହୁଏ। ଅନେକଙ୍କ ମତରେ, ଆମେରିକାରେ ଚାକିରୀରେ କୌଣସି ସ୍ଥିରତା ନଥାଏ। ଯେତେ ସହଜରେ ଚାକିରୀଟିଏ ମିଳେ, ତା'ର ଦୁଇଗୁଣ ସହଜରେ ଚାଲିଯାଏ ମଧ୍ୟ। ଏ ଦେଶରେ, ଜଣେ ଆଇ.ଟି ଇଂଜିନିୟର ଟ୍ୟାକ୍ସି ଚଲାଇବାକୁ ବାଧ୍ୟ ହୋଇପାରେ। ଓରାକଲରେ ଡ଼ିଗ୍ରୀ ରଖି, ଅନାୟସରେ ଜଣେ ସବଓ୍ୱେରେ କାମ କରିପାରେ। ଏମ.ବି.ଏ ଶେଷକରି ଜଣେ ପିଜା ଡ଼େଲିଭରି ବୟ ହୋଇପାରେ ବା ମାତ୍ର ହାଇସ୍କୁଲ ପାସକରି ଜଣେ ଯୋଗ୍ୟତା ଅନୁଯାୟୀ ଚାକିରୀଟିଏ ପାଇ ଯାଇପାରେ। ସେ ଦୀର୍ଘଶ୍ୱାସ ନେଲା। ତା'ର ସମସ୍ତ ସଞ୍ଚୟ ପ୍ରାୟ ସରିଲାଣି। ସେ ଜାଣେ ବିଳମ୍ବ ହେଲେ ବି ମନ ପସନ୍ଦର ଚାକିରୀଟିଏ ସେ ପାଇଯିବ। ତଥାପି ତାକୁ ବିଷାଦ କବଳିତ କରୁଥିଲା।

ଅନେକ ସ୍ଥାନରେ ଚାକିରୀ ପାଇଁ ସେ ଚେଷ୍ଟା କରିସାରିଛି । ଅଥଚ କିଛି ଲାଭ ନାହିଁ । ତା' କମ୍ୟୁନିଟି ନିକଟରେ ଥିବା ଏକ ମେକ୍ସିକାନ୍ ରେଷ୍ଟୁରେଣ୍ଟରେ ୱେଟ୍ରେସ୍ ସ୍ଥାନଟିଏ ଖାଲି ଅଛି । ଦୁଇଦିନ ତଳେ ରେଷ୍ଟୁରେଣ୍ଟ ସାମ୍ନାରେ ଲଗା ଯାଇଥିବା ନାଓ ହାୟରିଙ୍ଗ ବୋର୍ଡ ଉପରେ ତା' ନଜର ପଡ଼ିଥିଲା । କିନ୍ତୁ ୱେଟ୍ରେସ ହେବା ପାଇଁ ତାକୁ ସଙ୍କୋଚ ଲାଗୁଥିଲା ।

ପଡ଼ୋଶୀ ମିସ୍ ଡ଼ାନା ଗତକାଲି ତାକୁ କହିଥିଲେ, ଲାଇବ୍ରେରୀରେ ସ୍ଥାନଟିଏ ଖାଲି ଅଛି । ଅତଏବ ସେହି ଚାକିରୀ ଆଶାରେ ସେ ଲାଇବ୍ରେରୀ ଯିବାପାଇଁ ଆଜି ସ୍ଥିର କରିଛି ।

ଲିସ୍ପା ମୋବାଇଲରେ ତାପମାତ୍ରା ପରୀକ୍ଷା କଲା । ନଭେମ୍ବର ପ୍ରଥମ ସପ୍ତାହ ଅଥଚ ତାପମାତ୍ରା ଅଠେଇଶ ଫାରେନହାଇଟ୍ । ଆମେରିକାର ଉତ୍ତର, ଏବଂ ପୂର୍ବ ରାଜ୍ୟ ଗୁଡ଼ିକରେ ଶରତ ଋତୁରେ ଶୀତ ଋତୁର ଅନୁଭବ ମିଳେ । ଅତଏବ ଶୀତରୁ ରକ୍ଷା ପାଇବା ନିମନ୍ତେ ଆବଶ୍ୟକୀୟ ପୋଷାକ ପିନ୍ଧି ସେ ଘରୁ ବାହାରିଲା । ଆଉଥରେ ଠିକଣା ପରଖିଲା । ଫିପଥ୍ ଏଭିନ୍ୟୁ ଫର୍ଟି ଟୁ ଷ୍ଟ୍ରିଟ, ନିଉ ୱର୍କ ସିଟି ।

ଗତକାଲି ରାତିରେ ସାମାନ୍ୟ ତୁଷାରପାତ ହୋଇଥିଲା । ଅତଏବ ସମଗ୍ର ସହର ହାଲକା ବରଫର ଆସ୍ତରଣ ତଳେ ନିସ୍ତେଜ ମନେହେଉଥିଲା । ରାସ୍ତା କଡ଼ର ଡ଼େଙ୍ଗା ଡ଼େଙ୍ଗା ଥୁଣ୍ଟା ଗଛଗୁଡ଼ିକ ଉପରେ ନଜର ପହଁରାଇ ସେ ଆହୁରି ହତାଶ ହୋଇପଡ଼ିଲା । ତାପମାତ୍ରାର ଶୀତଳତା ତାକୁ ପୁଣି ଥରେ କଫି ପିଇବାକୁ ପ୍ରବର୍ତ୍ତାଇଲା । ଅତଏବ କଫି ନେବା ଉଦ୍ଦେଶ୍ୟରେ ସେ ନିକଟରେ ଥିବା କଫି ସପରେ ପଶିଲା । ଅନ୍ୟମନସ୍କ ଭାବେ ଏଣେ ତେଣେ ନଜର ବୁଲାଇବା ଅବସରରେ ତା' ନଜର ପଡ଼ିଲା ବବ୍ ଙ୍କ ଉପରେ । ସେ ମଧ୍ୟ କଫିପାଇଁ ଲାଇନ୍ ରେ ଠିଆ ହୋଇଥିଲେ । ପୂର୍ବ କୋରିୟର କମ୍ପାନୀରେ ବବ୍ ଥିଲେ ତା'ର ସହକର୍ମୀ । ଲିସ୍ପା ତାଙ୍କୁ ଅଭିବାଦନ ଜଣାଇଲା । ହସିହସି ପ୍ରତି ଅଭିବାଦନ ଜଣାଇବା ଅବସରରେ ସେ ତାକୁ କୁଣ୍ଢାଇ ପକାଇଲେ । ସେ ଅନୁଭବକଲା ବବ୍ ତାକୁ ଦେଖି ଖୁସିହେଲେ । ଏମିତିରେ ବବ୍ ବଡ଼ ଖୁସି ମିଜାଜର ଲୋକ । ଅବଶ୍ୟ ଆମେରିକୀୟମାନେ ସ୍ୱଭାବତଃ ବଡ଼ ଖୋଲା ଏବଂ ଖୁସି ମିଜାଜର ଅଟନ୍ତି । ତଥାପି ତାକୁ ଭଲ ଲାଗିଲା । ନହେଲେ ଏଇ କିଛି ଦିନ ହେବ ତାକୁ ଭାରି ଏକୁଟିଆ ଲାଗୁଥିଲା ।

କିଛି ସମୟ ପରେ ଦୁହେଁ କଫି ଧରି ବାହାରକୁ ଆସିଲେ । ସେତେବେଳକୁ ହାଲକା ସୂର୍ଯ୍ୟ କିରଣ ସହର ଉପରେ ବିଛେଇ ପଡ଼ିଲାଣି ।

ଦୁହେଁ ଖରା ଆଡ଼କୁ ମୁହଁକରି, କଫି ପିଇବା ଆରମ୍ଭକଲେ ।

ଚାରି ଆଡ଼କୁ ଦୃଷ୍ଟି ବୁଲାଇବା ଅବସରରେ ବବ୍ ପଚାରିଲେ, "କେଉଁଠି ଜଏନ କଲେ ?"

ସେ ମୁଣ୍ଡ ହଲାଇ ନାହିଁ କଲା। ଆଉ ପ୍ରତି ପ୍ରଶ୍ନକଲା, "ତମେ ?"

ସହଜ ଭାବରେ ହସି ସେ କହିଲେ, "ନା' !"

ଲିସା କଫି ପିଇବାରେ ମନଦେଲା। ଚାକିରୀ ନଥିବା ଚିନ୍ତାରେ ହେଉ ବା ବଦଳୁଥିବା ଋତୁ ହେତୁ ତା' ମୁଣ୍ଡ ବିନ୍ଧୁଥିଲା। ସେ ଗରମ କଫି କପରେ ହାତ ଘଷି ନିଜକୁ ଅନ୍ୟମନସ୍କ ରଖିବାକୁ ଚେଷ୍ଟା କଲା।

ହଠାତ୍ ବବ୍ ନଇଁପଡ଼ି ତଳୁ ଗୋଟାଏ ଅଧାଜଳା ସିଗାରେଟ ଉଠାଇନେଲେ। ଲିସା ପ୍ରଶ୍ନବାଚୀ ନୟନରେ ବବ୍ ଙ୍କୁ ଚାହିଁଲା। ବବ୍ କିନ୍ତୁ ସେଆଡେ ନଜର ନଦେଇ, ଛିଣ୍ଡା କୋର୍ଟ ପକେଟରୁ ଲାଇଟର ବାହାରକରି ସିଗାରେଟରେ ନିଆଁ ଧରାଇଲେ।

ଲିସା ନଜର ଦେଇନଥିଲା ଯେ ବବ୍ ପିନ୍ଧିଥିବା କୋର୍ଟଟି ଅନେକ ସ୍ଥାନରେ ଚିରିଯାଇଚି। ସେ ବୁଝିପାରିଲା ବବ୍ ଙ୍କ ଦୈନ ଅବସ୍ଥା। ଅଧାଜଳା ସିଗାରେଟ ତଳୁ ଉଠାଇ ପିଇବାର କାରଣ ବି ସେ ଜାଣିପାରିଲା। ତଥାପି ବବ୍ ଙ୍କ ଆଚରଣରେ ସେ ବିସ୍ମିତ ହେଲା।

ସିଗାରେଟକୁ ଥରେ ଜୋରରେ ଶୋଷିନେଇ, ସୌଜନ୍ୟ ଦୃଷ୍ଟିରୁ ସେ ଲିସାକୁ ଯାଚିଲେ। ଲିସା ମନାକଲା।

ସେ ଆଉଥରେ ସିଗାରେଟକୁ ଓଠରେ ଲଗାଇ, ତା' ଧୂଆଁକୁ ଯଥାସମ୍ଭବ ଭିତରକୁ ଟାଣି ନେଲାବେଳେ, ବିମୋହିତହୋଇ କହିଲେ, "ହଁ ! ମୁଁ ଜାଣେ ଭାରତୀୟ ନାରୀମାନେ ନିଶାଦ୍ରବ୍ୟ ସହ ଏତେଟା ଅଭ୍ୟସ୍ତ ନୁହଁନ୍ତି। ଅଥଚ ଭାରତୀୟ ପୁରୁଷମାନେ ବେଶ୍ ନିଶା କରିପାରନ୍ତି। ଲିକର ସପ୍ ବା ଭାପ୍ ଷ୍ଟୋର ମାନଙ୍କରେ ଭାରତୀୟ ପୁରୁଷଙ୍କ ଗହଳି ଅନେକଥର ମୋ ନଜରରେ ପଡ଼ିଚି। ନିଶା ସେବନ କ୍ଷେତ୍ରରେ ଭାରତୀୟ ପୁରୁଷ ଏବଂ ନାରୀଙ୍କ ମଧ୍ୟରେ ଥିବା ବିଷମତା ଆଦୌ ଗ୍ରହଣୀୟ ନୁହେଁ। ଆମ ଦେଶରେ ଦେଖନ୍ତୁ ନାରୀ, ପୁରୁଷ ଉଭୟଙ୍କ ଅନୁପାତ ପ୍ରାୟ ସମାନ।" ସିଗାରେଟଟିକୁ ଶେଷଥର ପାଇଁ ଶୋଷିନେଇ ସେ ଫିଙ୍ଗିଦେଲେ।

ନିର୍ଦ୍ଦିଷ୍ଟ ବିଷୟରେ ଯୁକ୍ତି କରିବାର ଇଚ୍ଛା ଲିସାର ଆଦୌ ନଥିଲା। ତଥାପି ଶାନ୍ତ ସ୍ୱରରେ ସେ କହିଲା, "ମୁଁ ସିଗାରେଟ ପିଏନା ସେକଥା ଭିନ୍ନ। କିନ୍ତୁ ଯଦି ମୁଁ ସିଗାରେଟ ପିଉଥାନ୍ତି, ତେବେ କେବେ ମଧ୍ୟ ଏମିତି ଅଧାଜଳା ସିଗାରେଟ ତଳୁ ଉଠାଇ ପିଇନଥାନ୍ତି।"

କିଛି ନକହି ବବ୍ ହୋ ହୋ ହୋଇ ହସି ଉଠିଲେ।

ଲିଷ୍ଟାର ପ୍ରତକ୍ଷ୍ୟ ପ୍ରତିକ୍ରିୟା ସତ୍ତ୍ୱେ ମଧ୍ୟ ରାସ୍ତାରୁ ଅଧାଜଳା ସିଗାରେଟ ଗୋଟାଇବାରୁ ବବ୍ ବିରତ ହେଲେନାହିଁ।

ଲିଷ୍ଟା ଆଶ୍ଚର୍ଯ୍ୟ ହେଲା। ଏଭଳି ପରିସ୍ଥିତିରେ ସେ ହସି ପାରୁଛନ୍ତି କେମିତି! ପକେଟରେ ପଇସାଟାଏ ନାହିଁ। ବର୍ତ୍ତମାନର ପରିସ୍ଥିତି ଯଥେଷ୍ଟ ଯନ୍ତ୍ରଣାଦାୟକ। ଭବିଷ୍ୟତର ଠିକଣା ନାହିଁ। କିନ୍ତୁ ସେ ହସି ପାରୁଚନ୍ତି! ଅଥଚ ବବଙ୍କ ଠାରୁ ଯଥେଷ୍ଟ ଭଲ ଅବସ୍ଥାରେ ଥାଇ ମଧ୍ୟ ସେ ହସିବା ପ୍ରାୟ ଭୁଲିଗଲାଣି।

ଲିଷ୍ଟାର ଲକ୍ଷ୍ୟସ୍ଥଳ ଆସି ଯାଇଥିଲା। ସେ ବବ୍ ଙ୍କ ଉଦ୍ଦେଶ୍ୟରେ ପଚାରିଲା, "ଏବେ ତମେ କୁଆଡ଼େ ଯିବ?"

"କୁଆଡେ ଯିବି? ଏଇଠି ବୁଲିବି। ବୋଧହୁଏ ଆଜି ରାତିରେ ମୁଁ ଏଇ ରାସ୍ତାରେ ଶୋଇବି। ପଇସା ଦେଇ ନପାରିବାରୁ, ଲିଜିଂ ଅଫିସର ମତେ କମ୍ୟୁନିଟିରୁ ବାହାର କରି ଦେଇଛନ୍ତି। ଜାଣିଚ! ଗତକାଲି ମୁଁ ସେନ୍ଟ୍ରାଲ ପାର୍କ ବେଞ୍ଚରେ ଶୋଇଥିଲି।"

ଲିଷ୍ଟା ଚମକିଲା। "ଏ ଭୟଙ୍କର ଥଣ୍ଡାରେ!"

ବବ୍ ଏକ ଅମାୟିକ ହସ ହସି କହିଲେ, "ହଁ! କାଲି ଥଣ୍ଡା ଲାଗୁଥିଲା। କିନ୍ତୁ ମୁଁ ଶୋଇ ଯାଇଥିଲି। ଦୁଇବର୍ଷ ପୂର୍ବେ ମଧ୍ୟ ଏମିତି ହୋଇଥିଲା। ପ୍ରାୟ ଦୁଇ ଦିନ ଅନାହାରରେ ରହିଲା ପରେ ମୁଁ ଭିକ ମାଗିବାକୁ ବାଧ୍ୟ ହୋଇଥିଲି। ଲକ୍ଷହୀନ ଭାବେ ସପ୍ତାହଟିଏ ଏଣେ ତେଣେ ବୁଲିବା ପରେ, ଶେଷରେଏକ ଗ୍ୟାସ ଷ୍ଟେସନରେ, ଗ୍ୟାସ ଜକି ଭାବେ କାମ ପାଇଥିଲି।" ଏତିକି କହି, ଲିଷ୍ଟାର ପ୍ରତିକ୍ରିୟାକୁ ଅପେକ୍ଷା ନକରି, ବବ୍ ନିଉ ୱ୍ୱର୍କର ଗହଳି ଭିତରେ ହଜିଗଲେ।

ଲିଷ୍ଟା ଲାଇବ୍ରେରୀ ଭିତରେ ପଶିଲା। ପଚାରି ବୁଝିଲା, ଗତକାଲି ହିଁ ସେ ସ୍ଥାନଟି ପୂରଣ ହୋଇ ଯାଇଛି। ଦୀର୍ଘଶ୍ୱାସ ନେବା ଛଡ଼ା, ତା'ର ଆଉ କିଛି କରିବାର ନଥିଲା। ଅନ୍ୟ ଦିନ ହୋଇଥିଲେ ସେ କିଛି ସମୟ ଲାଇବ୍ରେରୀରେ କଟାଇଥାନ୍ତା। ଲାଇବ୍ରେରୀ ଥାକରେ ନୂଆ ଅଥରଙ୍କୁ ଖୋଜିଥାନ୍ତା। ବିଭିନ୍ନ ଦେଶର ଫିକସନ ଏବଂ ନନଫିକସନ ଅଥରମାନଙ୍କ ନା' ପଢ଼ି ଆମୋଦିତ ହୋଇଥା'ନ୍ତା। ନହେଲେ କୌଣସି ମେକ୍ସିକାନ୍ ଖବର କାଗଜ ଉପରେ ନଜର ପକାଇଥାନ୍ତା। କେତେଜଣ ମେକ୍ସିକାନ୍ ବିନା ଭିସାରେ ୟୁନାଇଟେଡ୍ ଷ୍ଟେଟସ୍ କୁ ପଶି ଆସିଛନ୍ତି ବା ଆମଦାନୀ ହେଉଥିବା କଞ୍ଚାଲଙ୍କା ପ୍ୟାକେଟ ଭିତରେ, କେତେ କିଲୋ ଡ୍ରଗସ ମେକ୍ସିକୋରୁ ୟୁଏସଏ ଆସିଛି ଖବର ରଖିଥାନ୍ତା। କେମିତି ଡ୍ରଗ ଡ଼ିଲରମାନେ ଡ୍ରଗସ କାରବାର ନିମନ୍ତେ ଅଦା ବ୍ୟବହାର କରୁଛନ୍ତି। କିମ୍ବା ୟୁ.ଏସ.ଏର କେଉଁ ରାଜ୍ୟରେ ଚାଇନିଜଙ୍କ ସଂଖ୍ୟା ଅଧିକ। ଖବର

କାଗଜ ଥାକରୁ ଖୋଜି ଖୋଜି ବିଜ୍ଞାପନ ପୂର୍ଣ୍ଣ କୌଣସି ଏକ ଖବର କାଗଜକୁ ସେ ମନଦେଇ ପଢ଼ିଥାନ୍ତା। ଏବଂ କେଉଁ ଦୋକାନ ମାନଙ୍କରେ ଡିସକାଉଣ୍ଟ ଅଛି, ନୋଟପ୍ୟାଡରେ ଲେଖି ରଖିଥାନ୍ତା। ନହେଲେ ତା'ର ପ୍ରିୟ ପାବ୍ଲୋ ନେରୁଦାଙ୍କ କବିତା ବହିଟିଏ ନେଇ, ଖାଲି ସ୍ଥାନଟିଏ ଦେଖି ବସି ପଢ଼ିଥା'ନ୍ତା। ଆଉ କବିତା ପଢ଼ି ବିମୋହିତ ହୋଇଥାନ୍ତା। ଏବଂ ଶେଷରେ ନିଜ ମନ ପସନ୍ଦ ଲେଖକଙ୍କର ଗୁଡ଼ାଏ ବହି ଇସୁ କରି, ଅତ୍ୟନ୍ତ ତୃପ୍ତିରେ ସେ ଘରକୁ ଫେରିଥା'ନ୍ତା। କିନ୍ତୁ ତା'ର ଆଜି ଏସବୁ ଥିରେ ବିଶେଷ ଆଗ୍ରହ ନଥିଲା। ଅତଏବ ସେ ଲାଇବ୍ରେରୀରୁ ବାହାରି ଆସିଲା। କୁଆଡ଼େ ଯିବ ସ୍ଥିର କରି ନପାରି, ଅନ୍ୟମନସ୍କ ହୋଇ ସେ ଲାଇବ୍ରେରୀ ସାମ୍ନାରେ ଥିବା ବେଞ୍ଚ ଉପରେ ବସି ପଡ଼ିଲା। ହଠାତ୍ ତା'ର ମନେହେଲା ରାସ୍ତାରେ ଯାଉଥିବା ସବୁ ଲୋକଙ୍କର ଚାକିରୀ ଚାଲିଯାଇଛି। ସମସ୍ତେ ଜୀବିକା ପାଇଁ ଏପଟ ସେପଟ ଦୌଡ଼ୁଛନ୍ତି। ଅଥଚ ସମସ୍ତେ ହସୁଚନ୍ତି, କାହାର ଚିନ୍ତା ନାହିଁ। ବାସ୍ତବିକ ଏମିତି କ'ଣ ହୁଏ ! ଅନାହାରରେ ରାସ୍ତାରେ ଶୋଇ କ'ଣ ହସି ହୁଏ ! ସେ ଭାବୁଥିଲା।

ନିଉ ୟର୍କ ସିଟିର ରାସ୍ତାରେ ଲୋକ ଗହଳି କ୍ରମଶଃ ବଢ଼ି ଚାଲିଥିଲା। କିଏ ଘରକୁ ଫେରୁଥିଲା ତ ଆଉ କିଏ ମୁକ୍ତ ପକ୍ଷୀଟିଏ ପରି ବୁଲୁଥିଲା। ଏକ ଅହେତୁକୀ ଆକର୍ଷଣରେ ହଠାତ୍ ସେ ଉଠିପଡ଼ି ଚାଲିବା ଆରମ୍ଭ କଲା। ସେ ଅନୁଭବ କରୁଥିଲା, ସତେଅବା କୌଣସି ଅଦୃଶ୍ୟ ହାତ, ତା' ପାଦ ଦୁଇଟିକୁ ଟାଣି ନେଉଚି। ବିହ୍ୱଳ ହୋଇ ବିନା ଦ୍ୱିଧାରେ ସେ ସାଇଡ ୱାକରେ ଚାଲିଲା ଏବଂ ଅଳ୍ପ ସମୟ ଭିତରେ, ସର୍ବଦା ଚଳଚଞ୍ଚଳ ନିଉ ୟର୍କ ସିଟିର ଭିଡ଼ ଭିତରେ ସେ ମିଶିଗଲା।

ସୂର୍ଯ୍ୟ ବୁଡ଼ି ଯାଇଥିଲେ। ଲିଷା ସହରର ପ୍ରାଣ ଏବଂ ସମଗ୍ର ୟୁଏସଏର ହୃଦୟ ଟାଇମ୍ ସ୍କୋୟାରରେ ପହଞ୍ଚି ଯାଇଥିଲା। ହଠାତ୍ କିଛି ନଭାବି, ବୈଚିତ୍ର୍ୟମୟ ବିଜ୍ଞାପନ ଏବଂ ବିସ୍ମୟଭରା ବିଦେଶୀମାନଙ୍କ ଗହଣରେ ନିଜକୁ ହଜାଇ ଦେଇ ସେ ସାଇଡ଼ ୱାକରେ ବସିପଡ଼ିଲା। ତା' ସାମ୍ନାରେ ବିଚିତ୍ର ବେଶଧାରୀ ବିଦେଶୀ ଏବଂ ବିଦେଶିନୀ ମାନେ ଚଳପ୍ରଚଳ ହେଉଥାନ୍ତି। କିଏ କାର୍ଟୁନ ଚରିତ୍ର ହୋଇ ମନୋରଞ୍ଜନ କରୁଛି ତ ଆଉ କିଏ ଅପେକ୍ଷାକୃତ କମ୍ ପୋଷାକ ପିନ୍ଧି ଦେହସାରା ଚିତ୍ର ବନେଇଛି। ସେ ଦେଖି ଚାଲିଥିଲା ଆମେରିକୀୟ ମାନଙ୍କର ଜୀବିକା ପାଇଁ ସଂଘର୍ଷ।

ହଠାତ୍ ତା' କାନରେ ପଡ଼ିଲା ଏକ ଚମତ୍କାର ଧୁନ୍। ସେ ବସିଥିବା ସ୍ଥାନଠାରୁ ଅଳ୍ପ ଦୂରରେ କେହିଜଣେ ଗିଟାର ବଜାଇ ଗୀତ ଗାଉଛନ୍ତି। ଧୁନ୍ ର ସ୍ରଷ୍ଟାଙ୍କୁ ଦେଖିବା ଉଦ୍ଦେଶ୍ୟରେ ସେ ଠିଆ ହୋଇପଡ଼ିଲା। ଭିଡ଼ ଆଡ଼େଇ ଦେଖିଲା, ଜଣେ ଜୀବିକା ନିର୍ବାହ ଉଦ୍ଦେଶ୍ୟରେ ଗିଟାର୍ ବଜଉଚନ୍ତି। ଆଶ୍ଚର୍ଯ୍ୟ ! ବବ୍ ବିନା ଦ୍ୱିଧାରେ, ସେ

ଅଚିହ୍ନା ଲୋକର ଗିଟାର୍ ଧୁନ୍ ସହ ତାଳ ମିଳାଇ ମସଗୁଲ୍ ହୋଇ ନାଚୁଛନ୍ତି। "ବାସ୍ତବିକ ! ଜୀବନ ସଂଘର୍ଷମୟ। କିନ୍ତୁ ସେ ସଂଘର୍ଷକୁ ଉପଭୋଗ କରୁଥିବା ମଣିଷ ହିଁ ଜାଣେ ଜୀବନର ପ୍ରକୃତ ମୂଲ୍ୟ।" ସେ ସ୍ୱଗତୋକ୍ତି କଲା।

ହତବମ୍ବହୋଇ ଏକାଗ୍ରତାର ସହ ସେ ବବ୍ ଙ୍କୁ ଚାହିଁ ରହିଲା। ସତେଅବା ବବ୍ ଙ୍କ ଠାରୁ ସେ ଶିଖୁଥିଲା ବଞ୍ଚିବାର କଳା।

■

ସଂଗୋପନ

ଜାନୁଆରୀ ମାସର ଶୀତ ଓ ଘନ କୁହୁଡ଼ିକୁ ଖାତିର୍ ନକରି ମିସେସ୍ ମିଶ୍ର ସକାଳୁ ସକାଳୁ ପ୍ରାତଃ ଭ୍ରମଣରେ ବାହାରି ଯାଇଥିଲେ ମଧ୍ୟ ଅଳ୍ପ ସମୟ ଭିତରେ ବଡ ଉଦବିଗ୍ନ ହୋଇ ସେ ଫେରିଲେ। ମିସେସ୍ ମିଶ୍ର ପ୍ରାତଃ ଭ୍ରମଣରେ ଯିବାକୁ ଭାରି ଭଲ ପାଆନ୍ତି। ପ୍ରତିଦିନ ପ୍ରାତଃ ଭ୍ରମଣକୁ ଏକଦମ୍ ଖାଲି ମୁଣ୍ଡ ନେଇ ଘରୁ ବାହାରି ଯାଉଥିଲେ ମଧ୍ୟ ଫେରିଲା ବେଳକୁ କଲୋନୀ ସମେତ ଆଖପାଖର ଖବର ରୁଣ୍ଡେଇ ସେ ଘରକୁ ଫେରନ୍ତି। ଏବଂ ଘରେ ପହଁଞ୍ଚିଲା ମାତ୍ରେ ସ୍ୱାମୀଙ୍କ ଆଗରେ ଖବରଗୁଡ଼ିକ ବଖାଣି ନଗଲା ପର୍ଯ୍ୟନ୍ତ ସେ ଭାରି ଅସ୍ୱସ୍ତି ଅନୁଭବ କରନ୍ତି।

ପତ୍ନୀବ୍ରତ ମିଶ୍ରବାବୁ ବି ବଡ଼ ଧୈର୍ଯ୍ୟର ସହ ହସିହସି ତାଙ୍କ ଖବର ଗୁଡ଼ିକ ଶୁଣି ମୁଣ୍ଡହଲାନ୍ତି। ଅବଶ୍ୟ ସତରେ ଶୁଣନ୍ତି ବା ଶୁଣିବାର ଅଭିନୟ କରନ୍ତି, ଏ କଥା ଜଣା ପଡ଼ନ୍ତା ଯଦି ମିସେସ୍ ମିଶ୍ର କେବେ ପାଲଟା ପ୍ରଶ୍ନ କରନ୍ତେ। କିନ୍ତୁ ମିଶ୍ରବାବୁଙ୍କୁ ପାଲଟା ପ୍ରଶ୍ନ କରିବାର ଆବଶ୍ୟକତା ସେ କେବେ ଅନୁଭବ କରୁନଥିଲେ। ତାଙ୍କର ପୂର୍ଣ୍ଣ ବିଶ୍ୱାସ ଥିଲା ଅଭିନୟ କଳାଭଳି ସାହସ ମିଶ୍ରବାବୁଙ୍କର ଆଦୌ ନାହିଁ।

"ହେ ଭଗବାନ! ଏ କଲୋନୀରେ ଆଉ ରହି ହେବନାହିଁ।" ଫାଟକ ବନ୍ଦକରିବା ଅବସରରେ ମିସେସ୍ ମିଶ୍ର ସ୍ୱଗତୋକ୍ତି କଲେ।

ଘର ବାରନ୍ଦାରେ ମିଶ୍ରବାବୁ ପ୍ରାଣାୟାମ କରିବାରେ ବ୍ୟସ୍ତଥିଲେ। ଅତଏବ ତଡ଼ିତବେଗରେ ପତ୍ନୀଙ୍କ ଆଡ଼େ ନଜର ପହଁରାଇଆଣି ସେ ଅନୁଲୋମ ବିଲୋମ ତୀବ୍ରକଲେ।

"ଆଜିପାଇଁ ସେତିକି ଥାଉ।" ମିସେସ୍ ମିଶ୍ର ଆକ୍ଷେପ କଲେ।

ମିଶ୍ରବାବୁ ଅନୁଲୋମ ବିଲୋମ ଛାଡ଼ି ଶବାସନ କଲେ।

ବ୍ୟସ୍ତହୋଇ ମିସେସ୍ ମିଶ୍ର ସାମ୍ନା ଟେବୁଲ ଉପରେ ଥିବା ଖବର କାଗଜଟିକୁ ହାତକୁ ନେଇ ନଜର ପହଁରାଇଲେ।

ମିଶ୍ରବାବୁଙ୍କର ଯୋଗ ସରି ଯାଇଥିଲା। ଅତଏବ ସେ ପାଖ ଚେୟାର୍ ରେ ବସିଲେ। ଏବଂ ଦୀର୍ଘଶ୍ୱାସଟିଏ ନେଇ ଅଳ୍ପ ହସି କହିଲେ, "ଆଜିର ଖବର କାଗଜ ଏଯାଏଁ ଆସିନି। ଏଇଟା ଗତକାଲିର।"

ମିସେସ୍ ମିଶ୍ର ଖବର କାଗଜଟିକୁ ପୂର୍ବ ସ୍ଥାନକୁ ଫୋପାଡ଼ିଦେଇ, ଚାପା ସ୍ୱରରେ କହିଲେ, "ଶୁଣିଲଣି...... !"

"କ'ଣ !" ମିଶ୍ରବାବୁ ଆଶ୍ଚର୍ଯ୍ୟ ପ୍ରକଟକଲେ।

"ଗତ ସପ୍ତାହରୁ ଅଗ୍ରୱାଲବାବୁଙ୍କ ଘରେ ଝିଅଟିଏ ରହୁଛି।" ଆହୁରି ଚାପା ସ୍ୱରରେ ମିସେସ୍ ମିଶ୍ର କହିଲେ। ସତେଅବା ଅଗ୍ରୱାଲବାବୁଙ୍କ ଘରେ ଝିଅ ନୁହେଁ ଆତଙ୍କବାଦୀଟିଏ ରହୁଛି। ଏବଂ ବରାବର ସମଗ୍ର କଲୋନୀ ଉପରେ ଆଖି ରଖିଚି। ଲୋକଙ୍କ ମନରେ ଆତଙ୍କ ସୃଷ୍ଟିକରିବା ନିମନ୍ତେ କେବଳ ସୁଯୋଗ ଅପେକ୍ଷାରେ ଅଛି।

"ଅଗ୍ରୱାଲବାବୁ ତ ବାହାରେ ରହୁଛନ୍ତି ! ହୁଏତ ସେ କାହାକୁ ଭଡ଼ା ଦେଇଛନ୍ତି। ନହେଲେ ତାଙ୍କର କୌଣସି ସମ୍ପର୍କୀୟ ରହିବାକୁ ଆସିଚନ୍ତି।" ସାମାନ୍ୟ ଭାବି ମିଶ୍ରବାବୁ କହିଲେ।

"ତମର ଯେଉଁ ବୁଦ୍ଧି ! କଉ କାଳରୁ ସେ ଘର ଖାଲି ପଡ଼ିଚି ତମେ ଜାଣିଚ ? ଆଉ ଆଜି ହଠାତ୍ ଭଡ଼ା ଲାଗିଗଲା ? କ'ଣ ମନକୁ ? ତା'ଛଡ଼ା ସମ୍ପର୍କୀୟ କ'ଣ ଆଗରୁ ନଥିଲେ ? ଆଗରୁ କେହି କେବେ ସେ ଘରକୁ ଆସିବାର ତମ ନଜର ପଡ଼ିଛି ? ଏତେ ଦିନର ଅବ୍ୟବହୃତ ଘରେ ଜଣେ ଆସି ରହିଯିବ। ଆଉ କାନକୁ କାନ ଖବର ନଥିବ। ଏକଥା କ'ଣ ସମ୍ଭବ ?" ମିସେସ୍ ମିଶ୍ର ଆଖି ବଡ଼ବଡ଼ କରି ମିଶ୍ରବାବୁଙ୍କୁ ଚାହିଁ ଜବାବ ତଲବ କଲେ।

"କିଏ ଜାଣେ ? ଆଉ କିଛି ହୋଇ ପାରିଥାଏ।" ମିଶ୍ରବାବୁ ଘର ଭିତରକୁ ପଶିଲେ।

ନିହାତି ଅନୁଗତ ଶିଷ୍ୟଟିଏ ଗୁରୁଙ୍କ ପଦାଙ୍କ ଅନୁସରଣ କରିବା ରୀତିରେ, ମିସେସ୍ ମିଶ୍ର ମଧ୍ୟ ତାଙ୍କ ପଛେ ପଛେ ଉଠିଗଲେ। "ସେ ଯାହା ହେଇଥାଉ। ତମେ କିନ୍ତୁ ସେ ଘର ଆଗଦେଇ ଗଲାବେଳେ ଭୁଲ୍ ରେ ଯେମିତି ସେଆଡ଼େ ନଜର ନଦିଅ।"

ମିଶ୍ରବାବୁ ଅବାକ୍ ହେଲେ। "କାହିଁକି ?"

"କାହିଁକି କ'ଣ ? ଯିଏ ଅଗ୍ରୱାଲବାବୁଙ୍କ ଭଳି ଭଦ୍ରଲୋକକୁ ଗୁଣିକରି, ତାଙ୍କ ଘରଟିକୁ ହାତେଇ ପାରିଛି ସେ ତମକୁ ଛାଡ଼ିବ ! ଅତଏବ ତା'ଠାରୁ ଦୂରତା ରକ୍ଷାକରିବା ଉଚିତ୍। ବିଚରା ଅଗ୍ରୱାଲବାବୁ ! ଏଡ଼େ ଭଦ୍ରହୋଇ ଶେଷରେ ଝିଅଟା ପାଲରେ

ପଡ଼ିଗଲେ। କ'ଣ କହିବ? ବୋଧେ ତାଙ୍କର ଜନ୍ମ ଶନି। ନହେଲେ ଏମିତି ଘଟିବା କଥା ନୁହେଁ। ମାଳତୀ କହୁଥିଲା, ଝିଅଟା ସଜବାଜ ହୋଇ ସକାଳ ପହରୁ ଘରୁ ବାହାରି ଯାଉଛି ଯେ ଫେରୁଛି ରାତିଅଧରେ। ଛି ଛି ....!" ମିସେସ୍ ମିଶ୍ର ନାକ ଟେକିଲେ।

ମିଶ୍ରବାବୁ ନିରବ ରହିଲେ। କିଛି ସମୟ ପରେ କ'ଣ ଭାବି, ଗମ୍ଭୀର ଭାବରେ ପଚାରିଲେ, "ମାଳତୀ କିଏ?"

"ଆରେ ଆମ ମାଳତୀ! ମାନେ ଗୁପ୍ତାବାବୁଙ୍କ ଚାକରାଣୀ। ମନେ ନାହିଁ ସେଦିନ ଆମ ଘରକୁ ଆସିଥିଲା। ତା' ସ୍ୱଭାବ ଭାରି ଭଲ।" ଉତ୍ସାହରେ ମିସେସ୍ ମିଶ୍ର କହିଲେ।

"ଓଃ!" ମିଶ୍ରବାବୁ ଆଉ କିଛି ନକହି, ହଠାତ୍ ଗଭୀର ଚିନ୍ତାରେ ବୁଡ଼ିଗଲେ। ଯେମିତି ଅତୀତଟାକୁ ସମ୍ପୂର୍ଣ୍ଣରୂପେ ଦରାଣ୍ଡୁଚନ୍ତି।

କଥାର ଆଲୋଚନା ନ ବଢ଼ିବାରୁ, ମିସେସ୍ ମିଶ୍ର ହତୋତ୍ସାହ ହୋଇପଡ଼ି ଫୋନ୍ ଲଗାଇଲେ। "ହ୍ୟାଲୋ ମିସେସ୍ ଦାସ ଆଉ କିଛି ଜଣା ପଡ଼ିଲା?"

"ନା' ସେମିତି କିଛି ନୁହେଁ, କିନ୍ତୁ ମିସେସ୍ ସକ୍ସେନା କହୁଥିଲେ, ଝିଅଟା ରୋଜ୍ କ୍ଲବ ଯାଉଛି। "

"ଏକା ....!"

"ଆପଣ ବି ସତରେ ଭାରି ସରଳ। କ୍ଲବ୍ କେହି କ'ଣ ଏକା ଯାଏ।"

"ହଁ ସତ କହିଲେ। ମୋର ଏ ସରଳପଣ ଯୋଗୁଁ ମୁଁ ଅନେକ ସ୍ଥାନରେ ହଇରାଣ ହୁଏ। ହେଲେ କ'ଣ ହେବ ଗୁଣଟା କ'ଣ ଛାଡୁଚି। ହଉ କିଛି ନୂଆ ଖବର ମିଳିଲେ ଜଣାଇବେ।" ମିସେସ୍ ମିଶ୍ର ଫୋନ୍ ରଖିଦେଲେ।

"କାହା ଘରେ କିଏ ରହିଲା, କାହିଁକି ରହିଲା, ତା' ଉପରେ ମୁଣ୍ଡ ଖେଳେଇ ଅଯଥାରେ ନିଜ ରକ୍ତଚାପ ବଢ଼ାଇବା କ'ଣ ଆବଶ୍ୟକ?" ମିଶ୍ରବାବୁ ନରମ କଣ୍ଠରେ କହିଲେ।

"ଏଇଟା ଭଦ୍ରଲୋକଙ୍କ କଲୋନୀଟି।"

ତାଙ୍କୁ ଖୁବ୍ ଅଣନିଶ୍ୱାସୀ ଲାଗୁଥିଲା। ଅତଏବ ପତ୍ନୀ ଆଉ କିଛି କହିବା ପୂର୍ବରୁ, ଖୋଲା ପବନରେ ଘେରାଏ ବୁଲି ଆସିବା ଉଦ୍ଦେଶ୍ୟରେ ସେ ଘରୁ ବାହାରିଗଲେ। ତାଙ୍କ ଘର ପରେ, ଦୁଇଟି ଘର ଛାଡ଼ି ଅଗ୍ରୱାଲବାବୁଙ୍କ ଘର। ସେ ଅଟକିଗଲେ।

ହଠାତ୍ ପଛରୁ ଡ଼ାକ ଶୁଭିଲା, "ମିଶ୍ରବାବୁ!" ସେ ବୁଲି ଚାହିଁଲେ। ଦେଖିଲେ, ଚଞ୍ଚଳ ପାଦରେ ନାୟକବାବୁ ତାଙ୍କ ଆଡ଼େ ଆସୁଚନ୍ତି।

"ଖବର ପାଇଲେଣି ?" ଉକ୍ଣ୍ଠାରେ ନାୟକବାବୁ ପ୍ରଶ୍ନକଲେ ।

"କ'ଣ ....!"

ହେ ହେ ହେ .... "ଆପଣ ବି ମିଶ୍ରବାବୁ .... । ମିସେସ୍ ମିଶ୍ର କିଛି କହି ନାହାଁନ୍ତି ? ସେ ତ ଏତେ ସମୟ ପେଟରେ କଥା ରଖିବା ଲୋକ ନୁହଁନ୍ତି ।" ନାୟକବାବୁ ମିଶ୍ରବାବୁଙ୍କ କାନ୍ଧରେ ହାତ ରଖିଲେ ।

ମିଶ୍ରବାବୁ ବିନା ପ୍ରତିକ୍ରିୟାରେ କହିଲେ, "ସେ ଝିଅ କଥା ତ ! ଏଥିରେ ଏତେ ରହସ୍ୟ କରିବାରେ କ'ଣ ଅଛି । "

"ଆପଣ ବୋଧେ ଜାଣି ନାହାଁନ୍ତି, ଝିଅଟା ଏକୁଟିଆ ରହୁଛି ।" ଆଖି ନଚେଇ ନାୟକବାବୁ କହିଲେ ।

"ଏକୁଟିଆ ରହିଲେ କ'ଣ ଅସୁବିଧା .... ? ଆଜିକାଲି ପୃଥିବୀର ଅଧାଲୋକ ତ ଏକୁଟିଆ ରହୁଛନ୍ତି । ଏକୁଟିଆ ରହିବା କ'ଣ ପାପ ? ବରଂ ମୋ ମତରେ ଏକୁଟିଆ ରହିବା ହିଁ ଆଜିକାଲି ଠିକ୍ । ନିଜ ହିସାବରେ ରହିବ । ଅଯଥା ଖିଟପିଟ ନଥିବ । " ମିଶ୍ରବାବୁ ତାଙ୍କ ମୁହଁକୁ ଚାହିଁଲେ ।

ନାୟକବାବୁ କିଛି ସମୟ ନୀରବ ରହି କହିଲେ, "କ'ଣ ଯେ ଆପଣ କହୁଛନ୍ତି ? ହଉ ଛାଡ଼ନ୍ତୁ । ମିଷ୍ଟର ଶର୍ମା କହୁଥିଲେ ଗତକାଲି ସେ ଝିଅଟାକୁ ବାର୍ ସାମ୍ନାରେ ଦେଖିଥିଲେ । କୌଣସି ଭଲଘରର ଝିଅ କ'ଣ ବାର୍ ଯାଏ ? ଅତଏବ ଏଥିରୁ ସ୍ପଷ୍ଟ ଯେ ଝିଅଟାର ଚାରିତ୍ରିକ ଦୋଷ ଅଛି । ଏ କଲୋନୀ ଆଉ ସୁରକ୍ଷିତ ନୁହେଁ । ପୂର୍ବଭଳି କ'ଣ ଆଉ ଘରୁ ବାହାରି ହେବ !"

ମିଶ୍ରବାବୁ ଅନ୍ୟମନସ୍କ ହୋଇପଡ଼ିଲେ, "ଘରୁ ବାହାରିବାରେ ଅସୁବିଧା କେଉଁଠି ରହିଲା ? ବାର୍ ଗଲେ କ'ଣ ଝିଅଙ୍କର ଚରିତ୍ର ଖରାପ ହୁଏ ବୋଲି ଆପଣଙ୍କୁ କିଏ କହିଲା ?"

"ଧରି ନିଅନ୍ତୁ, ନିର୍ଜନ ଦ୍ୱିପହରେ ଆପଣ ଏକୁଟିଆ ଏ ରାସ୍ତାରେ ଯାଉଛନ୍ତି । ସେ ମଧ୍ୟ ଯାଉଛି । ହଠାତ୍ ଆପଣଙ୍କୁ ସେ କୁଣ୍ଢାଇ ପକାଇବ । ସେତେବେଳେ ଆପଣ କ'ଣ କରିବେ ?" ନାୟକବାବୁ ମୃଦୁହସି, ଦୁଇହାତ ଛାତିରେ ଛକି ପକାଇ ଆଖିବୁଜିଲେ ।

"ମାନେ ......!" ମିଶ୍ରବାବୁ ଛେପ ଢ଼ୋକିଲେ ।

ନାୟକବାବୁ ଆଉ କିଛି କହୁଥିଲେ, କିନ୍ତୁ ମିଶ୍ରବାବୁ ଥରେ ଅଗ୍ରୱାଲବାବୁଙ୍କ ଘର ଆଡ଼େ ଚାହିଁ ଘରକୁ ଫେରି ଆସିଲେ । ତାଙ୍କ ଦେହ ପୁରା ଝାଳେଇ ଯାଇଥିଲା । ସତେଅବା ସେ ଏକ ଭୟଙ୍କର ସ୍ୱପ୍ନ ଦେଖିଛନ୍ତି ।

ମିସେସ୍ ମିଶ୍ର, ଟିଭି ଦେଖା ପାଖରୁ ଉଠିଆସିଲେ। "କ'ଣ ହେଲା ? ଓଃ ହୋ ବୁଝିଗଲି। ସେ ଅଲକ୍ଷଣୀଟା ଦେଖା ହେଲା କି ! ହଁ ତା'ର ଆଉ କି କାମ। ରାତିରେ କ୍ଲବ ଯିବ। ଆଉ ଦିନରେ କଲୋନୀ ପୁରୁଷଙ୍କ ଉପରେ ନଜର ପକାଇବ।" ସାନ୍ତ୍ୱନା ଦେବା ଉଦ୍ଦେଶ୍ୟରେ ପତ୍ନୀ ତାଙ୍କ କାନ୍ଧରେ ହାତ ରଖିଲେ।

ମିଶ୍ରବାବୁ ଚିତ୍କାରକଲେ। ସତେଅବା ଝିଅଟା ପିଛାକରି ତାଙ୍କ ଘରେ ପହଞ୍ଚି ଯାଇଛି।

କଲେଜରେ ପଢ଼ିଲାବେଳେ ତାଙ୍କ ସହପାଠିନୀ ଥିଲା ଜୁଲି। ସେ ତାକୁ ଭାରି ପସନ୍ଦ କରୁଥିଲେ। ଥରେ ତାଙ୍କର ଜଣେ ସହପାଠୀ, ଯାହା ସହ ତାଙ୍କର କୌଣସି କାରଣରୁ ବାଦ ବିବାଦ ହେଇଥିଲା, ତାଙ୍କ ନା' ସହ ଜୁଲି ନା' ଟିକୁ ମିଶାଇ କଲେଜ ପାଠାଗାର ପଛପଟ କାନ୍ଥରେ ଲେଖିଥିଲା। ଏଥିରେ ସେ ନିଜେ ମଧ୍ୟ ଖୁବ୍ ଲଜ୍ଜିତ ଅନୁଭବ କରିଥିଲେ। କିନ୍ତୁ ଯେତେବେଳେ ଇଂରାଜୀ ପ୍ରଫେସର ତାଙ୍କୁ ଡ଼ାକି କଡ଼ା ସ୍ୱରରେ କହିଥିଲେ, "କ'ଣ ନିଜକୁ ରୋମିଓ ଭାବୁଛ କି ?" ସେତେବେଳେ ତାଙ୍କୁ ଭାରି ଅପମାନ ବୋଧ ହେଇଥିଲା। ଏ ଘଟଣାର ଦୁଇ ସପ୍ତାହ ପରେ କଲେଜରେ ଆଉ ଜୁଲିକୁ ଦେଖିବାକୁ ମିଳି ନଥିଲା। କଲେଜ କ୍ୟାମ୍ପସରେ ହାଲ୍ଲା ହେଇଥିଲା କି, ଘରଲୋକ ରାଜି ନହେବାରୁ ଜୁଲି ତା' ପ୍ରେମିକ ସହ ଲୁଚି ସହର ଛାଡ଼ି ପଳାଇଛି। ଏ ଖବର ଶୁଣି ସେ ପ୍ରଚଣ୍ଡ ଧକ୍କା ପାଇଥିଲେ ମଧ୍ୟ ନିଜକୁ ସମ୍ଭାଳି ନେବାରେ ସକ୍ଷମ ହୋଇଥିଲେ। ଅବଶ୍ୟ କେହି କେହି କହୁଥିଲେ ଜୁଲିର ପରିବାର ପ୍ରଚଣ୍ଡ ରକ୍ଷଣଶୀଳ ହୋଇଥିବାରୁ ଜୁଲିର ପାଠପଢ଼ା ବନ୍ଦକରି, ତା' ବାହାଘର କରିବେ ବୋଲି ଠିକ୍ କରି ଦେଇଛନ୍ତି। ଜୁଲି ସାବାଳିକା ହେବାକୁ ସେମାନେ କେବଳ ଅପେକ୍ଷା କରିଥିଲେ। ଅତଏବ ଜୁଲିକୁ ସେମାନେ ଘରକୁ ନେଇ ଯାଇଛନ୍ତି। କିନ୍ତୁ କଲେଜରେ ସବୁଠୁ ବେଶୀ ପ୍ରଥମ ଖବରଟି ଚର୍ଚ୍ଚା ହେଉଥିଲା। ଜୁଲି ଭଳି ସରଳ ଝିଅ, କେଇଟା ଦିନ ଭିତରେ ବଦନାମ୍ ହେଇ ଯାଇଥିଲା। ଯାପରେ ଜୁଲି କହିଲେ ସମସ୍ତେ ବୁଝୁଥିଲେ ଚରିତ୍ରହୀନା। ପରେ ସେ ଶୁଣିଥିଲେ, ପ୍ରକୃତରେ ଜୁଲିର ଦେହ ଅଚାନକ ଖରାପ ହେବାରୁ, ପ୍ରାୟ ସମସ୍ତଙ୍କ ଅଜାଣତରେ ରାତାରାତି ସେ ଘରକୁ ଚାଲିଯାଇଥିଲା। କିନ୍ତୁ ସୁସ୍ଥ ହେବାପରେ, କଲେଜରେ ପ୍ରଚାରିତ ମିଥ୍ୟା ଗୁଜବ କଥା ଶୁଣି ସେ ଆତ୍ମହତ୍ୟା କରିଛି। କଲେଜରେ ତା' ପାଇଁ ଶୋକସଭା ବି ପାଳନ ହୋଇଥିଲା। ଜୁଲି ସମ୍ବନ୍ଧୀୟ ସମସ୍ତ ଖବର ତାଙ୍କୁ ମ୍ରିୟମାଣ କରିଥିଲା। ଜୁଲିକୁ ସାହାଯ୍ୟ ନକରି ପାରିବାର ଦୁଃଖ, ଅବସୋସ ରୂପେ ତାଙ୍କ ହୃଦୟରେ ଆଜି ବି ସାଇତା ହୋଇଛି। ଅନେକଦିନ ପର୍ଯ୍ୟନ୍ତ ସେ ଜୁଲିକୁ ନାୟିକା କରି କବିତା ମଧ୍ୟ ଲେଖୁଥିଲେ। ସେ ବିବ୍ରତ ହେଲେ।

ହଠାତ୍ ମିସେସ୍ ମିଶ୍ର କଡ଼ା ସ୍ୱରରେ ପଚାରିଲେ, "ସେ ଝିଅଟା କିଛି କହିଲା କି...... !"

ଆଖିରେ ଗୁଡ଼ାଏ ଦ୍ୱନ୍ଦ ଭରି ସେ ପତ୍ନୀଙ୍କୁ ଚାହିଁଲେ।

ପତ୍ନୀ କହୁଥିଲେ, " ଆଜି ସନ୍ଧ୍ୟାରେ ମିଟିଂ ଅଛି। ଝିଅଟାର କିଛି ଗୋଟେ ବ୍ୟବସ୍ଥା କରିବାକୁ ହେବ।"

ମିଶ୍ରବାବୁ କିଛି ଶୁଣୁ ନଥିଲେ। ତାଙ୍କର ମନେ ପଡ଼ିଲା ଜୁଲି ଭଲ ବକ୍ତୃତା ଦିଏ। କୌଣସି ଏକ କାର୍ଯ୍ୟକ୍ରମରେ, ଜୁଲି ଭାଷଣ ଦେଉଥିଲା ବେଳେ, ସେ ତାକୁ ପ୍ରଥମେ ଦେଖିଥିଲେ। ଏବଂ ତା' ବକ୍ତୃତା ଦେବା ଶୈଳୀରେ ସେ ଆତ୍ମହରା ହୋଇ ପଡ଼ିଥିଲେ।

କଲୋନୀ ପାଖ ମନ୍ଦିରରେ ସନ୍ଧ୍ୟାବେଳର ଘଣ୍ଟ ଧ୍ୱନି ଶୁଭିଲା ବେଳକୁ, ସମସ୍ତେ ମିଶ୍ରବାବୁଙ୍କ ଘରେ ଏକତ୍ରିତ ହୋଇ ସାରିଥିଲେ।

ନାୟକବାବୁ ଆରମ୍ଭକଲେ, "ଏ କଲୋନୀ ଭଦ୍ର ବା ସଂସ୍କାରବନ୍ତ ଲୋକଙ୍କ ନିମନ୍ତେ ଉପଯୁକ୍ତ। ଅତଏବ ଚରିତ୍ରହୀନ ଲୋକଙ୍କୁ ଏଠାରେ ରଖାଇ ଦିଆଯିବ ନାହିଁ।" ସମସ୍ତେ ନାୟକବାବୁଙ୍କ ସହ ଏକମତ ହେଲେ।

ଅପେକ୍ଷା ନକରି ମିଷ୍ଟର ଶର୍ମା, ଅଗ୍ରୱାଲବାବୁଙ୍କୁ ଫୋନ ଲଗାଇଲେ।

ସେପଟୁ ଅଗ୍ରୱାଲବାବୁଙ୍କ ସ୍ପଷ୍ଟୋକ୍ତି ଶୁଭିଲା, "ମୋ ଘରେ କେହି ରହୁ ନାହାଁନ୍ତି।"

"ଆରେ ବାପ୍ ରେ ବାପ୍, ୟାଙ୍କୁ ତ ମୁଁ ଭଦ୍ର ଭାବୁଥିଲି କିନ୍ତୁ ଏ ତ ବଡ଼ ଭୟଙ୍କର ଲୋକ। କଲୋନୀ ସାରା ଲୋକ ଦେଖୁଛନ୍ତି ତମ ଘରେ ଚରିତ୍ରହୀନା ଝିଅଟାଏ ରହୁଛି। ଆଉ ତମେ ମନା କରୁଛ। କି ସାଂଘାତିକ ମିଛ। କି ହୋ ନାୟକବାବୁ ତମେ ଦେଖିଛ ନା ?" ମିଷ୍ଟର ଶର୍ମା ଉତ୍ତେଜିତ ହେଲେ।

"ଆରେ ନା' ନା' ମୁଁ କେତେବେଳେ ଦେଖିଲି ? ହଁ ଶୁଣିଛି। ସେ କୁଆଡ଼େ ବେଶ୍ ସୁନ୍ଦରୀ।"

"ଆଚ୍ଛା ଠିକ୍ ଅଛି ତମେ ଦେଖିନା। କିନ୍ତୁ ସକ୍ସେନାଜୀ ଦେଖିଛନ୍ତି।"

"ମୁଁ ତ ସପ୍ତାହେ ହେବ ଅଫିସ କାମରେ ବାହାରକୁ ଯାଇଥିଲି। ଗତକାଲି ରାତିରେ ଫେରିଲି। ମୁଁ କେତେବେଳେ ଦେଖିଲି ?" ସକ୍ସେନାଜୀ ମୁଣ୍ଡ ହଲାଇ ନାହିଁକଲେ।

ସାମାନ୍ୟ ବ୍ୟସ୍ତହୋଇ ନାୟକବାବୁ ଭାରିଗଳାରେ କହିଲେ, "ମିଷ୍ଟର ଶର୍ମା ଆପଣ ସେ ଝିଅକୁ ବାର୍ ରେ ଦେଖିଥିଲେ ପରା।"

"କାହିଁକି ମତେ ବଦନାମ କରୁଛନ୍ତି ? ବାର୍ ଆଉ ମୁଁ! ସେଦିନ ବାର୍ ସାମ୍ନାରେ ସୁନ୍ଦରୀ ଝିଅଟିଏ ଦେଖିଥିଲି। ତା'ପର ଦିନ ସେ ଝିଅଟିକୁ କଲୋନୀ ସାମ୍ନା ରାସ୍ତାରେ ଦେଖିଲି। ତେଣୁ ଭାବୁଥିଲି ହୁଏତ ସେଇ ଝିଅ। ନହେଲେ ସେ ଝିଅ ବିଷୟରେ ମୁଁ ବିଶେଷ କିଛି ଜାଣେନା। ଯାହା କେବଳ ପତ୍ନୀଙ୍କ ଠାରୁ ଶୁଣିଛି।"

ହଠାତ୍ ମିସେସ୍ ମିଶ୍ର କହିଲେ, "ସେ ବାଜେ ଝିଅଟାକୁ, ଆଜି ସକାଳେ ମିଶ୍ରବାବୁ ଦେଖିଛନ୍ତି।"

ସମସ୍ତେ ମିଶ୍ରବାବୁଙ୍କୁ ଖୋଜିଲେ। କିନ୍ତୁ ମିଶ୍ରବାବୁ କାହାଁନ୍ତି ? ଘରେ ନାହାଁନ୍ତି! ତେବେ କୁଆଡ଼େ ଗଲେ? ମିଶ୍ରବାବୁଙ୍କୁ ଖୋଜିବା ଉଦ୍ଦେଶ୍ୟରେ ସମସ୍ତେ ବାହାରକୁ ବାହାରି ଆସିଲେ। ଅଗ୍ରୱାଲବାବୁଙ୍କ ଘର ଆଗରେ ମିଶ୍ରବାବୁ ଠିଆ ହୋଇଥାନ୍ତି ଶାନ୍ତ ଏବଂ ଚିନ୍ତାଶୀଳ। କଲୋନୀବାସୀ ତାଙ୍କୁ ବେଢ଼ିଗଲେ।

ମିସେସ୍ ମିଶ୍ର କାନ୍ଦ କାନ୍ଦ ହୋଇ କହିଲେ, "ନିଶ୍ଚୟ ମିଶ୍ରବାବୁଙ୍କୁ ସେ ଝିଅ ଗୁଣି କରିଛି! ନହେଲେ ମିଶ୍ରବାବୁଙ୍କ ଭଳି ଲୋକ କାହାକୁ ଭୃକ୍ଷେପ ନକରି ସେ ଝିଅ ଆଡ଼େ ମାଡ଼ି ଯାଇଥାନ୍ତେ?" ଉତ୍ତେଜିତ ହୋଇ ମିସେସ୍ ମିଶ୍ର ହାତ ମୁଠା କଲେ।

କେହିଜଣେ କହିଲେ, "ସେ ଝିଅକୁ ବାହାରକୁ ଡ଼କାଯାଉ। କ'ଣ ତା' ନା?"

ଅନ୍ୟମନସ୍କ ହୋଇ ମିଶ୍ରବାବୁ କହିଲେ, "ଜୁଲି!"

କଲୋନୀବାସୀ ହତବମ୍ଭ ହେଲେ। ମିଶ୍ରବାବୁ ତା' ନା' ଜାଣନ୍ତି! କଲୋନୀ ମହିଳାଙ୍କୁ ସିଧାସଳଖ ଅନାଇ କଥା କହୁନଥିବା ମଣିଷ, ଏକ ଅଜଣା, ଚରିତ୍ରହୀନା ଝିଅର ନା', ଗାଁ', ଠିକଣା ଜାଣନ୍ତି! ଯା'ଠାରୁ ବିସ୍ମୟକର ଆଉ କ'ଣ ହେଇପାରେ!

ନାୟକବାବୁ ସମ୍ଭ୍ରମରେ ମିଶ୍ରବାବୁଙ୍କ କାନ୍ଧରେ ହାତ ରଖି କହିଲେ, "ଭଲ ହେଲା ଆପଣ ତାକୁ ଜାଣନ୍ତି। ଏବେ ତାକୁ ଡ଼ାକନ୍ତୁ।"

ମିଶ୍ରବାବୁ କିଛି ଭାବୁଥିଲେ।

ହଠାତ୍ କେହି ଜଣେ କହିଲେ, "ଫାଟକରେ ତ ଚାବି ପଡ଼ିଛି।"

"ତେବେ ସେ ଝିଅ କ'ଣ ଘରେ ନାହିଁ। ଅନେକ ସମୟ ହେଲା ଆମେ ସମସ୍ତେ ବାହାରେ ଅଛନ୍ତି। ହେଲେ କାହା ନଜର ତ ପଡ଼ିନି। ଏତେ ଲୋକଙ୍କ ଆଖିରେ ଧୂଳିଦେଇ ସେ କେତେବେଳେ ଆଉ କେମିତି ଗଲା? ଓଃ ଝିଅଟା ଭାରି ଚାଲାକ।" ମିସେସ୍ ମିଶ୍ର ମନେ ମନେ ନିଜ ବୁଦ୍ଧି ସହ ସେ ଝିଅର ବୁଦ୍ଧିକୁ ତୁଳନା କଲେ।

ଏହି ସମୟରେ କଲୋନୀର ଶେଷମୁଣ୍ଡରେ ରହୁଥିବା ଗୁପ୍ତା ଦମ୍ପତ୍ତି, କଲୋନୀ

ଭିତରକୁ ପ୍ରବେଶକଲେ। କଲୋନୀ ମଝିରେ ଏଭଳି ଅସ୍ୱାଭାବିକ ଭିଡ଼ ଦେଖି, ସଂଶୟରେ ମିସେସ୍ ଗୁପ୍ତା ପଚାରିଲେ, "କ'ଣ ହେଇଛି ?"

କଲୋନୀବାସୀ ମିଶ୍ରବାବୁଙ୍କ ଉପରୁ ନଜର ଅଡ଼ାଇ ନେଇ, ମିସେସ୍ ଗୁପ୍ତାଙ୍କ ଉପରେ ନିବଦ୍ଧ କଲେ। ତାଙ୍କ ଚାକରାଣୀ ମାଳତୀ କହିଲା, "ବୁଝିଲେ ମା'? ସେ ଯେଉଁ ଝିଅଟା କଥା ଆପଣ କହୁଥିଲେ, ତାକୁ କଲୋନୀରୁ ବାହାର କରିବାକୁ କଲୋନୀବାସୀ ଏଠି ରୁଣ୍ଡ ହୋଇଛନ୍ତି।"

"କଉ ଝିଅ!" ମିସେସ୍ ଗୁପ୍ତା ଇତସ୍ତତଃ ହେଲେ।

"ଆରେ ସେଇ ଝିଅ, ଯିଏ ଅଗ୍ରୱାଲବାବୁଙ୍କ ଘରେ ରହୁଛି। ଯାହାକୁ ଆପଣ ଥରେ ରାତିରେ ଦେଖିଥିଲେ।" ମାଳତୀ ସ୍ପଷ୍ଟକଲା।

ମିସେସ୍ ଗୁପ୍ତା ମନେ ପକାଇବାକୁ ଚେଷ୍ଟାକଲେ। "ନା' କଉ ଝିଅ, କ'ଣ କିଛି ମନେ ପଡୁନି ତ।"

ପତ୍ନୀଙ୍କୁ ଚାହିଁ ଗୁପ୍ତାବାବୁ କହିଲେ, "ଥାଉ! ବେଶୀ ଭାବିବା ଆବଶ୍ୟକ ନାହିଁ। ମସ୍ତିଷ୍କ ଉପରେ ଚାପ ପଡ଼ିବ। ଡ଼ାକ୍ତର ତମକୁ ଆରାମ କରିବାକୁ କହିଛନ୍ତି ପରା।"

କଲୋନୀବାସୀ ପ୍ରକୃତିସ୍ଥ ହେଲେ, ମିସେସ୍ ଗୁପ୍ତା ତ ମାନସିକ ରୋଗୀ। ଅଧିକାଂଶ ସମୟରେ ତାଙ୍କୁ ଭ୍ରମ ହୁଏ। ଏଇ କେଇଦିନ ହେବ ରୋଗ ବଢ଼ିଯିବାରୁ ତାଙ୍କୁ ଡ଼ାକ୍ତରଖାନାରେ ଭର୍ତ୍ତି କରା ଯାଇଥିଲା।

କେଇ ମୁହୂର୍ତ୍ତ ଭିତରେ ଭିଡ଼ ଅପସରି ଗଲା। ଅଥଚ ମିଶ୍ରବାବୁ ଉଦାସ ଆଖିରେ ଅଗ୍ରୱାଲବାବୁଙ୍କ ଘରଆଡ଼େ ଚାହିଁଥା'ନ୍ତି। ମିସେସ୍ ମିଶ୍ର ତାଙ୍କୁ ଏକରକମ ଭିଡ଼ି ନେଇଗଲା ବେଳେ ସ୍ୱଗତୋକ୍ତି କଲେ, "କି ଅଜବ ଲୋକ! ଝିଅଟାର ନାମ ରଖିଦେଇଥିଲେ।"

■

ଅନ୍ୱେଷଣ

ବାଙ୍କ ବୁଲି ବୈତରଣୀ ଯେଉଠିଁ ତୀବ୍ର ଭଉଁରି ସୃଷ୍ଟିକରେ, ମନ ଭାରାକ୍ରାନ୍ତ ହେଲେ ତାକୁ ବହଲେଇବା ନିମନ୍ତେ ଅନେକ ସମୟରେ ଅମିତ ଓ ମୁଁ ସେଠିକି ଯାଉ। କାରଣ ସେ ସ୍ଥାନଟା ଏକବାର ନିର୍ଜନ। ବାଁ ପଟକୁ ଅନ୍ଧାରିଆ ଝାଉଁବଣ ଆଉ ଡ଼ାହାଣ ପଟେ ଅନେକ ଦୂରତ୍ୱରେ ଗାଁ। ଅମିତ ସେଦିନ ଅନେକ କଥା ଗପିଲା ପରେ ହଠାତ୍ ମୋ ପିଠି ଥାପୁଡ଼େଇ ଦେଇ କହିଲା, "ବ୍ୟବସାୟ ପାଇଁ ପୁଞ୍ଜି ଆବଶ୍ୟକ। ବୁଦ୍ଧି ଥିଲେ କିଛି ହବନି। ବୁଝିଲୁ!"

ତା' ଶୁଖିଲା ମୁହଁ ଦେଖି ମୁଁ ଅଭିନୟ କଲି ଯେ ତା' ଆକ୍ରୋଶ ମୁଁ ଅନୁଭବ କରୁଛି। କିନ୍ତୁ କିଛି ସମୟ ପରେ, ମୋ ଅଭ୍ୟାସ ଅନୁଯାୟୀ କହିଲି, "ଧେତ୍ ପୁଞ୍ଜି ଥିଲେ କ'ଣ ହେବ! ଯଦି ଅଭିଜ୍ଞତା ନଥିବ? ପୁଞ୍ଜି ତ ବୁଡ଼ିଯିବ।"

ଚଟାପଟ୍ ଅମିତ ଜବାବ ଦେଲା, "ମୋ ମୁଣ୍ଡରେ ଅନେକ ଯୋଜନା ଅଛି। ଅଥଚ ସୁଯୋଗ ନାହିଁ। ତା'ଛଡ଼ା ମୋ ଉପାୟ କେବେ ବିଫଳ ହେଇନି। ତୋର ମନେ ନାହିଁ! କଲେଜ ପାଖ ମିଠା ଦୋକାନୀକୁ ମୁଁ ଯେଉଁ ଉପାୟ ବତାଇଥିଲି, ସେଥିରେ ତା' ଦୋକାନ କେମିତି ଘାଏଁ ଘାଏଁ ଚାଲିଲା। ମନେଅଛି ରାଜଲକ୍ଷ୍ମୀ ବୁକ୍ ଷ୍ଟୋର କଥା? ବିକ୍ରି ହଉନି କହି କେମିତି ତା' ମାଲିକ ମୁହଁ ଶୁଖଉଥିଲା। ଏବେ ଦେଖ ତା' ଦୋକାନ କେତେ ବଢ଼ିଗଲାଣି। କେବଳ ମୋ ଉପାୟ।" ନିଜ ମୁଣ୍ଡରେ ଆଙ୍ଗୁଳି ବାଡେଇ, ସେ ମତେ ତା ମୁଣ୍ଡର ଉର୍ବରତା ଜଣେଇଲା।

"ଛାଡ଼! ଆଜିକାଲି କିଏ ଆଉ ବ୍ୟବସାୟ କରୁଛି? ସମସ୍ତେ ଚାକିରୀ ପାଇଁ ପାଗଳ। ବ୍ୟବସାୟ କରୁଥିବା ପୁଅଙ୍କୁ ପରା ବାହା ହେବାକୁ ଝିଅ ମିଳୁ ନାହାଁନ୍ତି। ମୋ ମାମୁଁଙ୍କ ସାନପୁଅ ହେଉଛି ଭୁକ୍ତଭୋଗୀ। ବୟସ କେତେ ହେଲାଣି ଜାଣିଛୁ? ଅଠତିରିଶ। ଚିନ୍ତାରେ ମାମୁଁଙ୍କର ବ୍ଲଡ଼ ପ୍ରେସର ବାହାରି ସାରିଲାଣି। ମାଇଁ ପୁଅ ଚିନ୍ତାରେ ବେମାର

ପଡ଼ିଲେଣି। କିନ୍ତୁ ଉପାୟଶୂନ୍ୟ। କନ୍ୟା ପିତାମାନେ କହୁଛନ୍ତି ପିଅନ ହେଲେ ବି ଚଳିବ। କିନ୍ତୁ ଚାକିରୀ ଦରକାର। ତୁ ଯେଉଁ ଇଣ୍ଟରଭ୍ୟୁ ଦେଇଥିଲୁ କ'ଣ ହେଲା ?" ମୁଁ ତାକୁ ସାନ୍ତ୍ୱନା ଦେଲି।

"କ'ଣ ହବ ? ବାପା ଭାବୁଛନ୍ତି ଇଣ୍ଟରଭ୍ୟୁ ଦେଇଦେଲେ ଚାକିରୀ ଥୁଆ। ବାପା କେତେଥର କହିଲେଣି, ଯେମିତି ହେଉପଛେ ଏଇବର୍ଷ ମିନୁ ବାହାଘର କରିବା। ଏଣିକି ବାହାଘରରେ ଖୁବ୍ ଖର୍ଚ୍ଚ। ଏ କଥା ଧ୍ୟାନ ରଖିବୁ।" ସେ ଝାଉଁବଣ ଉପରେ ଦୃଷ୍ଟି ନିବଦ୍ଧ କଲା।

ତା' ନିରାଶା ଭାବ ମୋତେ ଉଦାସ କଲା। ମୁଁ କଥା ବୁଲାଇଲି। "ଗତକାଲି କାଳ ବୈଶାଖୀରେ ଗଛରୁ ଆମ୍ବ ଗୁଡ଼ା ଝଡ଼ିଯାଇଛି ଯେ ବୋଉ ରାତି ତମାମ୍ ଝଡ଼ ବତାସର ସାତ ପୁରୁଷ ଉଦ୍ଧାରକରିଛି।"

ଅମିତ ଶୁଖିଲା ହସ ହସିଲା।

"ମାତ୍ର ଛ'ମାସ ହେବ ତୁ ଏମ୍.ଏ ପାସ୍ କରିଛୁ। ଏତେ ବ୍ୟସ୍ତ କାହିଁକି ? ଅପେକ୍ଷା କରିବା ଶିଖ। ତୁ କ'ଣ ଭାବିଥିଲୁ ପଢ଼ା ସରିବା ମାତ୍ରେ ଆଇ.ଏ.ଏସ ବା ଓ.ଏ.ଏସ୍ ହୋଇ ବାହାରିଆନ୍ତୁ।" ଉପଦେଶ ଦେବା ଛଳରେ ମୁଁ ତାକୁ ଚେତାଇଲି।

"ମୋ ବେଳକୁ ବର୍ଷେ ଦୁଇବର୍ଷ ଅପେକ୍ଷା। ମୋ ଠାରୁ ଯଥେଷ୍ଟ କମ୍ ନମ୍ବର ରଖିଥିବା ପିଲା, ଆରକ୍ଷଣରେ ଚାକିରୀ ପାଇ ମୋତେ ଠେଲିଦେଇ ଆଗକୁ ଯିବେ। ଆଉ ମୁଁ ଚାହିଁଥିବି। ଧେତ୍ ଶଳା ଆଜିକାଲି ପାଠର କୌଣସି ମୂଲ୍ୟ ନାହିଁ। ମୋ ବ୍ୟାଚ୍ ଆଦିତ୍ୟ ତୋର ମନେଅଛି ? ସାଧାରଣ ଇଂରାଜୀ ବାକ୍ୟଟିଏ ଲେଖିବା ଯା' ପକ୍ଷେ କଷ୍ଟ। ଦସ୍ତଖତଟିଏ କରିବ ଯଦି ଆଗ କଲମ ଧରି ଦୁଇ ମିନିଟ୍ ଭାବିବ। ତା'ପରେ ଯେଁଉ ଅକ୍ଷର। ଜାଣିଚୁ! ସେ ବର୍ତ୍ତମାନ ବ୍ଲକରେ ଛୋଟବାବୁ। ସେଦିନ କାମରେ ବ୍ଲକ ଯାଇଥିଲି। ମତେ ଦେଖି, ନାଲିଦାନ୍ତ ଦୁଇଧାଡ଼ି ଦେଖେଇ କହିଲା, ଏତେ କାମ ଯେ ତିଳେ ବି ଫୁରୁସତ୍ ନାହିଁ। ଶଳାକୁ ବଜେଇବାକୁ ଇଛା ହଉଥିଲା।" ଅମିତ ଉତ୍ୟକ୍ତ ହୋଇ ପଡ଼ିଲା।

ଅମିତ ଓ ମୁଁ ସାଙ୍ଗ ହେଲେ ମଧ୍ୟ, ସେ ମୋ ଠାରୁ ବୟସରେ ବଡ଼। ଅତଏବ ମୋ ପଢ଼ା ସରି ନଥିଲା କିନ୍ତୁ ସେ ଏମ୍.ଏ ପାସ୍ କରି ସାରିଥିଲା। ନିମ୍ନ ମଧ୍ୟବିତ ପରିବାରର ପୁଅ ହୋଇଥିବାରୁ, ପଢ଼ା ସରିବା ମାତ୍ରେ ପରିବାରର ଦାୟିତ୍ୱ ମଧ୍ୟ ତା' ମୁଣ୍ଡ ଉପରକୁ ଆସି ସାରିଥିଲା। ସୁତରାଂ ରୋଜଗାର ଚିନ୍ତା ତାକୁ ଗ୍ରାସୁଥିଲା।

ଅମିତ ଅଭିନୟ କରିବାକୁ ଖୁବ୍ ଭଲପାଏ। କଲେଜ ସମୟରେ ଡ୍ରାମା କରିବା, ତା'ର ଥିଲା ଏକମାତ୍ର ସଉକ। ବିଭିନ୍ନ ଦେଶର ବେଶଭୂଷା ବା ସଂସ୍କୃତି ବିଷୟରେ

ସୂଚନା ରଖିବାରେ ସେ ଅନେକ ସମୟ ଖର୍ଚ୍ଚ କରେ। କିନ୍ତୁ ଗତ କିଛିମାସ ଭିତରେ ସେ ବଦଳି ଯାଇଥିଲା। ପୂର୍ବରୁ ଏତେ ଚିନ୍ତାରେ ମୁଁ ତାକୁ କେବେ ଦେଖିନଥିଲି। ସେ ସର୍ବଦା ଖୁସି ମିଜାଜର। ତା' ଚରିତ୍ରକୁ ଚିନ୍ତାଶୀଳ ମୁହଁ ବିଲକୁଲ୍ ଖାପ୍ ଖାଉନଥିଲା।

"ତୁ ପରା କହୁଥିଲୁ କଳାକାର ହେବୁ! କଳା ପ୍ରତି ତୋର ଖୁବ୍ ରୁଚି। ପୁଣି ଏସବୁ କ'ଣ? ସେଇ ଚିରାଚରିତ ଢ଼ଙ୍ଗ। ପଢ଼ା ସରିବା ମାତ୍ରେ ଚାକିରୀ ଖୋଜ। ଚାକିରୀ ନ ମିଳିଲେ ବ୍ୟବସାୟ।" ମୁଁ ତାକୁ ତା' ସଉକ କଥା ମନେ ପକାଇଲି।

"ମୋ ରୁଚି କଥା କିଏ ପଚାରୁଛି? ବୋଉ କହୁଛି, ମୋ ରାଣ ବରଂ ବେକାର ବୁଲିବୁ କିନ୍ତୁ ସେ ନାଚବାଲା ହବୁନି।" ଅମିତ କଥାଗୁଡ଼ା ଢ଼ୋକି ପକାଇଲା।

ମତେ ହସମାଡ଼ିଲା। କଳାକାର ମାନେ କ'ଣ ନାଚବାଲା!

ଅମିତ ଗମ୍ଭୀର ସ୍ୱରରେ କହିଲା, "ଏବେ ତ ମୁଁ ଅଭିନୟ କରୁଛି। ତୁ କ'ଣ ଜାଣିପାରୁନୁ? ଅବଶ୍ୟ ଅଭିନୟ ମୋ ପେଶା ନୁହେଁ।"

ନଈ ସେପଟରୁ ଶୋଭାଯାତ୍ରାଟିଏ ଆମକୁ ଅତିକ୍ରମ କଲା। ସେ ଶବ୍ଦରେ ଅମିତର ଶେଷ କଥାଗୁଡ଼ିକ ଧୂଳିକଣା ଭଳି ମିଳାଇଗଲା। ସେଦିନ ନଈବାଲିରେ ରାତିଅଧ ଯାଏଁ ଆମେ ବସି ରହିଲୁ। ପରଦିନ ମୋର ହଷ୍ଟେଲ ଫେରିବାର ଥିଲା। ସକାଳ ଛଅଟା ବସ୍ ରେ ମୁଁ ଗାଁ' ଛାଡ଼ିଲି। ସେଇଥିଲା ଅମିତ ସହ ମୋର ଶେଷ ଦେଖା।

ପରେ ବୋଉଠାରୁ ଶୁଣିଥିଲି, ଅମିତ ନିରୁଦ୍ଦିଷ୍ଟ। ଗାଁ' ରେ ଗୁଜବ ଥିଲା, ମାଳ ମାଳ ଶିକ୍ଷିତ ବେରୋଜଗାରଙ୍କ ଭିତରେ ଗଣା ହେବାକୁ ଅମିତ ଭୀଷଣ ଲଜ୍ଜାବୋଧ କରୁଥିଲା। ଅନେକ ଚେଷ୍ଟାପରେ ରୋଜଗାରର କୌଣସି ବାଟ ନପାଇବାରୁ ଅମିତ ନଈକୁ ଡ଼େଇଁପଡ଼ି ଆତ୍ମହତ୍ୟା କରିଛି। ଏବଂ ଚିରସ୍ରୋତା ନଈ ତା' ଶରୀରଟାକୁ ବହୁ ଦୂରକୁ ଭସାଇ ନେଇଚି। ଯଦିଓ ଅମିତର ଚରିତ୍ର ମତେ ବଡ଼ ଦୁର୍ବୋଦ୍ଧ ମନେହୁଏ, କିନ୍ତୁ ମୁଁ ଜାଣେ ସେ ଦୁର୍ବଳ ଚେତା ନୁହେଁ। ସେ ଆତ୍ମହତ୍ୟା କରିନପାରେ।

ଅମିତର ଜୀବନ ଶୈଳୀ ଥିଲା ବଡ଼ ଅଦ୍ଭୁତ। ପାଗଳ ଆଚରଣ, ଏବଂ ଓଭଟ ଚିନ୍ତାଧାରା ହିଁ ତା'ର ବିଶେଷତ୍ୱ। ଦିନରାତିର ଠିକଣା ତା' ପାଖରେ ନଥାଏ। ଖାଇବା, ଶୋଇବା ବା ପିନ୍ଧିବା ଉପରେ ତା'ର କୌଣସି ଦିନ ନଜର ନଥାଏ। ଜିପସିଙ୍କ ଭଳି ଏଣେତେଣେ ବୁଲିବା ହିଁ ତା'ର ନିଶା। କଲେଜରେ ପଢ଼ିଲାବେଳେ, ଅନେକ ସମୟରେ ଅଦ୍ଭୁତ ବେଶଧାରୀ ଅମିତ ବୁଲାବୁଲି କରେ। ପଚାରିଲେ ଦାର୍ଶନିକ ଭଙ୍ଗୀରେ କୁହେ, " ଏ ବିଶ୍ୱ ବ୍ରହ୍ମାଣ୍ଡ ତ ବିସ୍ମୟରେ ଭରପୂର। ଅଥଚ ତମେ ସବୁ କୂପ ମଣ୍ଡୁକ ହେଇ ରହିଗଲ। ତମ ଭିତରେ ଜିଜ୍ଞାସା ନାହିଁ। ଯୁବକ ହେଇ ବି ଉତ୍କଣ୍ଠା

ନାହିଁ। ଖୋଜିବାର ସ୍ପୃହା ନାହିଁ। ଜାଣିନା ଏଇଟା ପରା ଅମକେଇ ଦେଶର ପାରମ୍ପରିକ ବେଶ। ଖାଲି ଗୁଡ଼ାଏ ପାଠବହି ପଢ଼ି ପକେଇଲେ କ'ଣ ହେବ! ମଣିଷକୁ ଚିହ୍ନ। ସଂସ୍କୃତିକୁ ଜାଣ। ତେବେ ଯାଇ ସିନା ବଞ୍ଚିବାରେ ମଜା ଆସିବ। ନହେଲେ ଏ ଧରାବନ୍ଧା ଜୀବନ ତ ମୃତ୍ୟୁ ସଙ୍ଗେ ସମାନ।"

ମୁଁ ତାକୁ ଚିଡ଼ାଏ, "ପ୍ରଥମେ ତୋ ଜୀବନର ଲକ୍ଷ୍ୟ ସ୍ଥିର କର। ତା'ପରେ ସଂସ୍କୃତି ଚିହ୍ନିବୁ। ଏମିତି ବେଶରେ ବୁଲାବୁଲି କଲେ ଲୋକ ତତେ ପାଗଳ ଭାବିବେ।" ସେ ଯୁକ୍ତି ନକରି ହସିଦିଏ। ବଡ଼ ସାବଲୀଳ ସେ ହସ। କେବେ କେବେ ରାତି ଅଧରେ ମତେ ନିଦରୁ ଉଠେଇ ଅମିତ କୁହେ, "ମୋ ଜୀବନର ଲକ୍ଷ୍ୟ ମୁଁ ସ୍ଥିର କରିଛି।"

ମୁଁ ତା' କଥା ନଶୁଣି କହେ, "ପାଗଳ! ଅନେକରାତି ହେଲାଣି ଶୋଇପଡ଼।"

ସେ କିନ୍ତୁ ଭାବପ୍ରବଣ ହୋଇପଡ଼େ। ଅଳ୍ପ ହସି କହେ, "ପାଗଳ ନୁହେଁ ସନ୍ଧାନୀ।"

"ସନ୍ଧାନୀ! କ'ଣ ସନ୍ଧାନ କରିବୁ?" ମୁଁ ତାକୁ ଚାହିଁରହେ।

"ଜାଣିନି!" ସେ ଆରାମରେ ଶୋଇପଡ଼େ।

ଥରେ କଲେଜର ବାର୍ଷିକ ଉତ୍ସବରେ ଏକ ପୌରାଣିକ ନାଟକ ହେବାର ଥାଏ। ଅମିତ ସେଥିରେ ଅମ୍ବା ଚରିତ୍ରରେ ଅଭିନୟ କରିଥିଲା। ଅଭିନୟ ଏଡ଼େ ଜୀବନ୍ତ ଥିଲା ଯେ ମୁଁ ବି ଭୁଲି ଯାଇଥିଲି, ପୁଅଟିଏ ଅମ୍ବା ଅଭିନୟ କରୁଛି। ନାଟକ ସରିବାର ପ୍ରାୟ ସପ୍ତାହଟିଏ ପର୍ଯ୍ୟନ୍ତ ଅମିତ ଘରୁ ନ ବାହାରି, ବିଷର୍ଣ୍ଣ ମନରେ ନିଜ ରୁମ୍ ରେ ବସି ରହିଲା। କ'ଣ ହେଇଚି ? ମୁଁ ପଚାରିବାରୁ ଗଭୀର ଶୋକରେ କହିଲା, ଅମ୍ବାର ଯନ୍ତ୍ରଣା ତୁ ବୁଝି ପାରିବୁନି। ସେଦିନ ମୁଁ ଅବାକ୍ ହୋଇଥିଲି। କିନ୍ତୁ ପରେ ଏଭଳି ଅଗଣିତ ଅସ୍ୱାଭାବିକ ଘଟଣାର ବାରମ୍ବାର ପୁନାରାବୃତ୍ତିରେ ମୁଁ ସ୍ୱାଭାବିକ ହୋଇ ଯାଇଥିଲି। କେବେ କେବେ ଭାବୁଥିଲି, ଅମିତକୁ ମନ ଚିକିତ୍ସକର ଆବଶ୍ୟକତା ଅଛି। କିନ୍ତୁ ମୁଁ ନିଜେ ହିଁ ନିଶ୍ଚିତ ହେଇ ପାରୁ ନଥିଲି।

କଲେଜରେ ଅମିତର ଶେଷ ବର୍ଷ। ବିଦାୟ କାଳୀନ ଉତ୍ସବରେ ସେକସ୍ପିୟରଙ୍କ ନାଟକ ଅଥେଲୋ ପରିବେଷଣ ହେବା ନିମନ୍ତେ ସ୍ଥିର ହେଲା। ଅଥେଲୋ ରୋଲଟି ଅମିତକୁ ମିଳିଥାଏ। ସୁରୁଖୁରୁରେ ନାଟକ ସରିଗଲା ପରେ ଆମେ ସମସ୍ତେ ଖାଉଚୁ, ହଠାତ୍ ଅମିତ ଡ଼େସିଡମୋନା ଭୂମିକାରେ ଅଭିନୟ କରିଥିବା ପିଲାଟିର ବେକକୁ ଦୁଇ ହାତରେ ଚିପି ଧରିଲା। ଏଣେ କହୁଥାଏ ଇଂରାଜୀ ସଂଳାପ। ଯାହା ପ୍ରକୃତ ନାଟକରେ ଲିଖିତ। ଆମେ ସଭିଏଁ ଆତଙ୍କିତ ହେଲୁ। ବହୁ କଷ୍ଟରେ ଅମିତ ଠାରୁ

ଆମେ ଅନ୍ୟ ପିଲାଟିକୁ ମୁକ୍ତ କଲୁ। କିନ୍ତୁ ପରେ ଅମିତ ସ୍ୱାଭାବିକ ମନେହେଲା। ସାଇକୋଲୋଜିକାଲ ଡିସଅଡର ଉପରେ ମୁଁ କେତୋଟି ଆମେରିକୀୟ ଉପନ୍ୟାସ ପଢ଼ିଥିଲି। ଉପନ୍ୟାସରେ ଲିଖିତ ଭୟଙ୍କର ଘଟଣା ଗୁଡ଼ିକ ମନେ ପଡ଼ିବାରୁ, ସେ ଅମଙ୍ଗ ହେଉଥିବା ସତ୍ତ୍ୱେ ଆଉ ଡେରି ନକରି ମୁଁ ତାକୁ ସହରର ଖ୍ୟାତନାମା ମନ ଚିକିତ୍ସକଙ୍କ ପାଖକୁ ଝିଙ୍କି ନେଇଥିଲି। ଅନେକ ପରୀକ୍ଷା କରିବା ଉତ୍ତାରୁ, ମନ ଚିକିତ୍ସକ ଜଣାଇଲେ, ଅମିତ ସମ୍ପୂର୍ଣ୍ଣ ସୁସ୍ଥ।

ଅମିତ ହେଉଛି ଇତିହାସର ଛାତ୍ର। ସେ ବର୍ଷ ଇତିହାସ ବିଭାଗର ପଚାଶ ବର୍ଷ ପୂର୍ତ୍ତି ଅବସରରେ ମଞ୍ଚସ୍ଥ ହେବାରେ ଥାଏ ଏକ ଐତିହାସକ ନାଟକ। ବିଷୟବସ୍ତୁକୁ ନାଟ୍ୟରୂପ ଦେଇଥାନ୍ତି ଇତିହାସ ବିଭାଗର ମୁଖ୍ୟ। ନାଟକର ନାୟକ ରୂପେ ସାର୍ ଅମିତର ନାମ ଘୋଷଣା କରନ୍ତେ। ଅମିତ ଅସଂଯତ ହୋଇପଡ଼ିଲା। କାକୁସ୍ଥ ସ୍ୱରରେ କହିଲା ମୁଁ ଏଡ଼େ ନିର୍ମମ ହେଇନପାରେ। ଉପସ୍ଥିତ ଥିବା ଛାତ୍ରମାନେ ହସି ଉଠିଲେ। ସାର୍ ବହୁତ ବୁଝାଇଲେ ତମେ କେବଳ ଅଭିନୟ କରିବ। ତାଙ୍କ ନିର୍ମମତା ସହ ତମର କୌଣସି ସଂପର୍କ ନାହିଁ। କିନ୍ତୁ ଅମିତ ମାନି ନଥିଲା। ଏ ଘଟଣା ଶୁଣିବା ପରେ ମୁଁ ବୁଝିଯାଇଥିଲି, ଅମିତର ଭାବନାଶୈଳୀ ଅନ୍ୟମାନଙ୍କ ଠାରୁ ସମ୍ପୂର୍ଣ୍ଣ ଭିନ୍ନ ଏବଂ ଆମ ଗହଣରେ ରହୁଥିଲେ ମଧ୍ୟ ତା' ସହ ଆମର ବିଶେଷ ମେଳ ନାହିଁ। ପରେ ସେ ହଷ୍ଟେଲ ଛାଡ଼ି ଦେଇଥିବାରୁ, ମୁଁ ବି ଏ କଥା ଭୁଲିଗଲି।

ଅମିତର ନିରୁଦ୍ଦିଷ୍ଟହେବା ଖବର ଶୁଣି, ମୋ ସାଧ ମତେ ମୁଁ ତାକୁ ବହୁତ ଖୋଜିଥିଲି। ହେଲେ ତା'ର କୌଣସି ଖବର ପାଇନଥିଲି। ମନେମନେ ଖୁବ୍ କଷ୍ଟ ପାଇଥିଲେ ମଧ, ପରିସ୍ଥିତି ସହିତ ବୁଝାମଣା କରିବାକୁ ବାଧହୋଇଥିଲି।

ପାଣି ଗ୍ଲାସ ବଢ଼ାଇଦେଇ ପଚାରିଲି, "ଏତେଦିନ ଯାଏଁ କଉଠି ଥିଲୁ ? ମୋ ଠିକଣା କେମିତି ପାଇଲୁ ? ଇଏ କି ବେଶ ? କଉ ନାଟକରେ କାମ କରୁଛୁ ?" ଦୀର୍ଘ ପାଞ୍ଚବର୍ଷ ପରେ, ମୋ ସାମ୍ନାରେ ବସିଥିଲା ଅମିତ। ଲମ୍ବା କେଶ, ଦୀର୍ଘ ଦାଢ଼ି। ତାକୁ ଚିହ୍ନି ହେଉ ନଥିଲା। ମନେ ହେଉଥିଲା, ସାଧୁ ଚରିତ୍ରରେ ଅଭିନୟ କରିବା ଅବସରରେ, ସେ ଏମିତି ମଜ୍ଜି ଯାଇଚି ଯେ ଆଜି ପର୍ଯ୍ୟନ୍ତ ନିଜ ଚରିତ୍ରକୁ ଫେରି ପାରିନାହିଁ।

ଖୁବ୍ ଶୋଷିଲା ଥିଲା ଭଳି, ପାଣିତକ ପିଇଦେଇ ଅମିତ କିଛି ଚିନ୍ତା କଲା। ମୁଁ ଏତେ ଦିନର ପ୍ରିୟା ପ୍ରୀତି ଭୁଲିଯାଇ ରୁକ୍ଷ ସ୍ୱରରେ ପ୍ରଶ୍ନର ପୁନରାବୃତ୍ତି କଲି।

ଜଳୁଥିବା ବାର୍ ଲାଇଟ୍ କୁ ଚାହିଁ ଅମିତ କହିଲା, "ତୁ ବାବା ଶିବାନନ୍ଦଙ୍କ ନାମ ଶୁଣିଚୁ !"

ତା' ବ୍ୟକ୍ତିତ୍ୱରେ ଏକ ପ୍ରକାର ଅଦ୍ଭୁତ ଗାମ୍ଭୀର୍ଯ୍ୟ ଶୋଭା ପାଉଥିଲା।

"ମାନେ ! ହଁ ଶୁଣିଛି । କିନ୍ତୁ ହଠାତ୍ ତୋ ଭିତରେ ଏତେ ବୈରାଗ୍ୟ କେଉଁଠୁ ଆସିଲା ?" ମୁଁ ଜେରାକଲି ।

ଅମିତ ହସିଲା ।

ମୁଁ ଗର୍ଜି ଉଠିଲି । "ମାନେ ତୁ ଭଣ୍ଡ ବାବା ! କେବଳ ପଇସା ରୋଜଗାର କରିବା ପାଇଁ ଭଗବାନଙ୍କୁ ମାଧ୍ୟମ କରିଛୁ । ସଂସାର ତ୍ୟାଗର ଅଭିନୟ କରୁଛୁ ।"

ଅମିତ କୌଣସି ପ୍ରତିକ୍ରିୟା କଲାନାହିଁ ।

"ରୋଜଗାର ତ କିଛି ମନ୍ଦ ହେଉନଥିବ । ତେବେ ମୋ ପାଖକୁ ଆସିବାର ଅଭିପ୍ରାୟ । କିନ୍ତୁ ମନେରଖ ମୁଁ ତତେ ପୋଲିସ୍ ରେ ନଦେଇ ଛାଡ଼ୁନାହିଁ ।"

ନିର୍ବିକାର ଭାବରେ କାନ୍ଧରେ ଝୁଲୁଥିବା ବ୍ୟାଗରୁ ସେ କିଛି କାଗଜ କାଢ଼ିଲା ।

ମୁଁ କୌତୁହଳୀ ହେଲି । "ଏସବୁ କ'ଣ ?"

ସେ ନମ୍ର ସ୍ୱରରେ କହିଲା, "ଏସବୁ ମୋ ସମ୍ପତ୍ତିର ବିବରଣୀ । ତୁ କୌଣସି ଦରକାରୀ ଜନ ମଙ୍ଗଳ ସଂସ୍ଥାକୁ ଦେଇଦବୁ । ମୋର ସମୟ ନାହିଁ । ଆସନ୍ତାକାଲି ଦିନ ଏଗାରଟାରେ ମୋର ଟ୍ରେନ୍ ଅଛି । ତୋ ଉପରେ ମୋର ଭରସା ଅଛି ।"

"କୁଆଡ଼େ ଯିବୁ ? ହରିଦ୍ୱାର ?" ପ୍ରଶ୍ନଟି ଅଜାଣତରେ ପଚାରିଦେଇ ମୁଁ ଶଙ୍କିଗଲି ।

ସେ ସହଜ ଭାବରେ କହିଲା, "ହରିଦ୍ୱାର ଯିବି । କିନ୍ତୁ ଏବେ ନୁହେଁ । ଏବେ ଯିବି ବାରାଣାସୀ । ପରେ ବୃନ୍ଦାବନ । ପାଇଚି ଜଣେ ଅସଲ ବାବାଙ୍କ ଠିକଣା । ଜଣେ ସଚ୍ଚା ସାଧକ । ତପସ୍ୱୀ ବୋଲି କହିପାରୁ । ଜାଣିଚୁ ଗତବର୍ଷ ମୋ ଶ୍ରଦ୍ଧାଳୁଙ୍କ ଭିତରେ ଦେଖିଲି ଜଣେ ବିଦେଶିନୀ । ପିନ୍ଧିଚନ୍ତି ଯେଉଁ ଟି ସାର୍ଟ ସେଥିରେ ଲେଖାଥିଲା ଆଇ ଲଷ୍ଟ ମାଇ ହାର୍ଟ ଇନ୍ ବୃନ୍ଦାବନ । ଦେଖ ବିଦେଶିନୀ ହୋଇ ସେ ଭାରତ ମାଟିରେ ନିଜକୁ ହଜାଇ ପାରିଛନ୍ତି । ଅଥଚ ଆମେ ଏଇଠି ଜନ୍ମ ହୋଇ ମଧ୍ୟ ଭାରତର ଐତିହ୍ୟ, ପ୍ରାଣ ଚେତନା କିଛି ଜାଣୁ ନାହାଁନ୍ତି । କି ବିଡ଼ମ୍ବନା !"

ମୁଁ ତାଚ୍ଛଲ୍ୟ କଲି । "କ'ଣ ପ୍ରାୟଶ୍ଚିତ ?"

ନଶୁଣିଲା ଭଳି ସେ କହିଲା, "ମୋ ଲକ୍ଷ୍ୟ ମୁଁ ପାଇଛି । କ'ଣ ପାଇଁ ବିଦେଶୀମାନେ ଭାରତ ବର୍ଷକୁ ଆସୁଚନ୍ତି ? ସୁବିଧା ସୁଯୋଗ ଆଶାରେ ଭାରତୀୟମାନେ ଦେଶ ଛାଡ଼ି ବିଦେଶରେ ରହୁଚନ୍ତି ମୁଁ ଜାଣେ । କିନ୍ତୁ ...... ! ଭାରତର ଯେଉଁ ବିଶେଷତ୍ୱ ବିଦେଶୀଙ୍କୁ ଆକୃଷ୍ଟ କରୁଚି, ମୁଁ ଭାରତୀୟ ହୋଇ ମଧ୍ୟ ସେଥିରୁ ବଞ୍ଚିତ ଏହା କ'ଣ କମ୍ ଦୁଃଖର କଥା ।"

ମୁଁ ଛେପ ଢ଼ୋକିଲି ।

ସମ୍ଭ୍ରମରେ ସେ କହିଲା, "ମୁଁ ଭାରତ ବର୍ଷକୁ ଜାଣିବାକୁ ଚାହୁଁଚି। ସତ କହିବାକୁ ଗଲେ ମୋର ଏଠି ଆଉ ମନ ଲାଗୁନି। ଦେହଟା ସିନା ତୋ ସାମ୍ନାରେ ବସିଚି କିନ୍ତୁ ମନଟା ଯେ କୁଆଡ଼େ କୁଆଡ଼େ ଘୁରୁଚି କହିବା ମୁସ୍କିଲ। ଏବେ ବୁଝୁଚି ମୋ ମନର ଜମା ଇଚ୍ଛା ନୁହେଁ ଏଠି ରହିବାକୁ। ଅତଏବ ମୋ ମନକୁ ଅନୁସରଣ କରିବାକୁ ମୁଁ ସ୍ଥିର କରିଚି। ଯଦିଓ ମୁଁ କେବଳ ପଇସା ଲୋଭରେ ବାବା ହୋଇଥିଲି, କିନ୍ତୁ ଲୋକଙ୍କୁ ପ୍ରଭାବିତ କରିବା ନିମନ୍ତେ ଯେଉଁ ସମୟ ତକ ଧ୍ୟାନରେ ବସୁଥିଲି, ତା'ର ଅନୁଭୂତି ମୁଁ ତତେ ବଖାଣି ପାରିବି ନାହିଁ। ମନେ ହେଉଥିଲା ମୋ ଚାରିପଟେ ସୃଷ୍ଟି ହେଉଚି ଏକ ଅଜଣା ବଳୟ। କି ଅପାର ଶାନ୍ତି। ତା'ଛଡ଼ା ମୋର ଆଉ କୌଣସି ଦାୟିତ୍ୱ ନାହିଁ। ବାପାଙ୍କ ଇଚ୍ଛା ଅନୁଯାୟୀ ମିନୁର ବାହାଘର ହେଇ ଯାଇଚି। ଏବେ ବାପା ବୋଉଙ୍କ ଦାୟିତ୍ୱ ମିନୁର। ସେଥିପାଇଁ ସେ ଚୁକ୍ତିବଦ୍ଧ। ତେବେ ମୋର ଆଉ ଆବଶ୍ୟକତା କଉଠି ରହିଲା ?"

"କ'ଣ ସବୁ ବକୁଚୁ ? ଆଉ ତୋ ପରିବାର ?" ମୁଁ ଭୟ ପାଇଲି।

"କହିଲି ପରା ବାପା, ବୋଉଙ୍କ କଥା ମିନୁ ବୁଝିବ।" ଅମିତ ସିଧାସଳଖ ଜବାବଦେଲା।

ଧୈର୍ଯ୍ୟହରାଇ ମୁଁ କହିଲି, "ଆରେ ବୋକା ! ତୋ ପରିବାର ଅର୍ଥ ତୋ ସ୍ତ୍ରୀ, ପିଲାଛୁଆ ସେମାନେ କ'ଣ କରିବେ ? ବାପା, ବୋଉଙ୍କ କଥା ସିନା ମିନୁ ବୁଝିବ। ତୋ ସଂସାର କଥା କିଏ ବୁଝିବ ? ଏମିତି ମନ ଇଚ୍ଛା କେହି କ'ଣ ସଂସାର ଛାଡ଼େ ?"

ଅମିତ ହସିଲା। ବଡ଼ ମାଧୁର୍ଯ୍ୟମୟ ସେ ହସ।

ମୋ ବିସ୍ମୟ କିନ୍ତୁ କଟିନଥାଏ। ସେ କହିଲା, " ସଂସାର ବନ୍ଧନ ମୋର ନାହିଁ। ମୁଁ ବାହାହେଇନି।" ତା' କଥାକୁ କାଟି, କୌଣସି ଯୁକ୍ତି ଦେବାର ଶକ୍ତି ମୋର ଆଉ ନଥିଲା। ଅତଏବ ମୁଁ ଚୁପ୍ ରହିଲି। ନିରବରେ କିଛି ସମୟ ବିତିଗଲା।

ସିନ୍ଦୂରା ଫାଟି ଆସୁଥାଏ। ହଠାତ୍ ଅମିତ ଉଠି ପଡ଼ିଲା। ସିଧା ସଳଖ ମୋ ମୁହଁକୁ ଚାହିଁ ପ୍ରାୟ ଆଦେଶ ଦେଲା, "ଏ ଅର୍ଥ ଉଚିତ୍ ସ୍ଥାନରେ ପହଞ୍ଚାଇବା ଦାୟିତ୍ୱ ଏଣିକି ତୋର। ମୁଁ ଚାଲିଲି।" ଝଡ଼ ଭଳି ସେ ବାହାରି ଚାଲିଗଲା।

ସ୍ତମ୍ଭୀଭୂତହୋଇ ମୁଁ ତା' ଯିବା ବାଟକୁ ଚାହିଁ ରହିଲି।

■

ନିବାସ

ରିଟାୟାର୍ଡ ଜଜ୍ ପରିତୋଷବାବୁ ଖୋଲା ଆଖିରେ ସ୍ୱପ୍ନ ଦେଖୁଥିଲେ, ଏବଂ ନିଜର ଅନନ୍ୟ ସମୃଦ୍ଧିରେ ଆମୋଦ ଅନୁଭବ କରୁଥିଲେ। ଏମିତିରେ ତ ସେ ପୁଞ୍ଜିପତି, କିନ୍ତୁ ତାଙ୍କର ବିଶେଷତ୍ୱ ହେଉଛି, ସେ ହେଉଛନ୍ତି ଏକାଧିକ ଘରର ମାଲିକ। ଅବସର ସମୟରେ ସେ ତାଙ୍କ ଘରଗୁଡ଼ିକର ବିଶେଷ ଗୁଣମାନ ପୁଙ୍ଖାନୁପୁଙ୍ଖ ଭାବେ ତର୍ଜମାକରିବାକୁ ଭଲପାଆନ୍ତି। ଏବଂ ଚରମ ତୃପ୍ତିରେ ନିଜକୁ ହଜାଇ ଦିଅନ୍ତି।

ସେ ଗଣୁଥିଲେ ତାଙ୍କ ଚାକିରୀ କାଳରେ ସେ କେତୋଟି ଘର କରିପାରିଛନ୍ତି। ଯେଉଁ ସହର ତାଙ୍କୁ ଭଲ ଲାଗିଚି, ସେଠାରେ ତାଙ୍କର ନିବାସ ଅଛି। ଉତ୍ତର ଭାରତରେ ସେ ବନେଇଚନ୍ତି ଗ୍ରୀଷ୍ମ ନିବାସ। ଦକ୍ଷିଣ ଭାରତରେ ତାଙ୍କର ଅଛି ଶୀତ ନିବାସ। ପଶ୍ଚିମ ଭାରତରେ ସମୁଦ୍ର ମୁହାଁ

ଗେଷ୍ଟ ହାଉସ୍ ଏବଂ ପୂର୍ବ ଭାରତରେ ପ୍ରାକୃତିକ ସୌନ୍ଦର୍ଯ୍ୟ ଭରା ଫାର୍ମ ହାଉସ୍। ପ୍ରତି ଘର ପଛରେ ସେ ଖର୍ଚ୍ଚ କରିଛନ୍ତି ଲକ୍ଷ ଲକ୍ଷ ଟଙ୍କା। ରହିବାକୁ ଘରଗୁଡ଼ିକ ଅତୁଳନୀୟ ଆରାମ ଦାୟକ। ସୁତରାଂ ବିଳାସର ଅର୍ଥ ଘରଗୁଡ଼ିକୁ ଦେଖିଲେ ବେଶ୍ ବୁଝିହୁଏ। ଘରଗୁଡ଼ିକର ସୌନ୍ଦର୍ଯ୍ୟ ମଧ୍ୟ ଅସମାନ୍ୟ। କେବେ କେବେ ଘରଗୁଡ଼ିକର ସୌନ୍ଦର୍ଯ୍ୟରେ ସେ ନିଜେ ଆତ୍ମହରା ହୋଇ ପଡ଼ନ୍ତି। ଆଉ ଯେତେବେଳେ ମନକୁ ଆସେ ଏସବୁ ଐଶ୍ୱର୍ଯ୍ୟର ମାଲିକ ସେ ନିଜେ, ଗର୍ବରେ ତାଙ୍କ ଛାତି ଫୁଲିଉଠେ।

ରିଟାୟାର୍ଡ ହେବାର ମାତ୍ର ଦୁଇମାସ ଆଗରୁ ସେ ଭେଟି ପାଇଥିଲେ ଆଉ ଗୋଟାଏ ସୁନ୍ଦର ଘର। ଏକ ମର୍ଡର କେଶ୍ ର ଫଳାଫଳ ଶୁଣାଣିର ଅବ୍ୟବହିତ ପୂର୍ବରୁ। ଭେଟି ଦେଇଥିଲେ ଆସାମୀର ଧନୀ ବ୍ୟବସାୟୀ ବାପା। ସେ ପାଇଲେ ଐଶ୍ୱର୍ଯ୍ୟପୂର୍ଣ୍ଣ ଘର। ବଦଳରେ ସମ୍ମାନର ସହିତ ନିର୍ଦୋଷରେ ଖଲାସହେଲା ଧନୀ ବାପାଙ୍କର ହତ୍ୟାକାରୀ ପୁଅ। ହିସାବ ବରାବର।

ବର୍ତ୍ତମାନ ସେ ସେଇ ଘରେ ରହୁଛନ୍ତି। ଦେଶ ବିଦେଶର ଅନେକ ଦୁର୍ଲଭ ଚିଜରେ ଘରଟି ସୁସଜ୍ଜିତ। ଥରେ ନଜର ପଡ଼ିଲେ ନଜର ହଟାଇବା କଷ୍ଟ। ବୈରାଗୀର ମନ ଚହଲାଇ ଦେଲାଭଳି ଘରଟିର ଆଗରେ ଅଛି ଏକ ବିଶାଳ ବଗିଚା। ବଗିଚାରେ ବିଭିନ୍ନ ରଙ୍ଗରେ ଭର୍ତ୍ତି ଫୁଲ ଗଛ। ଏଭଳି ଅପୂର୍ବ ସୌନ୍ଦର୍ଯ୍ୟଭରା ଘର ପ୍ରକୃତରେ ସହରରେ ବିରଳ। ଅତଏବ ଏସବୁ ସାଧନ କ'ଣ ଖୋଲା ଆଖିରେ ସ୍ୱପ୍ନ ଦେଖିବାକୁ ଯଥେଷ୍ଟ ନୁହେଁ!

ପରିତୋଷବାବୁ ତୃପ୍ତିରେ ଆଖି ବୁଜିଲେ। ହଠାତ୍ ଦେଖିଲେ ଚତୁର୍ଦ୍ଦିଗ ଅନ୍ଧକାର ଏକ ଗୁମ୍ଫା ଭିତରେ ସେ ଏକୁଟିଆ ହନ୍ତସନ୍ତ ହେଉଛନ୍ତି। ସେ ଚମକି ଉଠିଲେ। ଏ କ'ଣ ଦେଖୁଛନ୍ତି? ସତେଅବା ସେ ଏକ ଭୟଙ୍କର ଯନ୍ତା ଭିତରେ ପଡ଼ି ଯାଇଛନ୍ତି। ସେ କ'ଣ ବନ୍ଦୀ? ଭୟରେ ସେ ଆଖି ଖୋଲିଦେଲେ। ନଜର ପଡ଼ିଲା ଡ୍ରଇଁ ରୁମର ପୂର୍ବ ପଟ କାନ୍ଥରେ ଟଙ୍ଗା ହୋଇଥିବା ଏକ ଚିତ୍ର ଉପରେ। ଧ୍ୟାନମଗ୍ନ ଗୌତମ ବୁଦ୍ଧ। ସେ ହସିଲେ। "ବୋକା! ରାଜ୍ୟ ଛାଡ଼ି କେହି ସନ୍ୟାସୀ ହୁଏ?" ସେ ଚିତ୍ରର ନିକଟବର୍ତ୍ତୀ ହେଲେ।

"ତମେ ରାଜ୍ୟର ମୋହ ତ୍ୟାଗକରି, ପତ୍ନୀ ଏବଂ ପୁତ୍ରଙ୍କୁ ପାଶୋରି ଦେଇ ବୁଦ୍ଧ ହେଲ। ଅଥଚ ଆମେ ତମ ଚିତ୍ରକୁ, ବିଶେଷକରି ତମ ଧ୍ୟାନମୁଦ୍ରାର ଚିତ୍ରକୁ ଚଢ଼ା ଦାମ୍ ରେ କିଣିଆଣି ଘର ସଜଉଛୁ। ତମ ଧ୍ୟାନମୁଦ୍ରାର ଚିତ୍ର ବା ମୂର୍ତ୍ତି ଘରେ ରଖିବା ଖୁବ୍ ଶୁଭ। ଗୃହତ୍ୟାଗୀ ମଣିଷର ପ୍ରତିକୃତି ପୁଣି ଘର ପାଇଁ ଶୁଭ। ବଡ଼ ବିଚିତ୍ର କଥା। କ'ଣ ଏହାର ଅର୍ଥ? ଲୋକ ତମ ଦର୍ଶନ ବୁଝିବା ପରିବର୍ତ୍ତେ, ତମ ଫଟୋ ସଜାଇବାରେ ବେଶୀ ବ୍ୟସ୍ତ। କହିଲ ଦେଖି! ତମ ପରେ କେତେଜଣ ପ୍ରକୃତ କାମନା ବାସନା ତ୍ୟାଗ କଲେଣି! ତମ ଅଷ୍ଟାଙ୍ଗ ମାର୍ଗ କିଏ ଅନୁସରଣ କରୁଚି? ଅଥଚ ପ୍ରାୟ ସମସ୍ତେ ଜାଣନ୍ତି ତମ ବାଣୀ। ସମାଜ ତମକୁ ମନେ ରଖିଚି ହେଲେ ତମ ବାଣୀ ପାଶୋରି ଦେଇଚି। ତମେ ତ ବୁଦ୍ଧ! ମୁଁ ଭାବୁଚି ତମେ ବୁଝି ପାରୁଥିବ।

ଶୁଣିଚି! ଚଣ୍ଡାଶୋକ ତମ ସଂସ୍ପର୍ଶରେ ଆସି ଧର୍ମାଶୋକ ବନିଥିଲେ। ଏହା କ'ଣ ସତରେ ସମ୍ଭବ! ତମେ ଖରାପ ଭାବିବନି। ମୁଁ କିନ୍ତୁ ବିଶ୍ୱାସ କରିପାରୁନି। କାରଣ ଯଦି ବୌଦ୍ଧଧର୍ମରେ ପ୍ରକୃତି ବା ଆଚରଣ ବଦଳାଇବାର ଶକ୍ତିଥିଲା ତେବେ ବୌଦ୍ଧଧର୍ମ ପ୍ରଚଳିତ ଦେଶ ଗୁଡ଼ିକରେ ତ ଲୋକ କେବଳ ଅଂହିସା, ପ୍ରେମ ବା ସତ୍ୟକୁ ଆଧାର କରି ବଞ୍ଚୁଥା'ନ୍ତେ। କିନ୍ତୁ ସେମିତି କ'ଣ ହେଉଚି? ହୁଏତ ତମେ ଜାଣିନା। କିନ୍ତୁ ମୁଁ ଜାଣେ ଏସବୁ ଗୁଣ ଆଜିକାଲି ପ୍ରାୟ କାହା ପାଖରେ ନାହିଁ।

ତା'ପରେ ଏତେ ଶକ୍ତିଶାଳୀ ଧର୍ମ ଭାରତବର୍ଷରୁ ଲୋପ ପାଇଲା କେମିତି ? ମୁଁ ଜାଣେ ତମ ପାଖରେ ଉତ୍ତର ନାହିଁ। ମୁଁ ବି ଏତେ ବୋକା ନୁହେଁ ଯେ ଭାବିବି ବୌଦ୍ଧ ଧର୍ମ ଦୁର୍ବଳ ଥିଲା ବୋଲି ଲୋପ ପାଇଗଲା। କାରଣ ଆଉ କିଛି ହେଇପାରେ ! ଯେମିତି ମୋ ପରି କିଛି ଲୋକ। ଯେଉଁମାନେ କେବଳ କାମନାର ବଶବର୍ତ୍ତୀ। ବାସ୍ତବିକ ! ବିଳାସ ବ୍ୟସନ ଛାଡ଼ି ତମ ବୁଦ୍ଧିରେ କିଏ କାହିଁକି ଘର ଛାଡ଼ିବ କହିଲ ଭଲା ? ହଁ ! ମୁଁ ଜାଣେ ଅନେକ ତମେ ଦେଖାଇଥିବା ପଥ ଅନୁସରଣ ମଧ୍ୟ କରିଛନ୍ତି। କିନ୍ତୁ ମୁଁ ଜୋରଦେଇ କହିପାରେ, ଅଧିକାଂଶ ତମ ବିଚାର ବା ଦର୍ଶନ ଆଦୌ ବୁଝନ୍ତି ନାହିଁ। ଲୋକମାନଙ୍କ ଉପରେ ତମ ବାଣୀର ବିଶେଷ ପ୍ରଭାବ ପଡ଼ିନାହିଁ। ପଡ଼ିଛି !

ଆଚ୍ଛା ତମର ମନଦୁଃଖ ହୁଏ ନାହିଁ ! ତମେ ବୁଝାଇ କହିବା ସତ୍ତ୍ୱେ ମଣିଷ କାମନା, ବାସନା ବିଲକୁଲ ଛାଡିନାହିଁ। ବରଂ ଆହୁରି ସେଥିରେ ଗୋଳେଇ ହୋଇଯାଇଚି। ବରଂ ଗୋଳେଇ ହବାକୁ ଭଲପାଉଚି। ଉପଭୋଗ କରୁଚି। ସେଥିରୁ ଆନନ୍ଦ ପାଉଛି। ଯେମିତି ପଙ୍କଭର୍ତ୍ତି ପୋଖରୀରେ ପଡ଼ିଗଲେ ସେଠୁ ବାହାରିବା କଷ୍ଟକର ହୋଇପଡ଼େ ଠିକ୍ ସେମିତି ଥରେ ବିଳାସ ବା ବ୍ୟସନ ମାୟାରେ ପଡ଼ିଲେ ସେଥିରୁ ମୁକୁଳିବା ଅସମ୍ଭବ ହୋଇପଡ଼େ। ଏଇ ସାମାନ୍ୟ କଥା ଜାଣି ପାରିଲନି ?

ତମ କୃଚ୍ଛ ସାଧନାର ମୂଲ୍ୟ ତେବେ ଆଉ କ'ଣ ରହିଲା ? ତମେ କ'ଣ ପାଇଲ ? ମୋ କଥାରେ ତମେ ରାଗୁଚ ବୋଧେ। କହୁଚ କି ଆରେ ମୂର୍ଖ ମୁଁ କ'ଣ ପାଇବା ଆଶାରେ ସାଧନା କରୁଥିଲି ?

ବୁଦ୍ଧଙ୍କ ଚିତ୍ରର ବାମ ପାଖରେ ଟଙ୍ଗା ହୋଇଚି ପିକାସୋଙ୍କର ଏକ ଆବଷ୍ଟ୍ରାକ୍ଟ ଆର୍ଟ। ପରିତୋଷବାବୁ ସେଥିରୁ ଧୂଳି ଝାଡ଼ିଦେଲେ। ସାମାନ୍ୟ ଗର୍ବରେ, ବୁଦ୍ଧଙ୍କୁ ଚାହିଁ କହିଲେ, ତମେ ପିକାସୋଙ୍କୁ ଜାଣି ନଥିବ। ପାବ୍ଲୋ ପିକାସୋ ! ଆଧୁନିକ ଯୁଗର ଏ ଜଣେ ଚମତ୍କାର ପ୍ରତିଭା। ଏମିତି ଅବୁଝା ଚିତ୍ରଗୁଡ଼ିଏ କରି ସେ ପୃଥିବୀ ବିଖ୍ୟାତ। ଅଥଚ ତମେ ସବୁ ତ୍ୟାଗ କରି ମାତ୍ର ଦେଶ କେଇଟାରେ ସୀମିତ ରହିଲ। ପାଶ୍ଚାତ୍ୟ ଦେଶଗୁଡ଼ିକରେ ତମେ ଜଣାଶୁଣା କେବଳ ଫଟୋ ବା ମୂର୍ତ୍ତି ହିସାବରେ। ତମ ବାଣୀ ସେ ଦେଶରେ ସମ୍ପୂର୍ଣ୍ଣ ଅପହଞ୍ଚ। ବଡ଼ ଦୁଃଖର କଥା ? ମୋ କଥା ଶୁଣି ହସୁଚ ବୋଧେ। କହୁଚ କି ଆରେ ପାଷାଣ୍ଡ ମୁଁ କ'ଣ ବିଖ୍ୟାତ ହେବା ଆଶାରେ ଘର ଛାଡ଼ିଥିଲି ?

ହା......ହା......ହା......। ତମେ ସିନା ବିଖ୍ୟାତ ହେବାର ସ୍ୱାଦ ଜାଣିଥିଲେ, ଆଶା କରିଥା'ନ୍ତ ! ମୁଁ କ'ଣ ବୁଝିପାରୁନି ?

ଜାଣିଚ ତମକୁ ସଙ୍ଗ ଦେଉଥିବା ଚିତ୍ରର ଦାମ୍। ତିନି ହଜାର ପାଉଣ୍ଡ। ଭାବୁଛ କି ଖୁବ୍ ବେଶୀ? ନା' ନା' ବରଂ କୁହ ଏତେ ଶସ୍ତାରେ କେମିତି ପାଇଲି। ମୋର ଜଣେ ଫ୍ରେଞ୍ଚ ବନ୍ଧୁଙ୍କ କୃପାରୁ ଏହା ସମ୍ଭବ ହେଲା। ମୋର ପୁଣି ଫ୍ରେଞ୍ଚ ବନ୍ଧୁ ଆଶ୍ଚର୍ଯ୍ୟ! ନା' ଆଶ୍ଚର୍ଯ୍ୟ କିଛିନାହିଁ। ନାଗରିକ ଦୃଷ୍ଟିରୁ ଫ୍ରେଞ୍ଚ ହେଲେବି ସେ ପ୍ରକୃତରେ ଭାରତୀୟ। ଚିତ୍ରଟି ତାଙ୍କୁ ତାଙ୍କର ଜଣେ ଇଉରୋପିଆନ ବନ୍ଧୁ ଦେଇଥିଲେ। ମୁଁ ତାଙ୍କଠୁଁ କିଣିଚି। ତମେ ବୋଧେ ଭାବୁଚ, ଏଇଟି ଚିତ୍ରକରଙ୍କର ଶ୍ରେଷ୍ଠ କୃତି? ନା' ତାଙ୍କ ଶ୍ରେଷ୍ଠ କୃତି ଗୁଡ଼ିକ ମ୍ୟୁଜିୟମରେ ସଂରକ୍ଷିତ। ଏମିତିରେ ବି, ଯଦିଓ ଏ ଚିତ୍ରଟି ପିକାସୋଙ୍କର କିନ୍ତୁ ଏଇଟି ପ୍ରକୃତ ଚିତ୍ର ନୁହେଁ। ଏହା ପ୍ରକୃତ ଚିତ୍ରର ନକଲ। ପ୍ରକୃତ ଚିତ୍ରଟି ମ୍ୟୁଜିୟମରେ ସୁରକ୍ଷିତ। ତେବେ ତାଙ୍କ ଶେଷ ଜୀବନରେ ସେ କେବଳ ଏମିତି ଆଜୁରୁ ବାଜୁରୁ ଦୁର୍ବୋଦ୍ଧ ଚିତ୍ରମାନ ହିଁ ବନାଇଥିଲେ। ହଉ ଛାଡ଼ ତାଙ୍କ କଥା। ତମ କଥା କୁହେ। ସାମାନ୍ୟ ସୁବିଧା ସୁଯୋଗ ଟିକେ ପାଇବା ପାଇଁ ମଣିଷ କ'ଣ ନାହିଁ କ'ଣ କରୁଚି। ହତ୍ୟା ବା ତଦାନୁଯାୟୀ ଭୟଙ୍କର ଅପରାଧ ମଧ୍ୟ କରିବାକୁ ପଛଉନାହିଁ। ଅଥଚ ତମେ ସମସ୍ତ ସୁବିଧା ସୁଯୋଗକୁ ଅଚିରେ ତ୍ୟାଗ କରିଦେଲ? ପତ୍ନୀ, ପୁତ୍ର, ରାଜ୍ୟ.... କେହି ତମକୁ ବାନ୍ଧି ରଖି ପାରିଲେ ନାହିଁ?

ମତେ ଦେଖ! କିଛି ଜାଣିପାରୁଛ! ପ୍ରକୃତରେ ମୁଁ ଘର ମୋହରେ ପଡ଼ି ଯାଇଚି। ମାନେ ବାଲି, ସିମେଣ୍ଟରେ ତିଆରି ଘର। ଗୋଟେ କଥା କହିବି! ମୋ କଥା ଶୁଣୁଛଟି? ଗତ ସପ୍ତାହରେ ମିଷ୍ଟର ରାୟ ମତେ କହିଲେ, ମୋର କୁଆଡ଼େ ଆର୍ଥ୍ରାଇଟସ। ଅର୍ଥାତ ମୁଁ ଏବେ ଆଉ ଆଗଭଳି ଚଳ ଚଞ୍ଚଳ ରହିବିନି। ମିଷ୍ଟର ରାୟ ମୋର ଫ୍ୟାମିଲି ଡ଼କ୍ଟର ଏବଂ ମୋ ବନ୍ଧୁ ମଧ୍ୟ। ସେ ତ ଆଉ ମିଛ କହିବେନି! ମୁଁ ବି କିଛିଦିନ ହେବ ଚଲାବୁଲା କରିବାରେ ଅସୁବିଧା ଅନୁଭବ କରୁଛି। ଆଣ୍ଠୁରେ ଯନ୍ତ୍ରଣା ଅନୁଭବ କରୁଛି। କ'ଣ କରିବି କିଛି ଭାବି ପାରୁନି। ଏଇଟା ଗୋଟେ ବାଜେ ରୋଗ। ତମ ମନ ଅନେକ କିଛି ବୁଲାବୁଲି କରିବାକୁ ଚାହୁଁଥିବ ହେଲେ ତମେ କରି ପାରୁନଥିବ? କି ଟ୍ରାଜେଡ଼ି!

ଭାବୁଛ କି! ମୋ ମୁଣ୍ଡ ବୋଧେ ଖରାପ ହେଇଗଲାଣି। କ'ଣ ସବୁ ମୁଁ ଗପୁଚି। ନା' ନା' ସତକହୁଚି ମୋର ଖାଲି ଯାହା ଆଣ୍ଠୁରେ ଅସୁବିଧା ଅଛି। ନହେଲେ ମୁଣ୍ଡ ସମ୍ପୂର୍ଣ୍ଣ ଠିକ୍ ଅଛି।

ଗୋଟିଏ ଘରେ ଜୀବନସାରା କଟାଇବା ବଡ଼ ବୋରିଂ ହେବ ଭାବି ଏଠି ସେଠି ଗୁଡ଼ାଏ ଘର କରିପକାଇଲି। ଅଥଚ ଏବେ ଦେଖ ସାଧାରଣ ଚଲାବୁଲା ମୋ

ପାଇଁ କଷ୍ଟକର। ରିଟାୟର୍ଡ ପର ଜୀବନ କେମିତି କଟାଇବି ମନେ ମନେ କେତେ କଳ୍ପନା ଜଳ୍ପନା କରିଥିଲି। କିନ୍ତୁ ମନେହୁଏ ସବୁ ଅସମ୍ପୂର୍ଣ୍ଣ ରହିଯିବ।

ଜାଣିଚ ମୋର ଅନେକ ଘର ! ତମକୁ କହୁଥିଲି ପରା। ଭୁଲିଗଲ କି ! ସମ୍ଭବ। ତମର ତ ଏସବୁ ପ୍ରତି ମାୟା ବା ମୋହ ନାହିଁ। ଆଚ୍ଛା କହିଲ ! ଏତେ ଗୁଡ଼ିଏ ଘର କରି ମୁଁ କ'ଣ ଭୁଲ୍ କରିଛି ? ତମର ମତ କ'ଣ ? ମୋର କାହିଁ ମନେ ହେଉଛି ମୁଁ ବୋଧେ ଭୁଲ୍ କରିଚି। ଏସବୁର ଆଦୌ ଆବଶ୍ୟକତା ନଥିଲା। ନିଜ ସମ୍ପର୍କୀୟ ବା ବନ୍ଧୁ ରହୁଥିବା ସ୍ଥାନରେ, ମନ ମୁତାବକ ଗୋଟିଏ ଘର ହିଁ ଯଥେଷ୍ଟ ହୋଇଥାନ୍ତା। ନୁହେଁ !

କିନ୍ତୁ ମୋର ପ୍ରକୃତ ଭୁଲ୍ କେଉଁଠି, ମତେ ତମେ ବୁଝାଇ ପାରିବ ? କ୍ଷମତା ଥିବାରୁ ସିନା ଏତେ ଘର କଲି। ତେବେ ଭୁଲ୍ କ'ଣ କଲି ? ଜଣେ ଉପହାରଟିଏ ଯାଚିବ ଅଥଚ ମୁଁ ନେବିନାହିଁ। ଏଇଟା କ'ଣ ଉଚିତ୍ ହେଇଥା'ନ୍ତା ! ତମେ ଜାଣିନା, ଏସବୁ ସଭ୍ୟ ସମାଜର ଚଳଣୀ ନୁହେଁ। ସୋସାଲ ଆଟିକୁଏଟ କିଛି ଅଛି ନା' ନାହିଁ। ଅତଏବ ନିଜେ ଜଜଟାଏ ହୋଇ ଏହାର ଖିଲାପ କେମିତି କରିଥାନ୍ତି ?

ଶୁଣିଛି ତୁଚ୍ଛା ନିର୍ବାଣ ଆଶାରେ ତମେ ଗୃହତ୍ୟାଗ କରିଥିଲ। ସତରେ କ'ଣ ନିର୍ବାଣ ଏତେ ଜରୁରୀ ! ଯାହାର ମୂଲ୍ୟ ତମ ପାଖରେ ରାଜ୍ୟ ଠୁଁ ବେଶୀ। ହୁଏତ ହେଇଥିବ। ମୋର ନିର୍ବାଣ ଆଶା ନାହିଁ। କିନ୍ତୁ ଧ୍ୟାନ କଲେ ସତରେ କ'ଣ ଶାନ୍ତି ମିଳେ ?

ହଠାତ୍ ତାଙ୍କ ପୁଅ ଘର ଭିତରକୁ ପଶି ଆସିଲା। "ବାପା ! କ'ଣ ହେଇଛି ? ଆପଣ ଏମିତି ଧ୍ୟାନ ମୁଦ୍ରାରେ କାହିଁକି ବସିଛନ୍ତି ?" ପରିତୋଷବାବୁ ଚିହିଁକି ଉଠିଲେ। ସତେ ତ ସେ ତଳେ ବସିଛନ୍ତି। ଆଶ୍ଚର୍ଯ୍ୟ ! ସେ ସୋଫାକୁ ଉଠିଗଲେ।

ପୁଅ କହିଲା, "ବାପା ଆଉ ମାସଟେ ପରେ ମୁଁ ଲଣ୍ଡନ ଯିବି। ଆପଣ ଏକୁଟିଆ ଏଡେ ବଡ଼ ଘରଟାରେ ବୋର ହେବେ। ତେଣୁ ଆପଣ କୌଣସି ବୃଦ୍ଧାଶ୍ରମକୁ ଚାଲିଗଲେ ଭଲ ହେବ। ଅତ୍ୟନ୍ତପକ୍ଷେ ବୃଦ୍ଧାଶ୍ରମରେ ଗପ କରିବାକୁ ଆପଣଙ୍କୁ ଅନେକ ସମବୟସ୍କ ମିଳିବେ। ସମୟ କଟିଯିବ। ଆପଣଙ୍କୁ ବି ଭଲ ଲାଗିବ।"

ପରିତୋଷବାବୁ ଚିତ୍କାର କଲେ। "ହ୍ୱାଟ୍ ରବିଶ ! ଦେଶ ସାରା ଘର କରି ଶେଷରେ ଯାଇଁ ରହିବି ବୃଦ୍ଧାଶ୍ରମରେ ? ତୋ ମୁଣ୍ଡ ଖରାପ ହେଇଗଲାଣି କି !"

ପୁଅ ଶାନ୍ତ ସ୍ୱରରେ କହିଲା, "ଦୁଇଜଣ ମଣିଷ ରହିବା ନିମନ୍ତେ କେତେଟା ଘର ଆବଶ୍ୟକ ! ଆପଣ ବାସ୍ତବତା ଠାରୁ ଦୂରେଇ ଯାଇ ଦେଶ ସାରା ଘର କରିଦେଲେ ସେଗୁଡ଼ିକ ତ ଆଉ ମଣିଷ ହୋଇ ଆପଣଙ୍କ ସହ କଥାବାର୍ତ୍ତା କରିବେନି। ଏତେବଡ଼

ଘରେ ଏକୁଟିଆ ରହିବାକୁ ଆପଣଙ୍କୁ କଷ୍ଟ ହେବ। ମୁଁ ଏଠି ରହୁଥିଲେ ଆପଣଙ୍କୁ ବୃଦ୍ଧାଶ୍ରମ ଯିବାକୁ ପଡ଼ନ୍ତାନି। କିନ୍ତୁ ଆପଣଙ୍କର ଏକା ଜିଦ୍ ମୁଁ ଉଚ୍ଚ ଶିକ୍ଷା ନିମନ୍ତେ ଲଣ୍ଡନ ଯାଏ।"

ପରିତୋଷବାବୁ ବୁଦ୍ଧଙ୍କ ଚିତ୍ରକୁ ପୁଣିଥରେ ଚାହିଁଲେ। ଏକ ପ୍ରକାର ବୈରାଗ୍ୟ ତାଙ୍କ ମନକୁ ଆଚ୍ଛନ୍ନ କରି ପକାଇଲା। ସେ ଦୀର୍ଘଶ୍ୱାସ ନେଲେ। କୋହଭରା କଣ୍ଠରେ କହିଲେ, "ବାସ୍ତବିକ ସମସ୍ତେ ବୁଦ୍ଧ ହେଇପାରନ୍ତିନି। ସମସ୍ତଙ୍କ ଦ୍ୱାରା ଗୃହତ୍ୟାଗ ସମ୍ଭବ ନୁହଁ।"

ପୁଅ ତାଙ୍କ ଆଖି ପୋଛିଦେଲା।

■

ଅଯୁଗ୍ମ

"ବୁଝିଲୁ ଅବନୀ ! ଆମେରିକା କଉଠି, ମୁଁ କଉଠି । ମୋ ଭଳି ସାଧାରଣ ଗାଁଉଲି ଲୋକଟା କ'ଣ କେବେ ଭାବିଥିଲା ତା' ଭାଗ୍ୟରେ ଆମେରିକା ଦର୍ଶନ ଅଛି ବୋଲି ? ଗତକାଲି କ'ଣ ପଚାରୁଥିଲୁ ? ତାଙ୍କ ସ୍ତ୍ରୀଲୋକ ମାନେ ଲୁଗାପଟା ପିନ୍ଧିବାକୁ କାହିଁକି ଭଲ ପାଆନ୍ତିନି ? ହା ହା ହା .... । ତତେ କିଏ କହିଲା ଏକଥା ? ଲୁଗା ପିନ୍ଧିବାକୁ ଭଲ ପାଇବେନି କାହିଁକି ? ସେମାନେ କ'ଣ ଆଦିମ ଯୁଗର ଲୋକ ହେଇଛନ୍ତି । ଆରେ ସେମାନେ ଆମପରି । କିନ୍ତୁ ବେଶଭୂଷା, ଚଳଣୀ, ଆଦବ କାଇଦା ସବୁ ଅଲଗା । ସେମାନେ କ'ଣ ଆମ ଗାଁ' ସ୍ତ୍ରୀ ଲୋକ ହେଇଚନ୍ତି ଯେ ବାରହାତି ଶାଢ଼ୀ ଗୁଡ଼େଇ ହେବେ । ଆଉ ପୁରୁଷ ଲୋକ ଦେଖିଲେ ହାତେ ଲମ୍ବର ଓଢ଼ଣା ଟାଣିବେ ? ସେମାନେ ହେଉଚନ୍ତି ଭିନ୍ନ । ତୁ କ'ଣ ଭାବୁଚୁ ସେମାନେ ତୋ ଖୁଡ଼ୀ ଭଳି ସକାଳୁ ଉଠି ଗାଧୁଆ ପାଧୁଆ ସାରି ଠାକୁରଘରେ ଧୂପ, ଦୀପ ଜାଳି ହାତ ଯୋଡ଼ିବେ ବା ଶଙ୍ଖା ସିନ୍ଦୂର ପିନ୍ଧି, ଉପାସ ରହି ସ୍ୱାମୀଙ୍କ ନିମନ୍ତେ ସାବିତ୍ରୀ ବ୍ରତ କରିବେ ।" ବିନାୟକବାବୁ ଆରାମ ଚଉକିରେ ସଜାଡ଼ିହୋଇ ବସିଲେ ।

"କ'ଣ କହିଲେ ! ଶଙ୍ଖା, ସିନ୍ଦୂର ପିନ୍ଧନ୍ତନି । କି ମୁଣ୍ଡରେ ଓଢ଼ଣା ଟାଣନ୍ତିନି । ସତ କହୁଛନ୍ତି ।" ଅବନୀ କାବା ହେଲା ।

"ହା ହା ହା .... !.ଆଉ କ'ଣ ମିଛ କହୁଛି ! ତୁ ଶୁଣୁଚୁ କ'ଣ ଆଉ ପଚାରୁଚୁ କ'ଣ ?

"ହଁ ! କାଲି କଉଠୁ ଛାଡ଼ିଥିଲି ?" ବିନାୟକବାବୁ ଆଖିବୁଜି, ଆରାମ ଚଉକିକୁ ଆଉଜି ପଡ଼ିଲେ । ଦୁଇହାତ ଛନ୍ଦି ମୁଣ୍ଡ ଉପରେ ରଖିଲେ । ମନେହେଲା ସେ ଯେମିତି ଦିବ୍ୟଦୃଷ୍ଟିରେ ଆମେରିକାର ମନଲୋଭା ଦୃଶ୍ୟ ଉପଭୋଗ କରୁଛନ୍ତି ।

ଅବନୀ ଆଁ କରି ଏକ ଲୟରେ ବିନାୟକବାବୁଙ୍କ ମୁହଁକୁ ଚାହିଁଥାଏ । ସତେଅବା ସାମ୍ନାରେ ସେ ମଧ୍ୟ ଆମେରିକା ଦେଖୁଛି । ?

"ଆଃ.... ହା ......ହା। ତାଙ୍କ ରାସ୍ତାଘାଟ! କି ପରିଷ୍କାର ପରିଚ୍ଛନ୍ନ। କଣ କହିବି ତତେ? ତୁ କଣ ପରତେ ଯିବୁ। କପାଳରେ ଥିଲେ ସେମିତି ଦେଶକୁ ଯିବାର ଯୋଗ ଫିଟେ। ବୁଝୁଚୁ ନା ନାହିଁ?" ବିଭୋର କଣ୍ଠରେ ବିନାୟକବାବୁ କହି ଚାଲିଥିଲେ।

ମୁଣ୍ଡ ହଲାଇ, ଅବନୀ କହିଲା, "ଆପଣ କୁହନ୍ତୁ। ମୁଁ ବୁଝୁଚି।"

"ଖାଲି ବୁଝିଲେ କ'ଣ ହେବ। ଆଖିରେ ନଦେଖିଲେ ତାଙ୍କ ଜିନିଷ ବିଶ୍ୱାସ କରିବା ମୁସ୍କିଲ। ଦେଶ ଖଣ୍ଡେ ଏକା।" ବିନାୟକବାବୁ ତୃପ୍ତିରେ ଆଖିବୁଜିଲେ।

ଥରେ ଟୁରିଷ୍ଟ ଭିସାରେ ବିନାୟକବାବୁ ଆମେରିକାରୁ ବୁଲି ଆସିବା ପରେ, ନିଜେ ନଚାହିଁଲେ ବି ତାଙ୍କ ପାଟିରୁ ଆମେରିକାର ପ୍ରଶଂସା ବାରମ୍ବାର ବାହାରି ପଡୁଥିଲା।

ତାଙ୍କର ଏକମାତ୍ର ଅଲୀଅଳି ଝିଅ ନିମନ୍ତେ, ପ୍ରଥମେ ଯେତେବେଳେ ଏ ପ୍ରସ୍ତାବ ଆସିଥିଲା, ପୁଅ ଆମେରିକାରେ ରହୁଛି ଶୁଣି ପତ୍ନୀ ସିଧା ମନା କରିଥିଲେ। ବାରମ୍ବାର କହିଥିଲେ, "ଏତେ ଦୂରରେ କେହି ଝିଅ ଦିଏ! ଓଷା ବାରରେ ଯାଇ ହେବନି। ଭଲ ମନ୍ଦରେ ଝିଅ ଆସି ପାରିବନି। ବାହାଘର କରିବି ବୋଲି କ'ଣ ଝିଅକୁ ସାତପର କରିବି। ଆମେରିକାରେ ଝିଅ ଦେଇ ମୁଁ ଝୁରି ହେଇ ପାରିବିନି। ପୃଥିବୀ ମାନଚିତ୍ରରେ ଆମେରିକା କଉଠି ମୁଁ ଦିନେ ଦେଖିନି। ଆଉ ଆଜି ସିଧା ଝିଅକୁ ପଠେଇବି। ଅସମ୍ଭବ। ଆମ ଅଞ୍ଚଳରେ କ'ଣ ପୁଅ ନାହାଁନ୍ତି ଯେ ତମେ ଏ ପ୍ରସ୍ତାବରେ ମନ ଦଉଛ।"

ବିନାୟକବାବୁ କିନ୍ତୁ ଏକବାର ନିଶ୍ଚଳ ରହିଥିଲେ। ମନେ ମନେ ଭାବୁଥିଲେ ତାଙ୍କ ବାପ ଦିହାତିରେ କେହି ଓଡ଼ିଶା ବାହାରେ ପାଦ ଦେଇନି। ଝିଅ ସିଧା ଆମେରିକା ଯିବ। ସାଇପଡ଼ିଶା ବା ବନ୍ଧୁବାନ୍ଧବରେ କେହି ଆମେରିକା କଥା ମନକୁ ଆଣି ନଥିବେ। ତାଙ୍କ ସୌଭାଗ୍ୟରୁ ଏ ପ୍ରସ୍ତାବ ଜୁଟିଛି। ନହେଲେ ସାଇରେ ବା ବନ୍ଧୁବାନ୍ଧବରେ ଏତେ ଝିଅ ବାହା ହେଲେଣି କାହାପାଇଁ ଏଭଳି ପ୍ରସ୍ତାବ ଆସିଛି। ତାଙ୍କ ଜଣାଶୁଣାରେ ଜଣେ କେବଳ ବାହାଘର ପରେ ଓଡ଼ିଶା ବାହାରେ ରହୁଛି। ମୁମ୍ବାଇରେ। ତାଙ୍କ ମାମୁଁଙ୍କ ପୁଅର ଝିଅ। ତା' ସ୍ୱାମୀ ବ୍ୟାଙ୍କରେ କିରାଣୀ। ସେଥିରେ ତା' ବାପା, ବୋଉଙ୍କର ଫୁଟାଣି କହିଲେ ନସରେ। ଆଉ ତାଙ୍କ ଗାଁ'ରେ ଗୋଟାଏ ବି ଝିଅ ସହର ମାଟି ମାଡ଼ି ନାହାଁନ୍ତି। ଅତଏବ କେବଳ ଯାଇ ଆସି ହବନି ବୋଲି, ସ୍ତ୍ରୀଙ୍କ କଥାରେ ପଡ଼ି ପ୍ରସ୍ତାବ ହାତଛଡ଼ା କରିବାକୁ ସେ ଚାହୁଁ ନଥିଲେ। ପ୍ରଥମେ ସେ ନିଜକୁ ଅନେକ ଯୁକ୍ତି ଦେଖାଇ ରାଜି କରାଇଥିଲେ। ବାସ୍ ତା'ପରେ ସେ ଆଉ କାହା କଥାରେ କାନ ଦେଇ ନଥିଲେ। ଜୋଇଁ ଆମେରିକାରେ ଡ଼ାକ୍ତର। ପ୍ରସ୍ତାବ ବନ୍ଧୁବାନ୍ଧବ ସୂତ୍ରରୁ ଆସିଥିଲା। ସୁତରାଂ

ବିଶେଷ ଖୋଳତାଡ଼ର ଆବଶ୍ୟକତା ନଥିଲା । ଅବଶ୍ୟ ବାହାଘର ସମୟରେ ସାମାନ୍ୟ ଦ୍ୱନ୍ଦ ତାଙ୍କ ମନରେ ଉଙ୍କି ମାରିଥିଲା, ଆମେରିକା ଜୋଇଁ କରି ପଛରେ ପସ୍ତେଇବେ କି ? କାରଣ ବାରଆଡ୍ଡୁ ବାର କଥା ଶୁଣିବାକୁ ମିଳୁଥିଲା । କିନ୍ତୁ ସେଗୁଡ଼ା କେବଳ କଥା ଥିଲା, ବିବାହ ପରେ ମନକୁମନ ବନ୍ଦ ହେଇ ଯାଇଥିଲା ।

ବିବାହପରେ ସ୍ତ୍ରୀଙ୍କୁ ସେ ବୁଝାଇ ଦେଇଥିଲେ, "ଏ ଗାଁ' ର ଗୋଟାଏ ବି ଝିଅ କଲେଜ ମାଟି ନମାଡ଼ିଥିଲା ବେଳେ ଆମ ଝିଅ ଇଞ୍ଜିନିୟର ହେଇଛି କି ନାହିଁ । ଏଭଳି ଝିଅ ଯଦି ବାହାହେଇ ଖାଲି ରୋଷେଇବାସ କରିବ ବା ଶାଶୁ ଶଶୁରଙ୍କ ସେବାକରି ଘର କୋଣରେ ପଡ଼ିରହିବ, ତେବେ କି ମୂଲ୍ୟ ତା' ପାଠ ପଢ଼ାର । ଆମେରିକାରେ ସେ ଭଲ ଚାକିରୀ କରିବ । ଏଠି ବି ଚାକିରୀ କରି ପାରିବ । କିନ୍ତୁ ମୁଁ ଜାଣେ ଭାରତ ଠାରୁ ଆମେରିକାରେ ଦରମା ଅଧିକ ମିଳିବ । ତା'ପରେ ରହିଲା ଦୂର କଥା । ଆଜିକାଲି ଦୂର କ'ଣ ଆଉ ଦୂର ହେଇ ରହିଚି । ଏଇଠି ଦେଖୁନା, ତମେ କେବେ ଜିଲ୍ଲା ପାରି ହେଇନା । ଅଥଚ ତମ ଝିଅ ପାଇଁ ଯୋଜନ ଯୋଜନ ଦୂର ଆମେରିକାରେ ରହୁଥିବା ପୁଅର ପ୍ରସ୍ତାବ ଆସିଛି । କିଛି ବୁଝୁଚ ! ଆମ ଯୁଗ କ'ଣ ଆଉ ଅଛି । ଯୁଗ ପରା କେତେ ଆଗେଇଗଲାଣି ।"

ବାହାଘର ପରଠାରୁ, ପ୍ରତିବର୍ଷ ଦୋଳ ପୂର୍ଣ୍ଣମୀ ବେଳକୁ ଝିଅଜୋଇଁ ଭାରତ ଆସନ୍ତି ବୁଲାବୁଲି କରି ପୁଣି ଲେଉଟି ଯାଆନ୍ତି । କିନ୍ତୁ ଏ ବର୍ଷ ଝିଅ ଜିଦ୍ କଲା, "ବାପାବୋଉଙ୍କୁ ସାଙ୍ଗରେ ଆମେରିକା ନେବ ।"

ହଁ, ନା ଭିତରେ ଶେଷରେ ବିନାୟକବାବୁ ଆମେରିକା ବାହାରିଲେ । ଦୁଇମାସ ରହି ଫେରିବେ କହି ସେ ବିମାନ ଚଢ଼ିଥିଲେ । କିନ୍ତୁ ଛ'ମାସ ରହିଗଲେ । ଫେରିବା ବେଳ ପାଖହେଲା ବେଳକୁ ତାଙ୍କ ଚାଲି ଚଳଣୀ ଉପରେ ଆମେରିକାର ପ୍ରଭାବ ପଡ଼ି ଆସୁଥିଲା । ସେ ନିଜକୁ ବଡ଼ ଧନ୍ୟ ମନେ କରୁଥିଲେ । ଏବେ କଥା କଥାରେ ଆମେରିକା ଦୃଷ୍ଟାନ୍ତ ନଦେଇ ସେ କାହାକୁ ଛାଡ଼ନ୍ତି ନାହିଁ ।

"ପଚାରୁଥିଲୁ ପରା, ସେମାନେ ସକାଳେ କ'ଣ ଖାଆନ୍ତି ? ଡ଼ୋନଟ୍, ମଫିନ୍, ସିରିଏଲ ଆଉ ଗୋଟେ କ'ଣ ନା' ଟା ହଁ ଏଗ୍ ବେନେଡିକ୍ଟ ।"

"ଏସବୁ କ'ଣ ?" ଅବନୀ ଗାମୁଛାରେ ପିଠି ଝାଡ଼ିଲା ।

"ଏଇ ହେଲା ଅଡୁଆ । ତୁ ତ କିଛି ବୁଝିପାରୁନୁ । ଆରେ ଏସବୁ ତାଙ୍କ ଜଳଖିଆ ।" ବିନାୟକବାବୁ ଶିକ୍ଷକ ଭଳି ତାକୁ ବୁଝାଇଲେ ।

"ଓଃ !" ସବୁ ବୁଝିଗଲାପରି ଅବନୀ ଗମ୍ଭୀର ଓଃ ଟିଏ ପକାଇଲା ।

"କକା ! ତାଙ୍କ ଚାଷବାସ କଥା କୁହ ।" ଅବନୀ ଆଗ୍ରହ ଦେଖାଇଲା ।

କୁଟାହେଇଥିବା ପାନରୁ କିଛି ପାଟିରେ ପକାଇ ବିନାୟକବାବୁ କହିଲେ, "ଜାଣିଚୁ! ଆମେରିକାରେ ପାନ ମିଳେନା। ସେଠି କେହି ପାନ ଖାଆନ୍ତିନି। କେବଳ ଏଇ ପାନ ଅଭ୍ୟାସଟା ପାଇଁ ମୁଁ ପରା ପଳେଇ ଆସିଲି। ନହେଲେ ଆଉ କିଛି ଅସୁବିଧା ନଥିଲା।"

ଅବନୀ ତା' ଅଣ୍ଟାରେ ଖୋସିଥିବା ଅମଳରୁ ଟିକେ ପାଟିରେ ଜାକି ପଚାରିଲା, "ଆଉ ଗୁଣ୍ଡି, ଦୋକ୍ତା ?"

"ହା ହା ହା ......ଧେତ୍। କଥା ନା' ଭଟଭଟ। ଏସବୁ ଜିନିଷକୁ କେହି ଚିହ୍ନନ୍ତିନି ସେଠି। ଖାଇବା କଥା ଦୂର।"

"ଚାଷବାସ କଥା ଶୁଣିବୁ ପରା ? ଆଚ୍ଛା କହିଲୁ ଆମ ଅଞ୍ଚଳର କିଏ ସବୁଠୁଁ ବଡ଼ ଚାଷୀ ?"

"ହରି ମହାପାତ୍ର !" ଅବନୀ ଝଟ କରି ଉତ୍ତରଦେଲା।

"ହାଁ ....! କିନ୍ତୁ ତା' ରୂପ ଭେକରୁ ସେ କ'ଣ ଜଣାପଡ଼େ ? ଲାଗେ ସେ ଯେମିତି ମାଲିକ ନୁହେଁ ମୂଲିଆ। ନୁହେଁ ? ଆରେ ତାଙ୍କର ଚାଷୀମାନେ କାରରେ ଯିବା ଆସିବା କରନ୍ତି। ତାଙ୍କ ଚାଷ କ'ଣ ଆମ ଭଳି ଧାନ, ମୁଗ ବା ବିରି ଚାଷ ହେଇଚି। ତାଙ୍କର ଶୀତ ଦିନେ କିଛି ଚାଷ ହୁଏନା। ଅଧା ଦେଶ ତ ଶୀତଦିନେ ବରଫରେ ଭର୍ତ୍ତି ହୁଏ। ଆଉ ଚାଷ କ'ଣ ହେବ ? ତାଙ୍କର ବେଶୀ ଫଳ ଚାଷ। ଆମ ଅଞ୍ଚଳରେ ସେ ଫଳ ନା' କେହି ଶୁଣି ନଥିବେ। ଦେଖିବା କି ଚାଖିବା କଥା ଛାଡ଼। ଜାଣିଚୁ ତାଙ୍କର ଏକର ଏକର ଜମିରେ କେବଳ ବୋଇତାଳୁ ଚାଷ ହୁଏ।"

"ବୋଇତାଳୁ! ଏତେବଡ଼ ଦେଶ ଶେଷରେ ବୋଇତାଳୁ ଚାଷକରେ ?" ଅବନୀ ଆଖି ବଡ଼ ବଡ଼ କରି ଚାହିଁଲା।

"ସେମାନେ ବୋଇତାଳୁକୁ ଖାଇବା ଠାରୁ ସଜାନ୍ତି ବେଶୀ। ଗୋଟେ ଆଇଟମ ମୁଁ ଖାଇଥିଲି ବୋଇତାଳୁର। ପମ୍ପକିନ ପାଏ। ଭାରି ସୁଆଦିଆ। ଅକ୍ଟୋବର ମାସରେ ସମସ୍ତଙ୍କ ଦୁଆରେ ଦେଖିବୁ ଏଡ଼େ ବଡ଼ ବଡ଼ ବୋଇତାଳୁ ଥୁଆ ହେଇଥିବ।" ବିନାୟକବାବୁ ଦୁଇହାତ ମେଲାଇ ବୋଇତାଳୁର ଆକାର ଦେଖାଇଲେ।

"ପାଏ ଗୋଟେ କ'ଣ ? ଘାଣ୍ଟ ଫାଣ୍ଟରେ ସିନା ବୋଇତାଳୁ ପଡ଼େ ?" ଅବନୀ ପୁଣିଥରେ ଅମଳ ଜାକି ଉତ୍କର୍ଣ୍ଣ ହୋଇ ବସିଲା।

"ତାଙ୍କ ପରମ୍ପରା ଅନୁଯାୟୀ ବଡ଼ଦିନରେ ସେମାନେ ଗୋଟେ ଗଛ ସଜାନ୍ତି। ତାକୁ ବଡ଼ଦିନ ଗଛ କହନ୍ତି। ସେ ଗଛ ବି ଚାଷ ହୁଏ। ବଡ଼ଦିନ ଆସିଲେ ସେ ଗଛ ସବୁ କଟା ହେଇ ଅନ୍ୟ ଜିନିଷ ସାଙ୍ଗରେ ଦୋକାନରେ ବିକ୍ରିହୁଏ।"

"ରାମ ରାମ ଗଛ ପୁଣି ଚାଷ । କି ଅଭିଲା ଦେଶ । ଯେତେ ସବୁ ନଶୁଣିବା କଥା । ଧାନ, ମୁଗ, ବିରି ସିନା ଚାଷ ହୁଏ ! ଏସବୁ ଆମ ଆବଶ୍ୟକତା । ତେଣୁ ତାକୁ ବିକିଲେ ଦି'ପଇସା ଲାଭ ବି ହୁଏ । ଆଉ ଗଛଗୁଡା କ'ଣ ହବ ? ତାକୁ ବିକିଲେ କିଣିବ କିଏ ?" ଅବନୀ ନିଜ ବିଜ୍ଞତା ଦେଖାଇଲା ।

"ସେଦିନ କ'ଣ ପଚାରୁଥିଲୁ ....ଝିଅ ଘର କେମିତି ? କେମିତି କ'ଣ କହିବି ? ସେଭଳି ଘର କ'ଣ ଏ ଖଣ୍ଡ ମଣ୍ଡଳରେ ଅଛି ଯେ ତତେ ଦେଖେଇ ଦେଇ କହିବି ଏମିତି । ବାପରେ ବାପ୍ । ତୁ ଅବିଶ୍ୱାସ କରିପାରୁ କିନ୍ତୁ ମୁଁ ଯାହା କହୁଛି ଷୋଳଅଣା ସତ । ଆରେ ତା' ବଗିଚା ଆମ ଗାଁ' ମହାଦେବ ପୋଖରୀ ଠାରୁ ବଡ଼ । ଆଉ ଘର ? ଚାରି ହଜାର ସ୍କୋୟାର୍ ଫିଟ୍ । ବୁଝିଲୁ ?"

"ନା'.... ।" ଅବନୀ ବାଁ'ରୁ ଡ଼ାହାଣକୁ ମୁଣ୍ଡ ହଲାଇଲା ।

"ହା ... ହା... ହା ! ତୁ ତ କିଛି ଜାଣିନୁ, ମୁଁ ଆଉ ତତେ କ'ଣ କହି ବୁଝାଇବି ? ମାନେ ବହୁତ ବଡ଼ ! ଚାରିଟା ଶୋଇବା ଘର । ଦୁଇଟା ବୈଠକ । ଝିଅର ଅଫିସ । ପାଠାଗାର । ପୁଅର ଖେଳଘର । ଦୁଇଟା ସରଘର । କ'ଣ ନାହିଁ ସେ ଘରେ ? ଆଉ ଗୋଟେ ଅଛି ସିନେମା ଘର । ସେମାନେ ପ୍ରତି ଶୁକ୍ରବାରକୁ ମୁଭି ନାଇଟ୍ କହି ସେ ଘରେ ସିନେମା ଦେଖନ୍ତି । ଆମ ଭଳି ଟିଭିରେ ନୁହଁ !"

"ଆଉ .... !" ଅବନୀ ଆହୁରି କୌତୁହଳୀ ହେଇ ପଡ଼ିଲା ।

"ଗୋଟେ ବିରାଟ କାନ୍ଥରେ ।" ଗର୍ବରେ ବିନାୟକବାବୁଙ୍କ ଆଖି କାଚବାଟି ପରି ଚମକୁଥାଏ ।

ଅବନୀର ବଡ଼ ବଡ଼ ଆଖି ସାଙ୍ଗକୁ, ପାଟି ଆଁ ହେଇ ଯାଇଥିଲା । ତା' ଦେହକରେ ସେ ଏଭଳି ଗପ କେବେ ଶୁଣି ନଥିଲା କି ଆଗକୁ ଶୁଣିବ ବୋଲି ଆଶା ବି ରଖୁନଥିଲା ।

"ଆରେ କ'ଣ ହେଲା ? ଏମିତି ବୋକାଙ୍କ ପରି କ'ଣ ଚାହିଁଚୁ !"

"ନା' ମୁଁ ଭାବୁଥିଲି ।" ଅବନୀ ସହଜ ଭାବରେ ଉତ୍ତର ଦେଲା ।

"କ'ଣ...... ?"

ମୋର ମାତ୍ର ଦୁଇ ବଖୁରା ଘରେ ଆମେ ସାତପ୍ରାଣୀ ରହୁଚୁ । ବାପା, ବୋଉ, ମୁଁ, ମୋ ସ୍ତ୍ରୀ ଶୁକୀ, ଆଉ ମୋର ତିନିଟା ପିଲା । ଆଉ ସେଠି ଏତେବଡ଼ ଘରଟାରେ ମାତ୍ର ତିନିଜଣ ! ଘରଟା ତ ଭାରି ଖାଁ ଖାଁ ଗୋଡ଼ଉଥିବ.... !

■

ଅନ୍ତର୍ଦ୍ୱନ୍ଦ୍ୱ

ନିର୍ଜନ ରାତିକୁ ଉପେକ୍ଷାକରି, ବେପରୱା ଭଳି କାନ୍ଥଘଣ୍ଟା ସମୟ ସୂଚାଇଲା ରାତି ଗୋଟାଏ। ଅନୁପମବାବୁ ଦୀର୍ଘଶ୍ୱାସ ନେଲେ। ପ୍ରତିଦିନ ସେ ଦଶଟା ସୁଦ୍ଧା ଶୋଇପଡ଼ନ୍ତି। ହିସାବ କରୁକରୁ ତାଙ୍କର ଆଜି ଅନେକ ଡ଼େରି ହେଇଯାଇଚି। ଅନ୍ୟମନସ୍କ ଥିବାରୁ, କେତେବେଳେ ଯେ ମଧ୍ୟରାତ୍ରି ଗଡ଼ିଗଲାଣି, ସେ ଧ୍ୟାନ ଦେଇନାହାଁନ୍ତି। ହିସାବ ଖାତା ବନ୍ଦକରି ସେ ବତୀ ଲିଭାଇଲେ। କିନ୍ତୁ ବତୀ ଲିଭେଇଦେଲେ କ'ଣ ନିଦ ଆସେ ? ଏ ବୟସରେ ନିଦ ପାଇଁ ଆବଶ୍ୟକ ମନ ଆଉ ମସ୍ତିଷ୍କର ଶାନ୍ତି। ଯାହା ସିଏ ସମ୍ପୂର୍ଣ୍ଣ ହରାଇଛନ୍ତି।

"ବାପା ! ଆଜିଠାରୁ ଆପଣ କେବଳ ଆରାମ କରିବେ। ଜୀବନସାରା ଆପଣ ଅନେକ ଦାୟିତ୍ୱ ମୁଣ୍ଡାଇଛନ୍ତି। ଆଉ ନୁହେଁ। ଏବେ ଆପଣଙ୍କ ପ୍ରାପ୍ୟ ହେଉଛି କେବଳ ଆରାମ। ଘରର ଦାୟିତ୍ୱ ଏଣିକି ମୁଁ ବୁଝିବି। ସାରା ଜୀବନ ଆପଣ, ଆମ ଇଚ୍ଛାଗୁଡ଼ିକ ପୂରଣ କରିବାରେ ବ୍ୟସ୍ତ ରହି, ନିଜ ସକାଶେ କିଛି କରି ପାରିନାହାଁନ୍ତି। ଅତଏବ ଆପଣଙ୍କ ପେନସନ୍, ଆପଣ ନିଜ ଇଚ୍ଛାରେ ନିଜ ପାଇଁ ଖର୍ଚ୍ଚ କରିବେ। ଘର ଖର୍ଚ୍ଚ ମୁଁ ତୁଲାଇବି।" ଅତ୍ୟନ୍ତ ବିରଳ ପଦକ୍ଷେପଟିଏ ନେଉଥିବା ଭଙ୍ଗୀରେ ବଡ଼ପୁଅ ତାଙ୍କୁ କହିଲା।

ଅନୁପମବାବୁ ଆଶ୍ୱସ୍ତ ହେଲେ। ତାଙ୍କ ଶିକ୍ଷା ତେବେ ବେକାର ଯାଇନାହିଁ। ପରିଣତ ବୟସରେ ଜଣେ ବାପା ତା' ପୁଅ ପାଖରୁ, ଯା ଠୁଁ ଅଧିକ ଆଉ କ'ଣ ଆଶା କରିପାରେ ! ତାଙ୍କ ଦାୟିତ୍ୱ ପୁଅ ନେବ। ଯା ଠାରୁ ଆନନ୍ଦର କଥା ଆଉ କିଛି ନୁହେଁ। ତାଙ୍କ ପିତୃତ୍ୱ ଆଜି ସାର୍ଥକ

ହେଲା। ଏଭଳି ସଂସ୍କାରବନ୍ତ ସନ୍ତାନ କେତେଜଣ ବାପା, ମା'ଙ୍କ ଭାଗ୍ୟରେ ଥାଏ ! ଗର୍ବରେ ତାଙ୍କ ଛାତି ଫୁଲିଉଠିଲା। ମନେମନେ ସେ ବଡ଼ପୁଅକୁ ବେଶ୍ ପ୍ରଶଂସା

କଲେ। ଏବଂ ପୁଅକୁ ଉତ୍ତୋରତର ଉନ୍ନତିର ଆର୍ଶୀବାଦ ଦେବାରେ ଆଦୌ କାର୍ପଣ୍ୟ କଲେନାହିଁ।

ବର୍ଷେ ପୂର୍ବର ଏ ଘଟଣା, ତାଙ୍କର ଏବେ ଖୁବ୍ ମନେ ପଡୁଥିଲା। କହିବା ଅନୁଯାୟୀ ବଡ଼ପୁଅ ଘର ଦାୟିତ୍ୱ ଖୁବ୍ ସୁରୁଖୁରୁରେ ତୁଲାଉଛି। ସାନପୁଅ ମଧ୍ୟ ତା'କୁ ପ୍ରତି ପଦକ୍ଷେପରେ ସାହାଯ୍ୟ କରୁଛି। ବର୍ଷେ ଭିତରେ ଘରର ଅନେକ ଉନ୍ନତି ହୋଇଛି। ସିନେମାରେ ଦେଖାଉଥିବା ଆଦର୍ଶ ପରିବାର ପରି ତାଙ୍କ ପରିବାର ଅନ୍ୟମାନଙ୍କ ନିମନ୍ତେ ଉଦାହରଣ ପାଲଟିଛି। ଏସବୁକୁ ବାଦ୍ ଦେଲେ, ସବୁଠାରୁ ଗୁରୁତ୍ୱପୂର୍ଣ୍ଣ କଥାହେଲା ସେ ସମ୍ପୂର୍ଣ୍ଣ ଦାୟିତ୍ୱମୁକ୍ତ ହେଇଛନ୍ତି।

କିନ୍ତୁ ସପ୍ତାହେ ହବ ସେ ସାମାନ୍ୟ ଚିନ୍ତାରେ ପଡ଼ିଛନ୍ତି। ଯଦି ବର୍ଷେ ଭିତରେ ସେ ଘର ଖର୍ଚ୍ଚ ନିମନ୍ତେ ଟଙ୍କା ଦେଇନାହାଁନ୍ତି, ତେବେ ନିଶ୍ଚିତ ଭାବେ ତାଙ୍କ ସଞ୍ଚୟ ଖାତାରେ କିଛି ଟଙ୍କା ଜମା ରହିବା କଥା। ଅଥଚ ତାଙ୍କ ଜମାଖାତାରେ ଟଙ୍କାଟିଏ ମଧ୍ୟ ନାହିଁ। ଏହା କେମିତି ସମ୍ଭବ! ଯେତେ ହିସାବ କଲେ ମଧ୍ୟ, ଟଙ୍କା କ'ଣ ଖର୍ଚ୍ଚ କରିଛନ୍ତି ସେ କିଛି ବୁଝି ପାରୁନାହାଁନ୍ତି। କେଉଁଠି ଏକାକାଳୀନ ଗୁଡ଼ାଏ ଟଙ୍କା ଖର୍ଚ୍ଚ କରିଦେବା ତାଙ୍କର ଆଦୌ ମନେପଡୁନି। କେବେ କେବେ ପୁଅବୋହୂଙ୍କ ବରାଦରେ ସେ ଛୋଟ ମୋଟ ଜିନିଷ ଘରକୁ ଆଣିଛନ୍ତି। କିନ୍ତୁ ସେ ତ ଏତେ ଟଙ୍କା ହେବନି। ପୁଅ ଘର ଦାୟିତ୍ୱ ନେବାଠାରୁ, ସେ ହିସାବ ରଖିବା ଛାଡ଼ି ଦେଇଛନ୍ତି। ତେବେ ଏବେ ହିସାବ ପରଖନ୍ତେ ବା କେମିତି। ଠିକ୍ ଠିକ୍ ହିସାବ ନପାଇଲେ, ସେ ଖୁବ୍ ବିଚଳିତ ବୋଧ କରନ୍ତି। ସେଥିପାଇଁ ସେ ପୁରୁଣା ହିସାବ ଖାତା ବାହାର କରି ପରଖୁଥିଲେ। ଦୈବାତ୍ କଉଠି କିଛି ଲେଖି ରଖିଚନ୍ତି କି ?

ଦୁଇଦିନ ଭିତରେ ତାଙ୍କ ଚିନ୍ତା ଦୁଇଗୁଣା ହେଲା, ଯେତେବେଳେ ବିଭିନ୍ନ ଦୋକାନରୁ ତାଙ୍କ ନାଁରେ ବର୍ଷକର ବକେୟା ଚିଠା ଆସିଲା। ଦୋକାନୀମାନଙ୍କର ମତ, "ସେମାନେ ଅନୁପମବାବୁଙ୍କୁ ସମ୍ମାନ କରନ୍ତି। ଅତଏବ ଏତେଦିନ ହେଲା ବାକି ଦେଉଥିଲେ। କିନ୍ତୁ ଏବେ ଆଉ ସମ୍ଭବ ନୁହେଁ।"

ଅନୁପମବାବୁ ପ୍ରମାଦ ଗଣିଲେ। ବର୍ଷକର ଶାନ୍ତି ବା ଆରାମ, ବର୍ତ୍ତମାନ ତିନିଗୁଣା ହୋଇ ଚିନ୍ତା, ଭୟ, ଏବଂ ଦୁଃଖର ରୂପ ନେଲା। ପୁଅଙ୍କୁ ପଚାରିଲେ ହୁଅନ୍ତା। ଦୁଇପୁଅଙ୍କୁ ସେ ଶେଷଥର କେବେ ଭେଟିଥିଲେ ମନେନାହିଁ। ଦୁଇବୋହୂଙ୍କୁ ସେ ପଚାରି ସାରିଛନ୍ତି। ବୋହୂଙ୍କ ମତ, ସେମାନେ କିଛି ଜାଣନ୍ତି ନାହିଁ। ତେବେ... ! ଅନୁପମବାବୁ ଛଟପଟ ହେଲେ।

ଅନୁପମବାବୁ ହେଉଛନ୍ତି ଜଣେ ଅବସର ପ୍ରାପ୍ତ ଏକାଉଣ୍ଟାଟ। ଚାକିରୀ

ଜୀବନରେ ଥରୁଟିଏ ମଧ୍ୟ ତାଙ୍କ ହିସାବ ଗୋଳାମାଳ ହୋଇନାହିଁ। କେବଳ ତାଙ୍କ ହିସାବ ନୀତି ଯୋଗୁଁ, ଚାକିରୀ ଜୀବନରେ ସେ କେତେ ପ୍ରଶଂସା ପାଇଚନ୍ତି। କେତେ କେତେ ବଡ଼ବଡ଼ କମ୍ପାନୀ ବା ଫାର୍ମର ହିସାବ ସେ କେଡ଼େ ସୁନ୍ଦରଭାବେ କରିଛନ୍ତି। ସେଥିପାଇଁ ଅଫିସରେ ସେ ଥିଲେ ସମସ୍ତଙ୍କର ବିଶ୍ୱାସର ପାତ୍ର। ଚାକିରୀର ପ୍ରଭାବ ତାଙ୍କ ଦୈନନ୍ଦିନ ଜୀବନ ଉପରେ ପଡ଼ିଥିଲା। ଖର୍ଚ୍ଚ କରିବାକୁ ସେ କୁଣ୍ଠାବୋଧ କରନ୍ତି ନାହିଁ। ଅଥଚ ଛୋଟରୁ ଛୋଟ ଖର୍ଚ୍ଚର ହିସାବ ଲେଖିବାକୁ ସେ କେବେ ଭୁଲନ୍ତିନି। ତେବେ ଏତେବଡ଼ ଗୋଳମାଳ କେମିତି ସମ୍ଭବ ହେଲା! ବାହାରକୁ କିଛି ପ୍ରକାଶ ନକଲେ ମଧ୍ୟ ଅନ୍ତରରେ ସେ ଖୁବ୍ ଆଘାତ ପାଇଲେ। ଉପରକୁ ବିଶେଷ ଜଣା ନପଡ଼ିଲେ ମଧ୍ୟ, ସେ ଅନ୍ୟମନସ୍କ ରହିବା ଆରମ୍ଭ କରିଥିଲେ। ଆଉ ସର୍ବଦା ମୁଣ୍ଡ ଭିତରେ ହିସାବ ଯୋଡ଼ିବାରେ ସେ ମଗ୍ନ ରହୁଥିଲେ।

ଦିନେ ସକାଳର ଚା' ପିଇବା ସହିତ, ମନେମନେ ହିସାବରେ ବ୍ୟସ୍ତ ଥିବା ସମୟରେ, ସାନପୁଅ କହିଲା, "ବାପା! ଦୟାକରି ଏବେ ଦୋକାନୀ ମାନଙ୍କର ବାକି ଶୁଝି ଦିଅନ୍ତୁ। ଲାଜରେ ଆମ ମୁହଁ ତଳକୁ ହଉଛି। ଏସବୁ ଭଲ କଥା ନୁହେଁ।"

ଅନୁପମବାବୁ ଚିନ୍ତାଗ୍ରସ୍ତ ହେଲେ, "କିନ୍ତୁ ମୁଁ ତ କିଛି ଜିନିଷ କିଣିନାହିଁ। ବାକିର ପ୍ରଶ୍ନ ଉଠୁଛି କେଉଁଠୁ! ଏତେଦିନ ହେଲା ସେଇକଥା ତ ଭାବୁଛି। ମୋ ନାମରେ ବକେୟା ଚିଠା କେମିତି ଆସିଲା? ହୁଏତ ସେମାନଙ୍କର କୌଣସି ଭୁଲ୍ ହୋଇ ଯାଇଛି। ଭୁଲବଶତଃ, ଆଉ କାହା ଚିଠା, ମୋ ନାଁ' ରେ ପଠେଇ ଦେଇଛନ୍ତି। ଏମିତି କ'ଣ ଜଣକ ଚିଠା ଆଉ ଜଣକ ଘରକୁ ଚାଲି ଯାଏନା! ତୋର ମନେ ନାହିଁ ଦୁଇବର୍ଷ ତଳେ ଆମ ବିଜୁଳି ବିଲ୍ ପଣ୍ଡାବାବୁଙ୍କ ଘରକୁ ଯାଇଥିଲା। ଆଉ ଏଇ ଛଅମାସ ତଳେ ଯାହା ଘଟିଥିଲା ତୁ କ'ଣ ଭୁଲିଗଲୁଣି! ଦେଢ଼ଲକ୍ଷ ଟଙ୍କାର କ୍ରେଡ଼ିଟ କାର୍ଡ ବିଲ୍ ଯେଉଁଟା ପ୍ରକୃତରେ ମୋ ଅଫିସ ର ମାଝୀବାବୁଙ୍କର, କେମିତି ମୋ ନା'ରେ ଆସିଥିଲା। ଆଉ ସେଥିପାଇଁ ପ୍ରାୟ ସପ୍ତାହଟିଏ ମୁଁ ଭୋକଶୋଷ ଭୁଲି ଯାଇଥିଲି। ପରେ ବ୍ୟାଙ୍କବାଲା କ୍ଷମା ମାଗି ନିଜ ଭୁଲ୍ ଦର୍ଶାଇଥିଲେ।"

ସାନପୁଅ ଅଳ୍ପହସି କହିଲା, "ବାପା! ଆପଣ ଆଦୌ ବୁଝୁନାହାଁନ୍ତି। ସରକାରୀ ଦପ୍ତର ବା ବ୍ୟାଙ୍କମାନଙ୍କରେ ଏମିତି ଭୁଲ୍ ହୁଏ। କିନ୍ତୁ ବେପାରୀ ବା ଦୋକାନୀମାନଙ୍କର ହିସାବ ନିକାଶରେ ଭୁଲ୍ ହେବା କୋଟିଏରେ ଗୋଟିଏ। ଆପଣ କ'ଣ ଭାବୁଚନ୍ତି, ସେ କୋଟିଏରୁ ଗୋଟିଏ ଜଣକ ଆପଣ? ସତରେ କ'ଣ ଆପଣ ଏତେ ଭାଗ୍ୟବାନ। ଆପଣଙ୍କର ବୟସ ହେଲାଣି। ଅତଏବ ଆପଣ ହିଁ ଭୁଲି ଯାଇଛନ୍ତି ବୋଲି ମାନିନିଅନ୍ତୁ। ଦୋକାନୀଙ୍କର ଭୁଲ୍ ହେବା ଅସମ୍ଭବ। ଆପଣଙ୍କ ବାକି ମୁଁ ଶୁଝି ଦିଅନ୍ତି। କିନ୍ତୁ ଆପଣ

ଜାଣନ୍ତି ମୋ ଦରମା କମ୍। ଘର ଖର୍ଚ୍ଚ ପରେ, ବ୍ୟକ୍ତିଗତ ଖର୍ଚ୍ଚ ନିମନ୍ତେ ପ୍ରତିମାସ ମୋର ନିଅଣ୍ଟ ହେଉଛି। ସୁତରାଂ ଏତେ ଟଙ୍କା ମୁଁ କେଉଁଠୁ ଆଣିବି ? ଲୋନ୍ କରିବାକୁ ମୁଁ ରାଜି। କିନ୍ତୁ ମୋ ଚାକିରୀ ଦେଖି କଉ ବ୍ୟାଙ୍କ ମତେ ଲୋନ୍ ଦବ ?"

"ମାନିନେବି ! କ'ଣ ତୁ କହୁଚୁ ? ତା'ମାନେ ତୁ ମତେ ସନ୍ଦେହ କରୁଚୁ ? ଯେ ମୁଁ ଜିନିଷ କିଣି ସେମାନଙ୍କ ଟଙ୍କା ଫାଙ୍କିଦେବାକୁ ଚାହୁଁଚି। ନିଜ ବାପା ଉପରେ ତୋର ବିଶ୍ୱାସ ନାହିଁ।" ଅନୁପମବାବୁ ସାମାନ୍ୟ ଉତ୍ୟକ୍ତ ହେଇପଡ଼ିଲେ।

"ସେ ଯାହା ହେଇଥାଉ, ଏବେ ଟଙ୍କା ତ ଶୁଝିବାକୁ ହେବ। ନହେଲେ ଆମ ମାନସମ୍ମାନ ଆଉ ରହିବ ? ଏସବୁ ହେଉଛି ଦାୟିତ୍ୱହୀନତାର ଫଳ। ଭାଇ ଆପଣଙ୍କୁ ଦାୟିତ୍ୱରୁ ମୁକ୍ତକରି ବେଶୀ ଫୁଲାଫାଙ୍କିଆ କରିଦେଇଚନ୍ତି।"

"ଦାୟିତ୍ୱହୀନ !" ମର୍ମାହତ ଅନୁପମବାବୁ ସ୍ୱଗତୋକ୍ତି କଲେ। "ଧନ୍ୟରେ ସୁପୁତ୍ର ମୋର। ଆଉ କେହି ମିଳିଲେନି ଶେଷରେ ବାପାକୁ ଚୋରବୋଲି ସାବ୍ୟସ୍ତ କରୁଛୁ।"

କୋହ ଚାପି ସେ ସାନପୁଅକୁ ବାଧାଦେଲେ, "ତୁ ବ୍ୟସ୍ତ ହଅନା। ମୁଁ ବ୍ୟବସ୍ଥା କରୁଛି। ମୋ ପରିବାର ହେଉଛି ମୋ ବଳ। ତମେ ସମସ୍ତେ ମୋ ସହିତ ଅଛ ଅର୍ଥ କୌଣସି ଅସୁବିଧା ହବନି। ବେଳେ ବେଳେ ଏମିତି ସଙ୍କଟ ଆସେ। ଆମେ ଏ ସଙ୍କଟକୁ ଖୁବ୍ ଶୀଘ୍ର ଅତିକ୍ରମ କରିଯିବା। ସେ ବିଶ୍ୱାସ ମୋର ଅଛି। ଦେଖିବୁ କେଇଟା ଦିନରେ ସବୁ ପୁଣି ସ୍ୱାଭାବିକ ହେଇଯିବ।" ଅନୁପମବାବୁ ଦୀର୍ଘଶ୍ୱାସ ନେଲେ। ସେ ବୁଝି ସାରିଥିଲେ ରକ୍ତ ସମ୍ପର୍କ କେବେଠାରୁ ପାଣି ହେଇ କେବଳ ପଇସା ଖିଅରେ ହିଁ ଯୋଡି ହେଇରହିଛି।

ଋଣକରିବା ବ୍ୟତୀତ ଅନୁପମବାବୁଙ୍କ ପାଖରେ ଅନ୍ୟ ବିକଳ୍ପ ନଥିଲା। ଅତଏବ ଇଚ୍ଛାନଥିଲେ ମଧ୍ୟ ବାଧ୍ୟହୋଇ ସେ ଋଣ କଲେ। ଏବଂ ସମସ୍ତ ବାକି ଶୁଝିଲେ। ଏବେ ତାଙ୍କୁ ପୂର୍ବ ପରି ହିସାବ ଲେଖିବାକୁ ହେବ। ନହେଲେ ଖର୍ଚ୍ଚ ଏପଟ ସେପଟ କଲେ, ସେ ଋଣ ଶୁଝିବେ କେମିତି ! ପ୍ରତିମାସ ପେନସନ ଟଙ୍କାରୁ କିଛି ଟଙ୍କା ଋଣ ବାବଦରେ କଟୁଛି ଓ ବାକି ଟଙ୍କା ସେ ଘର ଖର୍ଚ୍ଚ କରୁଛନ୍ତି। ଅବଶ୍ୟ ବୁଝାବୁଝି ବଡ଼ପୁଅ କରୁଛି। କିନ୍ତୁ ହିସାବ ସେ ରଖୁଛନ୍ତି। ହିସାବ ଠିକ୍ ଅଛି।

ଅନେକ ଦିନ ବିତିଗଲାଣି। ତାଙ୍କ ଋଣ ବି ପରିଶୋଧ ହେଇ ଗଲାଣି। କିନ୍ତୁ ବେଳେ ବେଳେ ସେ ଭାରି ଅନ୍ୟମନସ୍କ ହୋଇ ପଡ଼ନ୍ତି। ପୂର୍ବର ଭୟଙ୍କର ପରିସ୍ଥିତି ତାଙ୍କୁ ବଡ଼ ଉଦାସ କରାଏ। ସେ ଭାବନ୍ତି। ଅଥଚ କୌଣସି ସମାଧାନ ତାଙ୍କୁ ମିଳେନା।

ହଠାତ୍ ଦିନେ ରାତିରେ ଦୈନିକ ହିସାବ ଲେଖିବା ସମୟରେ, ସେ ଚମକି ପଡ଼ିଲେ। ହୁଏତ ସେ ପୂର୍ବର ଗୋଳମାଳ ହିସାବ ପାଇଛନ୍ତି।

"ବଡ଼ପୁଅର ଦରମା ପନ୍ଦର ହଜାର। ଘର ଖର୍ଚ୍ଚ ପରେ ମଧ୍ୟ ସେ ବିଦେଶୀ କାର୍ ଟେ କେମିତି କିଣିଲା! ସାନପୁଅର ସର୍ବଦା ଅଭାବ ଥିବା ସତ୍ତ୍ୱେ ସେ ଜମି କେମିତି କିଣିଲା! ପୁଅମାନେ ଏସବୁ କରିବା କିଛି ଆଶ୍ଚର୍ଯ୍ୟ ବା ବିଚିତ୍ର ନୁହେଁ। ଅଥଚ ସାମାନ୍ୟ ଦରମାରେ ଏସବୁ କରିପାରିବା, ଭାବିବାର ବିଷୟ ନିଶ୍ଚୟ।"

ଏଣିକି ଅନୁପମବାବୁ ହିସାବ କରୁଥିଲେ। କିନ୍ତୁ ଗୋଲମାଲ ଟଙ୍କାର ନୁହଁ। ଟଙ୍କା ହିସାବରେ ତାଙ୍କର ଆଉ ରୁଚି ନଥିଲା। ବରଂ ସେ ହିସାବ କରୁଥିଲେ ଦୁଇପୁଅଙ୍କ ଭିତରୁ ଏ ବୁଦ୍ଧି କାହାର! ଦୁଇଜଣକ ଭିତରେ କିଏ ବେଶୀ ଧୂର୍ତ୍ତ ହୋଇଥାଇପାରେ..... !

■

ବୟସ୍କର ମିଜାଜ୍

ନୀଳ ଆକାଶରେ କେଇଖଣ୍ଡ ଠିକଣାହୀନ ବାଦଲକୁ ଛାଡ଼ିଦେଲେ ସମ୍ପୂର୍ଣ୍ଣ ଆକାଶ ପରିଷ୍କାର। ଧୀରେ ଧୀରେ ପଶ୍ଚିମ ଆକାଶର ନୀଳକୁ, ଲାଲ୍ ଏବଂ ନାରଙ୍ଗୀର ମିଶାମିଶି ରଙ୍ଗଟିଏ ଚାଟି ପକାଇବାକୁ ଆରମ୍ଭ କରୁଚି। ଅତଏବ ସନ୍ଧ୍ୟା ଆସନ୍ନ। ତା'ପରେ ଚତୁର୍ଦ୍ଦିଗରେ ଘୋଟିଯିବ ଅନ୍ଧାର। ଚୋର, ତସ୍କରମାନେ ସକ୍ରିୟ ହୋଇଉଠିବେ। ଗତ ସପ୍ତାହରେ ପଢ଼ିଥିବା ଖବର ଅନୁଯାୟୀ, ପ୍ରତି ତିନି ମିନିଟ୍ ରେ ଗୋଟାଏ ହତ୍ୟା ଏବଂ ପ୍ରତି ପାଞ୍ଚ ମିନିଟ୍ ରେ ଗୋଟିଏ ଚୋରୀ ହେଉଛି ଦେଶରେ। ପରିସଂଖ୍ୟାନ ଅନୁଯାୟୀ ଏଇଟା ଲିଖିତ ଡ଼ାଟା। ଅଲିଖିତ ଡ଼ାଟା କେତେ ଥିବ ଗୋପାଳ ଜାଣନ୍ତି। ନିକଟରେ ସେ ଖବରକାଗଜରୁ ଗୋଟେ ନିବନ୍ଧ ପଢ଼ିଥିଲେ। ବୁଦ୍ଧିଜୀବୀ ଜଣକ ସେଥିରେ ଉଲ୍ଲେଖ କରିଛନ୍ତି ଯେ, ଚୋରୀ ବା ହତ୍ୟା କାଳେ ଆଉ ଆଗ ଭଳି ଅପରାଧ ହୋଇ ରହିନାହିଁ। କହିବା ବାହୁଲ୍ୟ ଏସବୁ ଆଜିକାଲି ଦୈନନ୍ଦିନ କାର୍ଯ୍ୟ ତାଲିକାଭୁକ୍ତ। ନିଶ୍ୱାସ ପ୍ରଶ୍ୱାସ ଭଳି ସହଜ ଏବଂ ସାବଲୀଳ। ପାଠକବାବୁଙ୍କର ହୃତସ୍ପନ୍ଦନ ବଢ଼ିଗଲା। ବିଳମ୍ବ ନକରି ସେ ଝର୍କା ବନ୍ଦ କରିଦେଲେ।

ଏଇ କିଛିଦିନ ହେବ, ଅନ୍ଧାରକୁ ଭୟ ତାଙ୍କର ବଢ଼ିଯାଇଛି। ଯାବତୀୟ ଅଶୋଭନୀୟ ଘଟଣା ଘଟୁଛି ଅନ୍ଧାରରେ। ସେଦିନ ଅଫିସରୁ ଫେରିବା ସାମାନ୍ୟ ବିଳମ୍ବ ହେଲା ଯେ ଘର ପାଖ ଗଳିରେ ପହଞ୍ଚିଲା ବେଳକୁ ଆଉ ମୁହଁକୁ ମୁହଁ ଦିଶୁନି। ହଠାତ୍ କିଏ ତାଙ୍କୁ ପଛରୁ ଧକ୍କା ଦେଇ ଦୌଡ଼ି ପଳାଇଲା। ସେ ତଳେ ପଡୁ ପଡୁ ଅଳ୍ପକେ ବର୍ତ୍ତିଗଲେ। ଜୀବନଟା ସିନା ରକ୍ଷାହେଲା କିନ୍ତୁ ଘରେ ଯାଇ ଦେଖନ୍ତି ମନିପର୍ସଟା ନାହିଁ। ଅବଶ୍ୟ ସେଥିରେ ପଇସା ବେଶୀ ନଥିଲା। କିନ୍ତୁ ବାପାବୋଉଙ୍କର ଏକମାତ୍ର କଳାଧଳା ଫୋଟଟି ସେ ହରାଇଲେ। ସେଇଟା ତାଙ୍କୁ ଭାରି ଦୁଃଖ ଦେଇଥିଲା। ପୋଲିସ୍ ରେ ଅଭିଯୋଗ କରିବା ସତ୍ତ୍ୱେ କିଛି ଲାଭ ହେଇନଥିଲା। ତାଙ୍କ ପାଇଁ

ଅମୂଲ୍ୟ ଅଥଚ ଦୁନିଆ ପାଇଁ ସାମାନ୍ୟ ଫୋଟଟିକୁ ଖୋଜିବା ପାଇଁ ପୋଲିସ ଆଦୌ ଯତ୍ନ କରିନଥିଲା। ଓଲଟା କହିଥିଲା, 'ପର୍ସରେ ତ କିଛି ନଥିଲା କମ୍ପ୍ଲେନ କ'ଣ ଲେଖିବ? ତମ ଦୁଇଶହ ଟଙ୍କାର ପର୍ସ ଖୋଜିବାକୁ ତ ଆମେ ଏଠି ବସିଚୁ। ଆମର ଆଉ କି କାମ ଅଛି କି?' ଅତଏବ ଆଉ କିଛି ନକହି, ମୁହଁ ଶୁଖାଇ ନିରବରେ ଥାନା ଛାଡ଼ିବାକୁ ସେ ବାଧ୍ୟ ହୋଇଥିଲେ।

ଦୁଇ ତିନିଦିନ ତଳେ ସେ ଟିଭିରେ ଦେଖିଥିଲେ, ଅନ୍ଧାରର ଫାଇଦା ଉଠାଇ ଚୋରୀ ଉଦ୍ଦେଶ୍ୟରେ ଘରେ ପଶିଥିବା କେଇଜଣ ଦୁର୍ବୃତ୍ତ ବୃଦ୍ଧ ଦମ୍ପତିଙ୍କୁ ନିର୍ମମ ଭାବେ ହତ୍ୟା କରିଛନ୍ତି।

'ହତ୍ୟା କରିବା କ'ଣ ଆବଶ୍ୟକ ଥିଲା! ସାମାନ୍ୟ ଧମକେଇ ଥିଲେ ତ ବୃଦ୍ଧ ଦମ୍ପତି ସର୍ବସ୍ୱ ଦେଇ ଦେଇଥାନ୍ତେ।' ପାଠକବାବୁ ସ୍ୱଗତୋକ୍ତି କଲେ।

ପାଠକବାବୁଙ୍କ ଆଖି ବଡ଼ ହେଇଗଲା। ସେ ତ ବୃଦ୍ଧ ଶ୍ରେଣୀୟ। ଆଉ ମାତ୍ର ଛଅମାସ ପରେ ସେ ଅବସର ନେବେ। ଅବଶ୍ୟ ତାଙ୍କ ବେଶଭୂଷାରୁ ବା କାର୍ଯ୍ୟକଳାପରୁ ସେ ଆଦୌ ବୃଦ୍ଧ ମନେହୁଅନ୍ତି ନାହିଁ। ତାଙ୍କର ଗୋଟିଏ ବି ଚୁଟି ଏଯାଏଁ ଧଳା ହୋଇନାହିଁ। ତାଙ୍କ ଅଫିସ ର ପିଅନ, ତାଙ୍କଠାରୁ ବୟସରେ ଅନେକ ଛୋଟ ହେଲେବି ମୁଣ୍ଡ ଚୁଟି ଅଧିକାଂଶ ଧଳା। ତେବେ ଆତତାୟୀମାନେ କ'ଣ ଜାଣିପାରିବେ ଉପରକୁ ଜଣା ପଡୁନଥିଲେ ମଧ୍ୟ ସେ ବୟସ୍କ। ସେ ସଳଖି ବସିଲେ। ବାହାର ଲୋକଙ୍କୁ ଦେଖାଇବାକୁ ପଡ଼ିବ ସେ ଯଥେଷ୍ଟ ସୁସ୍ଥ। ଏବଂ ନିଜ ସୁରକ୍ଷା ବେଶ୍ କରିଜାଣନ୍ତି।

କି ସୁରକ୍ଷା ସେ କରିଜାଣନ୍ତି! ସାମାନ୍ୟ ଅନ୍ଧାର ହେଲେ ତାଙ୍କୁ କିଛି ଦିଶୁନି। ତେବେ ସୁରକ୍ଷା କ'ଣ କରିବେ? ଗତକାଲି, ଆଖି ସାମ୍ନାରେ ଚଷମାଟା ଥିବା ସତ୍ତ୍ୱେ, ସେ ଦେଖି ପାରିନଥିଲେ। ଏବଂ ଖୁବ୍ ଜରୁରୀ କାମ ଥିବା ସତ୍ତ୍ୱେ, ଚଷମା ବିନା ବାହାରକୁ ମଧ୍ୟ ଯାଇ ପାରିନଥିଲେ। ଓଃ! ବଡ଼ ଭୟଙ୍କର ଏ ଅନ୍ଧାର। କାଚ ଝରକା ଦେଇ ସେ ବାହାରକୁ ଚାହିଁଲେ। ଅଳ୍ପ କ୍ଷଣ ପରେ ସୂର୍ଯ୍ୟ ବୁଡ଼ିଯିବେ। ମାଡ଼ି ଆସିବ ଅନ୍ଧାର। କେବଳ ଦିନ ହେଲେ କ'ଣ ଚଳନ୍ତା ନାହିଁ? କ'ଣ ନା ବିଶ୍ରାମ ନେବା ପାଇଁ ରାତି ଆବଶ୍ୟକ। ଆଜିକାଲି କିଏ ମାନୁଛି ଏ ନିୟମ। ଯାହାକୁ ଦେଖ ରାତି ତିନିଘଡ଼ି ଯାଏଁ ଚେଇଁ, ଦିନ ଦି ଘଡ଼ି ପର୍ଯ୍ୟନ୍ତ ଶୋଇରହୁଛନ୍ତି।

ଗତ ସପ୍ତାହରେ ତାଙ୍କ ପଡ଼ୋଶୀଙ୍କ ଘରକୁ ସନ୍ଧ୍ୟା ସମୟରେ ଜଣେ ମହିଳା ଆସିଥିଲେ। କିଛି ସୌନ୍ଦର୍ଯ୍ୟ ସାମଗ୍ରୀ ବିକ୍ରି କରିବା ଉଦ୍ଦେଶ୍ୟରେ। ପଡ଼ୋଶୀ ସାମଗ୍ରୀ ଦେଖୁଥିବା ସମୟରେ ହିଁ ହଠାତ୍ ବିଜୁଳି ଚାଲିଗଲା। ଦଶମିନିଟ୍ ପରେ ବିଜୁଳି ଆସିବାରୁ

ପଡ଼ୋଶୀ ଦେଖିଲେ ମହିଳା ତ ନାହାଁନ୍ତି। ସାଙ୍ଗଙ୍କୁ ବୈଠକ ଘରର ଦୁର୍ମୂଲ୍ୟ ସୋ ପିସ୍, ଓ ଆଉ କେତୋଟି ଛୋଟିଆ ମୋଟିଆ ଜିନିଷ ମଧ୍ୟ ନାହିଁ। ସା ...... କ'ଣ କହିବ ଏମାନଙ୍କୁ। ସେ ନିଜ ଘରେ ଅଧିକାଂଶ ସମୟରେ ଜିନିଷ ପାଉ ନାହାଁନ୍ତି। ଅଥଚ ଏମାନେ ଅପରିଚିତ ସ୍ଥାନରେ, ପୁଣି ଅନ୍ଧାରରେ ...!. ମାନିବାକୁ ପଡ଼ିବ ଏମାନଙ୍କୁ। କି ତୀକ୍ଷଣ ଦୃଷ୍ଟି ! ଏଇ ଭଳି ଗଣ୍ଡାଏ ଦୁଇଗଣ୍ଡା ଦୃଷ୍ଟି ଯେ ତାଙ୍କୁ ଅନୁସରଣ କରୁନଥିବ ଏକଥା କିଏ କହିବ ? ସେଥିରୁ ଯୋଡ଼ାଏ ଦୃଷ୍ଟି ଯଦି ପାୱାର କଟ୍ ସମୟରେ ଘରେ ପଶନ୍ତି। ତେବେ... ! ତାଙ୍କ ତଣ୍ଟି ଶୁଖିଗଲା। ସେ ପାଣି ଖୋଜିଲେ।

କିଏ ଗୋଟେ କବାଟ ବାଡ଼ଉଛି। ଏ ରାତିଟାରେ କାହାର କାମ ପଡ଼ିଲା ତାଙ୍କ ପାଖରେ। ସମୟ ଦେଖିଲେ। ଜମା ରାତି ଆଠଟା। ଓ ହୋ ସେ ତ ଭାବୁଥିଲେ ରାତି ଦୁଇଟା ବାଜିଲାଣି। ଘରେ ସେ ଏକା। କବାଟ ଖୋଲିବେ ନା ନାହିଁ। ପାଠକବାବୁ ଦ୍ୱନ୍ଦରେ ପଡ଼ିଲେ।

ସେପଟୁ ସ୍ୱର ଶୁଭିଲା, 'ବାପା ! କବାଟ ଖୋଲନ୍ତୁ।'

ତରବରରେ ପାଠକବବାବୁ ଦ୍ୱାର ଖୋଲିଲେ। ଧେତ୍... ସମସ୍ତେ ପରା ବଜାର ଯାଇଥିଲେ। ସେ ଏକବାର ପାଶୋରି ଦେଇଛନ୍ତି।

'ବାପା ! ପ୍ରାୟ କୋଡ଼ିଏ ମିନିଟ୍ ହବ ଆମେ କଲିଂବେଲ୍ ବଜାଉଥିଲୁ। ଏଥରକ ନ ଖୋଲିଥିଲେ, ବୋଉ କହୁଥିଲା କବାଟ ଭାଙ୍ଗିବାକୁ। ଆପଣ କ'ଣ କରୁଥିଲେ କି ?' ବ୍ୟସ୍ତହୋଇ ପୁଅ ପଚାରିଲା।

'ନା' ନା' ମୋ ଆଖି ଲାଗି ଯାଇଥିଲା।' କେମିତି କହିବେ ମୋତେ ଅନ୍ଧାରକୁ ଭୟ ଲାଗୁଛି। ଥରେ କଥା ପ୍ରସଙ୍ଗରେ ପତ୍ନୀଙ୍କୁ କହିଥିଲେ ଯେ, ପତ୍ନୀ କହିଲେ, 'ସମସ୍ତେ ତ ଅନ୍ଧାରକୁ ଭୟ କରନ୍ତି। କିଏ ଆଉ ଭଲପାଏ କି ! ଏଥିରେ ନୂଆ କ'ଣ ?'

'ନୂଆ କ'ଣ ମୁଁ ଜାଣେନା। କିନ୍ତୁ ଫରକ୍ ଅଛି।' ଭୀଷଣ ଉତ୍ତେଜିତ ହୋଇପଡ଼ି ସେ କହିଥିଲେ।

ପତ୍ନୀ ସିନେମାର ସଂଳାପ କହିଲା ଭଳି କହିଥିଲେ, 'ଆଉ ସେ ଫରକ୍ ଟା କ'ଣ ଟିକେ ଶୁଣେ।' କଥା ସହ ମୁହଁର ଭାବ ପାଠକବାବୁଙ୍କ ଛାତିରେ ତୀର ବିନ୍ଧିଥିଲା।

ତଥାପି ଦବି ନଯାଇ ସେ ନିଜ ପକ୍ଷ ରଖିଥିଲେ, 'କ୍ଷଣଟିଏ ବି ଅନ୍ଧାରରେ ରହିବା ମୋ ପାଇଁ କଷ୍ଟକର ହେଉଛି। ଅଦ୍ଭୁତ ଭାବନା ମନକୁ ଆସୁଛି। '

'ବାସ୍। ଥାଉ ତମର ସେ ଆଇମା କାହାଣୀ। ତମର ଏ ଖିଆଲୀ ଗପ ଶୁଣିବାକୁ ମୋର ଧୈର୍ଯ୍ୟ ନାହିଁ କି ତମର କହିବାର ଆଉ ବୟସ ନାହିଁ। ନାରୀ ହୋଇଥିଲେ

ହୁଏତ କ୍ଷଣିକ ନିମନ୍ତେ ଭାବିଥାନ୍ତି ଯେ ଦୁନିଆଁର ରୀତିନୀତି ଦେଖି ତମକୁ ଡ଼ର ଲାଗୁଛି । କିନ୍ତୁ ତମେ ତ ପୁରୁଷ । ବରଂ ଅନ୍ଧାରରେ ତମ ପାଖଦେଇ ଗଲାବେଳେ ମହିଳାମାନେ ଡ଼ରୁଥିବେ । ଅତଏବ ଅନ୍ଧାରକୁ ଆଉ ବେଶୀ ତର୍ଜମା ନକରି ଶୋଇପଡ଼ । '

ପତ୍ନୀଙ୍କର ଏଇ କଥା ପଦକରେ, ଅନ୍ଧାର ପ୍ରତି ତାଙ୍କର ଘୃଣା ସୃଷ୍ଟି ହେଇଥିଲା । କଥାଟାକୁ ଗମ୍ଭୀରତାର ସହ ନନେଇ ଚରିତ୍ରକୁ ଆକ୍ଷେପ କରିବା କ'ଣ ଜରୁରୀ ଥିଲା । ସେ କ୍ଷୋଭ ଏବଂ ବିରକ୍ତିରେ ପତ୍ନୀଙ୍କ ଆଡ଼େ ଚାହିଁଲେ । ପତ୍ନୀ ଶୋଇ ସାରିଥିଲେ । ରାତିରେ ଆଲୁଅ ଜାଳି ଶୋଇବାକୁ ପତ୍ନୀ ଭଲ ପାଆନ୍ତିନି । ସେ ଏକଥା ଜାଣି ମଧ୍ୟ ମନେମନେ ପ୍ରତିଜ୍ଞା କରିଥିଲେ, ଯାହାହେଉ ପଛେ ସେ ଏଣିକି ରାତିରେ ଆଲୁଅ ଜାଳି ଶୋଇବେ ।

ରବିବାର ଦିନ ପାଠକବାବୁ ସ୍ଥିର କରିଥିଲେ ଦ୍ୱିପହରେ ଟିକେ ଶୋଇବେ । ଦ୍ୱିପହର ଖାଇବାପରେ ଶୋଇବା ଘରକୁ ଯାଇ ଦେଖନ୍ତି ତ, ପତ୍ନୀ ଝର୍କା ବନ୍ଦକରି ଶୋଇବାକୁ ଉପକ୍ରମ କରୁଛନ୍ତି । ସେ ନିଜ ସଂଯମ ହରାଇଲେ । ଦୌଡ଼ିଯାଇ ଝର୍କା ଖୋଲିଦେଇ, ଗର୍ଜନକରି କହିଲେ 'ଦିନରେ ରାତିର ଭ୍ରମ ସୃଷ୍ଟି କରିବାର ଅର୍ଥ କ 'ଣ ? ମୁଣ୍ଡ କାମ କରୁନି କି । '

ବୈଶାଖ ଉତ୍ତାପରେ ଜାକି ହୋଇପଡ଼ିଥିବା ଦ୍ୱିପ୍ରହରକୁ ପତ୍ନୀ ତେଜିଦେଇ କହିଲେ, 'ବଡ଼ ଅଦ୍ଭୁତ ଲୋକ ତ ! ଏ ଉଦୁଉଦିଆ ଖରାବେଳଟାରେ କେହି ଝର୍କା ଖୋଲେ ? ହଁ ! କିନ୍ତୁ ପାଗଳଙ୍କ କଥା ଭିନ୍ନ ।'

ଦୋଦୋପାଞ୍ଚ ହୋଇ ପାଠକବାବୁ କହିଲେ, 'ନା' ନା' ମୋ କହିବା କଥା, କି ସୁନ୍ଦର ସୂର୍ଯ୍ୟ କିରଣ, ତାକୁ ଉପଭୋଗ ନକରି ....।'

ପତ୍ନୀ ତାଙ୍କୁ ବାଧାଦେଲେ । 'ଯଦି ସୂର୍ଯ୍ୟ କିରଣ ଉପଭୋଗ କରିବାର ଅଛି, ତେବେ ରାସ୍ତାକୁ ପଳା । ମନଭରି ସୂର୍ଯ୍ୟକିରଣ ଉପଭୋଗ କରିବ । କେହି ବାଧା ଦେବେନି ।'

ସେ କ'ଣ କହିବେ ଭାବୁଛନ୍ତି, ପତ୍ନୀ କହିଲେ, 'ଆଉ ଠିଆହେଲ କାହିଁକି ? ଏବେ ଯାଅ ।'

ପାଠକବାବୁ ବୈଠକ ଘରକୁ ଆସିଲେ । ଆରାମ ଚଉକିରେ ବସି ଆଖି ବୁଜିଲେ । ଅନେକଦିନ ହେବ ସେ ଶାନ୍ତିରେ ଶୋଇନାହାଁନ୍ତି । ସାମାନ୍ୟ ଶବ୍ଦରେ ତାଙ୍କ ଦେହ ଥରୁଛି । ମୁଣ୍ଡ ବୁଲେଇଦଉଛି । ସେ କ'ଣ ମାନସିକ ସନ୍ତୁଳନ ହରାଇଲେଣି କି ! ଆଖପାଖର ଲୋକମାନେ ତାଙ୍କୁ ଏଣିକି ଚୋର, ତସ୍କର ବା ଆତତାୟୀ ଭଳି ମନେ ହେଉଛନ୍ତି । ଗତକାଲି ପତ୍ନୀ ପରିବା କାଟିବା ସମୟରେ ତାଙ୍କର ମନେ

ହୋଇଥିଲା, ସତେଅବା ପତ୍ନୀ ପରିବା ନୁହେଁ ତାଙ୍କ ଆଙ୍ଗୁଳି କାଟୁଛନ୍ତି। ସେ ନିଜ ଆଙ୍ଗୁଳି ଧରି ଏଡ଼େ ଭୟଙ୍କର ଚିତ୍କାର କରିଥିଲେ ଯେ ତାଙ୍କ ଚିତ୍କାର ଶୁଣି ପତ୍ନୀ ବେହୋସ ହୋଇ ଯାଇଥିଲେ।

ଏବେ ଆଧୁନିକତା ନା'ରେ ଲୋକମାନେ ଯେଉଁ ବେଶ ଧରୁଛନ୍ତି, ସେଥିରେ କେମିତି ଜାଣିବ କିଏ ଆତତାୟୀ ବା କିଏ ସାଧାରଣ ଲୋକ। ଦୁଇମାସ ତଳେ ଅଫିସରେ ନୂଆ ଯୋଗ ଦେଇଥିବା ପିଅନକୁ ଦେଖ। ତା' ବେଶଭୂଷାରୁ ସେ ଆତଙ୍କବାଦୀ ଭଳି ମନେହୁଏ। ଅନେକଥର ଭାବିଲେଣି ପିଅନକୁ କହିବେ, "ବାବୁରେ! ଅଯଥାରେ କାହିଁକି ମୋ ହୃଦସ୍ପନ୍ଦନ ବଢ଼ଉଚୁ। ଟିକେ ଭଦ୍ରବେଶରେ ଅଫିସ ଆସିଲେ କ'ଣ ହୁଅନ୍ତାନି। କିନ୍ତୁ ପ୍ରତିଥର ପିଅନକୁ ଦେଖିଲା ମାତ୍ରେ ତାଙ୍କ ତଣ୍ଟି ଶୁଖି ଯାଉଛି। କ'ଣ କରିବେ? କେବଳ ବେଶ ନୁହଁ ଲୋକଟାର ମୁହଁ ବି ବଡ଼ ବିକୃତ।

ଦୀର୍ଘସମୟ ବିଛଣାରେ କଡ଼ ଲେଉଟାଇବା ପରେ, ପାଠକବାବୁ ବେଡ଼ ଲାଇଟ୍ ଜଳାଇଲେ। ଆଖିରେ ତାଙ୍କର ତିଳେ ମାତ୍ର ନିଦ ନାହିଁ। ତେବେ ଶୋଇବେ କେମିତି! ଆଜି ଘରେ ସେ ଏକା। ଅନ୍ୟ ସଦସ୍ୟମାନେ ଜଣେ ସଂପର୍କୀୟଙ୍କ ବିବାହ ଉତ୍ସବରେ ଯୋଗଦେବା ନିମନ୍ତେ ଯାଇଛନ୍ତି। ଆସନ୍ତାକାଲି ଫେରିବେ। ଘରେ କାମ କରୁଥିବା ପିଲାଟି ମଧ୍ୟ ଅନେକବେଳୁ ଚାଲିଗଲାଣି। ପୁଣି ସକାଳେ ଆସିବ। କିଛି ଦିନ ହେବ ତାଙ୍କ ମାନସିକ ପରିସ୍ଥିତି ଯାହା ସେ କଦାପି ଏକୁଟିଆ ରହି ନଥାନ୍ତେ। କିନ୍ତୁ ତାଙ୍କ ଦୁର୍ଭାଗ୍ୟ। କ'ଣ କରିବେ? ଦୁଇଦିନ ତଳେ, ମୁହଁସଞ୍ଜ ବେଳେ ସେ ବଜାରରୁ ଫେରୁଚନ୍ତି, ହଠାତ୍ ତାଙ୍କର ମନେହେଲା କେହି ଜଣେ ତାଙ୍କୁ ପିଛା କରୁଛି। ଆଉ ପଛକୁ ନଚାହିଁ, ଖାଲଢ଼ିପ ନମାନି ସେ ଏକମୁହାଁ ଦୌଡ଼ିଲେ। ଠିକ୍ ଘରପାଖ ହୋଇଚନ୍ତି ବାଁ' ଗୋଡ଼ଟା ମୋଡ଼ି ହେଇଗଲା। ଅତଏବ ଦୁଇଦିନ ହେବ ଗୋଡ଼ରେ ପ୍ଲାଷ୍ଟର ବାନ୍ଧି ସେ ବିଛଣାରେ ପଡ଼ିଚନ୍ତି। ତେବେ ବାହାଘରକୁ ଯାଇଥା'ନ୍ତେ କେମିତି? ପୁଅ କହୁଥିଲା, "ସେ ବାହାଘରକୁ ଯିବନି ତାଙ୍କୁ ଜଗିବ।"

ପାଠକବାବୁ କିନ୍ତୁ ପ୍ରତିବାଦ କରିଥିଲେ। କହିଥିଲେ, "ତୁ ଯା'। ମୋର କିଛି ଅସୁବିଧା ହେବନି।" ଶେଷରେ ସ୍ଥିର ହୋଇଥିଲା, କାମ କରୁଥିବା ପିଲାଟି ଆଜି ତା' ଘରକୁ ନଯାଇ ରାତିଟି ଏଇଠି କଟାଇବ। ଉପରକୁ ନଜଣାଇଲେ ବି, ମନେ ମନେ ପାଠକବାବୁ ଭାରି ଖୁସିହେଇଥିଲେ। ରାତି ଖାଇବା ସରିବା ପରେ, କାମ କରୁଥିବା ପିଲାଟି ତାଙ୍କ ଶୋଇବାଘର ଚଟାଣରେ ଶୋଇଲା। ସେ ଖଟ ଉପରେ ଶୋଇବା ପୂର୍ବରୁ ବହିଟିଏ ପଢୁଥା'ନ୍ତି। ପାଖାପାଖି ଏଗାରଟା ହେବ ପିଲାଟି ଘରୁ

ଫୋନ ଆସିଲା, ତା' ମା' ଦେହ ହଠାତ୍ ବିଗିଡ଼ି ଯାଇଚି। ଡ଼ାକ୍ତରଖାନା ନେବାକୁ ହେବ। ଏହାପରେ ସେ ଆଉ କେମିତି ତାକୁ ଅଟକାଇଥା'ନ୍ତେ। ବିବେକ ବୋଲି ଗୋଟେ ଜିନିଷ ପୁଣି ଅଛି ତ !

ହଠାତ୍ ତାଙ୍କ ନଜର, ପରଦା ଫାଙ୍କରେ କାଚ ଝର୍କା ଦେଇ ବାହାରକୁ ଚାଲିଗଲା, ସେ ଦେଖିଲେ ବହଳ ଅନ୍ଧାର ଭିତରେ ପ୍ରଚଣ୍ଡ ବର୍ଷା। ଶାନ୍ତ ମଧ୍ୟରାତି ହଠାତ୍ ତାଙ୍କୁ ଏକ କାଳରାତ୍ରି ପରି ମନେହେଲା। ରାତିଟି ଚଳେଇନେବେ ବୋଲି ସେ ଆଶା କରିଥିଲେ। କିନ୍ତୁ.... ! ସେ ସାମାନ୍ୟ ଭୟ ପାଇଲେ।

ନିଜକୁ ଅନ୍ୟମନସ୍କ କରାଇବା ଉଦ୍ଦେଶ୍ୟରେ, ସେ ଗୀତଟିଏ ବୋଲିବା ଆରମ୍ଭକଲେ। ଦୁଇ, ଚାରିଧାଡ଼ି ଗାଇଛନ୍ତି କି ନାହିଁ ସେ ଅସନ୍ତୋଷ ପ୍ରକାଶକଲେ। ଧେତ୍ ସେ ଏତେ ବେସୁରା ବୋଲି ଆଜି ଜାଣୁଛନ୍ତି। ଏ ଭୟଙ୍କର ରାତିରେ ନିଜ ବେସୁରା ସ୍ୱର ଶୁଣିଲା ବେଳକୁ ଆହୁରି ଭୟ ଲାଗୁଛି। ସେ ଗଳା ଝାଡ଼ିଲେ। ଧେତ୍ ଦେହକ ଗଲା ଅଥଚ ତାଙ୍କ ଦ୍ୱାରା ସଙ୍ଗୀତ ହେଲାନି। ଛାଡ଼ .... ! ବହି ପଢ଼ିଲେ ବି ହୁଅନ୍ତା। କୋଠରୀସାରା ସେ ଦୃଷ୍ଟି ପହଁରାଇ ଆଣିଲେ। ହାତ ପାହାନ୍ତାରେ ସେକ୍ସପିୟରଙ୍କ ନାଟକ ମ୍ୟାକବେଥ୍ ଅଛି। ବହିଟି ଆଣି ସେ ପୃଷ୍ଠା ଓଲଟାଇଲେ। କିନ୍ତୁ ଅଳ୍ପ ସମୟ ଭିତରେ, ବହିଟିକୁ ପୁଣି ପୂର୍ବ ସ୍ଥାନରେ ରଖିଦେଲେ। ନା' ଏ ବିଷମ ପରିସ୍ଥିତିରେ, ଏମିତି ହତ୍ୟା ବା ଷଡ଼ଯନ୍ତ୍ରପୂର୍ଣ୍ଣ ବହି ପଢ଼ି ହେବନି। ବଞ୍ଚିବା ପାଇଁ ଏତେ ଷଡ଼ଯନ୍ତ୍ର କ'ଣ ଆବଶ୍ୟକ ଥିଲା ! ବିଚରା ମ୍ୟାକବେଥ୍ ଦମ୍ପତି। ବାସ୍ତବିକ ଲାଳସା ବଡ଼ ଭୟଙ୍କର। ଠିକ୍ ଆଜିର ଏ ଭୟାନକ ରାତି ଭଳି।

ଅନେକ ସମୟ ବିତିଗଲାଣି। ବୋଧେ ମଧ୍ୟରାତ୍ରି। ତାଙ୍କର କୌତୁହଳ ଜାତହେଲା। ସେ ଝର୍କା ନିକଟକୁ ଘୁଞ୍ଚିଯାଇ, ପରଦା ଆଡ଼େଇ ବାହାରକୁ ଚାହିଁଲେ। ସେମିତି ବିଶେଷ କିଛି ଦୃଶ୍ୟ ହେଉନାହିଁ। କିନ୍ତୁ ବର୍ଷାର ଆବାଜ୍ ବାରି ହେଉଛି।

ଗତ କେତେମାସ ହେବ ସେ ଏମିତି ରାତିରେ ଶୋଇବାରେ ଅସୁବିଧା ଅନୁଭବ କରୁଚନ୍ତି। ଶରୀରରେ ସାମୟିକ ଉତ୍ତେଜନା ଅନୁଭବ କରୁଚନ୍ତି।

ହଠାତ୍ ଛାଇଟିଏ ତାଙ୍କ ଉପରେ ପଡ଼ିଲା ଭଳି ତାଙ୍କର ମନେହେଲା। ଚମକିଉଠି ସେ ନିରିଖେଇ ଦେଖିଲେ। ବାହାର ବାରଣ୍ଡାରେ କେହିଜଣେ ଘର ଭିତରକୁ ଉଙ୍କି ମାରୁଛି। ସମ୍ଭବତଃ ଚୋରଟିଏ। ବା .. ! ନିଜ ଭାବନାରେ ସେ ଚମକି ପଡ଼ିଲେ। ଘରେ କେହି ନାହାନ୍ତି। ସାଙ୍ଗକୁ ମୁଖ୍ୟଦ୍ୱାରର ଛିଟିକିଣିଟି ମଧ୍ୟ ଦୁର୍ବଳ। ବିରକ୍ତ ହେଲେ। ଛିଟିକିଣିଟି ମରାମତକରିବା ସକାଶେ ଅନେକଥର ସେ ପୁଅକୁ ଚେତେଇଛନ୍ତି। ଅଥଚ ଏଯାଏଁ କାମଟି ହୋଇପାରିନାହିଁ। ଆଜିକାଲି କିଏ କାହା କଥା ଶୁଣୁଚି ?ନୂଆ ପୀଢ଼ି

ପାଖରେ ଦାୟିତ୍ୱବୋଧର ଘୋର ଅଭାବ। ଯେତେ ଚେତେଇଲେ କ'ଣ ହେବ? ତାଙ୍କୁ ଭେଦିଲେ ସିନା। ଓଃ ....! ସେ ଭଲଭାବେ ଜାଣନ୍ତି ସାମାନ୍ୟ ଧକ୍କାରେ କବାଟ ଖୋଲିଯିବ। ଚୋର ଯଦି ଘର ଭିତରକୁ ପଶିଆସେ....! କିନ୍ତୁ ସାମାନ୍ୟ ଚୋର ନହେଇ ଯଦି କୌଣସି ଦୁର୍ବୃତ୍ତ ହୋଇଥାଏ! ତେବେ ତାଙ୍କ ପ୍ରାଣ ରହିବ ତ! କୁଆଡ଼େ ପଳେଇ ଯିବାର ମଧ୍ୟ ଉପାୟ ନାହିଁ। ଗତକାଲି ଖବର କାଗଜରେ ପଢିଥିଲେ, ଜଣେ ସାଇକୋ କିଲର ପୋଲିସକୁ ଚକମାଦେଇ କୌଶଳରେ ଜେଲରୁ ଖସି ଆସିଛି। ସାଇକୋ କିଲର! ମାଇ ଗଡ଼! ସେ ଆର୍ତ୍ତନାଦ କଲେ।

ପ୍ରାୟ ଛ'ମାସ ପୂର୍ବେ, ପୁଅ କଥାରେ ଭଳିଯାଇ ଗୋଟେ କୋରିଆନ୍ ସିନେମା ସେ ଦେଖିଥିଲେ। ଇସ୍ କି ଭୟଙ୍କର ସିନେମା। ଦିନରେ ସାଧାରଣ ଭାବରେ ଲୋକଙ୍କ ସହିତ ରହୁଥିବା ଜଣେ ମଧ୍ୟ ବୟସ୍କ, ରାତିହେଲେ ନିଛାଟିଆ ଘରମାନଙ୍କରେ ପଶି ଲୋକଙ୍କର ମୁଣ୍ଡଟି ମାନ ନିର୍ଦ୍ୱନ୍ଦରେ କାଟିନିଏ। ଓ ହୋ କି ବିକୃତ ମସ୍ତିଷ୍କ। କ'ଣ ନା ଥ୍ରିଲିଂ ମୁଭି। ଛି..... ଛି। ଶତ ଧିକ୍ ସେ ନିର୍ଦ୍ଦେଶକ ଆଉ ପ୍ରଯୋଜକଙ୍କୁ। ସିନେମା ତିଆରି ନା'ରେ ଯେତେସବୁ ଭାଣ୍ଡାମୀ। ସେ ସିନେମାଟି ଦେଖିବା ପରେ, ସପ୍ତାହଟିଏ ପର୍ଯ୍ୟନ୍ତ ସେ ଭୟରେ ଶୋଇ ପାରିନଥିଲେ। ସିନେମାର କେତୋଟି ଭୟଙ୍କର ଦୃଶ୍ୟ ତାଙ୍କ ମସ୍ତିଷ୍କକୁ କବଳିତ କରି ପକାଇଥିଲା। ଏବେ ବି ସେ ସିନେମାର ଦୃଶ୍ୟ ମନେ ପଡ଼ିଲେ ସେ ଡ଼ରିଯା'ନ୍ତି। ଓ ହୋ ଏଇ ବେଳରେ ସେ ସିନେମା କଥା ମନେ ପଡ଼ିବାର ଥିଲା।

ଏକୁଟିଆ ରହି ପାରିବେ ବୋଲି, ପ୍ରତିଶ୍ରୁତି ଦେଇ ଥିବାରୁ ସେ ପଶ୍ଚାତାପ କଲେ। ଏବେ ପରିସ୍ଥିତିକୁ ତର୍ଜମା କରି ଲାଭ କ'ଣ? ନିଜ ଉପରେ ତାଙ୍କର ବିରକ୍ତି ଆସିଲା।

ଆଉ ଶୋଇବେ କ'ଣ? ବହୁ ପୂର୍ବରୁ ତ ଆଖିରୁ ନିଦ ଉଡ଼ିଯାଇଛି। ନିଦ ଔଷଧଟେ ଖାଇବେ କି? କେତେଦିନ ତଳେ ସେ ଡ଼ାକ୍ତରଙ୍କୁ ଭେଟି ତାଙ୍କ ସମସ୍ୟା କହିଥିଲେ। ଡ଼ାକ୍ତର ସେତେବେଳେ ନିଦ ଔଷଧ ଲେଖିଥିଲେ। କହିଥିଲେ ବେଶୀ ଅସୁବିଧା ହେଲେ ଏଥିରୁ ଗୋଟାଏ ଖାଇନେବ। ଏହାର କୌଣସି ପାର୍ଶ୍ୱ ପ୍ରତିକ୍ରିୟା ନାହିଁ। ବହୁ କଷ୍ଟ କରି ସେ ଖଟରୁ ଓହ୍ଲାଇ, ଝର୍କାଠାରୁ ଯଥେଷ୍ଟ ଦୂରରେ ଥିବା ଆରାମ ଚଉକିରେ ବସିଲେ। ଏବଂ ଔଷଧ ଡ଼ବାରୁ ଖୋଜି ନିଦ ଔଷଧଟେ ଖାଇଲେ। ଏ ପରିସ୍ଥିତିରେ ଔଷଧ ଖାଇଲେ କ'ଣ ନିଦ ହେବ? ସେ ଗୋଟାପଣେ ଥରିବା ଆରମ୍ଭ କରିଥିଲେ। ତାଙ୍କ ଆଖି ସାମ୍ନାରେ ମୃତ୍ୟୁ ଚଳ ପ୍ରଚଳ ହେଉଛି। ମଝିରେ କେବଳ କାନ୍ଥ ଏବଂ ପରଦା ଥିବା କାଚ ଝରକା। ସାମାନ୍ୟ ପରଦା ବା କାନ୍ଥ କେବେ କ'ଣ

ମୃତ୍ୟୁକୁ ଦୂରେଇ ପାରିଛି ! ନା ଆଜି ପାରିବ ! ଏହା ଭବିତବ୍ୟ ! ନହେଲେ ଏକୁଟିଆ ରହିବାର ନିଷ୍ପତ୍ତି ସେ ଅଯଥାରେ କାହିଁକି ନେଇଥାନ୍ତେ । ପୁଅ ତ କହୁଥିଲା ରହିବବୋଲି । ସେ ବେଶୀ ସାହାସୀ ଦେଖେଇ ହଉଥିଲେ ।

ସେ ପୁଣିଥରେ ବାହାରକୁ ଚାହିଁଲେ । ମନେହେଲା ଲୋକଟି ହାତରେ ଚକଚକ କରୁଚି ଏକ ଛୁରୀ । ଇସ୍ ...... ! ତେବେ କ'ଣ ଆଜି ରାତି ତାଙ୍କ ପାଇଁ ଶେଷରାତି ! ଏତେ ଶୀଘ୍ର ମୃତ୍ୟୁ ଆସିଯିବ ସେ ତ କଳ୍ପନା କରି ନଥିଲେ । ହଠାତ୍ କବାଟ ହଲିବା ପରି ମନେହେଲା । ସେ ଛାତିକୁ ଚାପି ଧରିଲେ ।

"ବାପା ! ଆପଣ ବିଛଣାରେ ନ ଶୋଇ, ଚେୟାରରେ ଶୋଇଛନ୍ତି କାହିଁକି ? କିଛି ଅସୁବିଧା ହେଲା କି ।' ପୁଅ ସକାଳର ଚା' କପ୍ ତାଙ୍କ ହାତକୁ ବଢାଇଲା ।

ପାଠକବାବୁ ଅଳସ ଭାଙ୍ଗିଲେ । "କେତେବେଳେ ଆସିଲୁ ?"

"ପ୍ରାୟ ଘଣ୍ଟାଏ ହେବ ।" ଝରକାର ପରଦା ଆଡ଼େଇବା ଅବସରରେ ପୁଅ ଜବାବ ଦେଲା ।

ଝରକା କାଚକୁ ବିଦ୍ଧକରି ସୂର୍ଯ୍ୟଙ୍କର ନମ୍ର, ଉଜ୍ଜ୍ୱଳ କିରଣ ପାଠକବାବୁଙ୍କ ମୁହଁରେ ପଡ଼ିଲା । ସେ ସତେଜ ଦେଖାଗଲେ । କ୍ଷଣକ ପରେ ସାମାନ୍ୟ ଉତ୍ତେଜିତ ହୋଇ ସେ କହିଲେ, "ବାରମ୍ବାର କହିବା ସତ୍ତ୍ୱେ ମୁଖ୍ୟଦ୍ୱାରର ଛିଟିକିଣିଟି ମରାମତ ନ କରିବାର ଫଳ ଦେଖିଲୁ ତ ! ଏବେ ସମ୍ପୂର୍ଣ୍ଣ କବାଟଟିଏ ଲଗାଇବାକୁ ହେବ ।"

"କିନ୍ତୁ କାହିଁକି ବାପା !" ପୁଅ ବିସ୍ମୟ ପ୍ରକାଶ କଲା ।

"ଗତକାଲିର ଚୋର କବାଟକୁ କ'ଣ ଆଉ ରଖିଛି ! ଘରକୁ ପଶିଲାବେଳେ ତୋ ନଜରରେ କ'ଣ ପଡ଼ିଲାନି ? ଏତେଟା ବେପରୱା ହେବା ଆଦୌ ଉଚିତ୍ ନୁହେଁ । ବରଂ ଚୋରକୁ ଧନ୍ୟବାଦ ଦେ, ସେ ମୋର କିଛି କ୍ଷତି କରିନି । ଏବଂ ପରୀକ୍ଷା କର କ'ଣ ସବୁ ଚୋରୀ ଯାଇଛି ।" ପାଠକବାବୁ ତାଚ୍ଛଲ୍ୟ କରିବା ଭଙ୍ଗୀରେ କହିଲେ ।

"ଚୋର କାହିଁ ବାପା ! କବାଟ ତ ସମ୍ପୂର୍ଣ୍ଣ ଠିକ୍ ଅଛି ? ହଁ ! ଅବଶ୍ୟ, ଶିବ ମନ୍ଦିର ପାଖରେ ବସୁଥିବା ଭିକାରୀଟି, ବର୍ଷା ଯୋଗୁଁ ହୁଏତ ଆମ ବାରଣ୍ଡାରେ ଆଶ୍ରୟ ନେଇଥିଲା । ଆମେ ଆସିଲାରୁ ସେ ଚାଲିଗଲା ।" ପୁଅ ଚା' କପ୍ ସହ ପ୍ରସ୍ଥାନ କଲା ।

ପାଠକବାବୁ କାବାହେଲେ । କ'ଣ ହେଲା ? ସବୁ ଠିକ୍ ଅଛି । ତେବେ ଗତ ରାତିରେ, ଭୟରେ ସେ ଚେତା ହରାଇଥିଲେ । ନା' ଔଷଧ ଖାଇବାପରେ, ନିଜ ଅଜାଣତରେ ନିଦ୍ରା ଯାଇଥିଲେ... !

■

ସାରାଂଶ

କଳା ମଚମଚ ପରିଛନ୍ନ ରାଜରାସ୍ତାରେ ପବନକୁ ପରାହତ କରି, ଅତ୍ୟାଧୁନିକ ବୁଲେଟରେ ସବାର ହୋଇ ସର୍ପିଳ ଗତିରେ ଛୁଟି ଚାଲିଛନ୍ତି ହାରର୍ଲି ଡ଼େଭିଡସନ ଗ୍ରୁପର ସଦସ୍ୟମାନେ। ଭୟଙ୍କର ଅପରାଧ ଘଟାଇ ଅପରାଧୀମାନେ ଆତ୍ମଗୋପନ ଆଶାରେ ଛୁଟିଲା ଭଳି ସେମାନେ ଆଗେଇ ଚାଲିଛନ୍ତି। ଗ୍ରୁପର ବିଶେଷତ୍ୱ ହେଉଚି ସଦସ୍ୟମାନେ ବିତ୍ତଶାଳୀ ଏବଂ ଗୋଟାଏ ଗୋଟାଏ ହାରର୍ଲି ଡ଼େଭିଡସନ କମ୍ପାନୀ ମଟର ସାଇକେଲର ଅଧିକାରୀ। ଏଭଳି ବ୍ୟୟସାପେକ୍ଷ ମଟର ସାଇକେଲ ସହରରେ ଅଛି ମାତ୍ର ହାତ ଗଣତି। ଅତଏବ ଏମିତି ଗାଡ଼ିର ଅଧିକାରୀ ହେବା ହିଁ ଏକ ଗୌରବର ବିଷୟ। ସୁତରାଂ ଗର୍ବର ସହିତ ଗାଡ଼ିର ନା' ଅନୁଯାୟୀ ଗ୍ରୁପର ନାମକରଣ କରା ହୋଇଛି "ହାରଲି ଡ଼େଭିଡସନ"। ନିଜର ପୈତୃକ ସମ୍ପତ୍ତି ଭଳି, ରାସ୍ତାକୁ ଆବୋରି ଉଚ୍ଛନ୍ନ ମନରେ ସମସ୍ତେ ଆଗକୁ ମାଡ଼ି ଚାଲିଛନ୍ତି। ସତେଅବା ପଛରେ ଛାଡ଼ି ଆସୁଥିବା ପୃଥିବୀ ଧ୍ୱଂସ ପାଇଯାଉଚି।

ସମସ୍ତଙ୍କର ଲକ୍ଷ୍ୟସ୍ଥଳୀ ହେଉଛି, ଗୁପ୍ତାଜୀଙ୍କ ଫାର୍ମ ହାଉସ। ସହରଠାରୁ ସାମାନ୍ୟ ଦୂରତାରେ ଅବସ୍ଥିତ ଫାର୍ମ ହାଉସଟିକୁ ତିନି ଦିଗରେ ଘେରିଛି ପାହାଡ ଏବଂ ଜଙ୍ଗଲ। ପାଞ୍ଚବର୍ଷ ପୂର୍ବେ ସ୍ଥାନଟି ଥିଲା ଏକବାର ନିର୍ଜନ। କିନ୍ତୁ ବର୍ତ୍ତମାନ ସହରବାସୀଙ୍କର ଆପ୍ରାଣ ଉଦ୍ୟମରେ ଫାର୍ମ ହାଉସ ଏବଂ ସହରର ଦୂରତା ପ୍ରାୟ ଲୋପ ପାଇଚି। ପ୍ରକୃତି ପ୍ରେମୀ ଗୁପ୍ତାଜୀ ନିର୍ଦ୍ଦିଷ୍ଟ ଫାର୍ମ ହାଉସଟିକୁ ଦେଖି ବିହ୍ୱଳ ହୋଇ ପଡ଼ିଥିଲେ। ନିଜେ ରହୁଥିବା ବଙ୍ଗଳା ଏବଂ ପୂର୍ବରୁ ଥିବା ଦୁଇଟି ଫାର୍ମ ହାଉସକୁ ତୁଚ୍ଛ ମନେ କରିଥିଲେ। ପରେ କୌଣସି ଦର ନ କଷି ଚଢ଼ା ଦାମରେ କିଣି ନେଇଥିଲେ ଫାର୍ମ ହାଉସଟିକୁ। ପୂର୍ବରୁ, ଅତ୍ୟନ୍ତପକ୍ଷେ ମାସରେ ଦୁଇ, ତିନିଥର ଗୁପ୍ତାଜୀ ଫାର୍ମ ହାଉସ ଆଡେ ବୁଲି ଆସୁଥିଲେ। ଏବଂ ପ୍ରାକୃତିକ ସୌନ୍ଦର୍ଯ୍ୟରେ ମସଗୁଲ ହେଉଥିଲେ।

କିନ୍ତୁ ଗତ ଦୁଇବର୍ଷ ହେବ ଫାର୍ମ ହାଉସ ହତାରେ ମଣିଷ ପାଦଚିହ୍ନ ପଡ଼ିନଥିଲା। ଗୁପ୍ତାଜୀଙ୍କ ଧ୍ୟାନ ସେଆଡେ ନଥିଲା।

ସେଦିନ ଏକ ଫାଇଭ୍ ଷ୍ଟାର ହୋଟେଲରେ ପାଣ୍ଡେଜୀଙ୍କ ପଚାଶତମ ଜନ୍ମ ଦିବସ ପାଳନ ଅବସରରେ, ହଠାତ୍ ପାଣ୍ଡେଜୀ କହିଲେ, "ଏଭଳି ଝକମକ ଲାଇଟ୍ ଏବଂ କାନଥରା ଜାଜ୍ ମ୍ୟୁଜିକ୍ ରେ ବସି ପିଇବାକୁ ଆଜିକାଲି ବଡ଼ ଚିଟା ଲାଗିଲାଣି।"

ସମସ୍ତେ ପାଣ୍ଡେଜୀଙ୍କ କଥାରେ ହଁ ଭରିଥିଲେ। ଏବଂ ସ୍ଥିର କରିଥିଲେ ଆଗାମୀ ମିଳନ ହେବ ଗୁପ୍ତାଜୀଙ୍କ ପ୍ରାକୃତିକ ସୌନ୍ଦର୍ଯ୍ୟ ଭରା ଫାର୍ମ ହାଉସରେ।

ଦୁଇ, ତିନିଦିନ ବା ଅତି ବେଶୀ ହେଲେ ସପ୍ତାହଟିଏ, ସହରର କୋଳାହଳଠାରୁ ଦୂରେଇ ରହି ନୀରବରେ ମଉଜ କରିବା ହେଉଛି ଲକ୍ଷ୍ୟ। ସମସ୍ତଙ୍କ ନିମନ୍ତେ ପାନୀୟ ଏବଂ ପାନୀୟ ପରଶିବା ନିମନ୍ତେ ତରୁଣୀଟିଏର ବ୍ୟବସ୍ଥା କରିଛନ୍ତି ମିଶ୍ରାଜୀ। ପୂର୍ବ ନିର୍ଦ୍ଧାରିତ ସମୟର ଅବ୍ୟବହିତ ପୂର୍ବରୁ ପହଞ୍ଚିଯାଇଥିଲେ ସମସ୍ତେ। କେବଳ ଗୁପ୍ତାଜୀଙ୍କୁ ବାଦ୍ ଦେଇ। ନିଜ ନିଜର ବ୍ୟୟବହୁଳ ରୟାଲ ଏନଫିଲଡ଼୍ ମାନଙ୍କୁ ଶୃଙ୍ଖଳିତ ଭାବେ ପାର୍କ କରିବା ଅବସରରେ ପାଣ୍ଡେଜୀ କହିଲେ, "ଗୁପ୍ତାଜୀ କୁଆଡ଼େ ରହିଗଲେ?"

"ଗତ କେଇ ମାସ ହେବ ଗୁପ୍ତାଜୀ ବଡ଼ ଚିନ୍ତାରେ ରହୁଛନ୍ତି। ହୁଏତ ତାଙ୍କ ଘରେ କିଛି ଅଘଟଣ ଘଟିଚି।" ପାଗାଡ଼ିଆ କହିଲେ।

"କିଏ ଆଉ ଚିନ୍ତାଶୂନ୍ୟ କି! କିନ୍ତୁ ସମସ୍ତେ ସମୟାନୁବର୍ତ୍ତୀ ହେବା ନିହାତି ଜରୁରୀ। ତା'ଛଡ଼ା ଚିନ୍ତା ଦୂର କରିବା ତ ଆଜିର ମିଶନ। ସେଥିରେ ପଛରେ ପଡ଼ିଗଲେ ଚଳିବ!" ମନ୍ତବ୍ୟ ଦେଲେ ପାଣ୍ଡେଜୀ।

ଗୁପ୍ତାଜୀ ପହଁଞ୍ଚିଲେ ଅନେକ ଡ଼େରିରେ। ଅନ୍ୟମାନେ ସେତେବେଳକୁ ନିଜ ନିଜର ହେଲମେଟ ଓ ରାଇଡ଼ର ପୋଷାକ ଖୋଲି ପକାଇ, କୁର୍ତ୍ତା ପାଇଜାମା ପିନ୍ଧି ସାରିଲେଣି। ଗୁପ୍ତାଜୀଙ୍କୁ ଦେଖି ପାଗାଡ଼ିଆ କହିଲେ, "ତମେ ଯଦି ଏଇ ଗତିରେ ବାଇକ୍ ଚଳାଇବ ତେବେ ଏ ବିଦେଶୀ ବାଇକର ମର୍ଯ୍ୟାଦା କ'ଣ ରହିବ କହିଲ ଗୁପ୍ତାଜୀ?"

ପାଣ୍ଡେଜୀ ହସି ହସି କହିଲେ, "ଗୁପ୍ତାଜୀଙ୍କୁ ବୋଧେ ବୟସ କାବୁ କରି ପକାଇଲାଣି।"

ଗୁପ୍ତାଜୀ କୌଣସି ପ୍ରତିକ୍ରିୟା ନକରି, ଲୁଗାପଟା ବଦଳାଇଲେ। ବାସ୍ ଆରମ୍ଭ ହେଇଗଲା ଆସର। ତାଲିମ୍ ପ୍ରାପ୍ତ ସୁନ୍ଦରୀ ତରୁଣୀଟି, ସହଜ ଭାବରେ ସମସ୍ତଙ୍କ ଗ୍ଲାସରେ ଅଜାଡିଦେଲା ରସିଆନ୍ ଭୋଡ଼କା। ହର୍ଷ ଉଲ୍ଲାସରେ ସମସ୍ତେ ପିଇ ଚାଲିଲେ

ପେଗ୍ ପରେ ପେଗ୍। ବୋତଲଟିକୁ ଯଥାଶୀଘ୍ର ଖାଲି କରିଦେବାକୁ ସମସ୍ତେ ଥିଲେ ବ୍ରତୀ। ହଠାତ୍ ସମସ୍ତଙ୍କ ନଜର ପଡ଼ିଲା ଗୁପ୍ତାଜୀଙ୍କ ଉପରେ। ଗୁପ୍ତାଜୀ ହାତରେ ଗ୍ଲାସ ଧରି, ଶୂନ୍ୟକୁ ଚାହିଁ ବସିଥାନ୍ତି। ତାଙ୍କ ହାତ ଅନ୍ୟ ମାନଙ୍କ ପରି ଚଞ୍ଚଳ ହେଉ ନଥାଏ।

ପାଣ୍ଡେଜୀ ଆଖି ବନ୍ଦକରି ପେଗଟି ଶେଷକରି ପଚାରିଲେ, "ଗୁପ୍ତାଜୀ ଏ ଉଦାସ ଚିତ୍ତର ଅଭିପ୍ରାୟ !"

"କେତେ ଭାବିଚିନ୍ତି ନାଁ ଦେଇଥିଲି ଚିରାଗ। କିନ୍ତୁ ନିହାତି କୁଳାଙ୍ଗାରଟାଏ ହେବ ବୋଲି ମୁଁ କ'ଣ ଜାଣିଥିଲି ? ନିର୍ଜଳା ଚତୁର୍ଦ୍ଦଶୀ କରି ତା' ମା' ତାକୁ ପାଇଥିଲା। ଶେଷରେ ତା' କାର୍ଯ୍ୟକଳାପ ଦେଖି ପୁଣି ଠାକୁରଙ୍କୁ ଡ଼ାକିଲା ମତେ ତମ ପାଖକୁ ନେଇଯାଅ। ପୂର୍ବପରି ଏଥର ବି ଭଗବାନ ଡ଼ାକ ଶୁଣିଲେ। ଏବଂ ସେ ଆମକୁ ଛାଡ଼ି ଚାଲିଗଲା। ତଥାପି ସେ ଅପଦାର୍ଥର ତିଳେ ଅବସୋସ ନାହିଁ। କେଉଁ ଉପାଦାନରେ ସେ ଗଢ଼ା କେଜାଣି ?" ଗୁପ୍ତାଜୀ କ୍ଷୋଭ ପ୍ରକାଶ କଲେ।

"ଓଃ ! ହୋ ତମେ ବୁଝୁନା। ସେ ସେମିତି ପ୍ରଗାଢ଼ ଭକ୍ତିରେ ଭଗବାନଙ୍କୁ ଡ଼ାକିଥିବେ ନା। ନହେଲେ ଦିନରାତି କିଏ କେତେ ଭଗବାନଙ୍କୁ ଡାକୁଛି। ସମସ୍ତଙ୍କ ଇଚ୍ଛା କ'ଣ ପୂରଣ ହେଉଚି ? ମୋ ସ୍ତ୍ରୀ ପରା ଦିନ ରାତି ଜପ କରୁଚନ୍ତି ମୋର କିଛି ହେଇଯାଉ। କିନ୍ତୁ ଦେଖ ମୋର କ'ଣ କିଛି ଅସୁବିଧା ହେଉଛି ? ଆହୁରି ଦିନକୁ ଦିନ ମୁଁ ମୋଟେଇ ଯାଉଚି। ବରଂ ମତେ ଦେଖି ସେ ଶୁଖିବାରେ ଲାଗିଚନ୍ତି।" ପାଗାଡ଼ିଆ ଦାନ୍ତ ଦେଖେଇ କହିଲେ।

"ଆଜି କନ୍ୟାପକ୍ଷ ଚିରାଗକୁ ଦେଖିବାକୁ ଆସିଥିଲେ। କିନ୍ତୁ ବାବୁ ଏକ ଭିଡ଼ିଓ ଗେମ୍ ଖେଳିବାରେ ଏମିତି ମଜ୍ଜିଥିଲା ଆଉ କ'ଣ କହିବି। ମୋ କପାଳ। ତିନି ତିନିଥର ଅମରନାଥ ଯାତ୍ରା କରିବା ପରେ ତା'ର ଜନ୍ମ। ଅଥଚ ......!" ଗୁପ୍ତାଜୀ ଦୀର୍ଘଶ୍ୱାସ ଛାଡ଼ିଲେ।

"ତମେ ଅମରନାଥଙ୍କୁ ପୁଅ ମାଗି ମାଗି ଅଥୟ କରି ଦେଇଥିବ ପରା। ବିଚରା ଶ୍ମଶାନବାସୀ ଭୋଳାବାବା ଆଉ କ'ଣ କରନ୍ତେ ? ଅନ୍ୟ ଉପାୟ ନପାଇ ଭୂତଟିଏ ତମ ଉପରକୁ ଛାଟି ଦେଇଛନ୍ତି। ତାଙ୍କ ହିସାବରେ ହୁଏତ ଯୋଗ୍ୟ ଭୂତଟାଏ ଦେଇଛନ୍ତି। କିନ୍ତୁ ଭୂତ ତ ଭୂତ ନା। "ହାତଯୋଡ଼ି ମିଶ୍ରାଜୀ କହିଲେ। ସେ ଭାରି ଠାକୁର ବିଶ୍ୱାସୀ।

ଗୁପ୍ତାଜୀ ମୁଣ୍ଡ ହଲାଇଲେ। "ଅସମ୍ଭବ ନୁହେଁ। କାରବାର ତ ପ୍ରାୟ ସେଇ ରକମ। "

"ପୃଥିବୀରେ କ'ଣ କନ୍ୟାର ଅଭାବ ଅଛି ? ଶହେ ଝିଅ ମିଳିବେ ଚିରାଗକୁ।

ଗୋଟାଏ ପ୍ରସ୍ତାବ ଭାଙ୍ଗିଗଲା ବୋଲି କ'ଣ ପୃଥିବୀ କନ୍ୟାଶୂନ୍ୟ ହେଇଗଲା ?" ପାଣ୍ଡେଜୀ ବୁଝାଇଲେ।

"କ'ଣ ତମ ମାନଙ୍କୁ କହିବି ! ଯେଉଁ ବ୍ୟବସାୟ କରି ମୁଁ ଆଜି ଅଗଣିତ ସମ୍ପତ୍ତିର ମାଲିକ, ଏବେ ସେହି ବ୍ୟବସାୟ ହିଁ ମୋର ସର୍ବନାଶ କରିବାକୁ ବସିଛି।"

"ମାନେ !" ସମସ୍ତଙ୍କର ମିଳିତ ସ୍ୱର ଶୁଭିଲା।

"ଦେଶବାସୀ ନଜାଣିଲେ ବି, ତମେ ସବୁ ଭଲଭାବେ ଜାଣ ଉପରକୁ ସିନା ମୋ ବ୍ୟବସାୟ କପଡ଼ା, ଗାଡ଼ି ବା ଚମଡ଼ାର। କିନ୍ତୁ ମୋର ଅସଲ ଧନ୍ଦା ହେଉଚି ନିଶା କାରବାର। ମୋ ଯୋଗୁଁ ଦେଶରେ ଡ୍ରଗ୍ସ ବ୍ୟବହାର ଅନେକ ବୃଦ୍ଧି ପାଇଛି। ଏବେ ମୋ ଅଜାଣତରେ ସେ ବିଷ ମୋ ଘରେ ବି ପହଞ୍ଚିଚି। ଚିରାଗ ପ୍ରାୟ ସମୟରେ ଡ୍ରଗ୍ସ ଖାଇ ପଡ଼ି ରହୁଛି। ଦୁଇବର୍ଷ ତଳେ, ଆମେରିକାର ଏକ ବିଖ୍ୟାତ ସୁଧାର କେନ୍ଦ୍ରରେ ତା' ଚିକିତ୍ସା କରାଇଥିଲି। କିଛି ଲାଭ ନାହିଁ। ଏବେ ବି ମଝିରେ ମଝିରେ ସେ କରୁଚି ଉଭଟ କାଣ୍ଡ। ଯା' ଭିତରେ ତିନିଥର ସେ ହାତ କାଟି ପକାଇଲାଣି। କିଏ ହେବ ଏତେ ବଡ଼ ବ୍ୟବସାୟର ଉତ୍ତରାଧିକାରୀ ! ତେବେ କି ଲାଭ ଏ ସମ୍ପତ୍ତିର ! ଏତେ କଷ୍ଟ କରି ଅର୍ଜିଥିବା ସମ୍ପତ୍ତି ଏମିତି ଆଖି ଆଗରେ ନଷ୍ଟ ହେବ ! ଅନେକ ସମୟରେ ଏହି ସବୁ ପ୍ରଶ୍ନ ମୋତେ କଲବଲ କରୁଚି। ସେ ରାବଣ ସହ ଗୋଟେ ଘରେ ରହିବାକୁ ବି ମତେ ଏବେ ଭୟ ଲାଗୁଛି। ତା' ମୁଣ୍ଡ ଭିତରେ କ'ଣ ଚାଲିଛି କିଏ ଜାଣେ ? ଦୁଇ ଦିନ ତଳେ, ମୁଁ ବାଥ୍ ରୁମରେ ଥିବା ସମୟରେ ସେ ଆରପଟୁ କବାଟ କିଳିଦେଲା। ଯେତେ ଡ଼ାକିଲେ ବି ଶୁଣିଲାନି। ରାତିଟି କେମିତି କାଟିଥିବି ଚିନ୍ତାକର। ପରଦିନ ସକାଳେ ଗୁମାସ୍ତା ଆସି କବାଟ ଖୋଲିଲେ। ସେ ବାରନ୍ଦା ଦୋଳିରେ ବସି ଝୁଲୁଥାଏ। ମତେ ଦେଖି ଏମିତି ହସିଲା, ସତେ ଅବା ମୁଁ ହାଜତରୁ ଖଲାସ ହେଲି।"

"ତମ ପୁଅ ରାବଣ ! ମୁଁ ତ ଯାଣି ନଥିଲି। ତେବେ ତ ସେ ଖୁବ୍ ଜ୍ଞାନୀ। ଆପଣ ଚିନ୍ତା କାହିଁକି କରୁଚନ୍ତି ? ମୁଁ ତ ବୁଝିପାରୁନି !" ପାଗାଡ଼ିଆ ଆଖି ବଡ଼ବଡ଼ କଲେ।

"ଭାଗ୍ୟ ଭଲ ମୋର ଦୁଇଟି ଝିଅ।" ମିଶ୍ରାଜୀ ଭୟାର୍ତ୍ତ କଣ୍ଠରେ କହିଲେ।

"ଆପଣ ତୁଚ୍ଛାରେ ଡ଼ରୁଚନ୍ତି। ଚିରାଗ ଭଳି ପାତ୍ର ପାଇଁ ଅନେକ ସୁପାତ୍ରୀ ମିଳିବେ।" ପାଣ୍ଡେଜୀ ବିହ୍ୱଳ କଣ୍ଠରେ କହିଲେ।

"ସେଇ ତ ଡ଼ର ପାଣ୍ଡେଜୀ। ବିବାହ ପରେ ସୁପାତ୍ରୀଟି ଯେ ସବୁ ସମ୍ପତ୍ତି ନିଜ ନା'ରେ କରି ଚିରାଗର ଗଳା ନଚିପିବ ଏକଥା କିଏ କହିବ ? ବାବୁଙ୍କର ତ ସଂଜ୍ଞା ରହୁନି।" କିଛି ସମୟ ଚିନ୍ତାକରି, ଗୁପ୍ତାଜୀ ପାଣ୍ଡେଜୀଙ୍କୁ ଆଶାୟୀ ଦୃଷ୍ଟିରେ ଚାହିଁଲେ।

"କ'ଣ ହେଲା ?" ପାଣ୍ଡେଜୀ ସଙ୍କୋଚ କଲେ।

"ତମର ପରା ବିବାହ ଯୋଗ୍ୟା ଝିଅଟିଏ ଅଛି।" କାକୁସ୍ଥ ହୋଇ ଗୁପ୍ତାଜୀ ପଚାରିଲେ।

ମିଶ୍ରାଜୀ ଆଖିଠାରି, ପାଣ୍ଡେଜୀଙ୍କ କାନ ପାଖକୁ ମୁହଁ ନେଇ କହିଲେ, "ଆଜି କାହା ମୁହଁ ଦେଖିଥିଲ ? ପୂରା କୋଟିପତି ଯୋଗ। ଏଭଳି ସୁଯୋଗ କେତେଜଣଙ୍କୁ ମିଳେ ? ଝିଅ ବାହାଘର ନା'ରେ ସମ୍ପତ୍ତି ସବୁ ତମେ ଭୋଗ କରିବ। ଚିରାଗର ତ ଠିକଣା ନାହିଁ।"

"ଜାଣି ଶୁଣି ଗାଈ ଭଳି ସୁଧାର ଝିଅକୁ କଂସେଇ ହାତରେ ଛନ୍ଦିବି ଏଭଳି ନିର୍ମମ ମୁଁ ନୁହେଁ। ଝିଅକୁ ବଳି ଚଢ଼େଇ, ସମ୍ପତ୍ତି କ'ଣ ଆଚାର କରିବି ?" କ୍ରୋଧରେ ଆଖି ବଡ଼ବଡ଼ କରି ପାଣ୍ଡେଜୀ କହିଲେ।

ଗୁପ୍ତାଜୀ ପୁଣି ପଚାରିଲେ। "କ'ଣ କହୁଛ ?"

ପାଣ୍ଡେଜୀ ଛେପ ଢୋକି କହିଲେ, "ଛି ଛି ....କାହିଁ ଚିରାଗ, ଆଉ କାହିଁ ମୋ ଝିଅ। ମୁଁ ବାପ ହେଲେ ମଧ୍ୟ କହୁଛି ମୋ ଝିଅ ଚିରାଗର ଯୋଗ୍ୟ ନୁହଁ। ମୁଁ ଜାଣି ଜାଣି ଚିରାଗର ଜୀବନ ନଷ୍ଟ କରି ପାରିବିନି। ଚିରାଗ ହେଉଚି ହୀରା। କିଛି ନହେଲେ ଆମେ ତା'ପାଇଁ ମୋତିଟିଏ ତ ଖୋଜିବା କଥା। ଆଉ ସତକଥା ହେଉଛି ମୋ ଝିଅ ତୁଚ୍ଛା କାଚ ଖଣ୍ଡେ। ଆପଣଙ୍କୁ ବା କ'ଣ ଲୁଚେଇବି।"

ଗୁପ୍ତାଜୀ ଦୀର୍ଘଶ୍ୱାସ ନେଲେ।

ମୁଁ ହଲପ କରି କହୁଚି, "ଅତିଶୀଘ୍ର ଚିରାଗ ନିମନ୍ତେ ସୁପାତ୍ରୀଟିଏ ଯୋଗାଡ଼ ହେଇଯିବ। ଆପଣ ବ୍ୟସ୍ତ ହୁଅନ୍ତୁନି।" ପାଣ୍ଡେଜୀ ତାଙ୍କ କାନ୍ଧରେ ହାତ ରଖିଲେ।

"ପାତ୍ରୀଟି ଚିରାଗ ଭଳି ନହୋଇଥିଲେ ଭଲ। ଅନେକ ଥର ଦେଖିଛି, ଚିରାଗର ନିଶାଖୋର ସାଙ୍ଗମାନଙ୍କ ଭିତରେ ଅଧିକାଂଶ ଝିଅ। ଜାଣିଛ ! ଗତମାସ ଅଫିମ ଆଡ୍ଡାକୁ ଯିବାପାଇଁ ତାକୁ ମନାକରିବାରୁ, ହଠାତ୍ ମୋ ଉପରକୁ ଡେଇଁପଡ଼ି ଦୁଇହାତରେ ମୋ ବେକ ଚିପିଧରିଲା। ଯୋଗକୁ ପାଖରେ ପିତଳ ଫୁଲଦାନୀଟିଏ ଥିଲା। ସେଥିରେ ତା' ମୁଣ୍ଡକୁ ଆଘାତ ଦେବାରୁ ସେ ବେକ ଛାଡ଼ିଲା। ନହେଲେ ମୁଁ ହାଲ ଛାଡ଼ି ଦେଇଥିଲି। ଟୋକାର ଖୁବ୍ ବଳ।"

ଅନ୍ଧାରରେ ଜୁଳୁଜୁଳିଆ ପୋକ ଭଳି, ଆଖି ଦୁଇଟି ଦପଦପ କରି, ପାଗାଡ଼ିଆ ଦୁଇ ହାତରେ ତାଙ୍କ ବେକ ଆଉଁସିଲେ।

ତରୁଣୀ ଚତୁର୍ଥ ଥର ଗ୍ଲାସରେ ସୁରା ଅଜାଡ଼ିଦେଲା। ପ୍ରତିଯୋଗିତା କଲାଭଳି ସମସ୍ତେ ଗ୍ଲାସ ଉଠାଇନେଲେ।

ମିଶ୍ରାଜୀଙ୍କ ମୁଣ୍ଡ ଧରି ଆସୁଥାଏ, ସଂଯତ ହୋଇ ସେ କହିଲେ, "ଗୁପ୍ତାଜୀ! ଦୁନିଆଁରେ ଅନେକ ପ୍ରକାରର ବ୍ୟବସାୟ ଅଛି, ଅଥଚ ଆପଣ ସବୁ ଛାଡ଼ି ଏ ବିନାଶକାରୀ ଦ୍ରବ୍ୟର ବ୍ୟବସାୟ କରିବାକୁ କାହିଁକି ଆଗ୍ରହୀ ହେଲେ ? ହୁଏତ କୌଣସି କାଳଗ୍ରହର ପ୍ରଭାବ ଆପଣଙ୍କ ଉପରେ ଅଛି। ହୁଏତ ସେ କାଳଗ୍ରହଟି ହେଉଛି ଚିରାଗ। ଗୋଟେ କାମ କରନ୍ତୁ, ଆପଣ ଏବେ ସନ୍ୟାସ ନିଅନ୍ତୁ। ଅଯଥାରେ ପୁତ୍ରମୋହରେ ପଡ଼ି କାହିଁକି ଫସୁଚନ୍ତି। ଏମିତି ହୁଏ ସନ୍ତାନମାନେ ବିଚଳିତ ହୋଇ ଭୁଲ୍ ରାସ୍ତା ଧରିପକାନ୍ତି। ତା'ର ଅର୍ଥ ନୁହେଁ ଯେ ସନ୍ତାନ ଅର୍ଥ କୁଳାଙ୍ଗାର। ବହୁ ଦାୟିତ୍ୱବାନ୍ ସନ୍ତାନ ବି ଅଛନ୍ତି। ସମସ୍ତେ ତ ଆଉ ସମାନ ନୁହଁନ୍ତି। ଏଇ ମୋ ପଡ଼ୋଶୀଙ୍କୁ ଦେଖନ୍ତୁ ତାଙ୍କ ପୁଅଟି ବଡ଼ ବାଧ୍ୟ। ଅବଶ୍ୟ ମୋ ପଡ଼ୋଶୀ ବଡ଼ ସାଧୁ। ମୋ ପଡ଼ୋଶୀଙ୍କ ସହିତ ଆପଣଙ୍କ ତୁଳନା ଅସମ୍ଭବ। କିନ୍ତୁ ପାଗାଡ଼ିଆଙ୍କ ସନ୍ତାନଟି ବି ମନ୍ଦ ନୁହଁ। ଏଥିରେ ବା କା' ହାତ ଅଛି ? ତା' ଛଡ଼ା ଆପଣଙ୍କ ଭଳି ଯମଦୂତର ପୁଅ ଦେବଦୂତଟିଏ ହେବ ବୋଲି ଯଦି ଆଶା ରଖିଥା'ନ୍ତି ତେବେ ଏହା ସମ୍ପୂର୍ଣ୍ଣ ଅମୂଳକ। ମୋ ମତରେ ଯୋଗ୍ୟ ପୋଷ୍ୟ ପୁତ୍ରଟିଏ ଗ୍ରହଣ କରନ୍ତୁ। ସେ ସବୁ କାରବାର ବୁଝିବ। ଆପଣ ନିଶ୍ଚିନ୍ତରେ ବନ ଗମନ କରିବେ। "

ଗୁପ୍ତାଜୀ ଉଦାସ କଣ୍ଠରେ କହିଲେ, "ପଡ଼ୋଶୀ ଅଗଣାରେ ଥିବା ଗଛର ଛାଇ ଯେତେ ଶୀତଳ ହେଲେ ବି ସେଥିରେ ତୃପ୍ତି ନଥାଏ। ଅଥଚ ନିଜ ବାଡ଼ିର ଥୁଣ୍ଟା ଗଛ ପ୍ରତି ବି ମଣିଷର ଅଶେଷ ଲୋଭ।"

"ଆପଣ ଏବେ ଲୋଭ ପରିତ୍ୟାଗ କରନ୍ତୁ। ଆପଣ କ'ଣ ଜାଣିନାହାଁନ୍ତି, ଲୋଭଟା ଆଦୌ ଭଲ ଜିନିଷ ନୁହେଁ। ଲୋଭ ପରା ମଣିଷକୁ ରସାତଳକୁ ଟାଣିନିଏ। ଗୀତାରେ ଭଗବାନ କ'ଣ କହିଚନ୍ତି ମନେନାହିଁ। କାଲି ପଢ଼ିଥିଲି। ଜିଭ ଅଗରେ ଅଛି ହେଲେ ମନକୁ ଆସୁନି ......କ'ଣ ତ ......!" ମିଶ୍ରାଜୀ ଧନ୍ଦିହେଲେ।

"ବରଂ ମୋର ସମସ୍ତ ସମ୍ପତ୍ତି ମୁଁ ଦାନ କରିଦେବି। ଦେଶପାଣ୍ଠିକୁ। ଏମିତିରେ ଦେଖିବାକୁ ଗଲେ ଏସବୁ ଦେଶବାସୀଙ୍କ ଧନ। ଖାଲି ଯାହା ମୁଁ ଠୁଳେଇ ଥିଲି।" ଶୋକଭରା କଣ୍ଠରେ କହିଲେ ଗୁପ୍ତାଜୀ।

ହଠାତ୍ ନିଦ ଭାଙ୍ଗିଗଲା ପରି, ପାଗାଡ଼ିଆ କହିଲେ, "ହେଃ ଏଥିରେ ଦମ୍ ନାହିଁ। ଚାରି ପେଗ୍ ପିଇଲାପରେ ଯଦି ମୁଁ କଥା କହିବି ! ତେବେ ସେଟା କି ପାନୀୟ। ଛିଃ...।"

"ଏହା ସମ୍ଭ୍ରାନ୍ତଙ୍କ ନିମନ୍ତେ ଉଦ୍ଦିଷ୍ଟ। ତମ ପରି ବାଚାଳଙ୍କ କଥା ମୁଁ ଜାଣେନା।" ପାନୀୟର ବ୍ୟବସ୍ଥା କରିଥିବା ମିଶ୍ରାଜୀ ଉତକ୍ଷିପ୍ତ ହୋଇ ପଡ଼ିଲେ।

ହଠାତ୍ ଫାର୍ମ ହାଉସର ମୁଖ୍ୟଦ୍ୱାରରେ ହେଲା ଭୟଙ୍କର ଶବ୍ଦ। ସମସ୍ତେ ବୁଲି ଚାହିଁଲେ।

"ନିଜ ରକ୍ତର ପୁଅକୁ ଘର ଭିତରେ ଅଟକ ରଖି, ତାକୁ ଟଙ୍କା ପାଇଁ ହନ୍ତସନ୍ତ କରି, ନିରୋଳାରେ ନିଶାଖୋର ବନ୍ଧୁମାନଙ୍କ ଗହଣରେ ପେଗ୍ ପରେ ପେଗ୍ ଟେକିବା ଅପରାଧ ନୁହେଁ ପରା!" ଚିତ୍କାର କଲା ଚିରାଗ। ହାତରେ ଧରିଥାଏ ରିଭଲଭର। ମୁହଁଟି ହାରର୍ଲି ଡ଼େଭିଡସନ ଗ୍ରୁପର ସଦସ୍ୟଙ୍କ ଆଢ଼େ।

ଗୁପ୍ତାଜୀଙ୍କ ହାତରୁ ଗ୍ଲାସ ଖସି ପଡ଼ିଲା। "କୁଳାଙ୍ଗାର ତୁ.... !" ସେ ଆଉ କିଛି କହିପାରିଲେନି।

"ତମକୁ ଠାବ କରିବାରେ ମୋର ଅନେକ ସମୟ ନଷ୍ଟ ହେଲାଣି। ଅତଏବ ଆଉ ସମୟ ନଷ୍ଟ ନକରି ପ୍ରସ୍ତୁତ ହେଇଯାଅ। ଅବଶ୍ୟ ମୁଁ ଜାଣିଥିଲି ତମେ ଏଇଠି ମଉଜ କରୁଥିବ। ତମେ ଆଉ ଯା'ନ୍ତ କୁଆଡ଼େ? କୌଣସି ଭଜନ, କୀର୍ତ୍ତନକୁ ବା ପ୍ରବଚନ ଶୁଣିବାକୁ ଯିବା ଭଳି ପ୍ରାଣୀ ତ ତମେ ନୁହଁ। ଅତଏବ କଉଠି ଗୋଟେ ଗ୍ଲାସ ଟେକୁଥିବ ମୁଁ ଜାଣେ।" ବିଜୁଳି ବେଗରେ ଚତୁର୍ଦ୍ଦିଗରେ ନଜର ବୁଲାଇ ଆଣି ଚିରାଗ କହିଲା। ଆଲ୍ଲାଦିନର ଚିରାଗ ପାଇଲାପରି, ସେ ଖୁସି ଜଣା ପଡୁଥାଏ।

ଅନ୍ୟମାନେ ସେତେବେଳକୁ ପାନୀୟ ପରଶୁଥିବା ତରୁଣୀ ପଛରେ ଲୁଚିଥାନ୍ତି।

"ମତେ ଟଙ୍କା ନଦେବାକୁ ତମେ ମ୍ୟାନେଜରଙ୍କୁ କହିଥିଲଟି!" ବେତାଳ ରାଜା ବିକ୍ରମାର୍କଙ୍କୁ ନିଜ ପ୍ରଶ୍ନର ଉତ୍ତର ମାଗିଲାପରି, ଚିରାଗ ଧମକ ଦେଲା।

ଗୁପ୍ତାଜୀ ଧୀର ସ୍ୱରରେ କହିଲେ, "ହଁ।"

"ବିଚରା ତମ ପାଇଁ ଜୀବନ ଦେଇଦେଲା। ଅଥଚ ଟଙ୍କା ଦେଲାନି। ପୁରା ବିଶ୍ୱସ୍ତ। ସାକ୍ଷାତ ପୋଷା କୁକୁର। ତାଙ୍କ ସ୍ମୃତିରେ ତମେ ଗୋଟାଏ କୁକୁର କେନ୍ଦ୍ର ଖୋଲିପାର।"

"ମାନେ!" ସମସ୍ତେ ଚମକିଲେ!

"ମାନେ ତାକୁ ମୁଁ ଖତମ କରିଦେଲି। ଶଳା ମତେ ଉପଦେଶ ଦଉଥିଲା। "ବାବୁରେ ଏବେ ବି ସମୟ ଅଛି ସୁଧୁରି ଯା'। କାହିଁକି ବାଜେପିଲାଙ୍କ ସହିତ ମିଶି ନିଜ ଜୀବନ ନଷ୍ଟ କରୁଚୁ? ତୋ ବାପା କେଡ଼େ ଭଲଲୋକ। କାହିଁକି ତାଙ୍କ ମୁଣ୍ଡ ତଳକୁ କରୁଚୁ? ତୁ ସୁନାପିଲା ହେଲେ, ତୋ ବାପା ପରା ତତେ ମୁଣ୍ଡରେ ବସାଇବେ।"

"ତମେ କହିଲ! ତମେ ଭଲଲୋକ?ନିଜେ ନିଶାଦ୍ରବ୍ୟ କାରବାର କରି ଲକ୍ଷଲକ୍ଷ ଟଙ୍କା ଉପାର୍ଜନ କରିବ, କିନ୍ତୁ ମୁଁ ଟିକେ ଚାଖିଦେଲେ ତମର ଉପଦେଶ ବାହାରିବ। ନିଜେ ବୋତଲ ଉପରେ ବୋତଲ ଖାଲି କରିଦେବ। ଅଥଚ ମୁଁ ଟିକେ

ଶୁଙ୍ଘିଲେ ବା ଇଞ୍ଜେକସନଟେ ନେଲେ ତମର ହଜମ ହବନି। ସ୍ୱାର୍ଥପର କଉଠିକାର। ତମ ଭଳି ଶୃଗାଳଙ୍କୁ ମୁଁ ଠିକ୍ ଚିହ୍ନେ। ତା'ଛଡ଼ା ମୋ ଜୀବନ! ତାକୁ ରଖିଲି କେତେ ବା ନଷ୍ଟକଲି କେତେ? ସାମାନ୍ୟ ମ୍ୟାନେଜର। ପର ପଇସାର ହିସାବ ରଖି ଆଉ ସମ୍ପତ୍ତିର ହେପାଜତ କରିକରି ତ ନିଜ ଦିହକ ଗଲା। ସେ ପୁଣି ମତେ ଜ୍ଞାନ ଦବ? ଦେଲି ପାନେ। ହେ ମୋର ପୂଜ୍ୟ ପିତାଶ୍ରୀ! ମ୍ୟାନେଜର ତ ଗଲା। ଏବେ କାହା ପାଳି ତମେ ବୁଝି ପାରୁଚ!" ଚିରାଗ ଆଣ୍ଠୁମାଡ଼ି ଗୁପ୍ତାଜୀଙ୍କ ଗୋଡ଼ ପାଖରେ ବସି ପ୍ରଶ୍ନ କଲା।

ଗୁପ୍ତାଜୀ ଥରିବା ଆରମ୍ଭ କରିଥିଲେ, ଭୟରେ ବା କ୍ରୋଧରେ। ମନେ ମନେ ଭାବୁଥିଲେ ଶେଷରେ ନିଜ ସୁରକ୍ଷା ନିମନ୍ତେ କିଣିଥିବା ରିଭଲଭରରେ ହିଁ ତାଙ୍କ ଜୀବନ ଯିବ।

ଚିରାଗ କହିଲା, "ତମେ ତ ଭଲଭାବେ ଜାଣ ମଲାବେଳକୁ ସାଙ୍ଗରେ ନିଜ ସମ୍ପତ୍ତିରୁ ପଇସାଟାଏ ବି ନେଇ ପାରିବନି। ତେବେ ଏତେ ଲୋଭ କାହିଁକି? ଯେତେ ଲୋଭ କଲେ ବା ସମ୍ପତ୍ତିକୁ କୁଣ୍ଢେଇ ଧରିଲେ କି ଲାଭ ପାଇବ। ଗଲାବେଳକୁ ଯିବ ତ ଲଙ୍ଗଳାହୋଇ। କେବେ ଭାବିଛ! କି ମୂଲ୍ୟ ତମର ଏ ଦାମୀ ପୋଷାକର। ଏଇ ସାମାନ୍ୟ କଥା ତମ ମୁଣ୍ଡରେ ପଶୁନି, ଅଥଚ ମତେ ଉପଦେଶ ଦଉଛ ଭଲ ମଣିଷ ହବାପାଇଁ। ମୁଁ କ'ଣ ଖରାପ ମଣିଷ? ହଉ ଛାଡ଼ ସେକଥା! ମୁଁ କ'ଣ କହୁଥିଲି କି, ତମେ ତ ଯଥେଷ୍ଟ ବଞ୍ଚିଲଣି, ବହୁତ ମଉଜ କଲଣି। ଅତଏବ ଏବେ ଉପରକୁ ଗଲେ ତମର ଅବସୋସ ରହିବା ଉଚିତ ନୁହେଁ। ଠିକ୍ ନା ଭୁଲ୍? ତେବେ ଆଉ ବିଳମ୍ବର ମାନେ କିଛି ନାହିଁ? ତମେ ଏବେ ଇଷ୍ଟ ଦେବଙ୍କୁ ସ୍ମରଣ କର। ଶେଷଇଚ୍ଛା ଯଦି କିଛି ଥାଏ ନିର୍ଦ୍ୱନ୍ଦରେ କହିପାର। ଯେତେ କଷ୍ଟ ହେଉ ପଛେ, ପୁତ୍ରର କର୍ତ୍ତବ୍ୟ ମୁଁ ଅବଶ୍ୟ ପାଳନକରିବି। କିନ୍ତୁ ତମକୁ ମରିବାକୁ ହେବ।" ତା' ମୁହଁରେ ବିଦ୍ରୁପର ଆଭାସ।

ସମସ୍ତେ ନୀରବ କିନ୍ତୁ ଆତଙ୍କିତ।

ଗୁପ୍ତାଜୀ ଥରଥର ଗଳାରେ କହିଲେ, "ତୁ କ'ଣ ଭାବିଛୁ ମତେ ମାରିଦେଇ, ମୋ ସମ୍ପତ୍ତିରେ ଅୟସ କରିବୁ। ମତେ ହତ୍ୟା କରିବାର ଏମାନେ ହେବେ ସାକ୍ଷୀ। ଅତଏବ ସାଙ୍ଗେସାଙ୍ଗେ ତତେ ପୋଲିସ ଧରିନେବ। ଅତଏବ ତୁ ଜେଲ୍ ରେ ସଢ଼ିବୁ।"

"ହା ହା ହା ....! ମତେ କ'ଣ ଏଡ଼େ ବୋକା ଭାବିଚ? ମୋ ଅପରାଧକୁ, ଦୁଇ ଆଖି ଫାଡ଼ି ଉପଭୋଗ କରିଥିବା ପ୍ରତ୍ୟକ୍ଷ ଦର୍ଶୀମାନଙ୍କୁ ଏମିତି ଛାଡ଼ିଦେବି। ତମ ବନ୍ଧୁ ହେବାର ଫଳ ସେମାନେ ଅବଶ୍ୟ ଭୋଗିବେ।"

ତତକ୍ଷଣାତ ମିଶ୍ରାଜୀ ଚିରାଗର ଗୋଡ଼ ତଳେ ପଡ଼ିଗଲେ। "ବାବୁ ମତେ

ଛାଡ଼ିଦିଅ । ମୋ ପିଲା ଦିଓଟି ଛୋଟ । ଗୁପ୍ତାଜୀଙ୍କ ସାଙ୍ଗ ହେଲେ ବି ତାଙ୍କଠାରୁ ବୟସରେ ମୁଁ ଅନେକ ଛୋଟ । ମୁଁ କାନମୋଡ଼ି ହେଉଚି, ଆଉ ଜମା ତାଙ୍କ ସାଙ୍ଗ ହେବିନି ।"

ଇତି ମଧ୍ୟରେ ଚତୁରୀ ତରୁଣୀ ଜଣକ ସମସ୍ତଙ୍କ ଅଲକ୍ଷ୍ୟରେ ପୋଲିସଙ୍କୁ ଟେଲିଫୋନ ଯୋଗେ ଖବର ଦେଇ ସାରିଥାଏ । ଅତଏବ ଘର ଭିତରକୁ ପଶି ଆସିଲେ ଦଳେ ପୋଲିସ୍ । ଚିରାଗକୁ ଅକ୍ଳେଶରେ କାବୁ କରି ସେମାନେ ଘୋଷାରି ନେଇଗଲେ । ସମସ୍ତେ ଆଶ୍ୱସ୍ତ ହେଲେ । ପାଣ୍ଡେଜୀ ଓ ପାଗାଡ଼ିଆ ବେହୋସ ହୋଇ ପଡ଼ିଥାନ୍ତି । ତାଙ୍କୁ ପାଣି ଛାଟି ସାଷ୍ଟାମ କରାଗଲା ।

ଗୋଟାଏ କୋଣରେ ବସିଥା'ନ୍ତି ଅନୁତପ୍ତ ଗୁପ୍ତାଜୀ ।

ଆଉ କାହାରି ମଉଜ କରିବାରେ ମୁଡ଼ ନଥାଏ । ଦୁଇ ଗୁଣା ପାଉଣା ନେଇ ତରୁଣୀଟି ଚାଲି ଯାଇଥାଏ ।

ଅତଏବ ଅବସନ୍ନ ମନ ନେଇ ସମସ୍ତେ ଅପେକ୍ଷା କଲେ ପ୍ରଭାତକୁ ।

■

ସଂସାର

ବଡ଼ି ଭୋଅରୁ ଦତ୍ତବାବୁଙ୍କ ପୁଅ ବାବୁଲି ସୁର ଧରିଥାଏ। "ଚକା ଚକା ଭଉଁରୀ, ମାମୁଁଘର ଚଉଁରୀ........।" ଶୋଇବା ଘର ଖଟ ଉପରେ ଦତ୍ତବାବୁ କଡ଼ ଲେଉଟାଇଲେ। ଧେତ୍ ଡେରିକି ଯେ ଶୋଇଦେବେନି। ପ୍ରଥମେ ମା' ମଦର ଟେରେସା ହୋଇ ଗଭୀର ଶ୍ରଦ୍ଧାରେ ଶହେ ସରିକି କୁଆ କୋଇଲିଙ୍କୁ ଡ଼ାକି ଆ....ଖା....ଆ....ଖା କହି ଚାଉଳ ଖୋଇଲା। ତା'ର ବନ୍ଦହେଲା କି ନାହିଁ, ଏପଟେ ବିଦ୍ୟା ବାଗୀଶ ସୁର ଧରି ସାରିଲାଣି। ସତେକି ଆଜି ବର୍ଣ୍ଣବୋଧଟିକୁ ଜଳବତ୍ ତରଳମ୍ କରି ପିଇଦେବ।

ହେ ନାରାୟଣ! ସପ୍ତାହର ଛଅଦିନ କାମରୁ ଫୁରୁସତ୍ ନାହିଁ। ଆଉ ରବିବାର ଦିନ ଘରେ ଶାନ୍ତି ନାହିଁ। ଜୀବନର ଏତେ ଗୁଡ଼ାଏ ବର୍ଷ କେବଳ ପାଣି ଭଳି ଗଡ଼ିଗଲା, ଅଥଚ ମଣିଷ କିଛି କରି ପାରିଲାନି! ଧେତ୍ ଏଟାକୁ କ'ଣ ବଞ୍ଚିବା କୁହନ୍ତି। ଘରୁ ଅଫିସ୍ ଆଉ ଅଫିସ୍ ରୁ ଘର। ତା'ଭିତରେ ସପ୍ତାହରେ ଦୁଇଦିନ ଦୁଇଘଣ୍ଟା ନିମନ୍ତେ ନିର୍ଦ୍ଦିଷ୍ଟ ତାଲିକା ଏବଂ ବ୍ୟାଗ୍ ଧରି ହାଟ ବଜାର ଯିବା ଛଡ଼ା ତାଙ୍କର ଅନ୍ୟ ଗତି ନାହିଁ। ସେ ମଳିଛିଆ ବ୍ୟାଗଟାକୁ ହିଁ ଦେଖି ଦେଖି ମଣିଷର ଅର୍ଦ୍ଧେକ ଜୀବନ କଟିଗଲା। କି ଘଡ଼ିମୂଳରେ ମଣିଷ ଜନ୍ମ ହେଇଥିଲା କେଜାଣି? ତାଙ୍କ ଆଖପାଖରେ କେତେ ରୋମାଞ୍ଚକର ଜିନିଷ ଅଛି। ଅଥଚ ସେ କାହାରି ସ୍ୱାଦ ଚାଖି ନାହାଁନ୍ତି। ଅଫିସରେ କେବଳ ଫାଇଲ ଉପରେ ମୁହଁମାଡ଼ି ତାଙ୍କ ଦିନ କଟେ। ଆଉ ଘର କଥା ନଉଠେଇବା ଭଲ।

ଥରେ ଅଫିସ ର ବଡ଼ବାବୁ ଅକଳିଆରେ ପଡ଼ି ଯାଇଥିଲେ। ତେଣେ ଶାଳୀ ବାହାଘର, ଏଣେ ଗଦାଏ ଫାଇଲ ତାଙ୍କ ଟେବୁଲ ଉପରେ। ଉପରୁ କଡ଼ା ନିର୍ଦ୍ଦେଶଥିଲା, କାମ ନସରିବା ପର୍ଯ୍ୟନ୍ତ ଛୁଟି ମିଳିବା ଅସମ୍ଭବ। ଅତଏବ କ'ଣ କରିବେ ସ୍ଥିର ନକରି ପାରି ସେ ମୁହଁ ଓଳେଇ ବସିଥିଲେ। ନିଜ ସମାସ୍କନ୍ଧ ଦୁଇ, ତିନିଜଣଙ୍କୁ ନେହୁରା ବି

ହେଇଥିଲେ ସାହାଯ୍ୟ କରିବାକୁ। କିଏ ବା କାହିଁକି କେଉଁ ଗରଜରେ ଅଧିକା କାମ କରିବାକୁ ଆଗଭର ହେଇଥା'ନ୍ତା। ନିଜ କାମ ତ ସାରୁ ସାରୁ କଉ ଦିନ ଲଞ୍ଚ ଟାଇମ୍ ଗଡ଼ି ଗଲାଣି ତ କେବେ ଫାଇଲ ଗୁଡ଼ାକ ବୋହି ଘରକୁ ନେବାକୁ ପଡ଼ିଲାଣି। ତା'ଉପରେ ଏ ଅଧିକା କାମକୁ ପଚାରେ କିଏ ? ଅଥଚ ଦତ୍ତବାବୁ, ବଡ଼ବାବୁଙ୍କ ଦୁଃଖ ସହି ନପାରି ତାଙ୍କ କାମ କରିବାକୁ ଆଗେଇ ଆସିଥିଲେ। ତାଙ୍କ ଫାଇଲ ତକ ଶେଷ କରିବାରେ ସାହାଯ୍ୟ କରିବେ କହି ସାନ୍ତ୍ୱନା ଦେଇଥିଲେ। ଫାଇଲ ତକ ଯଥା ଶୀଘ୍ର ସରିଯାଇଥିଲା। ମୁଣ୍ଡ ଉପରୁ କାମର ଚାପ ହଟିଲା ପରେ ବଡ଼ବାବୁ ବି ବଡ଼ ଆନନ୍ଦରେ ଶାଳୀ ବାହାଘର ଉପଭୋଗ କରିଥିଲେ।

ନିଜ କାମ ଛାଡି ବଡବାବୁଙ୍କୁ ସାହାଯ୍ୟ କରିଥିବାର ପ୍ରଶଂସା ତ ବଡବାବୁଙ୍କ ପାଟିରୁ ଥରେ ବାହାରିଲାନି କିନ୍ତୁ ସେବେଠାରୁ ବୁଢ଼ାର ଧାରଣା ହେଇଯାଇଛି ସତେଅବା ଦତ୍ତବାବୁ ଅଫିସକୁ ଆସୁଚନ୍ତି କେବଳ ତାଙ୍କରି ବେଠି ଖଟିବାକୁ। ଅତଅବ ଏବେ ଧାରଣା ସମୟ ବଡ଼ବାବୁ ନିଜ କାମ ଦତ୍ତବାବୁଙ୍କୁ ଦେଇ, ନିଜେ ଅଫିସ ଆଗ ଚା' ଦୋକାନରେ ବସି ନିର୍ଦ୍ୱନ୍ଦରେ ଖଟି କରନ୍ତି। ମଣିଷ ପ୍ରକୃତି ପରା ସେଇୟା। ସାହାଯ୍ୟକୁ ତାଙ୍କ ଜନ୍ମଗତ ଅଧିକାର ବୋଲି ଭାବି ନିଅନ୍ତି।

ନୀରବରେ କିଛିଦିନ ସହିବା ପରେ, ଥରେ ଦତ୍ତବାବୁ ସାମାନ୍ୟ ଗରମହେଇ, ଚଢ଼ାଗଳାରେ ବଡ଼ବାବୁଙ୍କୁ କହିଥିଲେ, "ବଡ଼ବାବୁ! ଇଏ ଗୋଟେ କଥା। ବିବେକ ବୋଲି ଗୋଟେ ଜିନିଷ ଆପଣଙ୍କର ଆଦୌ ନାହିଁ ଦେଖୁଛି। ଆପଣ ସବୁବେଳେ ଏମିତି ମୋ ଉପରେ ଆପଣଙ୍କ କାମ ଲଦିଲେ, ମୋ ଅବସ୍ଥା କ'ଣ ହେବ ଜାଣି ପାରୁନାହାଁନ୍ତି। ମୁଁ କ'ଣ ଆପଣଙ୍କ ବେଗାରୀ ବେଠିଆ ହେଇଚି ?"

ବିଜ୍ଞାପନ ହସ ହସି ବଡ଼ବାବୁ କହିଲେ, "ମୁଁ ତମ ବାପ ବୟସର ହେବି। ଆସି ବୁଢ଼ା ହେଲିଣି। ଏତେ କାମକୁ ମୁଁ କ'ଣ ଆଉ ପାରୁଚି ? ତମର ମୋ ଉପରେ ଦୟା ଆସୁନି। ଆଉ ବର୍ଷ କେତଟାରେ ମୁଁ ରିଟାୟର୍ଡ ହେବି। ତମର ମୋ ଉପରେ ବାଦ। ତମେ ଟୋକା ଲୋକ ଟିକେ ଲେଟରେ ଘରକୁ ଗଲେ କ'ଣ ବେଦ ଅଶୁଦ୍ଧ ହେଇଯିବ ? ନା' ତମ ପଇତା ମାରା ହେଇଯିବ।"

ସେବେଠାରୁ ଅନେକ ଫାଇଲ୍ ବଡ଼ବାବୁଙ୍କ ଟେବୁଲ୍ ପରିବର୍ତ୍ତେ ସିଧା ତାଙ୍କ ଟେବୁଲ ଉପରେ ଗଦାହୁଏ। ଏଣିକି ପିଅନ ବି ତାଙ୍କୁ ଟିଟିକାରୀ ମାରି କଥା କହିଲାଣି। ସବୁ ଜାଣିଲେ ବି ମନା କରିବାର ଯୁ ତାଙ୍କର ନାହିଁ। ଯାଚି ବିକିଲେ ପରା ମାଣିକ ଭେଣ୍ଡି। ଭଲା ଗଧ ଜୀବନ ମଣିଷ ପାଇଚି। ଏମିତି ଗଧ ଭଳି ବଞ୍ଚି ମଣିଷ ରିଟାୟର୍ଡ ହେଇଯିବ ପଛେ ଜୀବନରେ କିଛି ଫରକ ଆସିବନି।

କିନ୍ତୁ ପଡ଼ୋଶୀ ଓଁକାରବାବୁ ଜୀବନର ପୁରା ମଜା ଉଠଉଚନ୍ତି । କି ଭାଗ୍ୟ ! ଯେତେବେଳେ ଦେଖ ଫୁର୍ତ୍ତିରେ। ଚିନ୍ତାଦକ ନାହିଁ। ମନହେଲା ଶୋଇଗଲେ। ମନହେଲା ବାହାରୁ ଘେରାଏ ବୁଲି ଆସିଲେ। ଯାହା ଇଛା ତାହାକଲେ। ପୁଅ ଯୋଡ଼ିକ ତ ଏଡ଼େ ବାଧ କ'ଣ କହିବ। ସତେଅବା ବଉଳା ଗାଇ। ସେ ଭାଗ୍ୟ ତ ମଣିଷର ନାହିଁ। ତା' ଉପରେ ଭାଗ୍ୟକୁ ଜୁଟିଛି ଏ କୁଳଚନ୍ଦ୍ରମା ! ତା' ବୟସର ପିଲା ପଚିଶ କେ ପଣିକିଆ ଶେଷ କଲେଣି, ହେଲେ ବାବୁଙ୍କର ଅବନା ଅକ୍ଷର ପଢ଼ା ସରୁନି । ସେଦିନ ପଚାରିଲେ ସାତ ତିରି କେତେ ? ଉତ୍ତର ଦେଲା ଅଣତିରିଶି । କଉ ଆଡୁ କି ହିସାବ କରି ଅଣତିରିଶି କହିଲା ସେ ଜାଣିଥିବ। ବିଚାରୀ ଲୀଳାବତୀ ଉତ୍ତର ଶୁଣି ନିଜ ମୁଣ୍ଡ ବାଡ଼େଇ ଦେଇଥିବେ। ଏମିତି ଢ଼ଙ୍ଗରେ ତା' ମା' ତାକୁ ବାଗେଇ ଦେଇଚି, ତମେ ଚିଲ୍ଲେଇ ଚିଲ୍ଲେଇ ମୂର୍ଚ୍ଛା ଚାଲିଯିବ ପଛେ ତା'ଉପରେ କୌଣସି ପ୍ରଭାବ ପଡ଼ିବନି। ଖେଳିବାକୁ ବାହାରକୁ ଯିବା ପାଇଁ କହିଲେ କାନ୍ଦିକି ଗଡ଼ିବ। ପୁଅପିଲାଟା ଗୋଡ଼ ହାତ ସରବରାହ ନକରି ଏମିତି ମେଦ ଭଳିଆ ଘରେ ବସିଲେ କ'ଣ ହେବ? ଏବେ କିନ୍ତୁ ଯାହାହେଉ ଭଗବାନଙ୍କ ଦୟାରୁ, ବାହାରକୁ ଖେଳିବାକୁ ଯାଉଚି। ଆଉ ଯାଉଚି ମାନେ ଫେରିବା ନା' ଧରୁନି। କହିବ କାହାକୁ ?

ଥରେ ଅଫିସ ର ଜାନକକୀବାବୁ ଘରକୁ ଆସିଥା'ନ୍ତି। ସାଙ୍ଗରେ ଆଣିଥା'ନ୍ତି ଗରମ ଜିଲାପି। ଜିଲାପି ପ୍ୟାକେଟକୁ ଦେଖି ବାବୁଲି ଏମିତି ଆକ୍ରମଣ କଲା ଯେ ସେ ଲାଜରେ ପନ୍ଦର ମିନିଟ୍ କଥା କହି ପାରିଲେନି। ସେଦିନର ଜାନକୀବାବୁଙ୍କ ମୁରୁକି ହସ ତାଙ୍କର ଆଜି ବି ମନେ ପଡ଼ିଲେ ଦେହ ଶୀତେଇ ଉଠେ। ମଣିଷ ଭାଗ୍ୟରେ ସୁଖ, ଶାନ୍ତି ବା ଆରାମ ତ ନାହିଁ କିନ୍ତୁ ଅପମାନ ଯୋଗ ଭର୍ତ୍ତି।

କଲେଜରେ ପଢ଼ିଲାବେଳେ କବିତା ଲେଖିବା ତାଙ୍କର ସଉକ ଥିଲା। ସେଇଟା ଏ ସଂସାର ଜଞ୍ଜାଳ ଭିତରେ କେବେଠୁଁ ମରି ହଜିଗଲାଣି ଠିକଣା ନାହିଁ। ନିଶାପାଣି ଅଭ୍ୟାସ ତାଙ୍କର କେବେ ନଥିଲା। କିନ୍ତୁ ପିଲାବେଲୁ ସେ ଟିକେ ଖାଦ୍ୟଲୋଭୀ। ବୟସ ସାଙ୍ଗକୁ ରୋଗମାନଙ୍କ ସାହଚର୍ଯ୍ୟରେ ତାହା ବି ପାଣି ଫୋଟକା ଭଳି ମିଳେଇ ଗଲାଣି। ଏବେ ଡ଼ାକ୍ତର ତାଙ୍କୁ ବାରଣା ଜିନିଷ ଖାଇବାକୁ ମନା କରିଛନ୍ତି। ଶେଷରେ ଡ଼ାକ୍ତରଙ୍କର ବି ତାଙ୍କ ଉପରେ ଦାଉ ସାଧିବାକୁ ଥିଲା।

ହେ ବାଳକୃଷ୍ଣ ! ମଣିଷ କ'ଣ ଗୋଟିଏ ଦିନ ବି ଶାନ୍ତି ପାଇବାକୁ ଅଯୋଗ୍ୟ।

"ସେତିକି ଥାଉ। କାହିଁକି ଗଳାକୁ ଏତେ କଷ୍ଟ ଦଉଚୁ?" ପୁଅ ଉଦ୍ଦେଶ୍ୟରେ ଦତ୍ତବାବୁ ଡ଼ାକ ଛାଡ଼ିଲେ।

ବାବୁଲି କିନ୍ତୁ ନଛୋଡ଼ବନ୍ଧା । ସେ ଅପେକ୍ଷାକୃତ ଆହୁରି ଉଚ୍ଚଗଳାରେ ପଢ଼ିଲା, "ଅରଣା ମଇଁଷି ରହିଛି ଅନାଇ, ମଇଁଷିର ପାସ ନଯାଅ ଦନାଇ ....।"

ଦତ୍ତବାବୁ ରାମ ରାମ କହିବା ଆରମ୍ଭ କଲେ । ନାୟକବାବୁ କହୁଥିଲେ, ରାମ ରାମ କହିଲେ କ୍ରୋଧ ଉପରେ ସଂଯମ ଆସେ ।

ପତ୍ନୀ ଇତି ମଧ୍ୟରେ ଗାଧୁଆ ପାଧୁଆ ସାରି ତାଙ୍କ ନିତିଦିନିଆ କାର୍ଯ୍ୟ ତୁଳସୀ ଗଛରେ ପାଣି ଦେଇସାରି, ବାବୁଲି ମୁଣ୍ଡ ଆଉଁସିଦେଲେ । "ଆଃ ହା ! ମୋ ବାବାର ତଣ୍ଟି ଶୁଖିଯିବଣି ।"

"କି ହୋ ତମର ଯଦି ଗଛ ବୃଛରେ ପାଣିଦିଆ କାମ ସରିଥାଏ, ଇୟାଡ଼େ କପେ ଚା' ଦୟା କରିବ କି !"

ପତ୍ନୀ ଗଭୀର ଭକ୍ତିରେ ଆଣ୍ଠୁମାଡ଼ି, ଘର ଅଗଣାରେ ସଦ୍ୟ ପୋତିଥିବା ଦୁଇ ଚାଖଣ୍ଡ ଉଚ୍ଚ ଓସ୍ତଗଛ ସାମ୍ନାରେ ବସିଥିଲେ । ଦତ୍ତବାବୁଙ୍କ ଡ଼ାକରେ ଚମକି ପଡ଼ି, ତରତରହୋଇ ସେ ରୋଷେଇ ଘରେ ପଶିଲେ ।

"ଧନ୍ୟରେ ମଣିଷ ସର୍ବଦା ଚଳମାନ । ଏମିତି ଚଳମାନ ପ୍ରାଣୀଟିଏ ସେ ଦ୍ୱିତୀୟ ଦେଖିନାହାଁନ୍ତି । କପାଳ ! ଭଦ୍ରମହିଳାଙ୍କ ପାଖରେ କୁଆ କୋଇଲି, ସାଇପଡ଼ିଶା, ନିଜ ସନ୍ତାନ, ଗାଈଗୋରୁ ଏମିତି ସମସ୍ତଙ୍କ ପାଇଁ ସମୟ ଅଛି । କିନ୍ତୁ ନିଜ ସ୍ୱାମୀ ପାଇଁ ସମୟର ଘୋର ଅଭାବ । ଆଉ ଠାକୁର, ମହାଦେବଙ୍କ କଥା ନକହିବା ଭଲ । ଧୀରେ ଧୀରେ ଠାକୁରଙ୍କ ପରିବାର ବଢ଼ି, ଠାକୁର ଘର ଅତିକ୍ରମ କରି ଶୋଇବା ଘର, ଦାଣ୍ଡ ଘର ଇତ୍ୟାଦିକୁ ମାଡ଼ି ଗଲେଣି । ଘରେ ଆଉ କୌଣସି କାନ୍ଥ ବାକି ନାହିଁ, ଯେଉଁଠି ଠାକୁରଙ୍କ ଫୋଟ ଲାଗି ନାହିଁ । କେବେ କେବେ ତାଙ୍କର ଅନୁଭବ ହୁଏ, ସେ ଆଉ ମର୍ତ୍ତ୍ୟପୁରରେ ନାହାଁନ୍ତି । ସିଧା ସ୍ୱର୍ଗ ପହଞ୍ଚିଗଲେଣି । ଉଃ...... ! ମଣିଷ କୁଆଡ଼େ ପଳାନ୍ତା ଭଲା । ଏ ଜଞ୍ଜାଳରୁ ମୁକ୍ତି ମିଳନ୍ତା ।" ଦତ୍ତବାବୁ ବିଳିବିଳି ହେଲେ ।

"ବୋଉ ଭୋକ ଲାଗିଲାଣି ।" ବାବୁଲି ସ୍ୱର ଶୁଭିଲା ।

"ତୁ ଯା' ଖେଳୁଥିବୁ, ବାପାଙ୍କୁ ଚା' ଦେଇସାରି, ତତେ ଖାଇବାକୁ ଦେବି ।" ପତ୍ନୀଙ୍କ ସ୍ୱର ଶୁଭିଲା ।

"ହଉ ମୁଁ ଟିକେ ଚିନି ଖାଇଦେଇ ଯାଉଛି । ତୁ ଶୀଘ୍ର ଡ଼ାକିବୁ ।" ମୁଠାଏ ଚିନି ପାଟିରେ ପକାଉ ପକାଉ ବାବୁଲି କହିଲା, "ବୋଉ ! ବାପାଙ୍କୁ କହିବୁ ମୋ ପାଇଁ ନୂଆ ବହି ଆଣିବେ । ମୋ ବର୍ଣ୍ଣବୋଧ ବହି ଚିରିଗଲାଣି ।"

ସବୁ କଥା ଉପରେ ପତ୍ନୀ କେବଳ କହିଲେ, "ହଉ ।"

ବାବୁଲି ଖେଳିବା ଉଦ୍ଦେଶ୍ୟରେ ଗୁଳି ଭଳି ଦୌଡ଼ି ଦାଣ୍ଡକୁ ପଳାଇଲା ।

ସାମାନ୍ୟ ନିରବତା ପାଇ ଦତ୍ତବାବୁଙ୍କ ଆଖି ଲାଗି ଯାଇଥାଏ। ଠାକୁର ଘଣ୍ଟି ବାଜିବା ଶବ୍ଦରେ ତାଙ୍କ ନିଦ ଭାଙ୍ଗିଗଲା। ସେ ଅଳସ ଭାଙ୍ଗିଲେ। "ହଁ ଏଇଟା ବାକିଥିଲା।"

ଚା' କପ୍ ହାତକୁ ନେଇ ସେ ଖବର କାଗଜ ଖୋଜିଲେ। ସକାଳର ଚା' ସହିତ ଖବର କାଗଜ ନହେଲେ ତାଙ୍କର ଆଦୌ ଚଳେନା। ହେଲେ ତାଙ୍କ ଚଳିବା ନ ଚଳିବାକୁ ପଚାରେ କିଏ ? "ଧେତ୍ ଏଠି କ'ଣ କିଛି ମିଳିବ ?" ସେ ବିରକ୍ତ ହେଲେ।

ଟେବୁଲ ଉପରେ ଜିନିଷ ଗଦା ହେଇଚି। ମନେ ପଡ଼ିଲା ଦୁଇଦିନ ତଳେ ପତ୍ରିକାଟିଏ ଆଣିଥିଲେ। ତାଙ୍କ ପ୍ରିୟ ଲେଖକର ଲେଖାଟିଏ ସେଥିରେ ବାହାରିଛି। କିନ୍ତୁ ଏପର୍ଯ୍ୟନ୍ତ ପୃଷ୍ଠାଟିଏ ମଧ୍ୟ ଓଲଟାଇ ନାହାଁନ୍ତି। ଜଞ୍ଜାଳରୁ ମୁକ୍ତି ମିଳିଲେ ସିନା ମଣିଷ କିଛି କରିବ। ସେ ପତ୍ରିକା ଖୋଜିଲେ। "ହେ ନାରାୟଣ। ଏ ଘର ନା ଭୂତକୋଠି। ମଣିଷ କିଛି ପାଇବନି। ଏଇଠି ରଖିଥିଲି କିନ୍ତୁ କାହିଁ? କି......ଶୁଣୁଛ ନା ନାହିଁ।"

ବାବୁଲି ବାହାରେ ଖେଳୁଥାଏ। ଦତ୍ତବାବୁଙ୍କ ଡ଼ାକ ଶୁଣି, ହସହସ ମୁହଁରେ ପତ୍ନୀ ଆସି ପାଖରେ ଠିଆହେଲେ।

"ହଉ, ଏବେ ହସ ସେତିକି ଥାଉ। ଏଇଠି ପତ୍ରିକା ଖଣ୍ଡେ ରଖିଥିଲି କାହିଁ? ଆଉ ଆଜିର ଖବର କାଗଜ ?" ନିଜ କ୍ରୋଧ ଉପରେ ସଂଯମ ରଖି ଦତ୍ତବାବୁ ପତ୍ନୀଙ୍କୁ ପଚାରିଲେ।

"ପତ୍ରିକା ? କଅଁଳେଇ ପତ୍ନୀ ପଚାରିଲେ।

"ହଁ। କାହିଁ ?" ଦତ୍ତବାବୁଙ୍କ କ୍ରୋଧ ଅଣାୟତ ପର୍ଯ୍ୟାୟ ଠାରୁ ମାତ୍ର କେଇଟା ଶବ୍ଦ ପଛରେ ଥାଏ।

ହଠାତ୍ ପତ୍ନୀ ନଇଁ ପଡ଼ି ଖଟତଳେ ପଶିଗଲେ। ବାହାରିଲା ବେଳକୁ ହାତରେ ପତ୍ରିକା।

ଦାନ୍ତ କାମୁଡ଼ି ଦତ୍ତବାବୁ ପଚାରିଲେ, "ପତ୍ରିକା ସେଠି କ'ଣ କରୁଥିଲା ?"

"ନା...... ମ ପତ୍ରିକା କିଛି କରୁନଥିଲା। ନାହାକ ଘର ପୁଅ ବାହା ହେଇଚି ନା, ତା' ଶଶୁର ଘରୁ ଭାର ଆସିଛି। ଗତକାଲି ସଂଜବେଳେ ତାଙ୍କର ଭାର ଦେଇ ଯାଇଥିଲେ। ସେଥିରୁ ଦୁଇଟା ଗଜା, ଆଉ ଗୋଟେ ଫେଣୀ ବାବୁଲିକୁ ଲୁଚାଇ ଖଟତଳେ ରଖିଛି। ତାକୁ ଢ଼ାଙ୍କିଥିଲି।" ପତ୍ନୀ ଉତ୍ତର ଫେରାଇଲେ।

"ତମକୁ ଆଉ କିଛି ମିଳିଲାନି।" ଦାନ୍ତଚିପି ଦତ୍ତବାବୁ ପ୍ରଶ୍ନ କଲେ।

"ଏଇଟା ଖାଲି ଟେବୁଲ ଉପରେ ଥିଲା। ତେଣୁ ଢ଼ାଙ୍କି ଦେଇଥିଲି।" ଏତିକି କହି, ଅଳ୍ପହସି ପତ୍ନୀ ରୋଷେଇ ଘରେ ପଶିଗଲେ।

ଅନ୍ୟ ଉପାୟ ନପାଇ ଦତ୍ତବାବୁ ପୁଣି ଥରେ ରାମ ରାମ କହି ନିଜ କ୍ରୋଧ ଉପରେ ସଂଯମ ଆଣିବାକୁ ଚେଷ୍ଟାକଲେ।

ପତ୍ନୀ ରୋଷେଇ ଘରେ। ଆଉ ବାବୁଲି ଦାଣ୍ଡରେ ରବିବାରର ସମ୍ପୂର୍ଣ୍ଣ ଫାଇଦା ନେବାରେ ବ୍ୟସ୍ତ। ଓଃ...... ! ଘରେ କି ଶାନ୍ତି ! ସେ ପତ୍ରିକା ଓଲଟାଇଲେ। ଗପଟିଏ ଅଧା ପଢ଼ିଚନ୍ତି କି ନାହିଁ, ପଡ଼ିଶାଘର ବୁଲୁ, "ନୂଆବୋଉ ......ନୂଆବୋଉ" ଦାଣ୍ଡରୁ ଚିଲ୍ଲେଇ ଚିଲ୍ଲେଇ ଘରକୁ ପଶିଲା।

ପତ୍ନୀ ରୋଷେଇ ଘରୁ ଅନ୍ନପୂର୍ଣ୍ଣା ଭଳି ବାହାରି ଆସିଲେ। "ଆରେ ବୁଲୁ! ବସ ବସ।"

"ନା' ନୂଆବୋଉ ବସିବାକୁ ସମୟ ନାହିଁ। ତମ ବଡ଼ ଆଲମିନିୟମ ହାଣ୍ଡିଟା ଦିଅ। ଆମର ଆଜି ଧାନ ଭିଜାହେବ।"

ପତ୍ନୀ ଆସି ଦତ୍ତବାବୁଙ୍କୁ କହିଲେ, "ଆଟୁ ଉପରେ ବଡ଼ ଆଲମିନିୟମ ହାଣ୍ଡିଟା ଅଛି। ଟିକେ କାଢ଼ି ଦିଅ।" ବୁଲୁ ମାଗିବାକୁ ଆସିଛନ୍ତି।

ପଢୁଥିବା ପତ୍ରିକାଟିକୁ, ଦତ୍ତବାବୁ ମୋଡ଼ିମାଡ଼ି ପୁଣି ଖଟତଳକୁ ଫୋପାଡ଼ିଦେଲେ। ଦୁମଦୁମ ହୋଇ ସିଡ଼ି ଚଢ଼ିଲାବେଳେ କ୍ରୋଧରେ ଫାଟିପଡ଼ି କହିଲେ, "ସତାଣ୍ଠି ସାତପୁରୁଷରେ ଏ ଘରେ କଉ ପୁରୁଷ ଶାନ୍ତିରେ ଥିଲା ନା ମୁଁ ରହିବି।"

ହାଣ୍ଡି କାଢ଼ି ତଳକୁ ଆସିଲା ବେଳକୁ, ଦତ୍ତବାବୁଙ୍କ ଅବସ୍ଥା ଶୋଚନୀୟ। କାହାକୁ କିଛି ନକହି ସେ ସିଧା କୂଅ ମୂଳକୁ ଗଲେ। ଦୁଇ ବାଲଟି ପାଣି କୂଅରୁ କାଢ଼ି, ଭୁସଭୁସ୍ କରି ନିଜ ଉପରେ ଢ଼ାଳି ହୋଇପଡ଼ିଲେ। ତା'ପରେ ଲୁଗା ବଦଳାଇ, କାହାକୁ କିଛି ନକହି ଏକମୁହାଁ ହୋଇ ଘରୁ ବାହାରିଗଲେ। ପତ୍ନୀ ଖାଇବା ବାଢ଼ି ରଖିଥିଲେ। କିନ୍ତୁ ସେ ଖାଦ୍ୟ ଆଡ଼େ ଚାହିଁଲେ ବି ନାହିଁ। ପତ୍ନୀ ନିରୂପାୟ ହୋଇ ଦୁଆର ବନ୍ଧ ପାଖରେ, ତାଙ୍କ ଯିବା ବାଟକୁ ଚାହିଁ ରହିଲେ।

ରାତି ଦଶଟା। ରାସ୍ତା ଘାଟ ଶୂନଶାନ। ମଝିରେ ମଝିରେ ବୁଲା କୁକୁରଙ୍କ ଭୁକିବା ଶବ୍ଦ ଶୁଭୁଛି। ପତ୍ନୀ ବ୍ୟସ୍ତହୋଇ ଦାଣ୍ଡଘରୁ, ରୋଷେଇ ଘରକୁ ଲଟପଟ ହେଉଥା'ନ୍ତି। କବାଟରେ ଠକ୍ ଠକ୍ ଶୁଭିଲା। ପତ୍ନୀ ଧୀରେ କବାଟ ଖୋଲିଲେ।

ପତ୍ନୀ କିଛି କହିବା ଆଗରୁ, ଦତ୍ତବାବୁ ପଚାରିଲେ, "ବାବୁଲି କାହିଁ ?"

ପତ୍ନୀ ଅଙ୍ଗୁଳି ନିର୍ଦ୍ଦେଶ କଲେ। ଦିନସାରା ଡ଼ିଆଁ ଡ଼େଇଁ କରି ବାବୁଲି ଶୋଇ ପଡ଼ିଛି। ପାଦରେ ଏବେବି ଧୂଳି ଲାଗିଛି। ଦତ୍ତବାବୁ ତା' ମୁଣ୍ଡ ଆଉଁସି ଦେଲେ। ବ୍ୟାଗରୁ ଛବି ବହିଟିଏ ବାହାର କରି, ପତ୍ନୀଙ୍କୁ ଦେଇ କହିଲେ, "ବର୍ଣ୍ଣବୋଧ ବହିର କଳାଧଳା ଛପା ଓ ଅକ୍ଷର ଦେଖି ଦେଖି ତାକୁ ଚିଟା ଲାଗିବଣି। ରଙ୍ଗୀନ ଛବି ବହି

ଦେଖିଲେ ତା'ର ପଢ଼ିବାକୁ ଆଗ୍ରହ ହେବ। ଏ ବହି ତାକୁ ଦବ। କହିବ ବାପା କହିଚନ୍ତି ଆହୁରି ବଡ଼ ପାଟିରେ ପଢ଼ିବ।"

ପତ୍ନୀ ବହିଟିକୁ ହାତକୁ ନେଲେ। ଦତ୍ତବାବୁ ପୁଣି ବାହାର କଲେ ଚାରୋଟି ମାଟିଗିନା। ପତ୍ନୀଙ୍କୁ ଚାହିଁ ଅଳ୍ପ ହସି କହିଲେ, "ଖରାଦିନ ଆସିଲାଣି, ତମ କୁଆ କୋଇଲିଙ୍କୁ ଏଥିରେ ପାଣି ଦବ।"

ଦତ୍ତବାବୁଙ୍କ ମୁହଁରେ ଶୋଭା ପାଉଥିଲା, ସଂସାର ଜଞ୍ଜାଳକୁ ଜିତିବାର ସନ୍ତୋଷ।

ପତ୍ନୀ ଗିନାଗୁଡ଼ିକ ଯଥାସ୍ଥାନରେ ରଖୁରଖୁ ଆତ୍ମୀୟ ସ୍ୱରରେ କହିଲେ, "ତମେ ହାତ ଗୋଡ଼ ଧୁଅ, ମୁଁ ଖାଇବା ବାଢୁଛି।"

■

ଚରିତ୍ରର ଅନ୍ତରାଳେ

ଡିସେମ୍ବରର ଏକ ଶାନ୍ତ ଏବଂ ମନୋରମ ସନ୍ଧ୍ୟାରେ, ବିବେକ ଆରାମ କରୁଥିବା ଅବସରରେ ହଠାତ୍ କର୍କଶ ଶବ୍ଦକରି ଟେଲିଫୋନ୍ ବାଜିଉଠିଲା। ବିଶ୍ରାମକରୁଥିବା ସମୟରେ ବ୍ୟାଘାତ ସୃଷ୍ଟିହେଲେ ବିବେକ ଅସହିଷ୍ଣୁ ହୋଇଉଠେ। ଅତଏବ ଟେଲିଫୋନ୍ ଘଣ୍ଟିରେ ଅତିଷ୍ଠ ହୋଇପଡ଼ି ସେ ଦୁଇକାନକୁ ଚାପିଧରିଲା। ବିରକ୍ତିରେ ତା' ଆଖି ଦୁଇଟି ଲାଲ ପଡ଼ିଗଲେ। ଲୋକଙ୍କର ସାମାନ୍ୟ କାଣ୍ଡଜ୍ଞାନ ନାହିଁ। ଠିକ୍ ବିଶ୍ରାମ ନେଲାବେଳେ ହିଁ ଫୋନ୍ ଘୁରାଇବେ। ଆରେ ତମେ ସିନା ଫାଙ୍କା ଅଛ କିନ୍ତୁ ମୁଁ ପରା କାମକରି ଥକି ପଡ଼ିଚି। ବୁଝିପାରୁନା ! ବୁଝିବ କେମିତି ? ସେଭଳି ମାନସିକତା ଥିଲେ ତ। ଅବିବେକୀ କଉଠିକାର। କିନ୍ତୁ ଅନ୍ୟୋପାୟ ନପାଇ ସେ ରିସିଭର ଉଠାଇଲା। ହାଲୋ... !

"ବାବାରେ ! ତୋ ଜେଜମା ଆଉ ନାହିଁ। ଆଜି ସନ୍ଧ୍ୟା ସାତଟାରେ ସେ ଚାଲିଗଲା। ତତେ ଭାରି ଖୋଜୁଥିଲା।" ବାପା ଆଉ କିଛି କହିପାରିଲେ ନାହିଁ। ବିବେକ ବାପାଙ୍କ କୋହ ଶୁଣିପାରିଲା।

ସେ ଦୀର୍ଘଶ୍ୱାସ ନେଲା। "ଜେଜମା ଚାଲିଗଲା ! ଭଲ ହେଲା। ଅନେକ ବୟସ ହୋଇ ଯାଇଥିଲା। ପ୍ରକୃତରେ ତା'ର ଅନେକ ଆଗରୁ ଚାଲିଯିବା ଉଚିତ୍ ଥିଲା। ସେ ଅନେକ ଡ଼େରି କରିଦେଲା। ତା' ବୟସର ଲୋକମାନେ ପରା କେବେଠାରୁ ଦୁନିଆଁ ଛାଡ଼ିଲେଣି। ଜେଜବାପା ତ କାହିଁ କେଉଁ କାଳରୁ ଗଲେଣି। ଅଥଚ ଜେଜମା ଏଯାଏଁ ଥିଲା। କ'ଣ କରୁଥିଲା ? କି କାମ ତା'ର ଆଉ ବାକିଥିଲା ?"

ବିବେକ ନିଜ ପାନୀୟରେ ବରଫ ପକାଇଲା। ଆଉ ଦୁଇଘଣ୍ଟା ପରେ ତା'ର ଏକ ଗୁରୁତ୍ୱପୂର୍ଣ୍ଣ ସର୍ଜରୀ ଅଛି। ପେଶାରେ ସେ ଡ଼ାକ୍ତର। ତା' ହାତ ବାଜିଲେ ରୋଗୀ ଅଚିରେ ଉଠିବସେ। ତା' ସିନିୟର ଓ ବନ୍ଧୁମାନେ କୁହନ୍ତି, ସେ ହେଉଛି ସାକ୍ଷାତ

ଧନ୍ୱନ୍ତରୀ। ଯେତେ ବିଷମ ରୋଗ ହେଇଥିଲେ ମଧ୍ୟ ସେ କେବେ ବିଚଳିତ ହୁଏନା। ତା' ଶାନ୍ତ ମସ୍ତିଷ୍କ ନିଖୁଣଭାବରେ ରୋଗୀର ଯନ୍ତ୍ରଣା ଉପଶମ କରିପାରେ। ଯେତେ ଜଟିଳ ଅପରେସନ ହେଉପଛେ ତା'ହାତ କେବେ ଥରେନା। ରୋଗୀ ଯେଉଁ ଅବସ୍ଥାରେ ଥିଲେ ବି ସେ ନିପୁଣତାର ସହ ରୋଗୀର ମନ ବଳ ବଢ଼ାଇ ପାରେ। ସେଥିପାଇଁ ତା'ର ଖୁବ୍ ଖ୍ୟାତି ମଧ୍ୟ।

ପ୍ରାୟ ବର୍ଷେ ହେବ ଜେଜମା ବେମାର ପଡ଼ିଥିଲେ। ଚିକିତ୍ସା କରିବା ଦୂର, ସେ ଥରୁଟିଏ ଦେଖିବାକୁ ମଧ୍ୟ ଯାଇପାରିନାହିଁ। ସେ ବା ଯାଇଥା'ନ୍ତା କେମିତି ? ସହରର ପୋଶ୍ ଏରିଆରେ ତା' କ୍ଲିନିକ୍। ଅତଏବ ସହରର ମାନ୍ୟଗଣ୍ୟ, ବିତ୍ତଶାଳୀମାନେ ତା' କ୍ଲିନିକ ଉପରେ ନିର୍ଭରଶୀଳ। ସେମାନଙ୍କୁ ଛାଡ଼ି ସେ ଯିବ କୁଆଡ଼େ ? ବାପା ଏକଥା ଆଦୌ ବୁଝନ୍ତିନି। ସେଥିପାଇଁ ତାକୁ ବାରମ୍ବାର ବାଧ୍ୟ କରୁଥିଲେ ଯେମିତି ହେଲେ ଥରେ ଆସି ଜେଜମାକୁ ଦେଖିଯା'। ତା'ଛଡ଼ା ସେ କ'ଣ ପାଇଁ ଯାଇଥା'ନ୍ତା ? ଡ଼ାକ୍ତର ହେଲା ବୋଲି, ଯିଏ ଯଉଠି ବେମାର ପଡ଼ିବ ସେ କ'ଣ ଚିକିତ୍ସା କରିବାକୁ ଦୌଡ଼ିଯିବ। ସମସ୍ତଙ୍କର ଚିକିତ୍ସା କରିବାକୁ ସେ କ'ଣ ଠିକା ନେଇଚି। ଯେତକ ସବୁ ଅବାନ୍ତର କଥା।

"ବାପା ! ଆପଣ କ'ଣ ଜାଣନ୍ତିନି, ଥରେ ଯାଇ ରୋଗୀ ଦେଖିବା ନିମନ୍ତେ ମୁଁ ଫିଜ୍ ଚାର୍ଜ କରେ। ଆଜିକାଲି ମାଗଣାରେ କେହି କାହାକୁ ଦେଖିଲାଣି ? ତମକୁ ଏସବୁ ବୁଝେଇ ହବନି। ଗତବର୍ଷ ନିରାକାର ମଉସାଙ୍କୁ ଚିକିତ୍ସା କରିଥିଲି ମନେଅଛି। କି ଉପଦେଶ ଦେଇଥିଲ ? ବାବାରେ ତା' ଠାରୁ ପଇସା ନବୁନି। ସେ ଗାଁ'ଲୋକ ଆଉ ଭାରି ଗରୀବ। ଗାଁ'ଲୋକ ! ସେଇଠୁ କ'ଣ ହେଲା ? ତାଙ୍କ ଦରିଦ୍ରତା ପାଇଁ କ'ଣ ମୁଁ ଦାୟୀ। ଦେଶରେ ତ ଗରୀବଲୋକ ଭର୍ତ୍ତି ହେଇଚନ୍ତି, ତା'ବୋଲି ମୁଁ କ'ଣ ସମସ୍ତଙ୍କର ଚିକିତ୍ସା ମାଗଣାରେ କରିବି। ତା'ପରେ ତମେ ଜାଣିଥିଲ କି ତାଙ୍କର କ'ଣ ହେଇଛି ? ଚିକିତ୍ସାରେ କେତେ ପଇସା ଖର୍ଚ୍ଚ ହେଇପାରେ ? ବା ମୋର ବିଭାଗ କ'ଣ ? ବାସ୍ କିଛି ନବୁଝି ନଶୁଝି ଉପଦେଶ ଦେବା ତମର ଅଭ୍ୟାସ। ଛୋଟମୋଟ ରୋଗ ସିନା ଜଣେ ମାଗଣାରେ ଚିକିତ୍ସା କରିବ। ହାର୍ଟର ବାଇପାସ ସର୍ଜରୀ କଉଠି ମାଗଣାରେ ହେଲାଣି ? କିନ୍ତୁ ତମ କଥା ମାନିବାକୁ ମୁଁ ବାଧ୍ୟ ହେଇଥିଲି। ନହେଲେ ଦୁନିଆଁ ମତେ କହିଥାନ୍ତା ଘୋଡ଼ାମୁହାଁ ପୁଅ। ବାପ କଥା ଶୁଣୁନି। ଯେହେତୁ ମୁଁ ହାର୍ଟ ସ୍ପେସାଲିଷ୍ଟ ନୁହଁ, ମତେ ପୁଣି ଦୁଇଜଣ ହାର୍ଟ ସ୍ପେସାଲିଷ୍ଟଙ୍କ ସାହାଯ୍ୟ ନେବାକୁ ହେଇଥିଲା। ସମୁଦାୟ ଖର୍ଚ୍ଚ କେତେ ହୋଇଥିଲା ଜାଣ ? ଚାରିଲକ୍ଷ ! ଏମିତି ସମ୍ପର୍କକୁ ମୁଁ କେଆର୍ କରେନା। ତମେ ସଂମ୍ପର୍କ ବିଶ୍ୱାସୀ ହେଇପାର। ମୁଁ ନୁହେଁ। ମୁଁ ତମ ପରି

ସମ୍ପର୍କ କୂଅରେ ବୁଡ଼ି ମରିବାକୁ ଚାହେଁନା। ଆଇ ହେଟ୍ ଦିସ୍ ବ୍ଲଡ଼ି ମିଡିଲ କ୍ଲାସ ମେଣ୍ଟାଲିଟି। ରାଜ୍ୟ ସାରା ଗଣ୍ଡା ଗଣ୍ଡା ଡ଼ାକ୍ତର। ତମେ ଆଉ କୌଣସି ଡ଼ାକ୍ତରକୁ ଦେଖାଇ ପାରିଲନି? କ'ଣ ନା ବାବାରେ ଥରେ ଆସି ଦେଖିଯା'। ମୁଁ ଦେଖିଥିଲେ କ'ଣ ଅଧିକା କିଛି କରିଥାନ୍ତି? କିଛି ମାନେ ହୁଏ ଏଭଳି ଇମୋସନର। ମୁଁ ତମ ମାନସିକତା ଭଲଭାବେ ଜାଣେ, ତମର ଇଚ୍ଛା ଜେଜମାଙ୍କର ଚିକିତ୍ସା ମାଗଣାରେ ହେଉ। ରିଡ଼ିକ୍ୟୁଲସ।"

ମୋର ଗୋପବନ୍ଧୁ ହେବାର ଇଚ୍ଛା ନାହିଁ କି ଗାଁ' ଗାଁ' ବୁଲି ମାଗଣାରେ ରୋଗୀ ସେବା କରିବାକୁ ମନ ନାହିଁ।

ତା' ଭଳି ବ୍ୟସ୍ତ ଡ଼ାକ୍ତର ସହରରେ ଖୁବ୍ କମ୍। ଆଗାମୀ ଛଅମାସର ନିଯୁକ୍ତି ତା'ର ଏବେଠୁଁ ପୂର୍ଣ୍ଣ। ସେ ତୃତୀୟ ପେଗ୍ ଶେଷକଲା। ଅପରାହ୍ଣ ଚାରିଟାରେ ଏକ ଅପରେସନ୍ ସାରି, ସାମାନ୍ୟ ଆରାମ କରିବା ଉଦ୍ଦେଶ୍ୟରେ ଅଳ୍ପ ସମୟ ନିମନ୍ତେ ସେ ଘରକୁ ଆସିଥିଲା। ଏବେ ତାକୁ ଡ଼ାକ୍ତରଖାନା ଫେରିବାକୁ ହେବ। ରାତି ନଅଟାରେ ଆଉ ଏକ ଅପରେସନ୍ ଅଛି। ଆଜି ଦିନ ଭିତରେ ଏଇଟି ତା'ର ତୃତୀୟ ଅପରେସନ୍।

ଡ୍ରାଇଭର ସମ୍ଭ୍ରମରେ ଗାଡ଼ି ଦୁଆର ଖୋଲିଦେଲା। ଟଳମଳ ପାଦରେ ଯାଇ ବିବେକ ଭିତରେ ବସିଲା। ଆଖି ବୁଜି ହେଇ ଆସୁଛି। ନିଶା ହେଲା ନା କ'ଣ! ମାତ୍ର ତିନି ପେଗ୍ ପିଇ ସେ ତ କେବେ ସଂଜ୍ଞାହୀନ ହୁଏନା। ସେ ସାମାନ୍ୟ ବିବ୍ରତ ହେଲା। ନିଶାରେ ରହିଲେ ସର୍ଜରୀ କରିବ କେମିତି? ନା' ନା' ତିନି ପେଗ୍ ର ନିଶାକୁ, ସହରର ଖ୍ୟାତନାମା ଡ଼ାକ୍ତର ମିଷ୍ଟର ବିବେକ ସାମନ୍ତ, ଫୁଙ୍କିଦେଇ ଉଡ଼େଇ ଦେବାର କ୍ଷମତା ରଖନ୍ତି। ଅତଏବ ଚିନ୍ତାର କୌଣସି କାରଣ ନାହିଁ। ଚାହିଁଲେ ଆଉ ଦୁଇପେଗ୍ ପିଇ ମଧ୍ୟ ସେ ସର୍ଜରୀ କରିପାରିବ। ତାକୁ କବଳିତ କଲାଭଳି ପାନୀୟ ଏଯାଏଁ ସୃଷ୍ଟି ହୋଇନାହିଁ। ଯେତେ କଡ଼ା ହ୍ୱିସ୍କି ପିଇଲେ ବି ସେ ଅଣାୟତ ହୁଏନା। ନିଶା କରିସାରି ନିଜକୁ କେମିତି ଆୟତରେ ରହିବାକୁ ହୁଏ ସେ ଭଲଭାବେ ଜାଣେ। ଯଥେଷ୍ଟ ହ୍ୱିସ୍କି ପିଇସାରି, ନିଜ ମସ୍ତିଷ୍କ ସମେତ ହାତଗୋଡ଼କୁ କଣ୍ଟ୍ରୋଲ କରିପାରିବା ବି ଗୋଟେ ବିଦ୍ୟା। ଯେଉଁଟା ସେ ଜାଣେ। ହାଃ... ହାଃ..। ସେ ହସିଲା।

କଣ୍ଟ୍ରୋଲ କରିପାରେ! ହ୍ୱାଟ ନନସେନସ? କଣ୍ଟ୍ରୋଲ କାହାକୁ କରିବ? କେମିତି କରିବ? ଆଲକହଲର କାମ ତ ଶରୀର ଭିତରକୁ ଯାଇ ସ୍ନାୟୁଗୁଡ଼ିକୁ ଅକ୍ତିଆର କରିନେବ ଏବଂ ତମକୁ ବେହୋସ କରି ଛାଡ଼ିବ। ଅବଶ୍ୟ ପରିମାଣ ଉପରେ ନିର୍ଭର କରେ। ତମେ ଠିପିଏ ପିଇଚ କି ପୁରା ଗ୍ଲାସେ ପିଇଚ। ଡ଼ାକ୍ତରହୋଇ ଏମିତି ଆବସର୍ଡ଼ କଥା ତା' ମୁଣ୍ଡକୁ ପଶୁଚି କେମିତି? ଶରୀରରେ ଜଳ ଅଭାବ ପୂରଣ କରିବାକୁ ତ

ମଣିଷ ମଦ ପିଏନା। ମଦ ପିଇବାର ଗୋଟିଏ ଅର୍ଥ ନିଶାରେ ରହିବା। ଅବଶ୍ୟ ସେ ଜାଣେ ବହୁ ପୂର୍ବରୁ, ଡ଼ାକ୍ତରମାନେ ଆବଶ୍ୟକ ହେଲେ ଚିକିତ୍ସାରେ ଆଲକହଲ ବ୍ୟବହାର କରୁଥିଲେ। କେହି ଅଧିକ ଡ଼ରିଯାଇଥିଲେ, ବା ରୋଗୀର ଖୁବ୍ ରକ୍ତସ୍ରାବ ହେଇଥିଲେ କିମ୍ବା ରୋଗୀର ଉତ୍ତେଜନା ଦୂର କରିବା ନିମନ୍ତେ ସାମାନ୍ୟ ଆଲକହଲ ଦେଇ ରୋଗୀର ସ୍ନାୟୁକୁ ସ୍ଥିର କରାଯାଉଥିଲା। ସେଇଟା ବି ବିଶେଷ କରି ଇୟୁରୋପୀୟମାନେ ହିଁ କରୁଥିଲେ। କିନ୍ତୁ ଏବେ ସମସ୍ତେ ନିଶାପ୍ରିୟ। ଆଉ ଚିକିତ୍ସାରେ ଆଲକହଲର ବ୍ୟବହାର ନାହିଁ। ଅଥଚ ନିଶାକରିବା ଉଦେଶ୍ୟରେ ବ୍ୟବହାର ଅନେକ ବୃଦ୍ଧିପାଇଛି। ନିଜ ଇଚ୍ଛାରେ ନିଶାରେ ରହିବାକୁ ଆଜି ସେ ତିନି, ଚାରି ପେଗ ପିଇ ପକେଇଚି। ସେ ତ ଚାହୁଁଚି ତା' ସ୍ନାୟୁ ଗୁଡ଼ିକ ଅବଶ ହେଇପଡ଼ନ୍ତୁ। ତେବେ ପୁଣି କଣ୍ଟ୍ରୋଲ କଥା ମନକୁ ଆସୁଚି କାହିଁକି ? କିନ୍ତୁ ସେ କାହିଁକି ଏସବୁ ଚାହୁଁଚି ? ସେ କ'ଣ ଜେଜମାଙ୍କ ମୃତ୍ୟୁରେ ମର୍ମାହତ। ହୁଏତ ସେଇଥିପାଇଁ ଗୁଡ଼ାଏ ଫାଲତୁ ଯୁକ୍ତି ଘଣ୍ଟାଏ ହେଲାଣି ତା' ମୁଣ୍ଡରେ କବାଡ଼ି ଖେଳୁଛନ୍ତି। ଏଥିପାଇଁ ବାପା ଦାୟୀ। ଜେଜମାଙ୍କ ମୃତ୍ୟୁ ଖବର ପରେ ଦେଇଥିଲେ ଚଳିନଥାନ୍ତା ?

ସମ୍ପୂର୍ଣ୍ଣ ଶରୀର ଅବଶ ଲାଗୁଚି। ଏମିତି ନିଶାରେ ରହି ସେ ଆଗରୁ କେବେ ଅପରେସନ କରିନାହିଁ। ଆଜିର ଅପରେସନ ସ୍ଥଗିତ କରିଦେଲେ ହୁଅନ୍ତା। ନା' ନା' ଆଜିର ଅପରେସନ ଅତ୍ୟନ୍ତ ଗୁରୁତ୍ୱପୂର୍ଣ୍ଣ। ବିଚରା ଦାସବାବୁ ବଡ଼ ଯନ୍ତ୍ରଣା ପାଉଛନ୍ତି। ଆଜି ଅପରେସନ ନହେଲେ ତାଙ୍କ ଅବସ୍ଥା ବିଗିଡ଼ିପାରେ। ସେ ଗାଡ଼ି ସିଟକୁ ଆଉଜି ପଡ଼ିଲା। ଡ୍ରାଇଭର ବିବେକର ଘୁଙ୍ଗୁଡ଼ି ଶବ୍ଦରେ ଚମକି ପଡ଼ିଲା।

କେଇ ମିନିଟ୍ ଭିତରେ ବିବେକର ଗାଡ଼ି ଡାକ୍ତରଖାନାରେ ପହଁଞ୍ଚିଲା। ଡ୍ରାଇଭର ଡ଼ାକରେ ଉଠିପଡ଼ି ସେ ଝାଡ଼ିଝୁଡ଼ି ହେଲା। ସତେଅବା ତାକୁ ଗ୍ରାସିଥିବା ନିଶାତକ ତଳକୁ ଖସିପଡ଼ିଲା।

ଏକ ଭିନ୍ନ ଦୁନିଆଁର ମଣିଷ ଭଳି ବିବେକ ଡ଼ାକ୍ତରଖାନା ଭିତରକୁ ପଶିଲା। ସହଯୋଗୀ ଡ଼ାକ୍ତର ଜଣେ ସୂଚନା ଦେଲେ, ଯେ ସର୍ଜରୀ ନିମନ୍ତେ ସବୁ ପ୍ରସ୍ତୁତ। ବିବେକ ତରବର ହୋଇ ବାଥରୁମରେ ପଶିଲା। ଥଣ୍ଡା ପାଣି ଦୁଇ ଆଞ୍ଜୁଳା ମୁହଁକୁ ଛାଟିଦେଇ ବାଥରୁମ୍ ଆଇନାରେ ମୁହଁ ଦେଖିଲା। ହଁ ସବୁ ସ୍ୱାଭାବିକ ମନେ ହେଉଛି।

"ଆଶ୍ଚର୍ଯ୍ୟ !" ବିବେକ ଆଖି ମଳିଲା।

ବାପା ପରା କହୁଥିଲେ, ଜେଜମା ଆଜି ଚାଲିଗଲେ। କିନ୍ତୁ ଏ କ'ଣ ! ଜେଜମା ଅପରେସନ୍ ଟେବୁଲ୍ ଉପରେ ବେହୋସ ହୋଇ ପଡ଼ିଚନ୍ତି ! ଜେଜମା ଡ଼ାକ୍ତରଖାନା କେତେବେଳେ ଆସିଲେ ? ତାଙ୍କୁ ଅପରେସନ ଟେବୁଲ ଉପରକୁ କିଏ

ଆଣିଲା ! ଫୋନ୍ ରେ ତ ବାପା ଏକଥା କହୁନଥିଲେ। ତେବେ ବାପା ଭୁଲ୍ ରେ ଜେଜମାଙ୍କୁ ଶ୍ମଶାନ ନନେଇ ଡ଼ାକ୍ତରଖାନା ନେଇ ଆସିଛନ୍ତି କି ! ହଉ ଠିକ୍ ଅଛି। ଥରେ ଯେତେବେଳେ ଜେଜମା ଅପରେସନ ଟେବୁଲକୁ ଆସି ସାରିଲେଣି, ତେବେ ଆଉ ବିଳମ୍ବ ନକରି ଚିକିତ୍ସା ଆରମ୍ଭ କରିଦେବା ତା'ର ଉଚିତ୍ ହେବ।

ବାପା କହୁଥିଲେ, ଜେଜମାଙ୍କ ବାମ ଗୋଡ଼ଟି କାମ କରୁନି। ଆଣ୍ଠୁରେ ଅସହ୍ୟ ଯନ୍ତ୍ରଣା ଅନୁଭବ ହେଉଛି। ତେବେ ଆଣ୍ଠୁ ପ୍ରତିସ୍ଥାପନ ଆବଶ୍ୟକ। ସେ ବର୍ତ୍ତମାନ ଅପରେସନ୍ କରି ଜେଜମାଙ୍କ ଆଣ୍ଠୁକୁ ସୁସ୍ଥକରିବ। ବାପା ଜାଣନ୍ତି ସେ ଡ଼ାକ୍ତର, କିନ୍ତୁ ସେ ଜଣେ ଅସାଧାରଣ ଡ଼ାକ୍ତର ବୋଲି ବାପାଙ୍କର କୌଣସି ଧାରଣା ନାହିଁ। ସେ ବର୍ତ୍ତମାନ ଚମତ୍କାର କରିବ। ବିବେକ ତତ୍ପର ହେଲା। ତା' ହାତ ଦୁଇଟି ଅସ୍ୱାଭାବିକ ଭାବେ ଚଳଚଞ୍ଚଳ ହୋଇଉଠିଲେ। ଖେଳଣାର କଳ କବଜା ଖୋଲି ପକାଇଲା ଭଳି ବିବେକ ରୋଗୀର ଏକ ଅଂଶକୁ ଯନ୍ତ୍ରପାତି ସାହାଯ୍ୟରେ ଖୋଲି ପକାଇଲା।

ଆନାସ୍ଥେସିଆର ପ୍ରଭାବ କମିଗଲେ ଜେଜମା ଉଠିବେ। ଏବଂ ଅଳ୍ପ ଦିନ ଭିତରେ ପୂର୍ବବତ୍ ଚଲାବୁଲା ମଧ୍ୟ କରିବେ। ଜେଜମାଙ୍କୁ ବିଶେଷ କୋଠରୀକୁ ସ୍ଥାନାନ୍ତରିତ କରି ବିବେକ ନିଜ କ୍ୟାବିନକୁ ଗଲା। କ୍ୟାବିନର ପୂର୍ବପଟ କାନ୍ଥରେ ମା'ଟିଏ ଶିଶୁକୁ ଆଦର କରୁଥିବାର ଫୋଟ। ଏମିତି ଅନେକ ଫୋଟ, ତା' ପିଲାବେଳର ଜେଜମାଙ୍କ ସହ ଅଛି। ଜେଜମା ତାକୁ ଚିଣ୍ଟୁ ଡ଼ାକନ୍ତି। ତାଙ୍କ ସହ ତା'ର ଅନେକ ସ୍ମୃତି ଜଡ଼ିତ। ବାପା, ବୋଉ ଉଭୟ ଚାକିରୀ କରୁଥିବାରୁ, ତା' ପିଲାଦିନ ଜେଜେମା'ଙ୍କ ସହିତ ହିଁ କଟିଛି। ଅନେକଦିନ ପର୍ଯ୍ୟନ୍ତ ସେ ଜେଜମା'ଙ୍କୁ ନିଜ ବୋଉ ବୋଲି ଭାବୁଥିଲା। ଜେଜମାଙ୍କର ସ୍ୱପ୍ନ ଥିଲା ସେ ଡ଼ାକ୍ତର ହେବ। ସେଥିପାଇଁ ଜେଜମା ବହୁତ ଚେଷ୍ଟା ମଧ୍ୟ କରଚନ୍ତି। ଯଦିଓ ପିଲାବେଳୁ ସେ ଖୁବ୍ ମେଧାବୀ, କିନ୍ତୁ ଜେଜମା ହିଁ ପ୍ରତିକ୍ଷଣରେ ତା ଆତ୍ମବଳ ବଢ଼ାଇଚନ୍ତି। ସେ ପଢୁଥିଲାବେଳେ ରାତି ରାତି ଅନିଦ୍ରାହୋଇ ତାକୁ ଜଗି ବସିଚନ୍ତି। ତା' ପାଇଁ ଅନେକ ସୁଖକୁ ଜେଜମା ଜଳାଞ୍ଜଳି ଦେଇଚନ୍ତି। ତା' ପାଠପଢ଼ାରେ ବ୍ୟାଘାତ ହେବ ବୋଲି, କାହାକୁ ଘରକୁ ଡ଼ାକି ସେ ଗପସପ କରନ୍ତିନି କି ତାକୁ ଏକୁଟିଆ ଛାଡ଼ି କେବେ କୁଆଡ଼େ ଯାଆନ୍ତିନି। ବରଂ କହିବାକୁ ଗଲେ, ତା' ପାଇଁ ଜେଜମା ଏକ ପ୍ରକାର ନିଃସଙ୍ଗ ଜୀବନ ବଞ୍ଚୁଥିଲେ ବା ନିଜ ସୁଖକୁ ଜଳାଞ୍ଜଳି ଦେଇଥିଲେ। ନହେଲେ ତା'ର ଅନେକ ସାଙ୍ଗ ଅଛନ୍ତି ଯେଉଁମାନଙ୍କର ଉଭୟ ବାପା, ମା ଚାକିରୀ କରୁଥିବାରୁ ସେମାନେ ଅନେକ ଅସୁବିଧାର ସମ୍ମୁଖୀନ ହୁଅନ୍ତି। ଅଥଚ କେବଳ ଜେଜମାଙ୍କ ପାଇଁ ତା' ଜୀବନ ହେଇଛି ଭିନ୍ନ।

ରାତି ଅନେକ ହେଲାଣି। ତା'ର ଘରକୁ ଫେରିବାର ଇଚ୍ଛା ନଥିଲା। ଅତଏବ

ସେ ଟେବୁଲ୍ ଉପରେ ଦୁଇହାତ ଛନ୍ଦି ମୁଣ୍ଡ ରଖିଲା । ହଠାତ୍ କାହିଁକି ମୁଣ୍ଡ ଭାରି ଲାଗୁଛି । ହୁଏତ ସେ କ୍ଳାନ୍ତ ହୋଇପଡ଼ିଛି ।

ଯେତେଦୂର ମନେହୁଏ ଆଜି ରାତି ନଅଟାରେ ମିଷ୍ଟର ଦାସଙ୍କ କାନ୍ଧର ଅପରେସନ ଥିଲା । ତେବେ ଅପରେସନ ଟେବୁଲରେ ମିଷ୍ଟର ଦାସଙ୍କ ବଦଳରେ ଜେଜମା କେମିତି ଆସିଲେ ? ଜେଜମାଙ୍କ ଆଣ୍ଠୁ ପ୍ରତିସ୍ଥାପନରେ କ'ଣ ମିଷ୍ଟର ଦାସଙ୍କ କାନ୍ଧ ଆରୋଗ୍ୟ ହେବ ? ଏଭଳି କରାମତି ସେ ଜାଣେ ବୋଲି ତା'ର ତ ଆଦୌ ଧାରଣା ନଥିଲା । ସେ ସାମାନ୍ୟ ବ୍ୟସ୍ତ ହେଲା । ଏବେ କ'ଣ କରାଯାଇପାରେ ? ମିଷ୍ଟର ଦାସ ଏବେ କେମିତି ଅଛନ୍ତି ? ସେ ଭୟ ପାଇଲା । ଓଃ ! କି ଗରମ । ଡ଼ିସେମ୍ବରର ଶୀତକୁ ବେଖାତିର୍ କରି ସେ ଏସି ଚାଲୁ କଲା । ନା କୌଣସି ଫରକ୍ ନାହିଁ । ଏକ ପ୍ରକାର ଅଦ୍ଭୁତ ଗୋଳମାଳ ତା'ମୁଣ୍ଡ ଭିତରେ ଆରମ୍ଭ ହୋଇଯାଇଥିଲା । ଯାଇ ଦେଖିବ କି ମିଷ୍ଟର ଦାସଙ୍କ ସ୍ୱାସ୍ଥ୍ୟ ଅବସ୍ଥା । ସେ ପ୍ରାୟ ଦୌଡ଼ିଲା ।

ଜେଜମା ଆରାମରେ ଶୋଇଛନ୍ତି । କିନ୍ତୁ ପାଖରେ ଏମାନେ କିଏ ? କେହି ତ ତା' ର ପରିଚିତ ମନେ ହେଉ ନାହାଁନ୍ତି । ଅଥଚ ଜେଜମାଙ୍କର ସମସ୍ତ ସମ୍ପର୍କୀୟ ମାନଙ୍କୁ ସେ ଜାଣେ । ସେ ଜେଜମାଙ୍କର ପଲ୍ସ ପରୀକ୍ଷା କଲା । ସ୍ପଷ୍ଟ ଜଣା ପଡୁନାହିଁ । ଏହା ସ୍ୱାଭାବିକ । ଚିନ୍ତାର କୌଣସି କାରଣ ନାହିଁ । ଆଉ ମାତ୍ର କେଇ ଘଣ୍ଟା ପରେ ଜେଜମା ଚେତା ଫେରି ପାଇବେ । ଆଉ ଯେତେବେଳେ ଜାଣିବେ ତାଙ୍କ ପ୍ରିୟ ଚିଣ୍ଟୁ ଯୋଗୁଁ ସେ ନୂଆ ଜୀବନ ପାଇଛନ୍ତି । ସେତେବେଳେ ଖୁସିରେ ଆତ୍ମହରା ହୋଇଯିବେ । ଅଳ୍ପହସି ସ୍ନେହରେ ସେ ରୋଗୀର ମୁଣ୍ଡ ଆଉଁସି ଦେଲା । ଫିସଫିସ କରି ରୋଗୀର କାନ ପାଖରେ କହିଲା, "ଜେଜମା ଜମା ବ୍ୟସ୍ତ ହେବନି । ମୁଁ ଅଛି ପରା । ତମର କିଛି ହେଇନି । ତମେ ଶୀଘ୍ର ସୁସ୍ଥ ହେଇଯିବ । ତମ ଚିଣ୍ଟୁ ତମର ଚିକିତ୍ସା କରୁଛି । ଅତଏବ ତମେ ନିର୍ଦ୍ୱନ୍ଦରେ ଆରାମ କର ।"

ବାସ୍ତବିକ ଜେଜମା ତାକୁ ଭାରି ସ୍ନେହ କରନ୍ତି । ସେ ନିଜ କ୍ୟାବିନକୁ ଫେରିଲା । ସ୍ଥିରକଲା ସାମାନ୍ୟ ବିଶ୍ରାମ ନେବ । ଚେୟାର୍ ରେ ବସିଲା ମାତ୍ରେ କ୍ଳାନ୍ତ ଏବଂ ନିଶା ଭର୍ତ୍ତି ଆଖି ଦୁଇଟି ତାର ବୁଜି ହେଇଗଲା ।

ଜେଜେମା ଏବେ ସଂମ୍ପୂର୍ଣ୍ଣ ସୁସ୍ଥ । ଏଇତ ଗତକାଲି ସେ ମର୍ଣ୍ଣି ୱାକ୍ ରେ ଯାଇଥିଲେ । କହୁଥିଲେ ଆଜିକାଲି ତାଙ୍କ ଗୋଡ଼ରେ ସେ ଅନୁଭବ କରୁଛନ୍ତି ଏକ ପ୍ରକାର ଅଦ୍ଭୁତ ଫୂର୍ତ୍ତି । ବାପା କହୁଥିଲେ, ତାଙ୍କ ସୁସ୍ଥ ଆଣ୍ଠୁରେ ବି ସେ ଅସ୍ତ୍ରୋପଚାର କରିବାକୁ ଚାହାଁନ୍ତି । ବିବେକ ଭଳି ଡ଼ାକ୍ତର ଏବଂ ଏଭଳି ଅସ୍ତ୍ରୋପଚାର ଆଗରୁ ଦେଖିନାହାଁନ୍ତି ବୋଲି ପଡ଼ୋଶୀ ମିଶ୍ରବାବୁ ଗତକାଲି କହୁଥିଲେ । ଅବଶ୍ୟ ଆଜି ପର୍ଯ୍ୟନ୍ତ

କୌଣସି ଅପରେସନ୍ ତା'ର ଅସଫଳ ହୋଇନାହିଁ। ହୁଏତ ବାପା ଜାଣିନଥିଲେ କିନ୍ତୁ ତା'ର ଖୁବ୍ ଖ୍ୟାତି। ବୟୋଜ୍ୟେଷ୍ଠ ଡ଼ାକ୍ତରମାନେ ଅନେକ ଜଟିଳ କେଶ୍ ରେ ତା' ସହ ପରାମର୍ଶ କରନ୍ତି। ସତେଅବା ତା' ହାତ ଦୁଇଟି କେବଳ ଅପରେସନ୍ ନିମନ୍ତେ ଉଦ୍ଦିଷ୍ଟ। ସେ ହାତ ଦୁଇଟିକୁ ଚାହିଁଲା। ସାଧାରଣ ମନେ ହେଉଥିବା ହାତ ଦୁଇଟି ତା'ର ବାସ୍ତବିକ ବଡ଼ ପାରିବାର। ସେ ଉଲ୍ଲସିତ ହେଲା। ତା' ମନ ଚାହୁଁଥିଲା ତୁରନ୍ତ ଆଉ ଡ଼ଜନେ ଅପରେସନ୍ ସେ କରିପକାନ୍ତା। ସମ୍ପୂର୍ଣ୍ଣ ମଣିଷଟିଏକୁ ଖୋଲିପକାଇ, ଯନ୍ତ୍ର ଭଳି ପୁଣି ଯୋଡ଼ନ୍ତା। ଆ ହା ସେମିତି ହେଲେ ସମଗ୍ର ବିଶ୍ୱରେ ତା' ନା ହୁଅନ୍ତା। ଏବେ ମଧ୍ୟ ତା' ଖ୍ୟାତି କିଛି କମ୍ ନୁହେଁ। ମୃତବ୍ୟକ୍ତିକୁ ଯଦି ସେ ଜୀବିତ କରିପାରୁଛି। ତେବେ...! ସେ ହସିଲା। ଏକ ପ୍ରକାର ବିକଟାଳ ହସ।

ହଠାତ୍ କୌଣସି ଏକ ଅପ୍ରାକୃତିକ ଶବ୍ଦରେ ତା' ନିଦ ଭାଙ୍ଗିଗଲା। ଶବ୍ଦ ବାରିବାକୁ ସେ ଚେଷ୍ଟାକଲା। କ୍ରନ୍ଦନର ଏକ ମିଳିତ ସ୍ୱର ଶୁଭୁଛି। କ'ଣ ହୋଇଥାଇପାରେ ଜାଣିବା ଉଦ୍ଦେଶ୍ୟରେ, ସେ ଠିଆହେଲା। କ୍ଲାନ୍ତ ଶରୀର ତା'ର ଆହୁରି ବିଶ୍ରାମ ଆବଶ୍ୟକ କରୁଛି। ଦୁଇହାତ ଉପରକୁ ଟେକି ସେ ଅଳସ ଭାଙ୍ଗିଲା। ଗୋଡ଼ ଦୁଇଟିକୁ ଘୋଷାରି ଘୋଷାରି ସେ କ୍ୟାବିନରୁ ବାହାରକୁ ଆସିଲା। ନଅ ନମ୍ବର ରୁମ୍ ଆଗରେ ପ୍ରଚଣ୍ଡ ଭିଡ଼। ଗତକାଲି ନଅ ନମ୍ବର ରୋଗୀଙ୍କର ଅପରେସନ୍ ସେ କରିଥିଲା। ତେବେ ଭିଡ଼ର କାରଣ କ'ଣ ? ଆଶ୍ଚର୍ଯ୍ୟ ହେଲା। ଭିଡ଼ ଭିତରେ ପୁଲିସ୍ ମଧ୍ୟ ଅଛନ୍ତି। କୌଣସି ଅପରାଧୀ କ'ଣ ନଅ ନମ୍ବର ରୁମରେ ଆତ୍ମଗୋପନ କରିଛି। ସେ ଭିଡ଼ର ନିକଟତର ହେଲା।

ପୁଲିସବାବୁ ତା' ଆଡ଼େ ଚାହିଁ କହିଲେ, "ଡ଼କ୍ଟର ବିବେକ ! ତମକୁ ଆମ ସହ ଥାନାକୁ ଯିବାକୁ ହେବ।"

"କିନ୍ତୁ କେଉଁଥିପାଇଁ ? ଜେଜମାଙ୍କର ତ ପ୍ରାକୃତିକ ମୃତ୍ୟୁ ହୋଇଛି।" ବିବେକ ହତମ୍ବ ହେଲା।

"ଗତକାଲି ରାତି ନଅଟାରେ ତମେ କରିଥିବା ସର୍ଜରୀରେ ପୀଡ଼ିତଙ୍କର ମୃତ୍ୟୁ ଘଟିଛି। ପୀଡ଼ିତଙ୍କର ସମ୍ପର୍କୀୟମାନେ ଆରୋପ ଲଗାଇଛନ୍ତି ଯେ ତମେ ନିଶାରେ ରହି ଚିକିତ୍ସା କରିଛ। ତେଣୁ ଏଭଳି ଦୁର୍ଘଟଣା ଘଟିଛି।" ଦୀର୍ଘଶ୍ୱାସ ନେଇ ପୁଲିସବାବୁ କହିଲେ।

ବିବେକ ବ୍ୟସ୍ତହେଲା। ତା'ର କିଛି ମନେ ପଡୁନି। ଗତକାଲି ସଂଧ୍ୟାରେ ବାପା କହୁଥିଲେ ଜେଜମା ଚାଲିଗଲେ। ବାସ୍ ତା'ପରେ କ'ଣ ଘଟିଛି ସେ ଜାଣେନା। ସେ କାନ୍ଦି ପକାଇଲା। ଏଭଳି ପରିସ୍ଥିତି ସେ କେବେ କଳ୍ପନା ମଧ୍ୟ କରିନଥିଲା।

ଦୁଃଖ, ଲଜ୍ଜା ଏବଂ ଭୟରେ ସେ ନିଜ କ୍ୟାବିନକୁ ଗଲା। ତା'ର ଜେଜମାଙ୍କ କଥା ମନେ ପଡୁଥିଲା। ଲୁହ ଭର୍ତ୍ତି ଆଖିରେ ସେ କାନ୍ଥରେ ଟଙ୍ଗା ହୋଇଥିବା ମା' ଓ ଶିଶୁ ଥିବା ଫୋଟକୁ ଚାହିଁଲା। ପୂର୍ବର ହସହସ ମା' ଟିର ମୁହଁ ତାକୁ ଦିଶୁଥିଲା ପ୍ରଚଣ୍ଡ ଉଦାସ। ବିଦାୟ ଶଯ୍ୟାରେ ତାକୁ ନଦେଖି ଜେଜମାଙ୍କ ମୁହଁ ଠିକ୍ ଏମିତି ଦିଶିଥିବ। ହଠାତ୍ ଛାତିରେ ସେ ଅନୁଭବ କଲା ଅସହ୍ୟ ଯନ୍ତ୍ରଣା। ଛାତିକୁ ଚାପିଧରି ସେ ସ୍ୱଗତୋକ୍ତି କଲା "ଜେଜମା ! ହୁଏତ ତମେ ଜାଣିନା, କିନ୍ତୁ ତମ ମୃତ୍ୟୁ ପାଇଁ ଦାୟୀ ତମର ଏ ପ୍ରିୟ ଚିଣ୍ଟୁ ...... !"

■

ଭିନ୍ନ ଦିଗ୍‌ବଳୟ

ଦୂରରୁ ସୁନ୍ଦର ଛବିଟିଏ ଭଳି ଦିଶୁଥିବା, ସହରଠାରୁ ବିକ୍ଷିପ୍ତ ଛୋଟ କଲୋନୀଟିର, ଶେଷମୁଣ୍ଡରେ ଯେଉଁ ପୁରୁଣା ଡିଜାଇନର, ଟହଟହ ନାଲି ରଙ୍ଗର ଘର, ଅନେକଙ୍କ ମନ ମୋହିବା ସାଙ୍ଗକୁ ଭଦ୍ରଲୋକମାନଙ୍କୁ ଭୂତକୋଠି ଭଳି ମନେ ହେଉଥିଲା, ସେ ଘରର ବାସିନ୍ଦା ଥିଲେ ଭୂତପୂର୍ବ ପ୍ରଫେସର ଡକ୍ଟର ବାନାର୍ଜୀ। ସ୍ୱଭାବରେ ବଡ଼ ଶାନ୍ତ ଅଥଚ ବେଶଭୁଷାରେ ଅତ୍ୟନ୍ତ ଅସ୍ୱଭାବିକ। ହଳେ ପୋଷାକରେ ସେ ପ୍ରାୟ ମାସ ମାସ ରହୁଥିଲେ। ପରିଷ୍କାର ପରିଛନ୍ନତାରେ ତାଙ୍କର ବିଶେଷ ରୁଚି ନଥିଲା ଭଳି ମନେ ହେଉଥିଲା। କେହି କେହି କହୁଥିଲେ ଡକ୍ଟର ବାନାର୍ଜୀ କୁଆଡ଼େ ପାଗଳ। ହେଇପାରେ କଥାଟି ସତ। କିନ୍ତୁ ଲୋକମାନଙ୍କ ମନ୍ତବ୍ୟରେ ସେ କେବେ ପ୍ରତିକ୍ରିୟା କରିବାର କାହାରି ନଜରରେ ପଡ଼ିନଥିଲା। ଗତାନୁଗତିକ ଜୀବନଧାରା ସହିତ ତାଙ୍କର କୌଣସି ସମ୍ପର୍କ ନଥିଲା। ତାଙ୍କର ପରିବାର ଅଛି ବା ନାହିଁ ଏକଥା କେହି ଜାଣି ନଥିଲେ। ନିଜ ହିସାବରେ ବଞ୍ଚିବାକୁ ସେ ଭଲପାଉଥିଲେ। କୋଳାହଳ ବା ବିଶୃଙ୍ଖଳାଠାରୁ ସେ ଥିଲେ ବହୁ ଦୂରରେ। ଶାନ୍ତ ଅଥବା ଭୟଙ୍କର ନୀରବତାକୁ ସେ ଭଲପାଉଥିଲେ।

ଅତଏବ ଭଦ୍ର କଲୋନୀ ବାସୀମାନେ କେହି ତାଙ୍କ ଘରକୁ ଆତଯାତ କରୁନଥିଲେ। ସେ ବି କ୍ୱଚିତ ନିଜ ଘରର ଫାଟକ ଡେଇଁଥିଲେ। କଲୋନୀବାସୀ ତାଙ୍କ ଫାଟକ ଆଗଦେଇ ଗଲାବେଳେ ଦୀର୍ଘଶ୍ୱାସ ନେଉଥିଲା ବେଳେ ଦୁର୍ବଳ ହୃଦୟର ଲୋକ ଭୟ ପାଉଥିଲେ।

ପ୍ରଫେସର ବାନାର୍ଜୀ ବେଳ ଅବେଳରେ ପୁରୁଣା ପୋଥି ବା ବହି ପଢ଼ିବାର ଲୋକଙ୍କ ନଜରରେ ପଡୁଥିଲା। ତାଙ୍କ ସହକର୍ମୀମାନେ କହୁଥିଲେ, ମାତ୍ରାଧିକ ପଢ଼ାପଢ଼ି କରି ତାଙ୍କ ମୁଣ୍ଡ କାମ କରୁନି।

ଯଦିଓ ସମସ୍ତେ ଡକ୍ଟର ବାନାର୍ଜୀଙ୍କ ଫାଟକ ସେପଟେ କ'ଣ ଘଟୁଛି ଜାଣିବାକୁ

କୌତୂହଳୀ ଥିଲେ କିନ୍ତୁ ଫାଟକ ଠେଲି ଭିତରକୁ ଯିବାପାଇଁ କାହାରି ଇଚ୍ଛା ନଥିଲା। ତେଣୁ ପ୍ରଫେସରଙ୍କୁ କେବଳ ଥଟ୍ଟାକରିବା ଛଡ଼ା, ସେମାନେ ବିଶେଷ ପ୍ରସଙ୍ଗ କରୁନଥିଲେ।

ଥରେ ଏକ ନିର୍ଜନ ଦ୍ୱିପହରେ କଲୋନୀର କେତେକ ଉଶୃଙ୍ଖଳ ଆଧୁନିକ ବେକାର ଯୁବକ, ନିର୍ଦ୍ଦିଷ୍ଟ ଘରଟିକୁ ଅତିକ୍ରମ କରିବା ସମୟରେ, ନିଜ କୌତୂହଳକୁ ସଂଜତ କରିପାରିଲେ ନାହିଁ। ସେ ଘରର ଶାନ୍ତ ପରିବେଶ ସେମାନଙ୍କୁ ଅତିଷ୍ଠ କଲା। ପୂର୍ବରୁ ଡକ୍ଟର ବାନାର୍ଜୀଙ୍କ ସ୍ୱଭାବ ତାଙ୍କୁ ଆକୃଷ୍ଟ କରିଥିଲା। ଏମିତିରେ ସେମାନଙ୍କ ପାଖରେ ସମୟର ବିଲକୁଲ ଅଭାବ ନଥିଲା। ଅତଏବ ସାମାନ୍ୟ କୁଣ୍ଠାବୋଧ ନକରି ସେମାନେ ପ୍ରଫେସରଙ୍କ ହତା ଭିତରକୁ ପଶିଗଲେ।

ପ୍ରଫେସର ନିଜ ବାରଣ୍ଡାରେ ବସି ବହିଟିଏ ପଢ଼ିବାରେ ମଗ୍ନଥିଲେ। ଯୁବକମାନଙ୍କ କୋଳାହଳରେ ମଧ୍ୟ ତାଙ୍କ ପଢ଼ିବାରେ ବ୍ୟାଘାତ ସୃଷ୍ଟି ହେଲାନାହିଁ। ତାଙ୍କ ଏକାଗ୍ରତା ଯୁବକମାନଙ୍କୁ ବିରକ୍ତ କଲା।

"କି ହୋ ପ୍ରଫେସର ପଢୁଚ ?" କିଛି ସମୟ ଅପେକ୍ଷା କରିବା ଉତ୍ତାରୁ ଜଣେ ଯୁବକ ପ୍ରଶ୍ନକଲେ।

"ଏତେ ଗୋଟେ କ'ଣ ପଢୁଚ ମ। କ'ଣ ମିଳୁଚି ସେଥିରୁ ? ଆମକୁ ଦେଖ। ଆମେ କେତେ ମଜା କରୁଚୁ। ତମେ ବି ଆମ ଭଳି ଜୀବନର ମଜା ନିଅ। ଏତେ ସୁନ୍ଦର ଜୀବନ ପାଇଚ, ତାକୁ କେବଳ ଏମିତି ପଢ଼ାପଢ଼ିରେ ନଷ୍ଟ କରିବା କ'ଣ ଉଚିତ ହେଉଚି। ତମେ ପ୍ରଫେସର ହୋଇ ସାମାନ୍ୟ କଥାଟା ବୁଝିପାରୁନା।" ଅନ୍ୟଜଣେ କହିଲେ।

"ବରଂ ତମେ ଆମସହ ଯୋଗ ଦିଅ। ଆମଭଳି ବିଜ୍ଞ ଗୋଷ୍ଠୀ କଲୋନୀରେ ଦ୍ୱିତୀୟ ନାହିଁ। ଅତଏବ ତମେ ଆମଠାରୁ ଅନେକ କଥା ଶିଖିବ। ଆଉ ବହି ପଢ଼ିବା ଆବଶ୍ୟକ ହେବନାହିଁ।" ଆଉଜଣେ କହିଲେ।

"ଆମେ ତମକୁ ଆପଣେଇବାକୁ ରାଜି। ତମର ବି ଅରାଜି ନଥିବ। ତମେ ତ ଘରୁ ବାହାରୁନା, ଜାଣିବ କେମିତି ? ଆମ ଗୋଷ୍ଠୀ ଏ ଅଞ୍ଚଳରେ ଭାରି ବିଖ୍ୟାତ।" ମୁରବୀ ଭଳି ଆଉ ଜଣେ କହିଲେ।

ପ୍ରଫେସରଙ୍କ ଉପରେ ଏସବୁ କଥାର କୌଣସି ପ୍ରଭାବ ପଡୁଥିବା ପରି ମନେ ହେଲାନାହିଁ। ଯୁବକମାନେ ଅପମାନ ବୋଧକଲେ।

ହଠାତ୍ ପରିବେଶକୁ ଚମକାଇ ଦେଇ, ଜଣେ ଗର୍ଜନକରି କହିଲେ, "ଆମ କଥା ଶୁଣୁ ନାହଁଟି....! ଏହାର ପରିଣତି ତମେ ଅବଶ୍ୟ ଭୋଗିବ। ତମ ବହିର ପୃଷ୍ଠାଗୁଡ଼ାକୁ ଗୁଡ଼ିକରି ଯଦି ଆକାଶରେ ନ ଉଡ଼ାଇଛୁ ତେବେ କହିବ।"

ତାଗିଦ୍ କରି ଆଉଜଣେ କହିଲେ, "କଲୋନୀ ପାଖଦେଇ ଯାଇଥିବା ନାଳ ଉପରେ କେବେ ନଜର ପଡ଼ିଛି ? ତମ ବହିକୁ ଡଙ୍ଗାକରି ସେଇଠି ଭସାଇବି। ମତେ କିଏ ଅଟକାଇବ ଦେଖିବି।"

ଦୁଇପାଦ ଆଗେଇ ଆସି, କ୍ରୋଧିତ ଯୁବକଙ୍କୁ ସାନ୍ତ୍ୱନା ଦେବା ଛଳରେ, ଆଉଜଣେ ଯୁବକ କହିଲେ "ଓଃ! ହୋ। ତମେମାନେ ଆଦୌ ବୁଝୁନାହଁ। ବୟସ ହେଲାଣି। ବୋଧହୁଏ ଆମକଥା ତାଙ୍କୁ ଶୁଭୁନାହିଁ।"

"କାନକୁ ସିନା ଶୁଭୁନି। ଦୁଇଟା ଆଖି ଯେ ଭଗବାନ ଦେଖିବା ନିମନ୍ତେ ଦେଇଛନ୍ତି, ସେକଥା କ'ଣ ସେ ଏକବାର ପାଶୋରି ଦେଇଛନ୍ତି। ଏତେ ବଡ଼ ବଡ଼ ମଣିଷମାନଙ୍କୁ ସେ ଦେଖି ପାରୁନାହାଁନ୍ତି। ପ୍ରଫେସର ହୋଇ ମଧ୍ୟ ସାମାନ୍ୟ ଭଦ୍ରାମୀ ନାହିଁ।"

"କିଏ ଜାଣେ। ତାଙ୍କୁ ହୁଏତ ଦିଶୁନଥିବ। କେବଳ ଆମକୁ ବୋକା ବନେଇବା ନିମନ୍ତେ, ସେ ପଢ଼ିବାର ଅଭିନୟ କରୁଛନ୍ତି। ଯାହାକୁହ ବୁଢ଼ା ଭାରି ଚାଲାକ।"

"ବୁଢ଼ା ଚାଲାକ ହେଉ କି ବୋକା ମୋର କିଛି ଯାଏ ଆସେ ନାହିଁ।" ମାତ୍ରାଧିକ ଉତ୍ୟକ୍ତ ହୋଇ ଆଉ ଜଣେ ଯୁବକ କହିଲେ।

ଇତି ମଧ୍ୟରେ ଜଣେ ଯୁବକ ପ୍ରଫେସରଙ୍କ ହାତରୁ ବହିଟିକୁ ଛଡ଼ାଇ ଆଣିଲା। "ଦେଖିବା କ'ଣ ଏ ବହିରୁ ପିଉଛ।"

ଏପଟ ସେପଟ କରି ଦୁଇ ତିନିଥର ବହିଟିକୁ ଦେଖିସାରିଲା ପରେ, ଯୁବକ ତାଛଲ୍ୟ କଲେ। "ଦେଶଦ୍ରୋହୀ! ଇଂରାଜୀ ବହି ପଢୁଚ। ଯେଉଁ ଜାତି ଆମକୁ ଶାସନ କରୁଥିଲା, ତା'ରି ଭାଷାକୁ ତମେ ଶିଖିଲ କେମିତି ? ସାମାନ୍ୟ ଲଜ୍ଜାବୋଧ ହେଲାନି। ଆମକୁ ଦେଖ ଆମେ ସେ ଭାଷାକୁ ଖାତିର୍ କରୁନା ଶିଖିବା ତ ଦୂର।"

ପ୍ରଫେସରଙ୍କ ହାତରୁ ବହିଟି ଗଲାପରେ, ତାଙ୍କର ଆଉ କିଛି କରିବାର ନଥିଲା। ଅତଏବ ସେ ଯୁବକମାନଙ୍କୁ ଚାହିଁଲେ। ପ୍ରଫେସରଙ୍କ ଆଖିର ନମ୍ରତା ଯୁବକମାନଙ୍କୁ ଉଲ୍ଲସିତ କଲା। ସେମାନେ ତାଙ୍କୁ ଘେରି ବସିଲେ।

"କ'ଣ ପ୍ରଫେସର କିଛି ଖରାପ ଭାବିଲ କି! ଆମେ ଟିକେ ଉତ୍ତେଜିତ ହୋଇପଡ଼ିଲୁ। ଏବେ ସେସବୁ ଭୁଲିଯାଅ। ଆମେ ବି ତମ ଅପମାନ ଭୁଲିଗଲୁଣି।" ବହି ଛଡ଼ାଇ ନେଇଥିବା ଯୁବକଜଣକ ସାମାନ୍ୟ ହସି କହିଲେ।

ଜଣେ ପ୍ରଫେସରଙ୍କ କାନ୍ଧରେ ହାତରଖି କହିଲେ, "ବୁଝିଲ ବାନାର୍ଜୀବାବୁ, ଆମେ ଜାଣୁ ତମେ ଭାରି ଭଲଲୋକ। ଅଯଥାରେ କଲୋନୀବାସୀ ତମକୁ ପାଗଳ କହୁଛନ୍ତି।"

ପ୍ରଫେସର ବୁଲିପଡ଼ି ତାଙ୍କୁ ଚାହିଁଲେ।

ଯୁବକ କହିଲେ, "ବିଶ୍ୱାସକର ଆମେ ସେମିତି ଭାବୁନା।"

ସମସ୍ତେ ପ୍ରଫେସରଙ୍କୁ ବିଶ୍ୱାସ ଦେବା ପ୍ରୟାସରେ ଜିଭକାମୁଡ଼ି ମୁଣ୍ଡ ହଲାଇଲେ।

"ଦେଖ ତମକୁ ପାଗଳ ଭାବିବୁ, ଆମେ ସେଭଳି ପାଗଳ ନୋହୁଁ। ଆଛା କହିଲ, ତମେ କେବଳ ବିଦେଶୀ ଭାଷାର ବହି ପଢ଼ ନା ଆଉ କୌଣସି ବିଦେଶୀ ଜିନିଷ ସହ ସମ୍ପର୍କ ଅଛି। ମାନେ ଏଇ ଯେମିତି ବିଦେଶୀ ପାନୀୟ .....।" ଏହି ସମୟରେ ଜଣେ ତାଳିମାରି କହିଲେ, "ତମେ ଇଂରାଜୀ ସିନେମା ଦେଖ କି ନାହିଁ? ଆମେ ଦୁଇ ତିନୋଟି ଦେଖିଛୁ। ଭାରି ମଜାଦାର। ଚାଲ ଆଜି ଗୋଟେ ଯୋଜନା କରିବା। ସମସ୍ତେ ମିଶି ଇଂରାଜୀ ସିନେମାଟିଏ ଦେଖିବା। ସାଙ୍ଗକୁ ତମେ ଯଦି କୌଣସି ପାନୀୟର ବ୍ୟବସ୍ଥା କର, ତେବେ ଆମର ଆପତ୍ତି ନାହିଁ।"

"ସତକୁହ ପ୍ରଫେସର! ତମେ ହିପ୍ପୀ ଗ୍ରୁପର ସଦସ୍ୟ କି! କାରଣ ତମ ବେଶଭୂଷା ସେମାନଙ୍କ ପରି। ନହେଲେ ଦେଖ ତମ ବେଶଭୂଷାରେ କଲୋନୀରେ ଗୋଟିଏ ବି ଲୋକ ନାହାଁନ୍ତି। ଅନେକ ଦିନ ତଳେ ଟିଭିରେ ଦେଖିଥିବା ଏକ ହିପ୍ପି ଗ୍ରୁପର ସଦସ୍ୟମାନଙ୍କର ବେଶଭୂଷା ସହ ତମ ବେଶଭୂଷା ସମ୍ପୂର୍ଣ୍ଣ ମେଳ ଖାଉଛି। ଏଇଠି ଆଖପାଖରେ କେଉଁଠି ହିପ୍ପି କ୍ଲବ ଅଛି କି! ଆମ ନଜରରେ ତ ପଡ଼ିନି! ଅବଶ୍ୟ ସେମାନେ ରାତିରେ ବେଶୀ ଚଳଚଞ୍ଚଳ ହୁଅନ୍ତି। ମୁଁ ଜାଣେ। ତେବେ ତମେ ଖୁବ୍ ଯୋଗାଡ଼ିଆ। ଓ ଏବେ ବୁଝିଲି। ସେଥିପାଇଁ ତମର ପରିବାର ନାହିଁ। ସେମାନେ ସେମିତି। ଅଦ୍ଭୁତ ତାଙ୍କ ଜୀବନଶୈଳୀ। ତମେ ସେମାନଙ୍କ ଠିକଣା କେମିତି ପାଇଲ? କାନକୁ କାନ ଖବର ନାହିଁ। ଅଥଚ ତମେ ଲୁଚିଛପି ଡ୍ରଗସ ନଉଛ।" ଅଦ୍ଭୁତ ବେଶଧାରୀ ଯୁବକ ଜଣକ, ସ୍ୱରରେ କୌତୂହଳ ଫୁଟାଇ ପ୍ରଫେସରଙ୍କ କାନ ପାଖକୁ ମୁହଁ ନେଇ କହିଲେ।

ଡ୍ରଗସ ନା' ଶୁଣି, ଦୁଇଜଣ ଯୁବକ ପ୍ରଫେସରଙ୍କୁ ଆଖି ତରାଟି ଚାହିଁଲେ। "ଛିଃ! ପ୍ରଫେସର ତମେ ଆଦୌ ଠିକ୍ କରିନାହଁ। ଶେଷରେ ଡ୍ରଗ ...... ଛି ଛି। ଆଛା! ଏବେ ତମ ପାଖରେ ଅଛି ସେ ଦୁର୍ଲଭ ଜିନିଷ?"

ଡ୍ରଗସ ଖୋଜିବା ଆଳରେ ସେତେବେଳକୁ ତିନିଜଣ ଯୁବକ ପ୍ରଫେସରଙ୍କ ଘର ଭିତରେ ପଶି ଅସଜଡ଼ା ବୈଠକ ଘରଟିକୁ ଆହୁରି ଅବିନ୍ୟସ୍ତ କରି ପକାଇଥିଲେ। କିଛି ନପାଇବାରୁ ଜଣେ ବିରକ୍ତହୋଇ କହିଲେ, "ବୁଢାକୁ ତାରିଫ୍ କରିବାକୁ ହେବ। କୋଉଠି ଲୁଚାଇଛି କିଛି ଜଣାପଡୁନି।"

ପ୍ରଫେସର ଭ୍ରୂକୁଞ୍ଚନ କଲେ।

"ଓଃ ହୋ ! ଏଥିରେ ସଙ୍କୋଚ କରିବାର କିଛିନାହିଁ। ତମେ ଆମ ସହ ତମ ସିକ୍ରେଟ ବାଣ୍ଟିପାର। ଆଖି ଛୁଇଁ କହୁଛୁ, ଆମେ କାହାକୁ କହିବୁନି।" ଏତକ କହି ଯୁବକମାନେ ହସିବାକୁ ଲାଗିଲେ।

"ଆଚ୍ଛା ତମେ ବାହା ହେଇଚ ? ଆମେ ତ କାହିଁ ତମ ପରିବାରକୁ କେବେ ଦେଖିନାହୁଁ। କଲୋନୀ ବାସୀଙ୍କର ବିଶ୍ୱାସ ତମେ ଅବିବାହିତ। ତମର ବୋଧେ ପ୍ରେମ ବ୍ୟାପାର ଥିଲା। ସେ ଝିଅ ତମକୁ ଧୋକାଦେଇ ଅନ୍ୟଆଡ଼େ ବାହାହୋଇ ଚାଲିଗଲା। ଆଉ ତମେ ତା' ସ୍ମୃତିରେ ଦେବଦାସ ବନି ସାରା ଜୀବନ ଅବିବାହିତ ରହିବାକୁ ପଣ କରିପକାଇଲ। ମୁଁ ଭାବୁଚି ସେଇୟା। କିନ୍ତୁ ସତରେ ଯଦି ସେ ଝିଅ ତମକୁ ଛାଡ଼ି ଅନ୍ୟ କାହାକୁ ବାହା ହେଇ ଯାଇଚି, ତେବେ ସେ ବୁଦ୍ଧିମାନର କାମ କରିଚି। ତମ ଭଳିଆ ପାଗଳକୁ କିଏ ବାହାହେବ କହିଲ। ତମେ ତ ଦିନରାତି ବହିଗଦା ଭିତରେ ପଡ଼ିରହୁଛ, ବିଚାରୀ ସେ କ'ଣ କରିଥା'ନ୍ତେ। ତମର କେବେ ବାହାହେବାକୁ ଇଚ୍ଛା ହେଇନାହିଁ ? ଅବଶ୍ୟ ତମେ ବାହା ନହୋଇ ଠିକ୍ କରିଛ। ବାହାହୋଇ ଘର ସଂସାର କଲା ଭଳି ବିଶେଷତ୍ୱ ତମ ପାଖରେ ଟିକିଏ ବି ନାହିଁ।"

ଶାନ୍ତିପ୍ରିୟ ପ୍ରଫେସର ସେତେବେଳକୁ ଯୁବକମାନଙ୍କ ପ୍ରଶ୍ନରେ ଆକ୍ରାମାକ୍ରା ହୋଇ ପଡ଼ିଥିଲେ ମଧ୍ୟ କୌଣସି ପ୍ରତିକ୍ରିୟା କରୁନଥିଲେ। ଅଥଚ ଯୁବକମାନେ ପ୍ରଫେସରଙ୍କ ମୌନତାରେ ଧୈର୍ଯ୍ୟହରାଇ ସାରିଥିଲେ। ସବୁଠାରୁ ଉଗ୍ର ମନେ ହେଉଥିବା ଯୁବକଟି ହଠାତ୍ ସମସ୍ତଙ୍କୁ ହସିବାରୁ ବିରତ କଲା। ଏବଂ ପ୍ରଫେସରଙ୍କ ଓଠରେ ହାତ ମାରି କହିଲା, "ଆମେ ଯାଣୁ ତମେ ବିଜ୍ଞ। ତଥାପି ସେ ବହିରୁ କ'ଣ ପିଇଲ ଟିକେ କହିଲ ?"

ପ୍ରଫେସରଙ୍କ ମୁହଁ ଉଜ୍ଜ୍ୱଳ ଦିଶିଲା। କିଛି ସମୟ ଓଠ ଉପରେ ବିଶି ଆଙ୍ଗୁଳି ଦେଇ, ଆଖିବୁଜି ଗଭୀର ଭାବରେ ସେ ଚିନ୍ତାକଲେ। ପରେ ଗମ୍ଭୀର ସ୍ୱରରେ କହିଲେ, "ଏହା ସମ୍ପୂର୍ଣ୍ଣ ଗୋପନୀୟ। କାହା ଆଗରେ ଏକଥା ପ୍ରକାଶ କରିବିନି ବୋଲି ମନେ ମନେ ସ୍ଥିର କରିଥିଲି। ହେଲେ ଏବେ ଅନୁଭବ କରୁଛି, ତମେ ସମସ୍ତେ ହେଉଛ ସମ୍ପୂର୍ଣ୍ଣ ଭରସାଯୋଗ୍ୟ। ଅତଏବ ତମ ଆଗରେ ଏ ଗୋପନୀୟ କଥା ପ୍ରକାଶ କରିବାରେ କୌଣସି ଦ୍ୱିଧା ନାହିଁ। ତମେମାନେ ହେଉଛ ଜ୍ଞାନୀ। ସୁତରାଂ ତମେ ଏକଥା ଜାଣିବା ଉଚିତ୍। ହେଲେ ଏଠି ସେକଥା କହି ହେବନି। ଭିତରକୁ ଯିବାକୁ ହେବ।" ପ୍ରଫେସର ଭିତରକୁ ଉଠିଗଲେ।

ଗୋପନ କଥାଟିକୁ ପ୍ରଥମେ ଶୁଣିବା ଉଦ୍ଦେଶ୍ୟରେ ଠେଲାପେଲା ହୋଇ

ଯୁବକଦଳ ପ୍ରଫେସରଙ୍କୁ ଅନୁସରଣ କଲେ। ଏକ ଆରାମ ଚଉକି ଉପରେ ପ୍ରଫେସର ବସିଲେ। ଯୁବକ ଦଳ ଉଦଗ୍ରୀବ ହୋଇ ତାଙ୍କୁ ଘେରି ବସିଲେ। ଚାପାକଣ୍ଠରେ ପ୍ରଫେସର କହିଲେ, "ଯେତେବେଳେ ଇଂରେଜମାନେ ଆମ ଦେଶ ଛାଡ଼ି ନିଜ ଦେଶକୁ ବାହୁଡ଼ିଗଲେ, ତରବରରେ ସେମାନେ ସାଇତି ଥିବା ଅନେକ ସମ୍ପତ୍ତି, ଏକ ସ୍ଥାନରେ ପୋତିଦେଇ ସୁରକ୍ଷିତ କରିଥିଲେ। ଏଇ ଆଶାରେ ଯେ ପରେ ସୁବିଧା ଦେଖି, ଆମ ଦେଶକୁ ଆସି ସମ୍ପତ୍ତି ତକ ନିଜ ଦେଶକୁ ବୋହିନେବେ। କିନ୍ତୁ ଦୁର୍ଭାଗ୍ୟ, ସେମାନଙ୍କ ଫେରିବା ଆଉ ନୋହିଲା। ଅନେକ ଦିନ ଯାଏଁ ସେ ସମ୍ପତ୍ତି ପୋତା ହୋଇଥିବା ସ୍ଥାନ ଗୁପ୍ତ ଥିଲା। କିଛିଦିନ ତଳେ, ବିଦେଶରେ ରହୁଥିବା ମୋର ଜଣେ ବନ୍ଧୁଙ୍କ ଠାରୁ ନିର୍ଦ୍ଦିଷ୍ଟ ବହିଟି ବିଷୟରେ ଜାଣିବାକୁ ପାଇଲି। ସେଥିରେ ସମ୍ପତ୍ତି ପୋତା ହୋଇଥିବା ସ୍ଥାନ ଉଲେଖ୍ୟ ଅଛି। ତେଣୁ ବହିଟି ପଢ଼ିବାକୁ ବାହାର କରିଥିଲି।"

"କିଛି ଜାଣି ପାରିଲ ? କଉଠି ସେ ସ୍ଥାନ ?" ଆଗ୍ରହରେ ଜଣେ ପଚାରିଲା।

"ବହିଟି ପଢ଼ିଲି କେତେବେଳେ ଯେ ଜାଣିବି। ପଢ଼ିବା ଆରମ୍ଭ କରିଥିଲି ତ ତମେମାନେ ଆସିଲ। ପ୍ରଫେସର ଚଟାପଟ ଉତ୍ତରଦେଲେ।

ସାଙ୍ଗେସାଙ୍ଗେ ବହି ଧରିଥିବା ଯୁବକ ଜଣକ ବହିଟି ଫେରାଇଦେଇ, ନରମ ସ୍ୱରରେ କହିଲା, "ହେଇଟି ନିଅ ବହି। ମନଦେଇ ପଢ଼। କେହି ତମକୁ ହଇରାଣ କରିବେ ନାହିଁ। କିଛି ଆବଶ୍ୟକ କରୁଥିଲେ କୁହ, ଆମେ ଆଣିଦେବୁ। କିନ୍ତୁ ତମେ ଆଉ ସମୟ ନଷ୍ଟ ନକରି ବହିଟି ପଢ଼ି ପକା। ଆଉ ଆମକୁ କୁହ କେଉଁଠି ସେ ଗୋପନ ସମ୍ପତ୍ତି ପୋତା ହେଇଛି।"

ଯୁବକମାନେ ନୀରବରେ ବସିବାରୁ, ପ୍ରଫେସର ଆନନ୍ଦରେ ବହିଟି ପଢ଼ିବା ଆରମ୍ଭକଲେ। ଦୁଇଘଣ୍ଟା ବିତିଗଲା।

ବହିଟି ସରିବା ଉପରେ, ପ୍ରଫେସର କହିଲେ, "ମିଳିଗଲା ସ୍ଥାନ।"

ଯୁବକଦଳ ବସିବା ସ୍ଥାନରୁ ଉଠି ପଡ଼ିଲେ। ସମସ୍ତଙ୍କ ମୁହଁ ପ୍ରଶ୍ନବାଚୀ।

ପ୍ରଫେସର କହିଲେ, "ସୁଖବର ହେଉଛି, ଏହି କଲୋନୀ ହିଁ ସେ ସ୍ଥାନ। କିନ୍ତୁ ସେ ସ୍ଥାନରେ ଏବେ ଅନେକ ଘର। ସେଥିରେ ତମମାନଙ୍କ ଘର ମଧ୍ୟ ଅନ୍ତର୍ଭୁକ୍ତ। ଛାଡ଼ ସମ୍ପତ୍ତି ମିଳିବା ଅସମ୍ଭବ। କାରଣ ସମ୍ପତ୍ତି ପାଇବାକୁ ହେଲେ ସେ ସ୍ଥାନ ଖୋଳିବାକୁ ହେବ। କିନ୍ତୁ କେହି କ'ଣ ନିଜ ଘରଟି ମାନ ହରାଇବାକୁ ରାଜିହେବେ !"

"ରାଜି ହେବେନି। ହେବାକୁ ପଡ଼ିବ। ସାମାନ୍ୟ ଘର ପାଇଁ ସମ୍ପତ୍ତି ଛାଡ଼ିଦେବା ପରି ବୋକା ଆମେ ନୁହେଁ। ସେସବୁ ଚିନ୍ତା ଛାଡ଼ି, ତମେ କେବଳ ସେ ସ୍ଥାନ ବତାଅ।" ଜଣେ ଆଖି ବଡ଼ବଡ଼ କରି ପ୍ରଫେସରଙ୍କ ଆଡ଼େ ମାଡ଼ି ଆସିଲେ।

ପ୍ରଫେସର ନିରବରେ କଲୋନୀର ନକ୍ସାଟିଏ ବନାଇ ତିନି ଚାରୋଟି ସ୍ଥାନ ଦେଖାଇଦେଲେ। ସ୍ଥାନଗୁଡ଼ିକ ଚିହ୍ନି ସାରିଲାପରେ, ଯୁବକମାନେ ଖୁସିରେ ଆତ୍ମହରାହୋଇ ତୀବ୍ରଗତିରେ ପ୍ରଫେସରଙ୍କ ଘରୁ ବାହାରିଗଲେ।

ରାତି ହୋଇ ଯାଇଥିଲା, ପ୍ରଫେସର ଏକ ଆରାମ ଚଉକି ଉପରେ ଅବସନ୍ନ ଶରୀରକୁ ମେଲାଇଦେଲେ।

ପରଦିନ ପ୍ରଭାତରେ ପ୍ରଫେସର ଆଖି ଖୋଲିଲା ବେଳକୁ, ଶାନ୍ତ କଲୋନୀରେ ହଇଚଇ ଖେଳି ଯାଇଥିଲା। ବିଜ୍ଞ ଯୁବକମାନେ, ସମ୍ପତ୍ତି ଆଶାରେ ନିଜ ଘର ସହିତ ଆଖପାଖ ବି ଖୋଳି ସାରିଥିଲେ।

ସୁରକ୍ଷିତ ଥିବା ନିଜ ଘର ବାରଣ୍ଡାରେ, ସକାଳର ପ୍ରଥମ ଢ଼ୋକ ଚା' ପିଇବା ସମୟରେ ପ୍ରଫେସର ସ୍ୱଗତୋକ୍ତି କଲେ, "ଆହା ! ତମେମାନେ କେଡ଼େ ସରଳ।"

■

BLACK EAGLE BOOKS

www.blackeaglebooks.org
info@blackeaglebooks.org

Black Eagle Books, an independent publisher, was founded as
a nonprofit organization in April, 2019. It is our mission to
connect and engage the Indian diaspora and the world at large
with the best of works of world literature published on a
collaborative platform, with special emphasis on
foregrounding Contemporary Classics and New Writing.